한국 시조문학의 미래를 위하여

새미비평신서 23

한국 시조문학의 미래를 위하여

이숭하

새미

책머리에

한국 시조문학의 미래가 더욱더 밝아지기를 진심으로 바란다. 지난해 경주에서 열린 제5회 세계한글작가대회에서 "만약에 노벨문학상 수상자가 우리나라 사람으로 결정이 된다면 저는 시조시인이 받기를 바랍니다. 우리 시조의 역사로 봐서도 그렇고 시조의 가치로 봐서도 그렇고요."라고 말했더니 한쪽에서 큰 박수가 나오고 환호성이 일어났다. 당연히, 시조시인들이었다. 그런데 시조가 국내에서 대접을 제대로 받고 있을까? 여기에 대해서는 누구도 선뜻 긍정적인 답을 할 수 없을 것이다.

이 땅의 석학 중 한 사람인 이어령 씨가 2008년에 제4회 마사오카 시키正岡子規 국제 하이쿠상을 받았다. 외국인 중에서 일본의 독특한 시가 형식인 하이쿠俳句를 심도 있게 연구한 사람에게 주는 상이다. 『하이쿠의 시학』은 일본어로 집필되어 일본의 PHP그룹 출판사에서 먼저 출간되었다. 그 뒤에 한국에서 출간할 때는 '하이쿠와 시조로 본 한일문학'이라는 부제를 붙였는데 사실상 이것은 잘못 붙인 부제다. 서장과 여덟 개 장으로 되어 있는 이 책에서 제8장만 '시조와 하이쿠를 통해서 본 한일문학의 특성'이라는 제목 아래 시조를 하이쿠와 함께 다루고 있기 때문이다. 이 책의 8/9은 하이쿠에 대한 연구 논문으로 이루어져 있고, 마지막 제8장의 제목을 살짝 바꿔 부제로 만들었다. 그 책은 하이쿠에 대한 연구서이기도 하지만 솔직히 말해 어마어마한 칭송으로 시종일관 전개되고 있다. 이어령 씨의 하이쿠에 대한 생각에 대해 비난할 생각은 전혀 없다. 다만 그 책 외에는 시조에 대해 쓴 책이 없다는 사실이 나로서는 좀 안타까웠다.

이 땅의 시인들과 대학 일문학과 교수들이 일본의 대학이나 문학단체의 초청을 받아 일본에 가서 하이쿠나 단카短歌, 렌카連歌, 혹은 우리 시인들에게 영향을 준 일본 시인들에 대해 논문이나 평론을 발표하고 오는 일이 전에는 꽤 있었다. 한일관계가 경색국면에 접어들자 이런 교류가 사라졌다고 한다. 일본의 주최측에서는 한국의 대학교수에게 논문 발표를 의뢰하면서 발표비 외에 왕복 비행기 값이나 2, 3일 숙박비를 대주기도 한다. 그렇게 하면서 그들이 느꼈을 문화적 우월감이 내 마음을 아프게 한다.

국내에 번역되어 있는 하이쿠 시집 중 10쇄 이상을 찍은 것이 여러 종이다. 모르긴 해도 우리 시조시집 중 일본어로 번역된 것이 있을까? 한국문학번역원에서 낸 60권 번역시집 중 시조시인의 시집은 1권도 없는 것이 시조가 처해 있는 현실이다. 시조는 지금 문예지의 수도 부쩍 늘었고 시 전문 문예지 중에 시조 난을 따로 마련해서 실어주는 곳도 늘어났다. 시조집을 시리즈로 내고 있는 출판사도 고요아침 · 동학사 · 만인사 · 목언예원 · 책만드는집 · 태학사 등 적지 않다.

이제 양적 팽창에 발맞추어 질적 심화가 이루어져야 할 때가 아닌가 한다. 대학 국문학과에서 시조 강좌가 다 폐강되었고 시조를 학문적으로 연구하는 학자가 지금은 별로 없다. 시조 평론가에게 주는 유일한 상이 7회 수상자를 내고는 폐지되었다. 중 · 고교 교과서에 고시조가 잘 안 실리고 현대시조는 아예 안 실린다. 시조를 아끼고 기리고 있는 나로서는 5년 전인 2015년에 『향일성의 시조 시학』이라는 시조전문 문학평론집을 낸 바 있는데 이번에 또 한 권을 묶게 되었다.

사실은 시조에 대해 40년 넘게 짝사랑을 해 왔다. 대학 2학년 때 경향신문 신춘문예 시조 부문에 투고해 최종심까지 올라가긴 했다. 고배를 마신 뒤 4학년 때 시가 당선되면서 시조 쓰기는 접었지만 읽기는 계속해서 읽었다. 읽고 평론을 쓴 것이 23편에 이르렀을 때 『향일성의 시조 시학』을 냈고 이제 또 이 책을 내게 되었다.

2019년 4월 15일에 뉴스페이퍼라는 인터넷신문에 '내 영혼을 움직인 시' 코너가 만들어졌다. 매주 토요일에는 시조를 1편 골라 평을 쓰고 있다. 여기서 다룬 시조가 중·고등학교 교과서에 실리기를 바란다. 일일이 연락을 드려 게재 허가를 받아야 마땅하지만 연락처를 알아내지 못해 연락을 못 드린 분께서는 메일을 주시면 책으로나마 사례할 것이다. 작고한 다섯 분을 제외한 마흔다섯 분께 감사의 인사를 올린다.

국학자료원과 새미에서 그간 15권의 책을 펴냈다. 문학평론집 『생명옹호와 영원 회귀의 시학』 『한국 현대시에 나타난 10대 명제』 『집 떠난이들의 노래—재외동포 문학 연구』와 새미작가론총서 『송욱』 『김현승』이다. 요절시인전집 10권을 우대식 씨와 같이 작업해 펴냈다. 늘 누만 끼치고 있어 정찬용·정구형 두 분께 죄송할 따름이다.

시조에 대해 글을 쓰는 동안 격려를 많이 해주신 고향 선배님인 고 정완영 시인과 학교 선배님인 이근배·한분순 시인을 비롯해 권갑하·김영재·민병도·유재영·이우걸·이지엽·정수자·홍성란 시인께도 감사의 인사를 꼭 전하도록 하겠다.

2020년 4월 18일

이승하

차 례

교과서에 실려야 할 시조 50수

제1부

이 땅의 시조 전문
문예지에 바란다

　한국의 시조문학은 마침내 중흥기를 맞이하였다. 일단 시조 전문 문예지가 폭발적으로 늘어났다. 현재 발간되고 있는 시조 문예지는 월간지·계간지·연간지를 어림잡아 총 50종은 나오고 있을 것으로 보인다. 2018년도 겨울호가 209호인 계간 『시조문학』을 비롯하여, 통권 2호를 낸 『국제시조』와 통권 3호를 낸 『시조정신』에 이르기까지 많은 시조 전문 문예지가 나오고 있다. 바꿔 말하면 시조로 등단하는 시인이 그만큼 많아졌다는 뜻이다. 문예지마다 신인상 제도를 마련하여 등단의 창구 역할을 하고 있으므로 시조시인의 저변이 확대되고 있다고 보아야 한다. 또한 매호 제작비나 원고료를 지원하는 후원자가 없이는 문예지 발간이 어려우므로 재력가가 거의 모든 시조 문예지마다 몇 사람씩 있다는 뜻일 터, 시조문학은 이제 그만큼 백그라운드가 튼튼해졌다고 보아야 한다. 시와 시조를 비슷한 비중으로 다루는 계간지로 『시선』과 『시와 소금』을 들 수 있고, 시조 코너를 따로 두어 시조를 실어주는 문예지도 『다층』『서정과 현실』『시문학』『시와 문화』『시와 표현』『신생』『애지』『열린시학』『월간문학』 등 꽤 된다. 가장 오래된 시조 문예지인 『시조문학』 외에 『개화』『나래시조』『시조21』『시조미학』『시조생활』『시조시학』『시조춘추』『오늘의 시조』『정형시학』『좋은 시조』『현대시조』『화중련』 등이 나오고 있고, 『부산시조』『울산시조』처럼 지역을 표방하는 시조 전문지도 꽤 된다. 시조시인들에게 주는 주요 문학상도 10개가 넘는다.

외양은 이렇듯 화려하지만 내실을 들여다보면 우려되는 바가 있다. 특히나 시조비평은 무게 있는 글도, 쟁점이 될 만한 담론도 형성하지 못하고 있다. 2018년 겨울호를 일별하면서 느낀 점은 시조문학에 내리는 문학평론가들의 죽비가 거의 없다는 것이다. 위에 나열한 수십 권의 문예지에는 특집 원고와 세미나 발표 원고를 비롯해 시인 연구, 서평, 계간평 등이 실려 있는데 한국 시조시단의 개선점을 거론한 글이나 게재된 작품의 문제점이나 부족한 점, 구태의연한 부분을 비판하는 글은 아무리 열심히 찾아보아도 눈에 뜨이지 않는다. 시조에 대한 글은 이 시조가 왜, 어떠해서 좋다는 식의 원론적인 글이 대종을 이루고 있다. 개별 작품에 대한 평은 좋은 점을 찾아내어 그 작품에 대해, 그 작품을 쓴 시조시인에 대해 상찬을 아끼지 않고 있다. 이러한 글들이 과연 시조문학의 발전을 이룩하는 데 일조하고 있는 것일까? 이 글을 쓰고 있는 필자 또한 재작년에 무슨 상을 탄 시조시인의 수상 특집에 실리는 글을 청탁받고 쓰면서 좋은 점만을 이야기하였다. 그런 지면에 따끔한 충고를 할 수는 없는 노릇이다. 몇 권 시조집의 해설도 썼는데 권말에 붙는 글에다가 문제점을 지적하기도 어렵다.

시조집에 국한된 것은 아닌데, 시집 해설의 끝부분에 이번 시집의 아쉬운 점 혹은 개선할 점을 몇 줄 쓰면 열이면 열 사람 모두 그 글만은 빼달라고 간곡히 부탁한다. 그래서 이제는 해설을 쓰면서 시인과 실랑이하기가 싫어 지적은 아예 하지 않는다. 그래도 반가운 글을 하나 만났으니 『시조정신』 제2호에 실린 이경철의 작품평이다. 어느 시조시인의 「벌레의 평설」이란 작품에 대해 다음과 같이 평하고 있다.

> 그러나 이 둘째 수 중장이나 종장에서의 긴장은 찾을 수 없다. 그냥 야반도주한 주인집의 행복했던 순간이 그립다며 긴장을 놓치고 있어 아쉽다. 마지막 수 중장 종장에 이어지는 긴장된 순간의 빼어난 이미지들로 봐서도 긴장된 주제와 서사로만 일관했으면 더 나았을 것이다.

또 다른 시인의 「물든 잠」이란 시조에 대해서도 날카롭게 지적하고 있다.

> 그래서 이 시를 잠들기 직전 풀어진 상념의 이미지들을 그린 시로 읽는 것이다. 그러니 시가 가닥이 쉽게 잡히지 않는 것이다. 시편들 뒤에 딸린 '시작노트'처럼 안개 속같이 오리무중이다. 원초적·무의식적 이미지를 탐구하여 시원적·우주적으로 확산돼 나가는 것은 바람직한데 그런 상념들의 구체화를 굳이 피하고 있는 것 같아 안타깝다.

이런 따끔한 비판은 시조 문예지에서는 정말 찾아보기 어려운 것이다. 물론 이런 평을 접한 시조시인은 기분이 몹시 언짢겠지만, 한편으로는 분발의 계기로 삼을 수 있을 것이다. '자기가 무슨 대단한 평론가라고 내 작품에 대해 감 놓아라 대추 놓아라 평가를 해?', '이 사람 잘 되는지 내 어디 두고 보자' 하면서 내심 투덜거렸겠지만 언젠가는 이 평론가가 내 작품에 대해 격찬을 아끼지 않을 날이 올 거라고 다짐하면서 칼을 가는 심정으로 작품 쓰기에 매진할 수도 있을 것이다. 평론의 기능이 바로 이런 것이 아닐까.

문제는 개별 문학평론가의 감식안에 있는 것이 아니다. 시조 문예지마다 쟁점을 제기하고, 현시점에서 시조시단의 문제점들을 진단하고, 바람직한 개선안을 마련하려는 노력이 거의 없다는 것이다. 『시조시학』에서 '이 시인을 주목한다'라는 특집을 마련하고 작품론을 어느 문학평론가에게 청탁한다고 했을 때, 그 평론가가 시조시인에게 따끔하게 조언을 할 수 있을까? 불가능한 일이다. 『정형시학』에서 어느 시조시인의 신작 시조 10편을 싣고 문학평론가의 작품평을 받았는데 그 평론가가 아쉽다, 안타깝다, 개선을 바란다고 쓰면 그 글이 실릴 수 있을까? 수많은 시조 전문 문예지의 문제점이 바로 이것이다. 오늘날 우리 시조시단의 문제점을 진단하고 바람직한 처방전을 마련하려는 노력을 '구체적으로' 하고 있는 시조 문예지가 '전무'하다는 것이다. 이러니 시조가 양적 확대는 이룩했을지언정 질적 심화를 꾀하지 못하고 있는 것이다.

시조 평단에서 유일한 문학상이 있으니 '인산시조평론상'이다. 죽염과 유황오리를 개발한 인산 김일훈 선생의 유족이 후원금을 기탁해 제정한 상이다. 이 상은 지금까지 박철희·장경렬·엄경희·유성호·이승하·이경철·권성훈이 받았다. 이 밖에도 구모룡·박진임·이송희·정미숙·정용국·황치복 등이 시조평을 부지런히 쓰고 있고, 시조시단의 권갑하·민병도·박기섭·박지현·염창권·이우걸·이정환·이지엽·정수자·홍성란 같은 분은 시조평론에도 일가견이 있다. 인적 자원이 많은 것은 아니지만 20명을 상회하고 있으니 적은 것도 아니다. 문제는 문예지들이 이런 인력 풀을 전혀 활용하지 않고 원고지 30매 안팎의 계간평이나 소시집 해설 쓰기, 시인 특집 작품평 쓰기에 동원하고 있다는 점이다.

시조 전문 문예지들이 해야 할 제1차적인 일은 물론 시조작품을 싣는 것이다. 그 다음에 해야 할 일은 좋은 신인을 발굴하는 일이다. 그 다음에

할 일은 문학평론가들이 심도 있는 비평적 글을 쓰게끔 지면을 할애하는 것이다. 이런 역할을 하고자 발족한 것이 '한국시조시학회'이다. 2013년 10월에 발족하면서 창립 기념 전국학술대회를 경기대학교에서 개최한 이래 해마다 봄과 가을에 학술대회를 열고 있다. 아마도 이지엽 교수가 회장인 이 학회의 위상에 따라 한국 시조문학의 흥망성쇠가 결정될지도 모른다. 한 가지 아쉬운 점은 이 대회에서 다룬 쟁점들이 우리 시단이나 시조시인들에게 전파되지 않고 있다는 점이다. 『한국시조시학』이란 책자로 논문집이 발간되고는 있지만 필자도 이 책이 지금도 나오고 있는지, 지금까지 몇 권이 나왔는지 모르고 있다. 한국시조시학회에서 그간 의례적으로 학술대회를 개최한 것이 아니었겠지만 이제는 한국 시조시단의 미래를 위해 그때그때 가장 큰 이슈가 되는 주제를 갖고서 논쟁의 장을 펼쳤으면 한다. 예를 몇 개 들어본다.

1) '시조' 하면 황진이를 최고로 친다. 황진이의 시조가 그렇게 대단한 것인가? 남녀의 사랑이 대단한 것이기는 하지만 그것만이 절대적인 가치를 지니는가? 황진이가 다룬 사랑이란 덕목 이외에 우리가 그의 작품으로부터 취할 것은 도대체 무엇인가?

2) 조선조 후기의 사설시조·엇시조와 현대의 사설시조·엇시조의 차이점은 무엇인가?

3) 자유시를 방불케 하는 사설시조·엇시조의 성행은 바람직한 것인가? 개선점은 없는가?

4) 이광수·이병기·조윤제·이은상·고정옥 등이 말한 시조의 형식에 대한 정의 가운데 우리가 취해야 할 것은?

5) 자유시와 분간이 잘 안 가는 현대시조의 각종 형식 실험은 전통 파기라는 점에서 지양止揚해야 하는 것인가, 현대성 확보라는 점에

서 지향指向해야 하는 것인가?

6) 북한의 문학사에서는 조선조 양반들이 썼던 시조를 어떻게 평가하고 있는가?

7) 지난해 유명 시조문학상 수상작들을 한자리에서 볼 수는 없을까? 그 작품들에 대한 공정한 총평은?

8) 김윤식·김현의 『한국문학사』(민음사, 1973)는 이전의 한국문학사를 부정한 획기적인 문학사 서술이었다. 그런데 한국시조문학사는 아직 나오지 않았다. 여기에 대한 시조시단의 대책은?

9) 신춘문예 시조 부문 등단작들은 어떤 경향이 있는가? 문예지 신인상 당선작들과 어떤 차이점이 있는가?

10) 동시조 잡지가 몇 종 생겨났는데 동시조의 특징은? 아이가 쓴 동시조와 성인이 쓴 동시조의 차이는?

11) 선시조의 위상을 점검하자. 선시조 중 스님이 쓴 것과 일반시인이 쓴 것의 차이는?

12) 시조집의 해외 번역 문제는? 몇 권이 어느 언어로 번역되었으며 어느 시조집이 번역되고 있는 중인지?

13) 시조시인이 노벨문학상을 받는다고 가정했을 때 우리는 어떤 시인을 해외에 소개할 수 있을까?

14) 중·고등학교 시절, 교과서를 통해 시조를 많이 공부했는데 지금은 교과서에서 시조가 거의 다 빠져버렸다. 여기에 대한 대책은?

15) 대학교 국어국문학과에서는 고전문학·현대문학·국어학 세 분야에 걸쳐 교육을 받는데 근년에 들어 고전문학에서 시조에 대한 강좌는 거의 모든 대학에서 빠져버렸다. 여기에 대한 대책은?

16) 윤선도는 「어부사시사」 외에 「산중신곡」 「산중속신곡」 「몽천요」 등을 썼다. 이들 작품의 의의를 고전을 연구하는 학자에게 청탁할 수는 없을까?

17) 조선 후기의 시가집에는 가사 외에 시조가 다수 실려 있다. 『청구영언』에 998수, 『해동가요』에 588수, 『고금가곡』에 294수, 『근화

악부』에 394수, 『가곡원류』에 626수, 『화원악보』에 650수, 『동가선』에 235수, 『남훈태평가』에 224수의 시조가 실려 있다. 이들 시조에 대한 연구는 제대로 되어 있는가?

18) 시낭송 경연대회가 유행인데 특별코너로 시조창 시연을 해볼 수는 없을까? 시조의 원래의 모습은 창이었다. 유명한 화답시조 「하여가」와 「단심가」를 시조창으로 들을 기회가 있을까?

19) 미국에는 영어로 시조를 짓는 시인들이 있다. 이들을 특집으로 다룰 수는?

20) 재외 동포문인 중 시조를 짓는 시인들을 소개하는 것은 어떨까? 미국, 캐나다, 일본, 중국 연변 등 나라별로.

언뜻 생각난 것만 써보았는데 20개에 이른다. 계간지라면 1년에 4권이 나오므로 시조 문예지를 50종으로 잡고 반은 계간지로, 반은 1년에 한 호만 나온다고 했을 때 125권의 문예지가 나오고 있는 셈이다. 1년에 125권의 시조 전문 문예지가 나오면 무엇 하는가. 하나같이 동인지의 역할만 하고 있는데.

필자가 시조평론을 쓴 이래 끔찍한 일을 당한 바 있다. 부산의 유명 시조시인의 시조집 해설 청탁을 본인으로부터 직접 받고 성심성의껏 써드렸다. 통상 쓰던 취약점 지적과 개선점 당부도 하지 않았고 다음과 같이 결론을 내렸다.

이 작품에는 인간 생로병사의 비의와 희로애락애오욕의 감정이 전부는 아니지만 상당히 들어가 있다. 우리는 모두 태어난 그 순간부터 죽어가는 존재이며 때가 되면 반드시 죽어야 하는 존재다. 그런데 생명체이기에 먹어야 살고, 살기 위해서 먹는다. 어머니란 결국 상을 차리는 존재였다. 밥상, 잔칫상, 제사상, 돌상, 회갑상……. 시인 또한 그간 얼마나 많은 상을, 정성을 다해 차렸을까. 가족에 대한 사랑이 차고 넘치는 인심 푸근한 부산지방의 시인인 ○○○ 시인의 시조집을 이제 다 읽었다. 이 시조집 발간을 계기로 더욱 젊은 시조를 써 한국 시조시단의 거목이 될 것이라고 믿으며 여기서 그만 붓을 내려놓는다.

해설의 글 가운데 비판적인 어조로는 단 한 문장도 쓰지 않았다. 그런데 이 시조시인은 나의 동의를 구하지 않은 상태에서 해설을 빼버렸고, 그 대신에 본인이 쓴 자작시 해설을 실었다. 엄청난 칭찬을 해줄 줄 알았는데 그 기대치에 나의 해설이 부응하지 못해 화가 났던 것이고, 해설을 아예 빼버리는 후안무치한 행동으로 필자를 곤혹스럽게 한 것이다. 2013년에 이 원로 시조시인으로부터 필자가 입은 상처가 아직도 아물지 않고 있다. 언제까지라도 낫지 않을 깊은 상처다. 이 사례를 거론한 이유가 있다. 한국 시조시단의 시인들은 자신의 시조에 대한 작품 평을 긍정적으로만 해주기를 바라는 경향이 있다. 평론가의 지적에 속상해하면서 이런 식으로 거부한다면 어찌 발전할 수 있으랴.

물론 이런 경향은 시조에만 국한되지 않는다. 10여 년 전에 월간 『현대시학』에서 '평론가의 오독'에 대한 특집을 마련했는데 시인들이 볼멘소리로 평론가들을 성토하고 있었다. 원로시인이 등단 직후에 어느 평론가한테서 들은 말을 뼈에 사무쳐하며 원망하는 글도 실렸다. 그런데 평론가도 독자다. 독자는 독자 나름의 평을 할 수 있고 마음에 안 들면 자연스레 비판을 가할 수도 있다. 거기가 바로 비평이 발생하는 지점이 아닌가. 독자로서 작품을 읽고, 그러한 읽기가 다른 독자와는 다른 방식으로 이루어지더라도 그것을 용납하는 게 창작자의 태도일 수는 없을까. 문학평론가를 포함한 독자의 평가가 창작자의 진의를 잘못 짚었다는 식으로만 몰아가거나, 칭찬만을 기대하는 것은 창작자가 가져야 할 열린 태도라고 볼수 없다. 작가의 품을 떠난 글은 독자의 몫이 된다. 독자는 읽으면서 작품을 다시 쓴다. 자신의 작품에 대한 상찬만을 바랄 것이 아니라, 독자들이여러 방향에서 작품의 다의적 의미를 찾아낼 수 있도록 내포가 풍부한 글을 쓰는 것이 작가의 소임일 것이다.

시조시단을 지난 10년 동안 죽 지켜보았는데 논쟁이란 것도 거의 없었던 것 같다. 문예지상에서 어떤 주제(이슈)를 놓고 갑론을박을 한 적이 있었는가? 오래 전 일이다. 1956년 6월호 『신태양』에 정병욱 교수가 「시조부흥론 비판」이란 글을 실었다. 정병욱은 평시조로는 현대의 복잡다단한 삶과 급변하는 사회 상황을 제대로 보여줄 수 없다고 생각하였다. 또한 과거의 사설시조가 여러 가지 새로운 시험을 했음에도 불구하고 그 성과는 대단하지 않았다고 보았다. (사실 조선조의 사설시조 작품 중에 내 뇌리에 각인되어 있는 것은 없다.) 그러니 시조는 엄격한 의미에서 현대의 시로 볼 수없으므로 국민적인 교양 정도로 물러나 '제2예술'로 만족하는 것이 상책이다, 뭐 이런 내용의 글을 썼다. 이태극 시인이 발끈하여 8월호 『신태양』에 「시조는 현대시로서 살고 있다」는 글을 발표하였다.

> 형태상의 不利性을 가지고서 한말의 고비를 넘겨 서구문학의 밀물에도 도태당하지 않고 부흥되고 새로운 창작으로 갱생하였다는 점에서 무슨 당당한 이유가 있는 것이 사실일 것이다. 이 이유야말로 시조의 특질이며 장점이며 생명인 것이다. 그 이유인즉 시조 형태의 능동성이라 할까? 三章六句라는 큰 테두리 안에서 各句마다 7자를 전후하여 자수율을 가지고 자유자재롭게 창작되기 때문이다.

이렇게 시조에 대한 옹호론을 죽 펴나가다가 "전문 시조작가의 배출을 막는다든지 그러한 뜻에서 시 문단의 제2선으로 물러나 그 자리를 완전히 자유시에게 사양하라는 것은 너무나 지나친 견강牽强임에 틀림없다"고 하면서 항의하였다. 아마도 그 당시 이태극의 이 글을 읽은 시조시인이라면 모두 속이 후련했을 것이다. 이와 같은 논쟁이 문예지상에서 전개되면 독자의 관심도 증대되겠지만 시조시단 자체의 발전도 이루어질 것이다. 단시조를 고집하는 이와, 연시조聯時調, 連時調를 주로 쓰는 이와, 사설시조를 많이 쓰는 이가 지상에서 자기주장을 펴도 좋고, 모여서 대담을 해도 좋은 것이다. 그해의 중앙지와 지방지 신춘문예 당선 시조를 놓고 잘 뽑았느니 못 뽑았느니 하는 논의를 원로 · 중견 · 신진 시조시인이 하고 사회를 문학평론가가 봐도 흥미로운 지면이 될 것이다.

필자는 지금까지 가람시조문학상, 천강문학상, 시조 부문 인산시조비평상의 심사를 해보았다. 앞의 두 상 심사를 하면서 시조의 수준이 많이 향상되었다는 것을 확실히 느꼈다. 그렇지만 시조비평은 상대적으로 약하다는 것을 절감했다. 인산시조비평상 대상 평론집의 수가 너무 적었던 것이다. 거듭 말하지만 평론가들의 잘못이 아니다. 짧고 소모적인 글을 쓰게끔 시조 전문 문예지가 청탁을 하니 평론가들은 자기가 하고 싶은 '쓴소리'를 할 겨를도 없고, 주제비평을 할 공간의 확보도 불가능하다.

계간지 『창작과 비평』과 『문학과 지성』이 한국문학의 발전을 위해 크게 기여했었다는 것을 부인할 사람은 그리 많지 않을 것이다. 『창작과 비평』을 이끈 백낙청과 염무웅, 『문학과 지성』을 이끈 김병익 · 김현 · 김주연 · 김치수 등이 문학평론가여서 그랬겠지만 좋은 평론이 두 문예지에는 많이 실렸다. 또한 편집인들은 매호 특집을 무엇으로 할 것인지 신경을 많이 쓰면서 문예지를 제작하였다. 작품만 주로 실려 있다면 이사할 때

버리게 되지만 이 두 계간지는 세월이 흘러도 가치가 손상되지 않을 훌륭한 평론이 실려 있어서 이삿짐 속에 챙겨 넣게 된다. 지금 이 땅의 시조 문예지 편집자들은 시조시인들에게 지면을 주는 역할을 하고 신인을 발굴하는 것도 중요하지만 좋은 특집을 마련하는 일, 좋은 평론을 청탁하는 일에 주력해주기 바란다. 그래야지만 한국의 시조문학은 양적인 팽창을 넘어 질적인 발전을 꾀할 수 있을 것이다. (2018)

한국 시조시단의
미래를 밝히는 등불이 되기를

계간 『시조21』이 지령 50호를 맞아 특집을 마련하였다. 창간한 2001년부터 2009년까지 등단한 29명과 2010년부터 지금까지 등단한 21명에게 시조를 2편씩 청탁하였다. 대표작 1편과 최근작 1편을 청탁해 실었으니 너무나도 흥미롭고 멋진 특집이다. 19년 동안 시조시단에 등단한 수백 명 시인 중에서 편집위원들이 추천한 50명으로부터 대표작을 받았으니 근년에 등단한 '젊은' 시조시인들의 진면목을 확인할 수 있는 자리다. 100편의 시조를 한 달 내내 읽었는데 기분이 흡족하지 않고 많이 답답하였다. 『시조21』에서는 근년에 등단한 뉴리더들의 작품경향을 분석해 달라, 대표시인의 대표작에 대한 해설을 해 달라, 새로운 방향성을 제시해 달라고 청탁서에다 세 가지 부탁을 했다.

작품을 되풀이해 읽으면서 필자는 이런 유혹에 시달렸다. 100편 중 내 마음에 드는 작품이 그래도 10편은 되므로 이들 작품에 대한 상찬의 글을 쓰자. 그러면 10명은 기분이 좋을 테고 나머지 40명은 서운할 것이다. 하지만 그렇게 하면 게재된 시조시인들과 이번 호를 읽을 동료시인들 혹은 독자들에게 내 글은 아무런 도움이 안 될 것이다.

시집 뒤에 들어가는 해설이나 발문이라면 또 모르지만 한국 시조시단의 발전에 조금이라도 도움이 될 글을 쓰고 싶다. 그러자면 방법을 달리할 수밖에 없다. 그래서 필자는 덕담을 하지 않고 개선점을 지적하는 것으로 글을 쓰기로 했다. 편집자님과 시조시인 여러분, 그리고 독자 제위의 양해를 미리 구한다.

여러 해 전부터 시조에 대한 평을 쓰다 보니 시조시인들이 모여 있는 행사장에도 간혹 가게 된다. 다들 의욕이 충천하고 자신감도 충만하다는 인상을 받는다. 시조전문 문예지가 많이 늘었고 시조집이 제법 많이 나오고 있다. 시인 중에 시조를 쓰는 분들이 꽤 되고, 문학평론가 구중서 같은 분도 시조집을 몇 권 냈다. 양적인 확대가 질적인 발전을 담보해야 하는데, 그렇지 않다는 것이 필자의 생각이다. 오늘날 시조전문지가 아니더라도 시조가 꽤 많이 발표되고 있지만 예전의 이호우와 이영도, 김상옥과 정완영 시인의 작품에 필적할 만한 작품이 안 나오고 있다고 여겨진다. 이것이 나의 기우일까 착각일까. 시조전문 문예지가 많이 발간되다 보니 등단자의 수가 부쩍 늘어났다. 20대, 30대의 젊은이도 시조로 등단하는 경우가 적지 않다. 그런데, 그럼으로써 혹시 시조작품이 하향평준화된 것은 아닐까. 이 또한 기우이거나 착각이었으면 좋겠다. 왜 이런 밝지 않은 전망을 하게 되었는지 지금부터 말해보려고 한다. 시조시인의 이름을 밝히지는 않겠다. 다들 수상경력도 시조시단의 경력도 화려하다. 시조집을 여러 권 낸 분도 있다. 이 글을 쓰고 있는 사람은 시조시인도 아니다. 오직 시조시단의 발전에 보탬이 되고자 몇 마디 고언을 드리려 하니, 용서와 이해를 함께 구하는 바이다. (작품이 몇 수가 되든 행을 다 떼어 쓰는 경우가 있는데 평문이니 편의에 따라 붙이기로 한다. 이 또한 양해를 미리 구한다.)

1. 자유시와 분간이 안 가는 시조가 많다

시조시단에 엇시조와 사설시조 쓰기가 유행병처럼 번지다가 지금은 주춤한 상태다. 시대 비판과 인간 풍자의 기능을 할 필요가 있어서 창작된 것이니 만큼 엇시조와 사설시조는 그 기능을 이미 조선조 말에 다했는데 지금 이 시대에 부활한 것이 시조의 현대성 제고에 도움이 될 거라는 생각은 잘못된 것이다. 다행히도 이번에 읽은 100편 작품 중에는 그런 유의 자유시풍이 없어서 나행이나. 조선조 후기에 성행했던 엇시조와 사설시조 중에 우리가 기억할 만한 수작은 드물다고 생각한다. 그런데 아래 작품은 파격도 실험도 아니라 어색하기만 하다. 특히 운율의 측면에서 시조라고 할 수 있을지 모르겠다.

> 물들 가지도 없이 죽었으나 살아 있고
> 살아 있는 것들 사이 죽어 있는 거 같은
> 오 헨리, 저는 진짜인가요? 저는 가짜인가요?
>
> 너무 얇은 이 소설 대단원을 바꿔줘요
> 불운한 주인공의 창문 하나 없어도
> 저는요 일엽편주면서 흘러가지 못해요
>
> 해피엔딩은 식상하고 불멸은 비현실적이죠
> 늙지 않고 피도 없는 모조품은 신물나요
> 둥그런 묘혈 가득 찬 달의 뒤로 갈래요
>
> —「마지막 잎새」 전문

이 시조는 모조품 잎새의 독백처럼 들린다. 진짜와 가짜를 구분할 수 없을 정도로 진짜 같은 모조품 하나, 그리고 그것을 둘러싸고 있는 모조품들. 그래서 화자는 늙지도 않고 생기도 없는 자신이 싫다는 게 아닐까? 모조품에게는 "불운한 주인공의 창문 하나 없"지만, 진짜 마지막 잎새에게는 그 창문이 있었다. 그래서 모조품은 오 헨리에게 영원히 죽지 않는 자신을 소재삼아 더 많은 이야기를 꾸며 내고, 대단원도 바꿔 달라고 하는 것 같다.

형식상의 특성을 살펴보자. 첫째 수의 종장이 완전 파격이다. 3/5/4/3이 정격인데 이 작품은 3/7/7이다. 세 번째 수는 종장의 자수를 3/5/4/3에 맞추었다. 그러나 자수만 맞을 뿐 운韻이 전혀 맞지 않다. 그리고 각 수의 중장은 대체로 초장과 대구를 이루기도 하고, 그렇지 않더라도 허리 역할을 하면서 종장으로 배턴을 넘겨주는 역할을 하는데 "늙지 않고 피도 없는 모조품은 신물나요"는 그렇지 않다. 오 헨리의 명작 단편 「마지막 잎새」를 읽은 사람이라면 이 시구에 이르러 다 고개를 갸우뚱거릴 것이다. 게다가 애잔한 슬픔을 지닌 소설을 읽고 난 이후 독후감 조로 쓴 시조인데 "너무 얇은 이 소설", "해피엔딩은 식상하고 불멸은 비현실적이죠", "늙지 않고 피도 없는 모조품은 신물나요" 등 어투가 시종 비아냥거리는 조다. 형식도 그렇지만 내용도 공감을 주지 않고 불쾌감을 제공한다. "불운한 주인공의 창문 하나 없어도"도 문장이 아주 어색하다. 시조가 시조답지 않으면 자충수를 놓는 격이 된다.

> 때론, 독기 품은 숨겨 둔 칼날이었다가
> 세상 다 녹일 듯한 자애의 모습으로
> 물렁뼈 붉게 자라는, 더 붉게 말[言]들이 자라는
>
> ─「태양의 혀」전문

초장을 보면 '칼날'의 수식어구는 2개, 즉, "독기 품은"과 "숨겨 둔"이다. 혹시 "독기 품고 숨겨 둔"을 잘못 쓴 것일까? 그렇지 않다면 이 표현에서 독기는 스스로 품는 것이고 숨겨 둔 것은 누군가 칼날을 숨겨 둔 것이므로 앞뒤가 맞지 않는다. 적절한 표현이 아닌 것이다. "세상 다 녹일 듯한"과 "자애의 모습으로"는 연결이 잘 되는가? 빛의 변모를 이렇게 표현하고 있는 듯하지만 비유법이 몹시 어색하다. "세상 다 녹일 듯한 자애의 모습으로"라니, 태양 혹은 태양 같은 존재를 아무리 상상해 봐도 이 시구는 공감이 가지 않는다. '태양의 혀'라고 하면 홍염紅焰을 연상하게 되지만 이 시의 제목이 왜 '태양의 혀'여야 하는지 아무리 생각해 보아도 모르겠다. 종장에 가서는 태양의 혀가 물렁뼈를 '붉게' 자라게 한다고 표현한다. 물렁뼈는 아이의 뼈인가? 태양 같은 어머니가 때로는 자애로운 음성으로 때로는 엄한 꾸지람으로 아이를 자라게 한다는 말인가? 그렇다면 '붉게' 자라게 한다는 것은 어폐가 있다. 자수를 맞추기 위해 억지로 써 넣었을 뿐, 언어를 낭비한다는 생각을 떨칠 수 없다. "더 붉게 말[言]이 자라는"이라는 결구도 나로서는 무리수라고만 생각된다. 초장 2/4/3/6도 시조의 전통을 따른 것이 아니다. 이러한 자수 파격이 실험정신일까? "때론"부터 "자라는"까지가 하나의 문장이고, 그 문장도 미완이다. 아무리 현대시조가 자유시와의 경계를 허물고 있다손 치더라도 이런 식의 파격은 실험이 아니라 자충수다.

2. 구태의연한 내용의 시조가 많다

독자가 한 편의 문학작품을 읽는다는 것은 시간을 투자해야 가능한 일이다. 여기에다 돈을 투자하기도 한다. 원고료를 안 주고 정기구독으로 대체하는 문예지가 많은데 그렇게 받아 보는 문예지에 마음에 드는 작품이 실리지 않으면 원고료를 빼앗긴 기분이 든다. 독자가 시간과 돈을 투자해 시조를 읽는데 공감·감동·충격·깨달음 중 뭐 하나 제대로 얻을 수 없는 시조를 필자는 '구태의연하다'고 표현한다.

> 딸인 내가 딸을 낳고
> 딸이 딸을 낳고
>
> 도도히 흐르는 물결
> 은총의 나날이다
>
> 꽃햇살 탱글거리며
> 이 방 저 방 구른다
>
> 아기가 웃는다
> 천사처럼 웃는다
>
> 몽실이 우리 강아지
> 두 손을 내밀면
>
> 허술한 내 가슴에 안긴다
> 두근두근 아찔하다
>
> ─「기도가 더 필요해」 전문

이 시의 화자는 손녀를 보았다. 너무나도 기뻐 세상 온 천지가 은총의 나날이다. 아기는 천사처럼 웃고(천사가 잘 웃는가?) 화자가 두 손을 내밀면 "허술한 내 가슴"에 안긴다. 이 기쁨이 오래 가기 위해서라면 기도가 더 필요하다고 생각하여 제목을 이렇게 붙인 것이리라. 시의 소재도 주제도 나무랄 데가 없다. 따뜻하고 밝고 행복하다. 그런데 시조를 읽고 나면 어디선가 많이 봐온 장면을 한 번 더 본 것 같아진다. 그뿐, 곧 잊힐 시조 한 편을 시간을 들여 읽었다는 생각이 든다. 뻔한 이야깃감, 뻔한 표현은 생명력이 없다고 슈클로프스키, 로만 야콥슨 같은 러시아 형식주의자들이 말했다. 이것이 바로 '낯설게 하기' 이론이다. 대상에게 지나치게 밀착한 나머지 시인은 새롭게 보는 '눈'을 가질 수가 없는 모양이다. 소재―주제―표현 3박자가 잘 맞아야 좋은 작품이 될 터인데 이 가운데 둘은 충족시키되 한 가지가 부족하니 이렇게 구태의연한 시조가 되고 마는 것이다.

> 먹으면 먹을수록 허기만 가득하다
> 그렇다고 설겅설겅 삼키면 체하는
> 오늘도 꼭꼭 씹어서 잘 먹어야 소화되는
>
> ―「나이」 전문

이 시조는 '나이를 먹는다'는 말의 '먹는다'에 주목하여 그것으로 초·중·종장을 끌고 가고 있다. 이러한 말 유희는 독자를 유쾌하게 하지만 그 이상의 성취는 보여줄 수 없다. 나이를 헛되게 먹으면 안 돼, 나잇값을 해야지, 나이 헛먹었구나 하는 말이 갖고 있는 함의에서 한 발자국도 앞으로 나아간 것이 없다. 누가 이 시조를 읽고 '이런 새로운 제품 발명을 하다니', '나이에 대한 새로운 발견이야'라고 생각할까?

> 내 몸이 다 닳아도 세상 모든 때 씻으리
> 씻고 또 씻어 내도 끝이 없는 잡다한 때,
> 비비고 문지를수록 거품으로 감싼다
>
> ―「비누」 전문

우리 모두가 비누에 대해 갖고 있는 상식적인 인식에서 벗어나지 못하고 있다. 비누의 기능이 때를 벗겨내는 것임을 누가 모르는가. 비누는 비비고 문지르면 거품이 일어난다. 이 또한 상식이지 새로운 발견이 아니다. 시의 대상이 사물일 때는 더더욱 상식을 뛰어넘는 새로운 인식이 필요한데 「비누」는 독자의 기대지평 아래에 있다. 표면 현상을 관찰하는 데 그친 이 시조의 한계가 몹시 안타깝다.

> 푹푹 곪은 종기를 짠다 해야 솟아라
> 붉은 대지를 뚫고 하얀 해야 솟아라
> 온 밤을 잠 한 숨 못 자고 펄펄 끓는 날 지켜
>
> 해처럼 방긋 웃는 날 보자던 엄마처럼
> 밤새 뜬눈으로 성난 너를 지켰다
> 캄캄한 어둠 뚫고 오르는 해처럼 솟아라
>
> 날 지킨 엄마는 아니 오고 개만 짖었다
> 뾰족한 널 달래느라 내 머리 다 희었다
> 울음을 꾹꾹 눌러 참는다 둥근 해야 솟아라
> ―「오늘도 해가 뜬다」 전문

누구의 어떤 시와 닮은 데가 있지 않은가. 물론 엄마와 화자의 인연의 끈에 대해 이야기하고 있으므로 주제는 다르다고 할 수 있다. 그런데 대상 사물이 '해'라면 시어 운용을 좀 더 새롭게 해야 '후대에 남을 시조'가 되지 않을까. 시인은 심상하게 써냈지만 독자의 자격으로 이 시조를 읽는 이들은 그 누구의 시를 먼저 떠올릴지언정 이 시조의 독창성을 인정하려 들지는 않을 것이다. 표절까지는 아니더라도 유사한 구절이 많다는 인상을 지울 수 없다.

대상에 대한 치열한 싸움의 결과로 시조를 얻는 것이 아니라, 어떤 관습에 의해, 습관에 따라 시조를 짓는다면 우리 시조의 앞날이 결코 밝을 수 없다. 한국 시조시단이 이제 봄날을 맞이했다고 할 수 있지만 독자의 눈높이를 고려하지 않고 시를 쓰면 안 된다고 생각한다. 자유시가 마냥 길어지고 난해해지고 산문으로 가고 있어서 그런지 시조를 읽고 시낭송을 하는 사람들이 부쩍 늘었다. 그런데 시조가 이와 같이 '구태의연함'을 벗어나지 못하면 시조의 앞날이 결코 밝다고 할 수 없다.

3. 고색창연한 시조가 많다

시조의 역사가 길다. "이화에 월백하고 은한이 삼경인 제"로 시작하는 시조를 쓴 이조년(1269~1343)의 생몰연대를 보면 시조는 13세기 때부터 이 땅에서 시작된 아주 중요한 시가 형식이다. 지금도 시조의 생명이 유지되고 있으므로. '하이쿠'를 완성시킨 마츠오 바쇼松尾芭蕉는 1644년에 태어나 1694년에 타계하였다. 400년 정도 역사가 더 긴 것이 우리네 시조다. 그런데 하이쿠는 세계 어디를 가도 모르는 사람이 없을 정도로 유명한데 시조는 구미 몇 개 나라를 제외하고는 존재감이 없다. 아마도 이 이유 때문에 민병도 시조시인이 사단법인 국제시조협회를 만들고 청도국제시조대회를 개최한 것이 아닐까. 민병도 시인의 노력이 결실을 맺으려면 우리 시조 자체의 질적 함량이 높아져야 한다.

그와 아울러 이 땅의 선각자들이 왜 시조부흥운동을 전개했는지 가슴에 새겨볼 일이다. 프로문학의 부박함과 난폭함이 시단을 휩쓸자 그에 대한 반발로 시조부흥운동이 전개되었다. 특히 <동아일보>에 1932년 1월 23일부터 2월 4일까지 연재된 이병기의 논문 「시조는 혁신하자」는 이 땅의 시조시인들이 가슴에 새겨야 할 내용이다. 그는 고시조와 현대시조를 비교하면서 현대시조가 나아가야 할 방향을 제시하였다. 생활의 실감이 나는 시조를 쓰자, 소재의 범위를 넓히자, 격조格調에 변화를 주자, 단형시조만 고집하지 말자는 것 등을 주장하였다. 이런 것을 주장만 했던 것이 아니라 고시조에서 볼 수 없었던 세련된 감각과 현대적 감수성을 그 스스로 시조작품을 통해서 보여주었다. 그런데 이병기의 이 글이 나온 것이 1932년 1월이었으니 근 90년 전이다. 자, 그런데 이병기의 후예인 이 땅의 시조시인들은 가람이 90년 전에 한 말을 새겨듣기는커녕 시조 혁신의 반대 방향으로만 가고 있는 것은 아닌가.

반달 위에 다시 반달 물레 위에 올려놓고
엄지로 꾹꾹 눌러 한 몸으로 꿰매는 손
해종일 걸어온 꿈길, 달이 하마 돋는다

비바람도 등을 돌려 눈물 걷힌 하늘가에
천삼백 도 장작 가마 혀가 파란 불춤 속에
서로를 품안에 들여 포개보는 두 어깨

첫새벽 길을 가듯 눈길마다 낯선 시간
저무는 노을 한 장 지도에서 사라지면
빈 하늘 환하게 밝힌다, 조선의 흰 달 하나

—「달항아리」 전문

그다지 흠결이 없는, 완성도 높은 시조다. 시조의 품새를 착실히 익힌 분의 작품이라 그야말로 '잘 빚어진 항아리'(클리언드 브룩스)다. 하지만 물레 위의 반달, 꿈길, 하마, 하늘가, 조선의 흰 달 등, 이 시조를 이루고 있는 시어는 대단히 낡았다는 느낌이 계속해서 든다. 전통문화, 전통적인 것, 우리 고유의 것 등이 시의 소재가 될 때, 오히려 현대적인 감각으로 그것들에 접근해야 하지 않을까? 이 시조를 이 땅의 젊은이들이 과연 이해하고 공감할 수 있을까? 조선시대에 달항아리가 많이 생산된 것은 사실이지만 달항아리가 "조선의 흰 달 하나"가 됨으로써 21세기의 시조가 아니라 19세기의 시조가 되고 말았다.

> 오래 전 비바람이 들락거린 자국 같은
> 장독대 뒤쪽으로 금간 벽이 불룩하다
> 쪽창을 열어젖히면 보일까 그 옛날들
>
> 담을 허문 한 뼘 땅 풀씨들이 날아와
> 개망초, 달개비며 나팔꽃, 엉겅퀴들
> 활짝 핀 풀꽃나라가 궁궐 한 채 세웠다
>
> ─「풀꽃나라」 전문

이 시조도 졸작이나 태작은 아니다. 다만 시인이 다루는 시간대가 꼭 이렇게 "그 옛날들"이어야 하는 것인지 안타깝기 이를 데 없다. 장독대, 쪽창, 허문 담, 궁궐로 이루어진 이 시의 공간에 대해 아무리 설명을 해주어도 10대와 20대 독자는 공감을 하지 못할 것이다. 물론 농촌에서 자란 젊은이라면 이 시의 의미를 납득하겠지만 도시에서 나고 자란 젊은이라면 시의 전반적인 내용을 짐작할 수는 있되 실감하기는 어려울 것이다.

재작년인가 인공지능 알파고가 바둑기사 이세돌을 완파하였다. 그 알파고의 몸체에는 수많은 데이터(기보)가 입력되어 있어서 이세돌이 여기에 바둑돌을 두면 저기에 둠으로써 이길 수 있었다. 이런 알파고를 이긴 것이 알파고 제로다. 데이터를 입력하지 않고 스스로 대처할 수 있는 능력을 가지게 했더니 알파고는 알파고 제로에게 100전 100패를 했다. 우리가 살고 있는 시대가 이런 시대다. 에이즈라는 신종질병이 우리 귀에 처음 들려온 것이 1981년이었다. 지금까지 에이즈로 몇 천만 명이 죽었다. 광우병·사스·조류독감·신종플루·구제역·메르스…… 2020년 벽두부터는 신종 코로나19 바이러스가 전 세계인을 공포로 몰아넣고 있다. 문명은 지금 가속도를 내며 달리고 있다. 대한민국을 둘러싸고 있는 4대 강국은 줄다리기에 정신이 없고 조만간 또 다른 신종 바이러스가 우리의 목숨을 위협할지 모른다. 그런데 시조를 보면 이 세상을 벗어난 무릉도원에서의 음풍농월 같다. 세속의 온갖 갈등과 부조리와 권모술수에는 아랑곳하지 않고 전원에서 살고 청산에서 노닌다.

> 잔칫상 받은 참새 배불리 먹었다고
> 짹 짹 짹 노래하며 어깨춤 덩실덩실
> 정 많은 허수아비는 주인 오나 살핀다
>
> ―「황금 들녘」 전문

초·중·종장 어느 한 장도 시적인, 혹은 시다운 표현이 없다. 허수아비를 의인화한 점은 좋다. 정 많은 허수아비는 참새가 아무리 와서 곡식을 쪼아 먹어도 별 상관하지 않더라는 뻔한 이야기를 하고 있다. 물론 이 시조에서 생명사상을 읽어내는 독자도 있을 것이고 동심의 세계를 느끼는 독자도 있을 것이다. 마음의 순수함, 정경의 아름다움, 세계관의 고결함을 상찬할 수 있을지언정 이 작품을 두고 훌륭한 시조작품이라고는 할 수 없다. 짧다고 해서 다 촌철살인이고 정문일침은 아닌 것이다.

자, 이 글의 필자는 어떤 시조시인의 작품을 예로 들면서 왜 좋은지에 대해서는 한마디도 하지 않았다. 그 덕담이 그분께 큰 도움이 되지 않음을 알고 있기 때문이다. 그런데 내가 예로 든 시조를 쓴 시인들은 자존감이 많이 추락했을 것 같다. 기분은 구정물을 뒤집어쓴 것 같을 것이다. 하지만 고통의 시간 뒤에 좋은 시는 태어난다. 누군가가 던져주는 찬사는 시인을 나르시시즘에 빠지게 한다. 그러나 쓴 말은 시인을 새롭게 일으켜 세운다. 그러니 곰곰이 생각을 해보면 좋겠다. 한국 시조시단이 지금 발전을 멈추고 답보상태에 있는 것은 아닐까? 아니, 퇴보하고 있는 것은 아닐까? 시조시인 여러분이 새로운 표현기법과 주제의식에 대한 갈망이 깊어져 우리 시조의 질적 함량이 높아지기를 바랄 뿐, 다른 마음은 조금도 없음을, 진정 어린 마음으로 고언을 했음을 헤아려주길 바란다.

한국 시조문학의
세계화를 위한 방안

　시조문학이 지금 중흥기라는 표현을 여러 곳에서 했는데, 지금은 이 표현을 쓴 것을 후회하면서 공식적으로 철회하고자 한다. 그 이유는 다음 몇 가지 때문이다.

　현행 중·고등학교 교과서에는 시조작품이 몇 편 실려 있지 않다. 필자가 중학생 시절 국어시간에는 교과서에 실려 있는 10편이 넘는 시조를 선생님이 외우게 하였다. 지명을 하면 일어나서 "가노라 감각산아 다시 보자 한강수야" "이런들 어떠하리 저런들 어떠하리" 하면서 시조를 암송해야 했다. 대입 수험생 시절에도 웬만큼 유명한 시조는 거의 다 그 의미를 알고 있어야 했다. "이화에 월백하고 은한이 삼경인제"가 무슨 뜻인지, "어즈버, 태평연월이 꿈이런가 하노라"가 무슨 의도에서 나온 것인지, 그 시절의 수험생은 다 알고 있었다. 지금은 거의 모든 검인정 국어와 문학 교과서에서 시조가 빠져버렸다. 시조라는 형식의 작품을 옛날 사대부 계급에서 썼고, 임진왜란 이후에 엇시조와 사설시조가 한때 유행했다는 것 정도를 알면 될 뿐, 개별 작품에 대한 심도 있는 해석은 하지 않아도 된다. 그러므로 대학교 문예창작학과에 들어온 학생들에게 시조에 대해 물어보면 정지상의 한시 「송인」을 시조로 알고 있고, 향가와 가사와 악장과도 구별을 짓지 못한다. '옛날 우리 조상들이 썼던 시가 형식 중의 하나' 정도로만 알고 있다. 현행 문학 교과서에는 아래 시조가 실려 있다. (괄호 안은 출판사 이름)

이　색, 「백설이 즈자진 골에」(창비)

우　탁, 「춘산에 눈 녹인 바름」(미래엔)

이조년, 「이화에 월백ᄒ고」(금성)

이방원, 「이런들 엇더ᄒ며」(문학 교과서에는 안 나오고 비상 국어 교
　　　　과서에 실림)

길　재, 「오백 년 도읍지를」(미래엔, 지학사)

성삼문, 「수양산 ᄇ라보며」(금성, 미래엔, 비상, 해냄)

성삼문, 「이 몸이 주거 가셔」(문학 교과서에는 안 나오고 미래엔 국어
　　　　교과서에 실림)

원천석, 「눈 마즈 휘여진 디를」(문학 교과서에는 안 나오고 비상과 박
　　　　영사 국어 교과서에 실림)

정　철, 「내 ᄆ음 버혀 내여」(비상)

송　순, 「십 년을 경영ᄒ여」(금성, 동아)

홍　랑, 「묏버들 갈히 것거」(천재, 미래엔, 금성 국어 교과서)

황진이, 「동지ㅅ돌 기나긴 밤을」(천재)

황진이, 「어져 내 일이야」(동아, 신사고, 해냄)

계　랑, 「이화우 훗뿌릴 제」(비상)

신　흠, 「아츰은 비 오더니」(천재)

오경화, 「곡우릉 우ᄂ 소릭에」(금성)

김천택, 「백구야 말 무러보쟈」(해냄)

신　흠, 「봄이 왔다 ᄒ되」(동아)

모든 교과서를 다 찾아보았는데 단시조는 이상이 전부였다. 즉, 채 20편이 실려 있지 않았다.

　　작자 미상, 「님이 오마 ᄒ거늘」(동아, 창비)
　　작자 미상, 「어이 못 오던가」(미래엔)
　　작자 미상, 「나모도 바히돌도 업슨」(챈재, 금성)
　　작자 미상, 「창 내고자 창을 내고쟈」(비상, 지학사, 해냄)
　　작자 미상, 「한숨아 셰 한숨아」(천재)
　　작자 미상, 「두터비 ᄑ리를 물고」(국어 교과서 비상, 박영)
　　작자 미상, 「일신이 사쟈 ᄒ이」(신사고)

　필자가 수험생이었을 때는 한두 편밖에 없던 작자 미상의 사설시조가 총 7편 실려 있다는 것이 이색적이었다. 연시조는 이현보의 「어부사」와 이이의 「고산구곡가」는 사라졌고, 맹사성의 「강호사시사」가 금성 국어 교과서에, 이황의 「도산십이곡」이 천재 문학 교과서에 일부 실려 있다. 윤선도의 「어부사시사」는 천재·미래엔·지학사 문학 교과서에, 「오우가」는 천재 국어 교과서에 실려 있다. 윤선도의 「만흥」이 천재·동아·비상·신사고 문학 교과서에, 해냄 국어 교과서 등 총 다섯 군데에 실려 있는 것이 이채로웠다.

　고등학교 교과서에 실려 있는 시조가 이것이 전부라니! 그야말로 '맛보기'로 소개하고 있을 따름이다. 인생무상, 자연예찬, 연군지정, 안빈낙도, 풍류 같은 주제의 시조는 거의 다 빠졌다. 그래서 「흥망이 유수ᄒ니」(원천석), 「가마귀 눈비 마즈」(박팽년), 「간밤의 부던 ᄇ람에」(유응부), 「풍상이 섯거 틴 날에」(송순), 「천만 리 머나먼 길해」(왕방연), 「추강에 밤이 드니」(월산대군), 「청초 우거딘 골에」(임제), 「재 너머 셩권롱 집의」(정철), 「흔 잔

먹새 그려」(정철), 「농암에 올라보니」(이현보), 「말 업슨 청산이오」(성혼), 「삼동에 뵈옷 닙고」(조식), 「가노라 삼각산아」(김상헌), 「짚방석 내지 마라」(한호), 「반중 조홍 감이」(박인로), 「산촌에 눈이 오니」(신흠) 등을 지금의 고등학생들은 모른다. 작가 미상의 사설시조가 예전보다는 많이 실려 있어 그나마 다행이라고 할까.

현대시조는 교과서에 아예 없다. 시조부흥운동을 전개한 최남선·이병기·이광수·이은상·정인보 등은 물론 제2세대 시조시인이라고 할 수 있는 이희승·김상옥·이은상·장순하·이호우·이영도·이태극·조종현 등의 시조가 실려야 하는데 눈에 불을 켜고 찾아봐도 안 보인다. 예전부터 정완영의 「조국」이 한 편 달랑 실려 있을 따름이다.

현존 시인들의 시조도 다수 실려야 한다. 현행 국어 교과서를 보면 신경림·정희성·황동규·정현종은 물론이거니와 고재종·김용택·나희덕·도종환·안도현 등의 시가 실려 있다. 졸시도 3편이 실려 있다. 그런데 왜 현대시조는 교과서에 안 실려 있는지, 교과서를 편찬하는 주최 측에 문제를 제기해야 하지 않을까.

한국문학번역원의 자료를 찾아보았다. 이곳에서 해외에 번역·소개한 시인이 60명쯤 되는데 시집명은 생략하고 시인의 이름만 나열해본다.

작고 시인 : 김소월·백석·정지용·서정주·유치환·윤동주·박목월·구상·김수영·김춘수·천상병·김광균·박희진·김종길 (이상 14명)

생존 시인 : 김남조·고은·신경림·문덕수·정현종·황동규·강은교·오세영·신달자·김후란·박제천·이시영·문정희·김혜순·마종기·정호승·최승자·김승희·이성복·황지우·김광규·최동호·

김정환·김수복·이경림·도종환·고창수·고형렬·최승호·황인숙·
김기택·백무산·정일근·송찬호·김언희·문태준·나희덕·김선우·
김이듬·이장욱·허수경·진은영·심보선·김경주 (이상 44명)

한두 명 빠뜨린 시인이 있을지 모르겠기에 60명이라고 하자. 이 가운데 시조시인은 한 명도 없다. 다만 『어부사시사』 『기생시조선』 『시조의 리듬』 『고려 및 조선조 시인 시조선집』이라는 제목으로 번역된 책은 있다. 한국문학번역원에다 시조에 관심을 기울여달라고 촉구할 수는 없는 것일까? 60명 현대 시인의 시집 내지는 시선집이 외국어로 번역이 되었는데 현대 시조시인의 시조집은 단 한 권도 번역된 바 없다는 것은 한국문학번역원의 직무유기가 아닐까? 아니면 시조시단의 무사안일주의의 소치가 아닐까? 고은의 시집과 신경숙의 소설집이 각각 20권 이상씩 외국어로 번역되어 있는 것과도 대조적이다. 두 사람의 책은 여러 종이 영어·스웨덴어·프랑스어·독일어·중국어·일본어 등으로 번역되었기에 20권을 훌쩍 넘었다.

대학에서도 시조 교육이 사라졌다. 아마도 2019년에 설립된 경기대학교 한류문화대학원의 '시조장착 전공' 학과가 유일하지 않은가 한다. 원래 대학 국어국문학과의 교과목은 어학·고전문학·현대문학으로 구분되는데 고전문학 중에서 시조 전공자가 있어 석사나 박사학위를 받기도 했었다. 하지만 고전문학 중에 시조를 전공한 교수는 대학 강단에 설 수 없으므로(강좌가 없으니 자연히 그렇게 되고 만 것이다) 지금은 고전문학 전공자 중 시조를 연구해서 석·박사 논문을 쓰는 사람이 거의 없다. 이 문제에 대해 시조시단에서 전혀 거론하지 않고 있는 현실이 안타깝다.

정음문화사에서는 1984년에 국어국문학회 편 국문학 연구총서 10권을 펴냈는데 그중 제4권이 『시조문학연구』다. 아마도 이 책은 그때까지의 국문학계의 시조론이 집대성된 책일 터인데, 이런 책이 이후에도 나온 것이 있는지 모르겠다. 그 책에 실린 시조 관련 논문의 제목을 살펴보자.

이병기, 「시조의 발생과 가곡과의 구분」
이능우, 「시조의 율성」
최동원, 「시조 형성에 대한 한 고찰」
이태극, 「시조의 章句攷」
이상선, 「고시조의 성격」
장사훈, 「엇시조와 사설시조의 형태론」
심재완, 「시조문학의 작가 고증 문제」
이종은, 「시조문학에 나타난 은일사상」
김동준, 「조선조 몽환시조의 연구」
서원섭, 「사설시조의 주제 연구」
박노순, 「사설시조에 나타난 에로티시즘」
이병도, 「송강의 단가론」
문영오, 「고산 윤선도의 단가 연구」
진동혁, 「이정보 연구」
이상보, 「박선장의 오륜가 연구」
임선묵, 「육당론」
최승범, 「가람 이병기론 서설」
김해성, 「노산론」

이 명단을 보면 1980년대까지만 하더라도 대학의 고전문학 전공자 가운데 시조를 연구한 사람들이 꽤 되었음을 알 수 있다. 지금은 그 수가 줄지 않았을까? 줄었다면 대책을 강구해야 하지 않을까? 2000년대에 들어 그나마 열린시조학회와 민족시사관학교에서 몇 차례에 걸쳐 중요한 세미

나를 가진 바 있다. 2008년에 '사설시조의 특성과 그 전망'이라는 제목의 세미나에서 박철희 · 김학성 · 유성호 · 이지엽 · 박기섭 · 김제현 6인이 논문을 차례로 발표하였다. 2010년에는 '시조의 형식미학과 현대적 계승'이라는 제목으로 세미나가 열렸는데 발표자는 박철희 · 김학성 · 장경렬 · 박기섭 · 이지엽 · 정종 6인이었다. 2011년 '현대 시조문학사 기술은 가능한가'라는 제목으로 세미나가 열렸을 때는 박규홍 · 유성호 · 박철희 · 오문석 · 박기섭 · 이지엽 6인이 논문을 차례로 발표하였다. 이 명단이 시사해 주는 것은 근년에 들어 시조를 학문적으로 연구하는 사람들이 확 줄었다는 것이다. 10명 정도밖에 되지 않는다. 다행히도 20세기에 들어서서 나온 시조평론집은 30권 남짓 된다. 연도순으로 서명을 제시한다.

이우걸, 『젊은 시조문학 개성 읽기』(작가, 2001)

김제현 · 이지엽, 『한국 현대시조 작가론 Ⅰ』(태학사, 2002)

송정란, 『한국 시조시학의 탐색』(문학아카데미, 2003)

이지엽, 『한국 현대시조 작가론 Ⅱ』(태학사, 2007)

이지엽, 『한국 현대시조 작가론 Ⅲ』(태학사, 2007)

장경렬, 『불과 얼음의 시혼—초정 김상옥의 문학세계』(태학사, 2007)

원용우, 『한국 현대시조의 현황과 전망』(국학자료원, 2009)

임종찬, 『현대시조의 정서와 방향』(국학자료원, 2009)

이정자, 『현대시조, 정격으로의 길』(국학자료원, 2010)

노창수, 『사물을 보는 시조의 눈』(고요아침, 2011)

엄경희, 『전통시학의 근대적 변용과 미적 경향』(인터북스, 2011)

엄경희, 『이우걸 시조 연구』(태학사, 2013)

이봉수, 『현대시조 바로 세우기』(문예촌, 2013)

장경렬, 『시간성의 시학』(서울대학교출판부, 2013)

정경은, 『한국 현대시조 시인론』(월인, 2013)

김창현, 『한국 현대시조 연구와 방향』(오늘의문학사, 2014)

이경철, 『21세기 시조 창작과 비평의 현장』(고요아침, 2014)

이송희, 『길 위의 문장』(고요아침, 2014)

박지현, 『우리 시대의 시조, 우리 시대의 서정』(시와소금, 2015)

원은희, 『서벌 시조 연구』(고요아침, 2015)

이승하, 『향일성의 시조 시학』(고요아침, 2015)

민병도, 『비정형의 정형화』(목언예원, 2016)

이정자·한종구, 『현대시조문학사』(국학자료원, 2016)

이송희, 『경계의 시학』(고요아침, 2017)

권성훈, 『현대시조의 도그마 너머』(고요아침, 2018)

박정선, 『이우걸 시조 세계』(태학사, 2018)

정용국, 『시조의 아킬레스건과 맞서다』(지우북스, 2018)

민병도, 『시조, 정형성에 대한 새로운 이해』(목언예원, 2019)

유순덕, 『현대시조에 나타난 형식미학과 생명성 연구』(고요아침. 2019)

이지엽, 『권갑하 시조 연구』(고요아침, 2019)

정희경, 『시조, 소통과 공존을 위하여』(목언예원, 2019)

책은 30권 정도 나와 있고, 현재 20명 정도가 시조시단에서 평론을 쓰고 있다고 보면 되겠다. 이 정도 인적 자원이면 적다고는 할 수 없지만 시평단에서 활동 중인 문학평론가에 비한다면 턱없이 적은 숫자다.

2017년에 사단법인 국제시조협회가 창립되었고 경북 청도에서 제1회 국제시조대회가 열렸다는 것이 그나마 시조의 세계화를 위해 첫 단추를 끼운 것이라고 볼 수 있다. 연간지 『국제시조』도 창간되었다. 이 모든 일을 진두지휘한 민병도 시인의 고군분투는 눈물겹다고 아니할 수 없다. 민병도 시인이 발행인으로 있는 출판사 목언예원에서 나온 다수의 시집은 2001년에 문을 연 한국문학번역원에서 지난 20년 동안 단 1권의 개인시조집도 번역해서 내지 않은 것과 좋은 대조를 이룬다.

'고시조 100선'『동짓달 기나긴 밤을』이 일본어와 중국어로 번역되었다. 시집의 제목이『冬至の長き夜』와『冬至漫長夜』두 가지였다. 문무학·민병도·신웅순이 선정하였고, 일어 번역은 안수현이, 중국어 번역은 맹유가 맡았다.『경북의 시조』도 안수현·맹유가 맡아서 했다. 이호우·이영도 오누이의 시조를 장경렬이 영역하여 A Flower Opens란 제목으로 펴냈다. 이호우 시조선집은 안수현이 번역하여『開花』라는 제목으로 나왔다. 이영도 시조선집은 역시 안수현이 번역하여『楊炎』이라는 제목으로 나왔다. 민병도 일본어 번역시집은『青銅魚』라는 제목으로 안수현이 번역했고, 중국어 번역시집은『一度为花』란 제목으로 맹유가 번역했다. 김일연의 일역 시집『花の斷崖』는 안수현이 번역을 했고, 시조와 하이쿠 합동시집『野草の朝』도 안수현이 번역을 했다. 이밖에『慶北之心』은 맹유가 번역했다. 이상 10권의 번역시집이 나와 있는데, 민병도 한 사람이 이 많은 일을 하고 있으니 대단하다고 아니할 수 없다. 앞으로 국제시조대회를 통해 시조가 중국과 일본 2개 나라의 범위를 넘어서서 전 세계에 알려지려면 지방자치단체의 도움도 필요하겠지만 인적 자원의 확보가 급선무이다. 현재 국제시조학회의 평론·번역분과 소속 인원은 단 4명으로 장경렬·유성호·맹유·안수현이 전부다. (사)국제시조협회가 청도의 목언예원을 주소지로 하고 있는 것도 한계가 아닌가 한다.『국제시조』창간호에서 회원들의 작품 외에 읽을거리는 민병도 시인의 창간사와 유성호 평론가의 5쪽짜리 발제문「시조의 역사성과 세계화」가 전부다. 2018년에 나온 제2호에는 박경화 시인이 쓴 6쪽짜리 대만 여행기가 전부다. 사정이 이러한데 제호가『국제시조』여서 안타까움을 금할 수 없다. 민병도 한 사

람이 이 모든 일을 주선해서 여기까지 끌고 온 것은 정말 놀랍다. 시조의 세계화 작업을 위해 이제 비로소 주춧돌이 하나 놓인 것이라고 본다. 국제시조협회의 앞으로의 활동에 큰 기대를 해본다.

우리 문학의 발전을 위해 지대한 공헌을 하고 있는 단체로 대산문화재단이 있다. 이곳의 역할은 한국문화예술위원회나 서울문화재단·경기문화재단 등에 못지않다. 대산문화재단에서 그간 펴낸 단행본 책만 해도 수백 종에 이르는데 그 가운데 시조에 관한 것은 딱 2권이다. 1996년부터 번역을 시작하여 2005년에 이르러 1권의 이탈리아어 번역시집이 나왔으니 『청루의 노래—한국 기생시조 및 한시 *Canti Dal Padiglione Azzurro*』다. 번역자는 빈첸자 두르소로서, 시작한 지 10년이 걸려 한 권의 시집이 번역되어 나온 것이다. 『오우가—한국의 시조』는 헝가리어로 2002년에 나왔는데 번역자는 오스바스 기보르다. 『한국대표시조작품집』은 독어로 유한나와 마티아스 괴펠이 번역중이다. 2013년에 착수했지만 아직 책으로 나오지는 않았다. 번역이란 것이 그만큼 어렵다는 뜻이다.

지금까지 논의를 해본 바, 한국 시조문학의 발전과 세계화를 위해서는 급히 해야 할 일이 몇 가지 있다. 열 가지를 제안한다.

첫째, 중·고등학교 교과서에 고전시조가 다수 실려야 하며, 수록된 시에 비례하여 일정 비율을 정해 놓고서 현대시조를 싣는 방법이 요청된다.

둘째, 대학 국어국문학과에서 시조 연구자가 배출되어야 하며 시조 강좌가 개설되어야 한다.

셋째, 많은 시조작품이 다양한 외국어로 번역되어야 한다.

넷째, 시조에 관심을 갖고 시조를 자국의 언어로 번역하고자 하는 외국인들이 있어야 한다.

다섯째, 한국문학번역원이나 대산문화재산 등 기관에서 시조번역사업에 관심을 기울여야 한다.

여섯째, 시조에 관심이 있는 연구자들에게 문예지는 발표지면을 대폭 늘려주어야 한다. 서평과 해설 쓰기도 중요하지만 본격적인 시조시인론이 많이 나와야 한다.

일곱째, 시낭송대회의 일환으로 청소년을 대상으로 하여 시조암송대회를 가질 것을 제안한다.

여덟째, 시조를 번역한 적이 있는 외국인들에게 청탁하여 시조 번역의 어려움과 시조의 매력에 대해 원고를 받아 시조전문 문예지에 싣는다.

아홉째, 이제는 우리가 일본인 학자들을 학회에서 초청해 일본의 하이쿠와 단카, 렌카와 우리의 시조, 엇시조, 사설시조의 다름을 연구 · 발표케 한다.

열째, 시조평론가에게 주는 유일한 상인 인산시조평론상이 제7회를 끝으로 중단되었다. 10종이 넘게 나오고 있는 시조전문 문예들이 십시일반으로 모금을 해서라도 이 상이 부활하기를 바란다. 시조평론가를 계속 키워내지 않으면 한국의 시조는 제자리걸음을 하거나 퇴보할 것이다.

우리의 정신이 담긴 시조가 양적 확대와 함께 질적 저하가 심화될 수 있다는 데 대해 경각심을 갖고서 시조시인들이 연대하여 앞날을 개척해 나갔으면 좋겠다.

시조가 지향하는
세계는 활짝 열려야 한다

시조시단의 대약진이 놀랍다. 시조 전문 잡지가 늘고 있고 시조의 독자가 늘고 있고 시조시인이 늘고 있다. 고려조 중엽에 싹터서 고려 말엽에 그 형태가 완성된 시조인지라 고려 200년, 조선 500년, 현대 100년의 역사를 합치면 800년은 족히 창작되어 온 것이 시조다. 마츠오 바쇼(松尾芭蕉, 1644~1694)에 의해 그 형식이 확립된 하이쿠보다 역사가 무려 400년은 길다. 유구한 역사와 전통을 갖고 있는 우리의 대표적인 문학 장르가 시조이니만큼 시조시단에서 노벨문학상 수상자가 나와야 한다고 그들은 말하는데, 일리가 있는 말이다. 시조시단의 뛰어난 시인들을 손에 꼽아보면 최소한 10명은 된다. 그런데 내용과 형식, 역할과 영향력에 있어서 정완영 선생이나 오현 스님을 뛰어넘는 분은 없는 것 같아 내심 안타까운 생각도 든다.

시단이 시조시단을 바라보는 시선이 바뀐 것도 금석지감을 느끼게 한다. 시조는 정형의 한계를 지니고 있으며 '어즈버' 유의 회고지정을 벗어날 수 없다고 생각해 왔는데 지금은 그렇지 않다. 하염없이 길어지고 무진장 어렵기만 한 현대시에 질린 독자들이 시조를 읽고 '이것이 시답다'고 생각하고 있다. 시인들도 다른 시인의 시를 읽지 않는 이 시대에 시조는 눈에 들어온다고 한다. 눈에 들어온다는 것은 뜻이 이해가 되고 공감이 간다는 얘기일 것이다.

'2018년 신춘문예 시 · 시조 당선자 신작특집 2'에 실려 있는 4명 시조 당선자의 신작 8편을 보았다. 경남신문 당선자 박선영, 국제신문 당선자 박미소, 매일신문 당선자 김제숙, 부산일보 당선자 김현주의 신작시조 8편과, 시와 시조 난에 실린 박영교 · 심성보의 시조를 살펴보기로 한다.

> 바다는 새들이 해풍을 견디며
> 파랑波浪을 공부해 온 시간의 준말이다
> 그 결이 새가 하고 싶은 말을 수면 위에 적는다
>
> 산에선 나무가 폭풍을 움켜쥐고
> 기슭까지 내다뻗은 힘줄을 요약한다
> 그 맥은 뿌리가 그린 그림을 박제하여 묻는다
>
> 들판의 곡식이 계절을 알아보면
> 비로소 나의 인내 추수하게 되리라
> 그 켜를 일으키고 나면 목청 높여 울리라
>
> ―박선영, 「허수아비의 꿈」 전문

제목이 지나치게 진부하여, 시인의 나이를 다 셈해보게 되었다. 그런데 첫 번째 연을 보니 아연 독자를 긴장케 한다. 바다가 "새들이 해풍을 견디며/ 파랑을 공부해 온 시간의 준말"이라고 하니 표현이 아주 신선하다. 파랑의 결이 "새가 하고 싶은 말"을 수면 위에 적는다고 한다. 바다에서 사는 새들이 있다. 갈매기, 바다직박구리, 바다오리 등. 이런 새들이라고 하여 해풍과 풍랑이 두렵지 않을까. 바다를 이루는 것은 바람과 해일, 햇볕과 별빛 같은 것일 터, 생존해야만 하는 바닷새의 하루하루가 무척 힘겨울 것이다. 산에 있는 나무라고 하여 무사안일의 나날이 아니다. 폭풍이 오면 뿌리째 뽑히기도 한다. 뿌리는 나무의 생장을 돕는 것뿐만이 아니라 나무가 뽑히지 않도록 땅을 움켜쥐고 있다. 이윽고 추수의 계절이 오면 허수아비는 태풍과 가뭄을 다 이겨낸 뒤인지라 안도의 한숨을 내쉰다. 나 또한 허수아비를 보면서 인내를 추수할 거라고 다짐한다. "그 켜를 일으키고 나면"의 '켜'는 무엇일까? 포개어진 물건의 층이 켜인데 쌀의 켜인지? 곡식의 켜를 뜻하는 것이라면 '추수가 끝나면'으로 이해해도 될 듯하다. 자연과의 대결에서 이겨내고 나서 자신의 소임을 다한 허수아비가 허탈해 하는 것 정도가 아니라 목청 높여 울 것이라고 생각한다. 이 시조를 읽고 나니 서양의 경구가 하나 생각난다. 인내는 쓰다. 그러나 그 열매는 달다. 너무 쉽게 내린 결론이 마음에 걸린다.

꽃들은 생각보다
나에게 관심없다
그들이 색깔이나
꽃잎의 개수를
나에게 허락받은 적 없는 것처럼 말이다

예쁘지만 그 모두가
내 것이 되진 않는다
눈으로만 탐하다가
집으로 갈 것이다
내 안에 꽃씨 하나를 심으면 될 일이다

—박선영, 「취향」 전문

제 눈에 안경이다. 절대적인 기준이 있는 것이 아니라, 하고 싶은 곳으로 마음이 쏠리는 법이다. 꽃들이 인간인 내게 관심이 없듯이, "예쁘지만 그 모두가/ 내 것이 되진 않는다"고 한다. 당연한 말이다. 세상사 바람대로 다 이루어지면 '인내심'이나 '성취감' 같은 어휘는 사라질 것이다. 쇼윈도 속의 물건을 보고 탐낼 필요가 없다. 마음만 찜찜하다. 내 마음에 든다고 가질 소유욕을 품을 것이 아니라 "내 안에 꽃씨 하나를 심으면 될 일"이다. 쉽고 단순한 것이 시의 미덕이 될 수 있지만 재담의 수준에 머물지 않게 유의할 일이다.

> 한 남자 몸속에서 빗금이 반짝인다
> 날마다 뜬눈으로 불 꿈만 꾸었을까
> 어둠이 온몸에 박혀도
> 그림자가 환하다
>
> 　　　　　　　　　　　　　　　—박미소, 「달항아리」 전문

　작품 전체가 역설이다. 만월의 넉넉함을 닮은 달항아리를 보고 이 시인은 어찌하여 남성성을 느낀 것일까. 그런데 압축과 생략이 심하여 에로티시즘의 정화가 설득력을 얻지 못하고 있다. "어둠이 온몸에 박혀도/ 그림자가 환하다"라는 멋진 표현이 그 앞의 2개 문장과 잘 어우러지지 않아서 고개를 갸웃거리게 된다.

> 한때, 나도
> 저처럼 뜨거운 적이 있었지
> 한 사람 아득함을 끝끝내 닦지 못해
> 토하듯, 발설해버린

그런 사랑 있었지

—박미소,「꽃지 노을」 전반부

태안군 안면도 꽃지해수욕장의 노을을 노래한 시조다. "한 사람 아득함을 끝끝내 닦지 못해"가 눈길을 끌어당긴다.

세상의 바람소리 견딜 수 없는 날에
혼자 몰래 찾아와 한 사람
모습을 안고

살포시 바다에 잠긴
내 모습은 붉었지

—「꽃지 노을」 후반부

시조의 후반부를 보니, 붉은 노을이 화자의 정열과 연결된다. 그런데 이런 상상력은 너무 흔하고 익숙한 것이 아닐까. 시조시인에게도 상상력이 필요하다는 것을 알려주는 작품이 아닌가. 많이 아쉽다.

쥐도 새도 모르게 조달된 군자금으로
몸피를 부풀리며 세력을 확장한다
이때를 기다려 왔다,
일시에 전면전이다

쏟아지는 봄볕에 경계가 헐거워져
닫아 건 몸의 빗장 거짓말처럼 무장해제
마음을 놓쳐 버렸다,
황홀한 봄의 전쟁

—김제숙,「벚꽃 만개하다」 전문

'군자금' '세력 확장' '전면전' '무장해제' '봄의 전쟁' 같은 시어의 사용도 그렇지만 "쥐도 새도 모르게 조달된 군자금"이라거나 "닫아 건 몸의 빗장 거짓말처럼 무장해제" 같은 재미있는 표현이 보인다. 하지만 봄을 전쟁에 빗댄 오세영의 「봄은 전쟁처럼」 등 이 시조와 비슷한 분위기를 지닌 기존 시가 여러 편 있어서 이 시 자체가 뛰어난 상상력의 산물로 보기는 어렵다. 시조는 형식 자체가 닫혀 있으므로 지향하는 세계는 열려 있어야 한다. 표현의 참신성과 함께 돌발적인 상상력이 필요하다. 시조는 조금만 마음을 놓으면 진부한 옛 노래가 된다.

> 발밑 허물어져 기우뚱 서 있던 날
>
> 더운 밥 한 그릇
> 네 귀 반듯한 이부자리
>
> 수면제 반 알 내밀며
> 전등스위치 내리던, 그녀
>
> —김제숙, 「어떤 위로」 전문

누가 누구를 어떻게 위로한 것일까. 그녀가 화자에게 좀 자라고 수면제를 반 알 내밀며 전등 스위치를 내린다. 그러니까 이 시의 화자는 큰 고민에 빠져 있는 사람이다. 초장은 화자가 처해 있는 어려운 상황을 암시한 부분이고, 중장은 화자를 위로해주는 그녀의 친절한 행위를 보여준 부분이다. 독자는 이 작품을 통해 구체적인 정황은 알 수 없지만 진한 우정을 느낄 수 있을 것이다. 흥미로운 시어를 많이 동원했음에도 불구하고 막연한 봄노래가 되고 만 「벚꽃 만개하다」보다는 구체적인 일상의 고통과 견딤이 담겨 있는 「어떤 위로」가 윗길이다.

김현주의 「금오도」와 「울산대교 전망대에서」는 형식과 내용, 생각과 표현이 지나치게 고전적이다. 형식은 정형일지라도 감각은 자유로우면 좋겠다. 9권의 시조집을 갖고 있는 박영교 시인의 작품을 보자.

> 농사짓고 살기 싫어서
> 열심히 공부했더니
>
> 정년 후 밭이랑 타는 황소가 되어 있다
>
> 더덕밭
> 이랑 이랑마다
>
> 웃음들이
> 숨어
> 산다.
>
> ─박영교, 「권농일기 5」 전문

내용은 아주 단순하다. 귀거래사다. 시골 출신의 귀농일기다. 농사짓기가 싫어서 공부를 열심히 해 도시로 나가 산 화자는 정년퇴임 이후 "밭이랑 타는 황소"가 되고 말았다. 시조의 종장, 그러니까 "더덕밭/ 이랑 이랑마다// 웃음들이/ 숨어/ 산다."가 이 시의 매력 포인트다. 새싹이 돋고, 하루가 다르게 자라는 식물의 모습에서 '웃음'을 발견했다는 것인데, 그것들을 보고 미소를 짓는 화자의 모습이 자연스럽게 오버랩된다. "고랑엔/ 소곤소곤 푸른 말들이// 가득하게 자라"고, "잠 못 드는 밤이면 푸른 싹들이 말을 걸어"(「권농일기 4」) 온다. 농사의 즐거움은 역시 식물 재배의 기쁨과

무관하지 않다. 이것이 돈이 되느냐는 것은 그 다음 문제다. 시인의 「권농일기」는 과거 고재종 시인의 「농사일지」 연작과 쌍벽을 이루게 되지 않을까, 자못 기대가 된다.

2010년에 늦깎이로 등단한 심성보의 시조는 2편 다 유머가 있는데, 6개의 단형시조를 모은 「백세시대」보다 「비 그치고」가 낫다.

> 구름이 산을 잡고 씨름 한 판 청하네요
> 맹꽁이 용을 쓰며 들어치고 메어치고
> 신선을 꼬드겨냈나 아침나절 내 그래
>
> ─심성보, 「비 그치고」 전문

비가 그친 이후의 자연현상을 그린 단순한 스케치다. 별 내용이 없으므로 작품의 숨은 '뜻'과 실랑이를 할 필요가 없다. 하늘은 개이고 있고 땅에서는 맹꽁이 울음소리가 요란하다. "신선을 꼬드겨냈나 아침나절 내 그래"라는 결구가 입가에 미소를 머금게 한다. 시인의 유머가 이 정도면 자연스러운데, 앞으로 무리수를 두지 않기를 바랄 뿐이다.

시조가 과거에는 괄시를 많이 받았지만 지금은 그렇지 않다. 시조의 질적 함량이 두드러지지만 전체적으로 볼 때 이제 겨우 낙점을 면한 정도다. 다들 자만하지 말고 열심히 써서 한국 한국시문학사의 큰 별이 되기를 바란다.

제2부

한 시조시인의 역사의식 변화 과정

—구름재 박병순論

　시조시인 박병순(1917~2008)은 대구사범학교 심상과 5학년 때인 1938
년,『동광신문』에 시「생명이 끊기기 전에」를 발표함으로써 시작 활동을
시작한다. 같은 해『조선일보』학생문예란에 수필「청어장수」를 발표하
지만 얼마 뒤 시조로 전환, 1952년부터 1960년까지 국내 최초의 시조 전
문지『신조新調』를 5집까지 발간하고, 1954년에는 사화집『새벽』을 발간
한다. 하지만 정식 등단은『현대문학』에 3회에 걸쳐 추천을 받으면서부
터라고 할 수 있다.「김만경」을 통권 41호(1956년 10월호)에,「생명」을 통
권 66호(1960년 6월호)에,「철창일기」를 통권 141호(1966년 9월호)에 발표하
는데, 초회 추천 뒤 추천 완료까지 10년 가까운 세월이 걸린 것으로 보아
등단의 과정이 수월하지 않았음을 알 수 있다. 항도출판사를 통해 첫 시
조집『낙수첩落穗帖』을 낸 것이 1956년 4월 15일이었으니 나이 마흔 살
때였다. 제2시조집『별빛처럼』은『현대문학』천료를 받고 나서 5년 뒤인
1971년 9월 30일, 금강출판사를 통해 나왔다. 50대 중반 때였다. 대기만
성형이라 76세 때인 1993년에『구름재 시조전집』을 낸 후로도『행복한
날』(1997)과『먼길 바라기』(2003)를 내 총 11권의 시조집을 냈다. 조로현
상이 심한 우리 시단에서 박병순은 예외적으로 인생의 후반기와 말년에
문학적 성취를 크게 이뤄낸 이로 간주할 수 있다.

박병순의 생애는 한국 근대사의 질곡과 궤를 같이해 왔다고 해도 과언이 아니다. 일제 강점기 때 진안공립보통학교와 대구사범학교 심상과를 나왔다. 회고의 글에서 박병순은 자신의 투옥 경험을 이렇게 말한 바 있다.

> 4학년 때 옛 시조와 창작 시조를 주내용으로 『시조집』을 극비리에 감쪽같이 간행 배포했음에도 요행히 졸업은 하였으나, '대구사범학생 사건'이 일어나자 사상적 계보를 거슬러 올라가 『시조집』의 발간 주모자로 경상북도 경찰부 형사실에 검거 구금되었다가 외숙의 구명으로 기소유예로 출감은 되었으되, 일정의 감시는 끊이지 않았으므로 불안 속에 저항의식은 안으로 굳어 갔으며 (하략)[1]

일제 강점기 때의 투옥 경험은 훗날 자신의 문학세계 형성에 지대한 영향을 미친다. 한국전쟁 와중에 전북대학교 문리과대학 국문학과에 입학해 만학으로 공부했고, 휴전 얼마 뒤인 1954년 3월 15일에 1회 졸업을 했다. 같은 대학 대학원에 진학해 석사학위도 받았다. 초등학교, 중학교, 고등학교 교사를 거쳐 전주(영생)대학교·명지대학교·인하공전·중앙대학교·한성대학교·한양대학교 등에서 강의를 했다. 시인의 생애 자체는 순탄했다고 볼 수도 있지만 시는 '순수서정'의 세계에만 머무르지 않는다. 우리 민족이 일제 강점기 때 당한 핍박과 광복 이후의 혼란상, 전쟁 기간, 전후의 궁핍상, 학생혁명과 군사쿠데타, 유신헌법 반포와 산업화 과정, 신군부의 출현과 광주민주화운동 등을 지켜보면서 '역사'로부터 완전히 자유로울 수는 없었다. 시인의 역사인식 변모 과정을 살펴보려는 것은, 이런 역사의 변동을 시에 담아냈기 때문이다.

지금까지 박병순에 대한 연구가 그다지 활발하게 진행되지는 않았다.

---

1) 박병순, 「머리말」, 한춘섭 외, 『한국시조큰사전』, 을지출판공사, 1985, 3쪽.

학위논문은 석사논문 1편이 나와 있을 뿐인데[2] 오문환의 석사논문은 작품의 형식과 율격 구조 및 시인의 내면세계에 대한 연구다. 오문환은 단시조와 연시조, 단형시조와 장형시조를 구분하여 연구했고, 작품의 율격 구조 연구를 첨부했다. 시인의 내면세계를 자연예찬, 인간윤리의 실천, 민족의식의 표출 등 세 가지 관점에서 살펴보았다. 시조집의 발문이나 해설 유의 글이 다수 있고, 천이두와 김준의 박병순론[3]이 있다. 천이두는 "그에 있어서 시조·한글·조국은 삼위일체의 한 덩어리였다. 그의 순정은 오로지 이 삼위일체의 표적을 향하여 왼눈 한 번 팔지 않고 오롯한 한길로 평생을 쏟아 온 것이다."[4]라고 하면서 박병순이 일제 강점기 말기에 시조집을 발간한 일[5], 열악한 상황 속에서 국내 최초로 시조 전문지 『신조』를 발간한 중년기의 경력[6], 한글전용운동을 전개한 노년기의 활동[7] 등을 높이 평가, 작품세계보다는 문단활동에 치중하여 시인을 평가하였다. 김준도 박병순의 인생관과 생활신조 등이 작품에 어떻게 투영되고 있는지를 살펴, "고독한 선비정신"과 "유유자적한 경지와 세사世事를 초극하려는 달관의 경지"에 대해 논하였다. 김준은 훗날 파격으로 가고 있는 현대시조에 대해 우려를 표하면서 박병순 시조의 정통성과 품격을 높이 평가하기도 했다.[8]

---

2) 오문환, 「구름재 朴炳淳 時調 硏究」, 한국교원대학교 석사논문, 1999.
3) 천이두, 「박병순論—여리고도 단단한 한 세계」, 『시조문학』, 1977년 겨울호.
　　김　준, 「시조의 생활화와 정직한 삶의 미학—구름재 박병순론」, 『시조문학』, 1986년 겨울호.
4) 천이두, 위의 글, 123쪽.
5) 박병순은 대구사범 심상과 4학년 봄에 만주 여행 안내서를 만드는 것을 틈타 줄판과 등사기를 빌려 내어 고시조와 학생 작품을 내용으로 하는 『시조집』을 극비리에 감쪽같이 간행, 배포하였다. 박병순, 『구름재 시조전집』, 도서출판 가꿈, 1993, 25쪽.
6) 1952년 12월 1일부터 1960년 3월 2일까지 5집을 발간하였다.
7) 2002년, 문화관광부장관과 한글학회장으로부터 '우리말글 지킴이'로 위촉받음.

최근에 권성훈이 몇 편의 논문을 발표함으로써 박병순에 대한 연구가 한 차원 높아지게 되었다.[9] 권성훈은 박병순의 시조를 스승 이병기와의 영향관계 측면에서 연구하기도 했고 고향 의식, 스승 모티프, 가족 형상화 방법의 측면에서도 연구하였다. 뿐만 아니라 문학관 건립에 따른 생가 보존의 방법과 관광성·지역성·교육성·정보성의 측면에서 향후에 이루어질 일을 예견하였다. 하지만 이 모든 연구에 박병순의 전 시집을 관통하는 시정신에 대한 연구가 없다고 판단, 연구자는 시인의 역사의식을 평가의 근거로 삼고자 한다. 특히 역사의식의 변모 과정을 살펴봄으로써 시인에 대한 총체적인 연구에 접근해보려고 한다.

일제 강점기의 투옥 경험과 전쟁을 다룬 시

그의 모든 작품 중 일제 강점기 때의 투옥 경험을 다룬 것은 『현대문학』 추천완료 작품이 유일하다.

> 똥통을 끼고 앉은 마구간 같은 우리 안에,
> 철창을 가로질러 명암을 나누었도다.
> 누구나 이 속에 들면 배길 재주 없구나!
>
> ―「철창일기」 제1연

---

8) 김준, 「현대시조 감상을 위한 작품 분석 연구: 구름재 박병순론」, 『태릉어문연구』 제11집, 서울여자대학교, 2003.

9) 권성훈, 「구름재 지편에서 들리는 가람의 노래」, 『시조시학』, 2012년 봄호.; 「박병순 시조의 고향 의식 연구」, 『한국문학이론과 비평』 제56집, 한국문학이론과 비평학회, 2012.; 「박병순 시조의 스승 모티프 전개와 의미」, 『비교문학』 제58집, 한국비교문학회, 2012.; 「현대시조의 가족 형상화 방법 고찰―박병순 시조를 중심으로」, 『비평문학』 제46호, 한국비평문학회, 2012.; 「시조 시인의 생가와 시조 문학관 연구―구름재 박병순을 중심으로」, 『비평문학』 제52호, 한국비평문학회, 2014.

총 16개의 연으로 되어 있는 긴 작품인데 감옥 안의 부조리에 대해 아래와 같이 묘사한다.

이런 응달일수록 돈과 빽이 무성하다.
멀쩡한 놈들도 날마다 병원에 갈 수 있고,
죄수가 간수를 부려 술도 마실 수 있다.

오밤중부터 주룩주룩 내리는 비
어머니 젖줄인 양 꿈결에 달가워라.
차라리 이만 이대로 사뭇 깨지 말거라.

합법이니 불법이냐를 함부로 묻지 마라.
부정과 불의를 겨뤄 싸워 온 모임이다.
오늘에 이 몰골 됨을 국운에나 돌릴까?

거치른 들판을 거닐어 한 떨기 무궁화에 눈물 모두우고,
펄럭이는 태극 깃발에 가슴 벅차 하던 날!
그 감격 숨은 사연을 저 하늘은 알리라.

ㅡ「철창일기」 제10~13연

철창 안에 있는 동안 "부정과 불의"가 우리 사회 어디에나 미만해 있음을 알게 되었다는 것이다. 그는 3·1만세운동이 전개되었던 날을 회상하기도 하는데, '무궁화'는 그의 애국심을 상징하는 중요한 객관적 상관물이다. 마지막 연에 가서 박병순은 "행복이 따로 없다, 집으로 돌아가자./ 애국이 달리 없다, 일터로 돌아가자./ 옥문아 옥문아 열려라 어서 빨리 열려라." 하고 외친다. 출옥과 광복의 날이 어서 오기를 갈망하는 것으로 작품을 끝맺은 것이다. 행복과 애국이라는 추상적인 관념보다 중요한 것이 집

과 일터라는 현실 공간임을 강조하고 있다. 등단작 중 하나가 「철창일기」라는 것은 중요한 의미를 갖는다. 개인의 내면정서에 치중하지 않고 역사의식과 사회의식을 겸비한 시인이 되리라는 자기암시, 혹은 일종의 예견으로 볼 수 있다.

박병순 첫 시집의 첫 번째 작품은 연작시의 제1편이다.

> 5년 전 조카놈이 울 밑에 심은 가지,
> 새 해를 접어들며 꽃을 서로 반기더니,
> 지금은 간 데를 몰라 꽃만 피게 하느냐?
>
> —「무궁화—1. 서장」

이 시에는 각주가 붙어 있다. "슬픈 역사가 마련하는 무정을 안고 돌아올 줄 모르는 너……/ 해마다 꽃철이면 네가……/ 눈에 밟히는구나!"는 5년 전에 조카가 심은 무궁화가 올해 또다시 피었는데 조카는 없고 꽃만 피었다는 것이다. 이 시는 창작 시점이 1952년 8월이다.[10] 조카가 한국전쟁의 와중에 간 데를 모른다고 한 것은 전사 혹은 행방불명되었음을 의미한다. "슬픈 역사가 마련하는 무정을 안고 돌아올 줄 모른"다는 각주가 이를 말해주고 있다. 어린 조카는 실종되었지만 조카가 심은 꽃은 해마다 다시 피어난다. 잔상은 종내 "눈에 밟"히지만 조카는 어디에도 없다. 살아 있기에 기억은 환기되고, 이것이 고통이 된다. 조카의 죽음은 연작시 마지막에서 다시 이야기된다.

> 한 해를 건너서도 팔월 보름께야,

---

10) 박병순은 거의 모든 작품의 말미에 창작 시점이나 발표 시점 혹은 발표 지면을 써 놓는다.

활활 타는 볕을 몰라라 피는 양은,
스러진 조카놈 모습을 다시 본 듯하구나.
—「7. 무궁화(6)」 가운데 연

1954년 8월 15일에 창작된 이 작품은 "스러진 조카놈"에 대한 애도와
연민의 정이 차고 넘친다. 팔월 보름께에 다시 피어난 무궁화를 보고 이
꽃을 심은 조카 생각에 "달빛에 임종을 보는 듯 혼자 밤을 지킨다."고 하
면서 깊은 슬픔에서 헤어나지 못하고 있다. 무궁화의 피어남과 조카의 소
멸을 대비함으로써, 꽃이 찬란할수록 슬픔이 증폭되는 모습을 보여준다.
전화戰禍는 첫 시조집 여기저기서 찾아볼 수 있다.

어미 소 달 바라며 누워 새김질하고,
쾅쾅쾅 총소리가 연달아 세 번 났다.
눈 쌓인 산길을 밟아 뉘 자욱을 재느뇨?
—「산촌 3. 설야 토벌雪夜討伐」 전문

눈보라 치는 산길 어깨에 총을 메고
손에는 장작 들고 보초 교대 가는 대원!
장하다 산촌 영웅은 그대들이 아닌가.
—「산촌 5. 산촌 영웅山村英雄」 전문

앞의 시조는 1953년 1월 17일에, 뒤의 시조는 그 이틀 전에 쓴 것이다.
한국전쟁 중에 쓴 두 작품에는 전쟁 상황이 아주 사실적으로 그려져 있
다. 박병순은 군경이 한겨울에 공비 토벌에 나서는 모습을 그리기도 하
고, 눈보라 치는 산길을 걸어 보초 교대를 하러 가는 모습을 그리기도 한
다. 총성이 울리는 것으로 보아 전시다. 시인은 6수로 된 연작시 「산촌」

을 이렇게 마무리한다.

> 올 명년만 살고 보면 3·8선도 터지리라고,
> 정감록 비결이며 하늘마냥 믿으면서,
> 뼈저린 날을 참아 가는 또 한 종교가 있읍데다.
>
> ―「산촌 6. 서글픈 종교」 전문

 1953년 1월 25일에 쓴 이 시조에서 시인은 전쟁이 어서 끝나기를 갈망하고 있다. 전쟁이 끝나 남북으로 나뉘어 있던 부모형제가 만나기를 축원하지만 7월에 휴전협정이 체결되고 분단 상태가 60년 넘게 이어진다. 시인은 "정감록 기별"을 하늘마냥 믿는다고 했지만 사실은 믿을 수 없다는 말이다. "서글픈 종교"인 양 믿어보지만 그때는 전쟁 중이었다. 5편의 연작시 「한恨」의 마지막 시를 보면 전쟁이 끝났지만 기다리던 임은 오지 않는다고 한다. 그래도 전사통지를 받지 않았기에 하염없이 기다리는 이산가족, 특히 군경 유가족의 아픔을 뼈아프게 느끼게 하는 시조가 있다.

> 밤은 깊어가고
> 기두린 임 아니 오고,
>
> 총소린 그쳤어도
> 폭음은 잇달아 가고,
>
> 창가에
> 풍기는 벌레 소리
> 이 가슴을 설렌다.
>
> ―「한 5. 독야獨夜」 전문

1953년 8월 29일 작이니 휴전협정 다음 달에 쓴 것이다. 총소리는 그쳤지만 기다리던 사람은 오지 않는다. 그런데 "창가에/ 풍기는 벌레 소리"만 들려도 가슴이 설레는 사람들이 있다. 국군이든 인민군이든 상관없다. 남쪽의 아들을 기다리는 북의 부모, 북의 가족을 기다리는 남쪽 사람에게는 벌레 소리도 예사롭지 않다. 살아 돌아오는 자의 인기척 때문에 벌레가 울지도 모른다고 시인은 생각한 것이다. 가족이 살아 있다는 벅찬 기대를 전령인 벌레가 먼저 전해주기를 간절히 바라고 있다. 통일에 대한 열망을 느낄 수 있는 또 한 수의 작품이 있다.

> 순진한
> 마음이
> 마을에 남아 있다.
>
> 내 손 꽉 쥐고
> 가만히 하는 말이,
>
> 남북이
> 트이는 날만
> 한 번 살고 봤으면.
>
> ―「귀향 삼장歸鄕三章 3. 순정」 전문

여기에는 화자와 상대방이 나온다. 상대방은 화자의 손을 꽉 쥐고 이런 말을 한다. "남북이/ 트이는 날만/ 한 번 살고 봤으면" 한다고. 전쟁의 끝이 종전도 아니고 통일도 아니고 휴전이고 분단이다. 전후에 이산가족은 남북한 합쳐 천만 명에 육박하였다. 화자의 손을 꽉 쥐고 하는 말 속에는 북에 두고 온 가족에 대한 사무치는 그리움이 담겨 있다. 이 시는 창작 시기가 1953년 10월 15일이다. 수많은 사람들의 죽음을 담보로 치른 전쟁이건만 그 결과가 생이별이고, 남과 북으로 나뉘어 생사 여부도 모르는 지경에 이르렀으니 시인 자신 이런 현실이 너무나 안타까워 이 작품을 쓴 것이다.

제1시집 『낙수첩』에는 이와 같이 분단극복 의지와 통일지향의식이 뚜렷한 작품이 여러 편 나온다. 제2시집은 15년 뒤인 1971년에 간행한 『별빛처럼』이다. 전쟁 중에 쓴 시가 다수 수록된 첫 시집과 달리 이 시집에는 역사의식을 전면에 내세운 작품은 없다. 하지만 어느 휴가병과의 만남에서 느낀 바가 있어 몇 편의 시조를 짓는다.

전방에서 돌아온 병사와 한 이불 속에서 새우며 들은 이야기다.
거긴 벌써 눈이 왔어요, 그 바람이 왜 핑핑 소리가 나는지 모르겠어요.
추위와 굶주림을 참고 그 무서운 밤을 지켜야 했어요.

칼 박은 총을 쥐고, 달도 별도 정서를 잃은 채,
꼭 정해진 그 길을 오가며 적정敵情을 노려봐야 했지요.
상관이 무서워서가 아니라 저 자신을 위하여─

새면 빨갛게 탄 고지를 달리고,
저물면 뼈가 뒹구는 비탈 위에서 자고요,
꿈마저 제대로 못 꾸는 나날을 후방은 채 모르실 거여요.
　　　　　　　　　　　　　─「일선 병사에게서 들은 이야기」 전문

최전방 고지에 있다가 휴가를 나온 병사는 날이 새면 빨갛게 탄 고지를 달리고, 저물면 뼈가 뒹구는 비탈 위에서 잔다고 말한다. 즉, 아직도 전쟁의 상혼이 그대로 남아 있는 곳에서 병사는 꿈마저 제대로 못 꾸는 긴장된 날을 보내고 있다. 정해진 길만 오가며 적정을 노려보는 이유는 지뢰 때문일 것이다. 노선을 이탈하면 죽음이기에 극도의 긴장을 유지해야 한다. 휴가병의 이름은 '김덕수'였다. 아래 시조는 부제가 '김덕수 군을 일선으로 다시 보내며'이다.

눈이 펑펑 날리는 밤을
너는 일선을 향해 떠나야 했다.

X마스도
다가오는데
너는 오히려 일선을 향해 떠나야 했다.

바람이
윙윙댄다는 일선을 향해 떠나야 했다.

스무 날이라는
그 휴가도
바쁜 가운데 훌쩍 지내고,

너는
지금
몇 번을 울었다는 정거장 앞에 섰다.

눈물이
앞서 앞이 캄캄하더라는
그 정거장 기적 앞에 섰다.

—「기적 앞에 섰다」 전문

최전방 고지에서의 군복무가 몹시 힘들었을 것이다. 귀향길에 정거장에 서서 몇 번이나 울음을 참지 못한 병사 김덕수는 크리스마스를 코앞에 두고 다시 일선으로 떠나야 한다. 분단 상황에 대한 남다른 인식은 "마음에/ 또 하나 3·8선을 지니고,/ 오르도 내리도 못할/ 살 수도 더욱 죽을 수도 없는/ 천인간두千仞竿頭에 서서/ 저승 같은 밤을 지키는 것은/ 그래도 먼 마을 계명鷄鳴을/ 기다림에서로다"(「눈이 내리면」 가운데 연) 같은 시구에서도 엿볼 수 있다. 이때는 38선이 아니고 휴전선인데, 시인은 1956년 작인 이 작품에서도 분단의 현실을 애통해하고 있다.

정치상황에 대한 비판의식

그런데 제2시집에는 이색적인 시조가 한 편 나온다. 당시의 정치적 상황에 대한 날카로운 비판을 담아 쓴 작품이다.

> 낮이면 집을 보고 밤에는 도둑을 지키고,
> 한솥밥을 먹으며 먼 조상 적부터 살아온 너!
> 술 취한 주인을 불에서 구한 이야기를 뿌리며……
>
> 고지식한 참된 사람이 저 밑바닥에 깔리고,
> 선후가 바뀌고 주객이 전도되고,
> 금력과 권력이 판을 치는 어지러운 이 마당,
>
> 저기 새해의 햇살 속에 한 떼의 개가 몰려오네.
> 순직하고 의리 있는 용감하고 다정스러운
> 수없이 많은 개가 무리 지어 상서롭게 몰려오네.
> ─「개해 맞이 노래」 후반부

1970년 1월 1일자로 발간된 『교육평론』에 발표된 시조다. 박병순은 당시의 상황을 비판한 뒤에 경제인들과 정치인들을 개만도 못한 무리로 간주하고 있다. 돈과 정치의 야합과 결탁은 부정부패를 키우는 온상이 된다. 그 싹을 잘라낼 수 있는 것은 국민의 심판밖에 없다. 두 번째 시조집 전체를 통해 이런 기조의 작품은 이것이 유일한데, 제3시조집에 가면 위정자들에게 더욱 강한 비판을 가한다.

『문을 바르기 전에』는 1973년 10월 9일 세운문화사를 통해 발간한 것으로, 이른바 '유신시대' 때 나온 것임을 감안해야 한다. 이번에는 대통령까지 거론한다. 최고 권력자에게 매서운 글줄을 날리고 있는데도 폭압의 시대에 시인이 온전할 수 있었다니, 그 담력이 놀랍다.

> 아무것도 아닌 것들이 큰 의자만 타고 앉아,
> 권력으로 재고 황금으로 사람을 꼬는다.
> 보게나 그 감투 그 금력이 몇 대 몇 해를 가나.
>
> 멋도 맛도 모르는 것들이 잔뜩 허세만 부리고 서서,
> 허울만 보고 타산으로 사람을 맞는다.
> 하기야 욕심만 가득 찬 네가 높고 먼 것을 어찌 보나.
>
> 이 모양 요 꼴이라도 대통령도 내 속에 있다.
> 지구도 뱃속에 돌고 우주도 이 눈에 논다.
> 그대들 한 솥에 녹여 새롭고 참된 인간을 빚어보랴?
> —「그대들 한 솥에 녹여」 전문

박병순은 거의 모든 작품의 말미에 탈고한 일자를 써놓는다. 그것도 반드시 단군연호로 쓰는데, 이것에서도 그의 역사의식을 엿볼 수 있다.

'4304. 11. 7. 새벽.'이라고 부기되어 있으므로 유신헌법 반포 1년 전에 발표한 시조다. 이런 작품은 김지하의 「오적」과 그 궤를 같이한다. 김지하가 재벌·국회의원·고급공무원·장성·장차관을 을사오적신(오적)에 못지않은 자라고 비꼬았듯이 박병순은 "아무것도 아닌 것들이 큰 의자만 타고 앉아,/ 권력으로 재고 황금으로 사람을 꼬는다." 하면서 거침없이 비판하고 있다. 제2연을 보면 비판의 강도가 더 거세진다. 제3연에 가서는 "이 모양 요 꼴이라도 대통령도 내 속에 있다"고 하는데 이는 박정희 대통령을 직접 거론한 것으로, 시인의 용기가 놀라울 따름이다. 대통령을 포함하여 그대들을 한 솥에 넣고 녹여 새롭고 참된 인간을 만들고 싶다고 했으니, 그 시절에 정부 당국으로부터 어떤 제재를 안 받았다면 운이 좋은 시인이다. 당시는 제3공화국이 경제개발5개년계획에 착수, 산업화 정책을 펴 나갈 때였다. 그런데 시인은 "육백만 서울도 텅 빈 골이어니,/ 휘황코 찬란한 모두가 잿빛으로 보여라."(「오늘을 금으로 하여」) 하면서 서울의 발전에 대해 대단히 부정적인 의견을 제시한다. 김지하도 「오적」에서 일본의 경제 침탈을 경고했는데, 박병순도 "언젠가/ 또/ 생쥐 새끼처럼 몰려올/ 왜적 왜적을 막고 섰네."(「수장지 대왕바위」) 하면서 일본으로부터 무상·유상의 차관을 쓰는 것에 대해 경고하고 있다.

한국 현대사 전개 과정에서 1972년은 유신헌법 반포로 유신시대가 전개되는 첫 해이기도 하지만 남·북한 간 적십자 본회담이 시작된 해라는 의미도 있다. 대화의 첫 물꼬가 터진 것은 1971년 8월 12일이었다. 최두선 대한적십자사 총재가 '남북이산가족찾기운동'을 제의하면서 시작된 예비회담은 총 25차례 이어졌다. 그 동안 '본회담 진행 절차 및 본회담 개최 일자' 문제에 합의하였다. 본회담은 국토분단 4반세기 만에 처음 이루어진 남북 대화라는 벅찬 감격과 기대 속에서 서울과 평양에서 모두 7차례 개최되었다.

1972년 7월 4일, 분단 이후 최초로 남북 공동성명을 발표하였다. 이것이 바로 7 · 4남북공동성명이며, 그 내용의 핵심은 '자주, 평화, 민족 대단결'이라는 통일의 기본 원칙이었다. 이 원칙은 아직도 남북통일과 관련된 협상에서 통일의 기본 원칙으로 인정되고 있다.[11] 박병순은 그해 8월 6일에 아래의 시조를 써 10월 30일자로 발간된 『전북문학』 제14집에 발표한다.

서울서 예까지 50킬로
6킬로를 더 가야 판문점.

적십자 예비회담 모태 되어
남북공동성명을 낳듯,

사상과 감정과 지연을 넘어
우리 가슴을 열자.

이념은 변하여도
조국은 오직 하나!

체제는 달라져도
겨레는 영원한 것.

---

11) 이 성명서의 주요 내용은 다음과 같다. "쌍방은 다음과 같은 조국 통일 원칙들에 합의하였다. 첫째, 통일은 외세에 의존하거나 외세의 간섭을 받음이 없이 자주적으로 해결하여야 한다. 둘째, 통일은 서로 상대방을 반대하는 무력행사에 의거하지 않고 평화적 방법으로 실현하여야 한다. 셋째, 사상과 이념, 제도의 차이를 초월하여 우선 하나의 민족으로서 민족적 대단결을 도모하여야 한다."

오천만 해방의 그 감격으로
통일의 감격을 맞자.

　　　　　　　　　　　　　　　　　　　　—「자유의 다리라도」 후반부

　1972년 8월 6일 상오 12시라고 쓴 시간까지 작품의 말미에 써두었는데
이 일자는 제24차 예비회담(7.26)과 제25차 예비회담(8.11) 사이의 날이다.
그 이전인 7월 4일에 남북공동성명이 막 발표되었고, 본회담이 평양에서
열리기 직전이기도 했다. 박병순의 이 작품을 보면 남과 북이 휴전 후 20
년 만에 회담을 했고, 그 결과 인도적 차원에서 이산가족이 상봉할 수 있
겠다는 희망에 부풀어 있었음을 알 수 있다. 또한 본회담도 잘 진행이 되
어 이산가족 상봉은 물론 통일의 꿈이 자신의 살아생전에 이루어지길 갈
망하고 있다. 이런 일련의 시는 시인이 인정 미담과 자연 예찬에 머물지
않고 역사와 사회에 대한 관심을 극대화하여 쓴 것으로서 새롭게 평가되
어야 할 작품이다.

　그런데 1977년에 낸 제4시조집『새눈 새맘으로 세상을 보자』에는 이
런 역사의식과 사회의식을 담은 시가 안 보인다. 시조집의 절반은 특정
인물을 대상으로 한 송축시와 애도시이며 나머지 절반은 시조로 쓴 투병
기이기 때문이다. 박병순은 1993년에『구름재 시조전집』을 내는데, 편집
자의 도움을 받아 그때까지 쓴 자신의 전 작품을 주제별로 분류를 한다.
그 분류에 따르면 혼인·수연·기원·찬가 등 축하의 노래가 102편, 사별
·영결·만가·추모 등 애도의 노래가 45편이라고 했다. 이런 경향의 시가
제4시조집에 상당수 실려 있다. 7년 동안 장 수술을 세 차례 받으면서 이
승을 떠날 준비를 한다는 마음으로 송축시와 애도시 및 투병기를 썼던 것
이다. 제5시조집은 화갑을 맞이하여 낸『구름재 시조 선집』(1977)이어서

논의를 건너뛰고 제6시조집 『가을이 짙어가면』(1981)을 살펴보기로 한다. 그런데 이 시집도 반 이상이 송축시와 애도시다. 특히 '아내의 병상을 지키며'란 제목으로 쓴 시조는 75수의 단형 시조를 모은 대작이다. 아내와 사별하고 나서 쓴 시조 「꽃수레에 당신 싣고」, 「혼백은 남아」를 포함해 타자(아버지, 허웅, 최현배, 대통령 박정희 등)에 대한 회상 및 추모의 시조, 또 '퇴임식 없는 공로 퇴직'이란 부제를 붙인 시조 「노을진 허공 저으며」 등 거의 모든 작품이 비애의 정서에 충만해 있어 사회나 역사의 흐름에 대한 고찰은 중단된다.

애국애족은 한글 사랑과 시조 쓰기를 통해

1986년에 발간한 제7시조집 『진달래 · 낙조처럼』을 보면 다시금 우리 역사에 대한 회한에 사로잡혀 있음을 확인할 수 있다.

> 광복 서른여섯 돌 태극기가 휘날리는데,
> 노대에 매미 한 마리 날아와 운다.
> 맴맴맴 맴— 기쁘다는 거냐 슬프다는 것이냐?
>
> 기뻐야 할 광복절이 자꾸 구슬퍼지는 것은,
> 무슨 까닭일까 무슨 억하심정일까?
> 일제가 물러간 지도 36년 왜 이렇게 답답할까.
>
> 저놈도 하 답답해 저렇게 우는 걸까?
> 저놈도 슬퍼서 저처럼 우는 걸까?
> 매미야 울어라 울어라 마냥 실컷 울어라.

광복 서른여섯 돌 태극기는 휘날리는데,

북녘 하늘은 상기도 아니 트이고,

막막한 천길 소용돌이만 돌고 돌고 도는가!

—「태극기는 휘날리는데」 전문

1981년 8월 15일 낮에 쓰기 시작해 11월 8일 새벽에 탈고, 다음해『시
조문학』제10권 제1호(3월 30일 발간)에 실려 있다고 말미에 적혀 있는 이
작품은 36돌 광복절을 맞은 날 통일에의 조짐이 영 안 보이자 안타까운
마음을 토로한 것이다. 36년간 지배를 받다 광복이 된 지 36년이 지났는
데 통일은커녕 남북회담도 중단되어 있으므로 시인은 이날 더욱더 구슬
퍼지고 가슴이 답답하여 이 시조를 썼을 것이다. 이때만 하더라도 남북
본회담의 주요의제였던 이산가족 상봉운동이 교착에 빠져 있을 때이므로
시인은 비감에 사로잡혀 이 작품을 썼던 것이다.[12] 1년 뒤 광복절 날 또
한 편의 시조를 쓴다.

풀려 놓은 삼십칠 년 잔도 없는 아침상 머리,

동해 바다 파도 건너 모진 비바람 휘몰아치고,

부산히 신들메를 매야 하는 피맺히는 광복절……

거친 들판 무궁화 안고 피눈물 뿌리던 저 날,

왜노의 철창 아래 발톱이 돌아빠지던 고 날,

가슴팍 속살 상기 차기도 전 소금 뿌리는 왜놈 원수—

---

12) 3년 뒤인 1984년, 남한의 수해에 대해 북한에서 구호물자 제공 제의 이후 회담이
급물살을 타면서 1985년에 가서야 서울과 평양 간 고향방문단과 예술공연 행사가
이루어졌다. 이 고향방문단은 남북을 합쳐 100명의 이산가족을 만나게 한 행사로
이중 65명이 상봉에 성공했다.

간을 씹어 배알아도 원수로 남을 왜놈들 간악,
깊으나 깊은 궁 안 국모 찔러 불사른 무엄,
우리의 말글 없애려 날뛰던 잔악 무례한 단말마!
　　　　　　　　　　　　　─「분노하는 광복절」 앞 3연

　시인은 분노에 차서 일제를 맹비난한다. 특히 일본이 식민지 조선을 통
치하면서 말과 글을 없애려 한 것은 생각하면 할수록 분노를 불러일으키
는 일이었다. 일본의 제국주의적 야심이 우리나라를 병들게 했고, 광복
37년이 되는 이날 아침에 비분강개해 펜을 잡은 시인은 분단을 책임져야
할 대상은 일본이라고 성토한다.

　　은혜를 원수로 갚는 죽여도 시원찮을 배신족背信族,
　　‘의거’를 ‘폭동’이라고 ‘의인’을 ‘살인자’로 몰며,
　　망언도 폭언도 서슴없는 파렴치한 살인귀의 후예여!

　　아득 옛적부터 배워가기만 한 녀석들이,
　　양심은 까마득 잊고 ‘역사 거짓꾸미기’ 만행,
　　하늘을 향하여 외쳐야 하는 치를 떠는 광복절……
　　　　　　　　　　　　　─「분노하는 광복절」 뒤 2연

　‘배신족’이라는 극단적인 표현을 한 이유는 일본이 “아득 옛적부터 배
워가기만 한 녀석들이,”라는 제5연의 초장에 그 답이 나와 있다. 그래서
“은혜를 원수로 갚는”이라는 표현을 쓴 것이다. 이와 같은 작품들을 보건
대 박병순은 반제국주의사상이 투철했음을 알 수 있다. 스승 김영기의 부
음을 접하고서 쓴 시조 「동방의 별은 지고」에서도 “8·15 4·19 5·16 번득
이는 불빛 속에,/ 오직 한 분 나라 스승 어둠을 밝히신 이!”라는 말로 먼저

간 시조시인을 애도하면서도 그를 한국사의 주요 사건들을 헤치고 온 역사적인 인물로 간주하고 있다.

제8시조집 『해돋이 해넘이의 노래』에는 「텅 빈 교실에서」라는 시조가 있는데 박병순의 교육자로서의 일생을 조감한 작품으로 간주할 수 있다. 정년퇴임 후 텅 빈 교실에 들어갔다가 "텅 빈 가슴을 안고 열적게 되나오"는데, 이런 말을 한다.

> 밖을 나며 보니 초록은 무성하다.
> 우리 모두가 뿌리 깊은 나무 되어,
> 겨레와 나라를 위해 저 하늘을 받치자.
>
> ─「텅 빈 교실에서」 마지막 연

1987년 『시조문학』 가을호에 발표한 이 작품을 보면 '초록'이 제자나 뭇 학생을 상징하고 있다는 것을 알 수 있는데, 교사인 우리는 모두 뿌리 깊은 나무 되어 "겨레와 나라를 위해 저 하늘을 받치"는 사람이 되어야 하지 않겠느냐고 말한다. 그는 이런 마음으로 한평생을 살아온 것이다. 그야말로 애국애족의 표본이었고 겨레와 조국에 대한 사랑, 모국어와 시조에 대한 헌신으로 일관한 생이었다. '임부득 사부인의 영혼을 기리고 위로하며'라는 부제가 붙어 있는 「만세 높이 부르소서」에서도 "이 겨레 풀린 지도 42년 민주 발전 몰고 가서,/ 온 나라가 기를 펴고 조국 통일 이루리니,/ 피맺힌 한을 풀으시고 만세 높이 부르소서."라고 끝맺는다. 박병순은 우리 앞에 놓인 가장 큰 대의를 민주 발전과 조국 통일로 보고 있는 것이다. 1988년 『전북일보』 새해 축시를 보자.

병자호란 · 임진왜란 · 일제침략 모조리 물리치고,
6·25 4·19 5·16 5·18 6·29 고개고개 넘어,
우리들 오순도순 손을 잡고 해돋이 앞에 섰네.

태백산에 단을 쌓고 '홍익인간' 이상을 펼쳐,
흰 옷자락 휘날리며 찔레야꽃도 장개가고,
생식과 활동과 광명 인계천화人界天化 크나큰 얼을 배우세.

지난날엔 정치적으로 우월한 나라가 세곌 눌렀고,
지금은 경제적으로 부강한 나라가 판을 치고,
앞으론 문화적으로 눈부신 겨레가 온 누릴 뒤덮으리.
　　　　　　—「통일의 소망 모두 풀게 하소서」 4~6연

　　우리 관군의 힘으로 일본과 청나라의 침략을 물리쳤던 것은 아니지만
국가적 위기를 극복하고 조선이란 국호를 유지한 것은 사실이다. 일제의
침략도 자력으로 물리친 것은 아니지만 어쨌든 광복의 날을 맞이했다. 그
이후 한국전쟁, 4·19혁명, 5·16쿠데타, 5·18광주민주화운동, 6·29선언 등
질곡의 현대사를 거치면서 경제발전을 이룩했다. "올해 열리는 88올림픽
은 온 나라가 조공 바쳐 오는 것,/ 이 날을 발판으로 우린 세계 웅비의 꿈
을 펴야지,/ 체육도 문화도 꽃을 피워서 단군 이상 실현하세" 하면서 원대
한 이상을 펼쳐본다. 이 시조에서 박병순이 계속 주장하는 것이 '문화'다.
문화란 인간 삶의 다양한 양태일 터, 가장 우리답게 사는 모습이 우리의
문화라고 할 수 있다. 그리고 "시조를 핵으로 하는 한글 문화를 꽃피워서"
하는 시행으로 미루어보아 우리 문화의 핵심이요 정점이 바로 시조임을
강조하고 있다. 우리 고유의 맥박과 호흡이 실려 있는 시조야말로 우리
문화의 핵심임을 말해준다. 시조 예찬은 『시조문학』 100호 발간을 축하

하는 의미로 쓴 것이나 스승 이병기 탄신 백 돌 추모의 노래에서도 이어진다.

> 시조는 우리 민족 심혈의 고백일다.
> 시조가 일어나면 나라와 겨레가 흥하고,
> 시조가 시들면 나라도 겨레도 망한단 사실 아는가!
>
> 겨레여 눈을 뜨라 문학인이여 정신 차려라.
> 시가 산이라면 시조는 산 위의 산이다.
> 전통시 시조를 제쳐놓고 '콩이야 팥이야' 하느냐?
> ──「겨레와 누리와 더불어 영원하라」 제4~5연
>
> 시조는 우리 정통 전통시 현대신 그 지류 지맥이다.
> 번듯한 노리 새론 작법 자유시에 영향 끼치시고,
> 장엄코 수려한 산맥 도도한 한 가람을 이루셨다.
>
> 한힌샘 스승으로부터 우리 얼·말·글 사랑 배우셔,
> 조선어연구회 세워 맞춤법 표준말 갈닦았고,
> 삼남을 돌며 국어국문학 계몽 개발에 앞장섰다.
> ──「가람 탄신 백 돌 추모의 밤」 제8연

나라 사랑이 우리말 사랑이고 우리말 사랑의 방법이 시조 쓰기임을 강조하고 있다. 이병기의 업적 중 시조 이론 정립과 창작 외에 조선어연구회 설립과 한글 보급을 꼽고 있는 것으로 봐도 알 수 있다. 1990년 류관순 기념관에서 열린 한글날 전야 추모 무대에서 신영희 명창이 박병순이 쓴 16연의 시조작품을 갖고 판소리로 부른 적이 있었다. 거기서도 박병순의 역사의식이 유감없이 발휘된다.

8·15해방 풀려나신 건재 님 권승욱과 손을 잡아,
6·26, 1·4후퇴에도 사전 원고 끌어안고,
피맺힌 간난신고 수십 년에 『우리말 큰 사전』 이룩했네.

한글학회 하올 일이 아직도 산으로 쌓였는데,
한힌샘 · 외솔 · 가람 · 노산 이어 건재도 가오시니,
등불로 태양으로 받드옵신 우린 어찌하오리까!
—「한글 위해 몸 바치신 어른들의 추모의 모래」 제13~14연

 그 전 해에 작고한 건재 정인승[13]을 추모하기도 하면서 한글학회를 끌어온 한글학자들이 일제 강점기 이후로도 얼마나 힘겹게 지킨 우리말인지 강조하고 있다. 그러니까 박병순에게 시조 쓰기란 모국어 사랑과 애국애족 실천의 한 방법이었던 것이다. 모국어는 어머니에게서 배운 말을 뜻한다. 어머니 없는 자식은 없듯, 모국어는 우리의 정신을 살아 있게 하는 모태나 다름없다.
 제10시조집 『행복한 날』에서도 이러한 주제의식은 「『우리말 큰 사전』 찬가」「배달 문화 기념비네」 같은 시조를 통해 계속 이어진다. 특별히 색다른 작품으로 1980년 광주민주화운동을 직접 거론한 시조가 있다.

 매칼없이 전라도를 미워하는 멍충이네야!
 오라 김만경들 지나며 녹두장군 함성을 듣고,

---

13) 정인승은 1942년 10월 '조선어학회 사건'으로 일본경찰에 검거되어 함흥형무소에서 옥고를 치르고 8·15해방과 함께 출감한 후 학회활동을 계속했다. 해방 이후 국어강습과 교재편찬에 힘썼다. 문교부 학술제정 위원을 비롯해 문교부의 문법용어 제정위원회 위원, 국어심의회 위원, 국정교과서 편찬 심의위원, 한글전용특별심의회 위원으로 일하는 등 주로 국어교육과 관계된 방면에서 활동하는 한편 전북대학교 교수 및 총장, 중앙대학교 교수를 역임하면서 직접 교편을 잡기도 했다.

바다로 귀를 돌려 이순신 장군 북소리를 들어라.

일제 항거 광주학생운동 그 누가 일으켰으며,
광주민주항쟁은 누가 앞서 싸우다가 총 맞아 죽었는가?
먼 귀를 뜨고 광주 허공을 맴도는 원혼들 통곡 소릴 들으라.
                    ―「통일 이뤄 누릴 감싸는 큰 그릇 되라」 제5~6연

전라고등학교 교지 『가람』에도 실려 있는 이 시조에서 박병순은 전라
도가 역사적으로 부단하게 우리 민족의 수난지였음을 말하고 있다. 특히
광주민주화운동 때 앞서 싸우다 총 맞아 죽은 시민군들을 애도하면서 그
들의 고귀한 희생정신을 고등학생들이 잊지 말기를 당부한다. 그런 연후,
"정의와 의리를 똑바로 고눠 논개의 충절 지키"라고 말하기도 한다. 이 작
품에서 중요한 점은, 타도의 전라도 차별에 대한 언급이다. 역사적으로도
계속 수난을 겪어온 곳인데 전라도를 미워하는 '멍충이'들이 있다고 성토
한다. 광주민주화운동이 일제에 항거한 광주학생운동의 연장선상에 있다
는 시각도 새롭다. 박병순의 시적 행보에 있어 역사와 사회의 변동에 대
한 인식은 줄곧 이어져 온 것이다.

박병순에 대한 기존의 논의에서 시인의 역사의식 혹은 사회의식에 대
한 고찰은 발견되지 않았다. 하지만 시인은 일제에 의해 얼마간 옥고를
치른 이후 시조를 쓸 때면 역사의식과 사회의식을 견지하면서 쓰고자 애
썼음을 작품을 통해 확인할 수 있었다.

첫 시조집 『낙수첩』에는 일제 강점기의 투옥 경험을 다룬 시가 있었고,
제1, 2시조집에서는 한국전쟁을 다룬 시를 여러 편 선보였다. 시인은 분
단을 지양하고 통일을 지향하는 일련의 시정신을 견지하였다.

1973년에 발간한 시조집 『문을 바르기 전에』는 유신헌법 반포를 전후

한 시기에 쓴 작품을 모은 것인데 그 시대 정치상황에 대한 비판의식이 첨예하게 드러나 있었다. 같은 시기에 진행된 남북적십자회담 과정을 언론보도로 접하게 되면서 통일을 더욱 갈망하게 되었다.

1986년에 발간한 제7시조집 『진달래 · 낙조처럼』부터는 시인의 애국애족사상이 한글 사랑과 시조 쓰기 운동을 통해 보다 구체화된다. 일제강점기 때 한글학자들이 우리의 얼과 말과 글을 지키기 위해 얼마나 많은 고충을 겪었던가를 상기하면서 시조를 쓰는 것이 결코 음풍농월이 아니라, 우리말과 우리 정신을 지켜온 소중한 작업이었음을 강조한다. 말년의 작품 중에는 광주민주화운동 때 죽은 희생자들을 애도하는 것이 있었다. 이처럼 박병순 시조시인은 개인의 내면세계 피력에 주력하기는 했지만 역사변동기에는 자기주장을 확실히 폈던 시인이다. 특히 투철한 역사의식은 다른 시조시인들한테서는 볼 수 없었던, 박병순 시인의 중요한 특징으로 간주할 수 있을 것이다.

모진 그 세월에 안으로 영근 사랑

―이영도論

　한국 시조시단의 거목 중 한 사람인 이영도 시인은 1916년 10월 22일 경북 청도군 청도읍 내호길 56번지에서 태어났다. 따라서 2016년은 시인의 탄생 100주년이 되는 해다. 인간의 평균수명이 백세를 넘기지 못하는 것이 현실이고 보면, 살아 있는 자들이 누군가의 탄생 100주년을 기념하는 데에는 분명 어떤 이유가 있다. 이영도 시인은 우리 시조시단에서 결코 소홀히 할 수 없는 인물이다. 시세계의 넓이와 깊이를 재기 전에 생애를 잠시 살펴본다.

　1935년에 결혼했는데 남편 박기주는 딸 진아를 세상에 떨어뜨려 놓고 광복 닷새 전에 병사하였다. 그래서 이영도는 나이 스물아홉에 과부가 되고 만다. 이영도는 밀양보통학교 졸업장밖에 없었지만 초등학교 교사 자격증을 시험을 쳐 취득하여 대구 서부국민학교에서 근무하였다. 독학으로 역사공부를 해두었기에 곧바로 중학교 역사교사 자격을 취득, 통영여중에 근무하게 된다. 왜 국어교사가 아닌 역사교사가 되었던 것일까?

　1971년에 중앙출판공사에서 『머나먼 사념의 길목에서』라는 수필집을 내는데, 이런 대목이 나온다.

광주학생사건 이후, 할아버지의 뜻을 받들어 오빠와 나는 고향에서 현창식 선생님을 모시고 그분의 가르침을 받은 한 시절이 있었다. 우국정신에 투철하셨던 그분이 우리 남매에게 주셨던 교훈은 '자기를 알라'였었다. 1. 나는 누구인가? 2. 내가 선 땅은 어디인가? 3. 나는 무엇을 할 것인가? (89~90쪽)

　어린 시절에 깊은 감화를 주셨던 개인교수 현창식 선생의 영향을 언급하였다. 한마디로 말해 그는 "우국정신에 투철하셨던 분"이었다. 할아버지가 광주학생사건이 터지자 곧바로 독선생을 들여 손자손녀의 교육을 맡긴 것을 보니 교육에 감녀 차별이 없었던 것 같다. 같은 책에 이런 내용도 나온다.

　내가 직장을 가짐으로써 하여 그날부터 나는 누구의 손부가 아닌 다만 나로서 세상을 다시 출발하게 되었다. 우선 무엇보다도 말상당할 뻔했던 우리말과 글과 역사를 바로 연구하고 가르칠 수 있다는 그 사실! 8·15해방은 나로 하여금 청상과부라는 슬픈 이름에서 스스로 헤어날 수 있는 힘과 정열을 불지펴주는 심신의 동력이 되어주었다. (147쪽)

　식민지 시대가 끝나고 펼쳐진 세계가 많은 사람의 운명을 바꿔놓았듯, 이영도의 운명도 확 달라졌다. 한 집안의 지어미가 아니라 가장으로서 독립을 하게 되었다는 것과, 우리말과 글과 역사를 학생들에게 가르치는 교사라는 직업을 갖게 되었다는 것이다. 거기에다 한 가지 더 달라진 것이 있었다. "처녀 때 쓰다 접어두었던 시조도 다시 쓰"게 되었다. 1946년 5월 1일에 간행된 『죽순』 창간호에 「제야除夜」를 발표하면서 등단을 하게 된다. 1953년에는 부산 남성여자중고등학교 교사로 부임했다가 부산여자대학교 강사로 나가기도 하고(1956년), 교사 생활을 작파하고 부산어린이 집 관장으로 생활을 꾸려가기도 한다(1964년). 1967년 9월에 부산에서 서울로 이사해 살아가면서 중앙대학교 예술대학 강사로 출강하기도 하고 한국시조작가협회 부회장, 한국여류문학인회 부회장 등도 지낸다. 하지만 1976년 3월 6일, 뇌일혈로 갑자기 세상을 뜬다. 딱 60년 살고 간 것인데, 시조집도 그다지 많이 내지 않았다. 1954년 문예사에서 『청저집靑苧集』을, 1968년에 중앙출판공사에서 『석류』를 냈을 뿐이다. 『석류』는 오빠 이호우 시인과 함께 '오누이시조집'으로 묶은 작품집이다. '비가 오고 바람이 붑니다'가 큰 제목이고, 이영도가 쓴 시편이 『석류』, 이호우가 쓴 시편이 『휴화산』이다. 유고시집 『언약』이 1976년에 중앙출판공사에서 나왔고, 1992년에 시조전집 『보리고개』가 목언예원에서 나왔다. 전집에는 발표작품들의 목록이 자세하게 나와 있는데 60년 생애 동안 발표한 시조는 총 167편이라고 한다. 작품의 수도 그렇게 많지 않은데 왜 이영도 시인을 시조시단의 거목이라고 했는지, 그 연유를 살펴볼까 한다.

사향의 시편

대구시 인교동에서 살던 남편 박기주가 사망하지 않았더라면 이영도는 대구사람으로 한평생을 살아갔을지도 모른다. 그러나 그녀는 대구에서는 교사생활을 오래 하지 않고 통영여중 교사로 부임해 가면서 유치환과 운명적인 사랑을 하게 된다. 이영도에게 있어서 '대구'의 또 다른 의미는 '죽순동인'에 가입한 것이다. 죽순동인 탄생의 산파 역할을 했던 시인 이윤수는 "죽순처럼 힘차게 항상 푸른 대처럼 절개롭게 굳은 마음으로 똑바르게, 이 고장 시문학의 봉화가 되겠다!"고 의지를 밝히며, 김동사·박목월 · 유치환 · 이호우 · 이영도 등 젊은 시인들과 함께 '죽순시인구락부'를 결성했다. 이호우 시인이 홀로 된 동생 영도에게 작품을 써보라고 하여 동인에 가입시킴으로써 이영도는 시조시인으로서의 삶을 영위해 가게 되었던 것이다. 등단작부터 보자.

밤이 깊은데도 잠들을 잊은 듯이
집집이 부엌마다 기척이 멎지 않네
아마도 새날맞이에 이 밤 새우나 부다.

아득히 그리워라 내 고향 그 모습이
새로 바른 등燈에 참기름 불을 켜고
제상祭床에 제물을 두고 밤새기를 기다리나.

벌써 돌아보랴 지나간 그 시절이
떡가래 썰으시며 어지신 할머님이
눈썹 센 전설傳說을 풀어 이 밤 새우시더니.

할머니 가오시고 새해는 돌아오네
새로운 이 산천에 빛이 한결 찬란커라
어떠한 고담古談을 캐며 이 밤들을 새우노?

—「제야」 전문

어린 날, 고향에서 '새날맞이' 할 때를 생각하며 쓴 시조다. 백석의 시를 연상시키기도 하지만 내용 자체는 평이하다. 눈썹 센 전설을 풀어 밤을 새운다는 것 정도를 제외하면 시적 묘사도 눈에 띄지 않는다. 제1연의 초장 2/4/3/4, 제3연의 초장 2/4/3/4, 종장 3/5/2/5 등을 보면 시조의 율격도 아직 체득하지 못했다고 볼 수 있다. 그런데 죽순동인 참여는 그녀에게 큰 용기와 의욕을 불어넣었다. 목숨을 바쳐, 신명을 다해 해야 할 일이 생긴 것이다. 시인의 옛날 일 회상기 중에는 「제야」처럼 따뜻한 정이 느껴지는 시조가 있는가 하면, 절대빈곤의 아픔이 느껴지는 것도 있다.

사흘 안 끓여도
솥이 하마 녹슬었나

보리누름 철은
해도 어이 이리 긴고

감꽃만
줍던 아이가
몰래 솥을 열어보네.

— 「보릿고개」 전문

사흘 동안 솥에다 무엇을 넣고 끓인 적이 없다. 보리가 누렇게 익는 늦봄에 해는 길고 겨울 양식도 봄 양식도 없으니 굶어죽기 딱 좋다. 감꽃을 주우며 놀던 아이가 몰래 솥을 열어보지만 거기에 도대체 뭐가 있을까. 아무것도 없다. 전국적으로 아사자가 속출해 '보릿고개'라는 말이 생겨날 정도였으니 40년대나 50년대, 그리고 60년대 전반기에는 보리를 베기까지 목숨을 부지하는 것 자체가 무척 힘겨웠다. 시인은 고향을 생각하면 보릿고개가 당장 생각났던 것이고, 아픈 추억담을 짧은 시조 속에 완벽하게 녹여 넣음으로써 이 작품이 이영도의 대표작 중 하나가 되게 하였다. 같은 제목으로 한 편의 시조를 더 쓴다.

아침 산책을 돌아온
손녀의 하얀 목을
치렁히 받쳐 밝힌
상아빛 감꽃 목걸이

그 꽃잎
낱낱에 어리는
고향 하늘 메아리여.

오뉴월 긴긴 시장기

뻐꾸기에 울려 두고

감나무 그늘을 누벼
달래던 보릿고개

황토빛
절은 갈증을
겹쳐 뜨浮는 그대 얼굴.

—「보릿고개」전문

　　이영도는 아침 산책길에 나갔다가 상아빛 감꽃 목걸이를 하고 온 손녀
를 보고 자신의 소녀 시절 때의 보릿고개를 생각한다. 오뉴월 긴긴 시장
기, 뻐꾸기 울음소리, 감나무 밑에 기운 없이 누워 우러러보던 하늘, 이런
기억들이 떠오른다. "황토빛/ 절은 갈증을/ 겹쳐 뜨는 그대 얼굴"의 그대
는 누구일까? 나일 수도, 친척일 수도, 친구일 수도 있을 것이다. 즉, 우리
들의 얼굴이다. 감꽃 목걸이의 "그 꽃잎/ 낱낱에 어리는/ 고향 하늘 메아

리"를 떠올려보는 시인의 눈가는 축축했을 것이다. 경북 청도는 오지 중의 오지다. 산물이 풍부한 곳이 아니었으므로 이영도는 고향을 생각하면 허기가 바로 연상되었던가 보다.

그리움의 시편

유치환 사후에 이영도는 유치환으로부터 받은 5,000통에 달하는 놀랄 만한 분량의 연서를 공개한다. 그나마 한국전쟁 이전 것은 유실되었다고 하니, 유치환이 이영도에게 기울인 정성이 얼마만 한 것인지를 충분히 짐작케 한다. 너도 나도 편지를 내놓으며 자신이 유치환의 연인이었다고 하는 데 화가 나서 편지를 공개했다고 한다. <주간한국>은 이들의 애틋한 사랑을 '사랑했으므로 행복하였네라'라는 제목으로 실었고, 1967년에 이근배 시조시인이 이영도로부터 편지 묶음을 건네받아 200편을 추려내 같은 제목의 서간집으로 엮어냈다. 유치환은 1947년부터 거의 30년간 거의 매일 편지를 썼다고 하니 교사생활을 하면서, 또 교장생활을 하는 동안 책상에 앉아서 시와 편지를 쓰는 일과를 이어갔음이 분명하다. 정말 한결같은 사랑이었고, 글에다 자신의 마음을 실어 연인에게 보낸 정성 어린 보살핌이었다. 스물아홉에 청상과부가 된 이영도를 사랑하게 된 서른여덟 살의 유치환에게는 시퍼렇게 눈을 뜨고 있는 아내와 줄줄이 사탕 같은 자식들이 있었으니, 이들의 사랑은 맺어질 수 없는 것이었다. 홀로 된 이영도를 멀리서나마 지켜주는 심정으로, 하루라도 거르면 연인의 안위가 걱정된다는 듯이 편지를 보냈던 것이다. 이영도 여사가 사는 동네를 담당하고 있던 우체부는 유치환이 유명한 시인인 것을 알고 있었을까? 고운 과수댁에게 매일 편지를 보내는 유치환이란 사람이 유명한 시인이라는 것을 알고는 있었을까?

우리는 이들의 사랑이 맺어지지 않은 것을 다행스러워해야 할지도 모른다. 만에 하나 사랑이 맺어졌더라면 편지는 중단되었을 테고, 시인의 사랑의 역사를 편지 글로 읽으며 감동하는 일도 없을 테니까. 이영도는 이 책의 인세 수입을 한국문학사韓國文學社가 주관하는 정운시조상의 기금으로 쓰게 하였다. 자신의 사랑의 역사를 당당하게 공개하고, 유치환의 편지글에 새겨진 '사랑'의 마음을 받들어 시조를 쓰는 이들에게 창작기금으로 되돌려주는 아름다운 발상이었다. 진정한 사랑은 그렇게 아름다운 파장을 만든다. 문학이라는 형식 안에서 이루어진 사건이기에 더욱 그러하다.

청마의 「파도」나 「행복」을 보면 이영도를 사랑했기에 겪는 괴로움이 어느 정도였는지 알 수 있다. 이영도는 청마의 구애를 도도하게 퉁기기만 했는가? 그렇지 않다. 그녀 또한 이 사랑으로 얼마나 괴로워하고 있는지 알 수 있는 시편이 즐비하다. 그 가운데 몇 편만 보자.

절절한 뉘우침에
천지가 고개 속여

이 한밤 하염없이
드리우는 그의 눈물

회한은 거룩한 속죄일래
가지마다 트는 움!

―「봄비」전문

시인은 봄비 내리는 밤에 잠을 이루지 못하고 있다. 천지간에 내리고 있는 것은 '그'의 눈물이다. 봄비가 내려야 나뭇가지에 움이 틀 터인데, 화자에게는 이 봄비가 "절절한 뉘우침"과 "하염없이/ 드리우는 그의 논물"과 "거룩한 속죄"인 "회한"의 의미를 지니고 있다. 봄이 마침내 왔고, 가지에 움을 틔울 비가 내리고 있는데 화자는 비탄에 잠겨 있지만은 않는다. 죄를 씻어주는 듯 내리는 봄비 속에서 "가지마다 트는 움"을 바라보며 다시금 돌아나는 애틋한 마음을 받아들이는 것이다.

> 서리 찬 하늘을 이고
> 가지 끝에 붉은 열매
>
> 모진 그 세월에
> 안으로 영근 사랑
>
> 애락哀樂은 낙엽에 지우고
> 오직 남은 기약이여!
>
> ―「과果」 전문

이 시는 가을을 시간 배경으로 하고 있다. 과실을 "모진 그 세월에/ 안으로 영근 사랑"이라고 했으니 식물 이야기가 아니다. 자기 이야기다. '애락'은 슬픔과 즐거움이다. 슬픔과 즐거움은 떨어지는 나뭇잎사귀에 지우고 "오직 남은 기약!", 즉, 과실의 긴 인내와 견딤에 대해 상찬한다. 과실은 나무에 달려 있는 것 자체가 기약인데 나는 도대체 무엇인가. 무엇을 하고 있는가. 그리워하고 있을 뿐이다. '그리움'을 시어로 쓴 시가 많은데 3편만 보자.

너는 가지에 앉아
짐승같이 울부짖고

이 한밤 내 마음은
외딴 산지긴데
가실 수
없는 명일래
자리 잡은 그리움.

—「바람 Ⅰ」 전문

나의 그리움은
오직 푸르고 깊은 것

귀먹고 눈먼 너는
있는 줄도 모르는가

파도는
뜯고 깎아도
한번 놓인 그대로…….

—「바위」 전문

생각을 멀리하면
잊을 수도 있다는데

고된 살음에
잊었는가 하다가도

가다가
월컥 한 가슴

밀고 드는 그리움.

—「그리움」 전문

「그리움」은 노골적인 사랑 고백이다. 생각을 멀리하면 잊을 수도 있다고 하지만 화자의 경우 고된 살음(삶)의 과정에서 잊었나 보다 하다가도 가슴 한구석을 밀고 드는 그리움을 어떻게 할 수 없다. 보고 싶은데 못 보니 괴롭기만 하다. 「바람 1」은 바람을 노래한 시조가 아니고 「바위」는 바위를 다룬 시조가 아니다. 바람과 바위에 빗대어 보고 싶다는 고백을 은밀히 하고 있는 작품이다. 시로써밖에 사랑의 마음을 전할 수 없었던 두 사람의 30년 동안의 그리움이 독자의 폐부를 찌른다.

종교적 명상의 시

이영도가 종교에 귀의하게 된 것은 1949년 5월 결핵에 걸려 마산에 있는 교통요양원에 입원해 있을 때였다. 1976년에 나온 유고산문집 『나의 그리움은 오직 푸르고 깊은 것』을 보면 이런 구절이 나온다.

내가 그리스도를 내 인생에 지존의 스승으로 모시고 그분의 걸음을 따르는 생애를 결심한 것도 그 조용한 요양원 병실에서 마련된 것이었다.(152쪽)

나는 내 인생의 길잡이로 그리스도를 붙들었으며 나의 스승으로 그리스도를 모시고 살아간다. 그분의 가르치심으로 의로운 길을 배우고, 그분의 인도하심으로 하느님께로의 길을 배우며, 그분의 말씀에 따라 사랑과 용서의 법을 깨우치며, 그분의 폭넓은 그늘 밑에서 피곤을 풀고, 그분의 손에 이끌리어 높고 먼 진리의 차원을 지향할 수 있는

기쁨을 가슴 깊이 간직할 수 있게 되었다. (177~178쪽)

1년 남짓 요양원에 있다가 한국전쟁 전날 퇴원하는데, 이후에 발표하는 시조 중에 종교적 명상에 의거해 쓴 것이 간간이 보인다. 시인은, 기도하며, 참회하며 이성에 대한 사랑의 감정을 떨쳐버리려 무진장 애를 썼던 것이다.

> 손에 성서 들고
> 주의 앞에 나아가도
>
> 아물지 않는 상흔
> 허울인가 차운 가슴
>
> 저버린 소명을 찌르듯
> 혼자 우는 종소리.
>
> —「종 Ⅰ」전문

기독교인의 소명을 저버리지 말라고 종이 운다는 것이다. 그러니까 시인의 마음속에서 두 개의 자아가 연일 피를 흘리며 싸우고 있었다고 보면 된다. 이영도는 생활 가운데 교리를 실천하는 신실한 신앙인과, 편지를 읽으며 마음에서 솟구치는 그리움에 사로잡혀 쩔쩔매는 속인 사이를 방황하는 과수댁이었다.

> 먼 첨탑이 타네
> 내 가슴 절벽에도

돌아앉은 인정人情 위에
뜨겁던 임의 그 피

회한은
어진 깨달음인가
'골고다'로 젖는 노을

—「노을」 전문

그리스도가 처형을 앞두고 십자가를 짊어지고 올라갔던 길이 골고다 언덕이다. 그런데 이 작품은 그리스도의 수난과 구원을 다룬 것이 아니다. "내 가슴 절벽", "돌아앉은 인정", "뜨겁던 임의 그 피"에는 신성과 거리가 먼 세속의 정서를 화자가 앓고 있음을 보여준다. 시인은 가슴에서 격렬히 일어나는 감정의 파고를 가라앉히느라 성경을 읽고 기도를 하며 고군분투하고 있었던 것이다. '주'는 때로 벌을 주는 분이다. "인간에 검劍을 전하려/ 몸을 입고 오신 主여!"(「갈원渴願」) 같은 구절을 보면 주는 사랑의 주가 아니라 형벌의 주다.

9
눈 오시는 날에
절두산 기슭을 거닌다
푸르디푸른 강 앞에
목숨의 길을 듣는다.
뜨거워
오히려 찬 이마
그 사랑을 듣는다

달궈 사루지도 못하고
피 뿌리지도 못하고
다만 주主여, 주主여,
뜨물 같은 목마름에
또 하나
나를 겨루어
등이 굽은 예순 해여!

　　　　　　　　　　　　―「흐름 속에서」 부분

　유고시집『언약』의 제3부는 연작시 10편으로 되어 있는데 아홉 번째 시다. 읽어보면 복음에 귀를 기울이고 있지 않고 참회의 고백을 하고 있다는 느낌을 받는다. 소망의 메시지보다는 갈망의 갈급함을 느끼게 된다. 아마도 시인은 신앙의 힘으로 현세의 번민을 이겨내려고 노력했던 것이 아닐까. 세속의 사랑을 신앙으로 승화하기 위해 이성에 대한 그리움을 억누르며 올리는 간절한 기도가 바로 신앙시편이었다.

우국과 애국의 시조

　그런데 이영도 시조의 진면목은 놀랍게도 저항의 언어, 현실참여의 주제에 있다. 일제 강점기 때 시인의 할아버지는 남매에게 우국을 일깨워주었다. 역시『머나먼 사념의 길목에서』에 나오는 구절이다.

　　내 청춘 시절의 꿈은 적치敵治의 암흑 속에서 어떻게 하면 조국을 건져낼 수 있으며, 우리말, 우리의 글, 우리의 문화, 우리의 역사, 우리의 모든 얼과 정신을 찾아 보존할 수 있겠는가 하는 그 우국憂國과 연관되는 오직 일념이었을 뿐입니다. (305쪽)

피아골은 지리산 제2봉인 반야봉의 중턱에서 발원한 맑고 풍부한 물이 깊은 숲을 누비며 삼거리·연곡사 등을 지나 섬진강으로 빠진다. 폭포·담소·심연이 계속되는 계곡미가 뛰어나고 특히 이곳의 단풍은 지리산 10경의 하나로 손꼽힌다. 옛날 이 일대에 피밭稷田이 많아서 '피밭골'이라는 이름이 생겨났고 이것이 변해 피아골이 되었다고 한다. 여순반란사건과 한국전쟁 때 많은 사람이 이곳에서 목숨을 잃었다. 이곳에서 죽어간 사람들을 위해 합동위령제를 지내주는 마음으로 이런 작품을 쓴다.

　　　한 장 치욕 속에
　　　역사도 피에 젖고

　　　너희 젊은 목숨
　　　낙화로 지던 그날

　　　천년의
　　　우람한 침묵
　　　짐승같이 울던 곳.

　　　지친 능선 위에
　　　하늘은 푸르른데

　　　깊은 골 칠칠한 숲은
　　　아무런 말이 없고

　　　뻐꾸기
　　　너만 우느냐

혼자 애를 타느냐.

—「피아골」 전문

피아골에서 죽어간 젊은이의 수가 얼마인지는 아무도 모른다. 특히 빨
치산이 지리산 일대에서 준동했으므로 말 그대로 피의 골짜기였을 것이
다. 하지만 지금 "깊은 골 칠칠한 숲은/ 아무런 말이 없고" 뻐꾸기만 울고
있다. 이념이 무엇이기에 총을 들고 골짜기에서 숨어 지내고 끝내 숨을
거두었지만 지금은 흔적도 남아 있지 않다. 제주도 4·3사건을 다룬 시도
있다.

차라리 스스로 달래어
싸느라니 고였는가

그날 하늘을 흔들고
아우성치던 불길

투명한
가슴을 열고
여기 내다뵈는 생채기.

—「백록담」 전문

중장을 보면 바로 알 수 있다. 아픈 역사의 한 페이지가 검은 그을음으
로 얼룩이 져 있음을. 한라산 정상에 있는, 화산의 분화구에 생긴 호수가
상징하는 것은 역사의 아픔이다. 수많은 제주도민이 공비로 몰려 학살을
당했는데 이영도는 이 한 편의 시조로나마 애도의 뜻을 표한다. 시인의
역사의식은 여기서 멈추지 않는다.

1960년 3·15부정선거 반대에 나선 마산 사람들 데모 때 고등학생 김주열이 눈에 최루탄이 박혀 죽었다. 4·19혁명의 도화선이 되기는 했지만 학생 개인으로서는 끔찍한 죽음이었다. 마산 앞바다에 수장시킨 시신이 물위로 떠올랐고 그 시체를 찍은 사진을 보고 분노한 마산시민들이 들고일어나 결국 4·19혁명까지 이어졌던 것이다. 시인은 이를 애통하게 여겨 이런 작품을 썼다.

눈에 포탄을 박고 머리는 맷자국에 찢겨
남루히 버림받은 조국의 어린 넋이
그 모습 슬픈 호소인 양 겨레 앞에 보였도다.
행악이 사직을 흔들어도 말없이 견뎌온 백성
가슴 가슴 터지는 분노 천동하는 우뢰인데
돌아갈 하늘도 없는가 피도 푸른 목숨이여!

너는 차라리 의義의 제단에 앳된 속죄양
자국 자국 피맺힌 역사의 깃발 위에
그 이름 뜨거운 숨결일레 퍼득이는 창천蒼天에……

—「애가哀歌」 전문

아무 죄 없이 희생된 어린 학생의 주검에 대해서만 말하는 것이 아니다. 왜 우리 백성은 이런 핍박을 받아야 하느냐며 "자국 자국 피맺힌 역사의 깃발 위에" 새겨진 것이 "그 이름 뜨거운 숨결"이라고 하면서 민중 항쟁의 역사를 함께 이야기하고 있다. 4월에 피어난 진달래를 보고 시인은 어느 4·19혁명 기념일에 펜을 들어 이런 작품을 쓴다.

눈이 부시네 저기
난만히 멧등마다

그날 쓰러져 간
젊음 같은 꽃사태가

맺혔던
한이 터지듯
여울여울 붉었네.

—「진달래」 전반부

'다시 4·19 날에'라는 부제를 붙인 이 시에서 시인이 들려주고 싶었던 것은 거리에서 피를 뿌리며 죽어간 200명에 달하는 학생들 덕에 우리가 민주와 자유 같은 말을 구호로 외치지 않고 살아갈 수 있게 되었다는 것이다. 그때 죽은 그 학생들을 애도하는 4·19혁명 기념일을 맞이하자 그들의 피의 대가로 얻은 자유와 민주가 새삼 고맙지만 젊은이들의 희생이 너무나 애통해서 이렇게 시조를 썼던 것이다.

이와 같이 이영도의 시조는 크게 네 가지 경향을 지니고 있었다. 가난했던 유년 시절에 대한 반추, 이성에 대한 그리움의 시편, 신앙시라고 볼 수도 있지만 현실의 아픔을 신에게 의지함으로써 벗어나려고 썼던 시편들이다. 그리고 시대를 외면하지 않는 역사의식으로 현실을 직시했으며, 우리의 아픈 현대사를 성찰하는 시를 썼다. 앞으로 이영도 연구가 더 면밀하게 이뤄져 그의 작품의 문학사적 가치가 심도 있게 연구되고 평가되어야 할 것이다.

역사가 가져다준 아픔을 극복하는 법

—이근배論

문학사에서 소외된 불운한 시인

1940년 충남 당진에서 태어난 이근배 시인은 우리 문학사에서 전무하였고 후에도 없을 희유의 기록을 갖고 있다. 1961년부터 1964년 사이에 경향·조선·서울·동아·한국일보의 신춘문예에 시조와 시, 그리고 동시 등 세 장르에 걸쳐 당선되었으니, 이 기록은 영원히 깨지지 않을 것이다. 문공부 신인예술상도 당시 아주 큰 공모전이었는데 1963년의 제2회와 1964년의 제3회 공모에 연이어 당선되었으니, 이 또한 신기록이라 할 만하다. 심사위원들이나 대회 관계자가 지난 대회 수상자가 누구인지 모를 턱이 없는데 작품이 좋아서 뽑아주었을 것이므로 이근배 시인은 한국 시단의 기린아로 주목을 받아야 마땅했다. 모두 스물다섯 살 이전의 일이다. 그런데 그간 문단에서 이근배 시인에 대한 평가가 활발히 이루어진 것으로는 보이지 않는다. 시조와 시를 엄격히 구분하는 우리 문단의 오랜 폐습 때문이 아닐까. 시단에서는 그를 시조시인으로, 시조시단에서는 그를 시인으로 봐 왔던 것이 아닐까.

1961년에 등단한 시인이 1981년에야 시집 『노래여 노래여』를 낸 것도 그에 대한 평가가 제대로 이루어질 수 없게 한 요인이 된다. 60년대 시인인데도 시집이 없으니 60년대 시인을 다룰 때 그는 누락되었고 70년대 시인을 다룰 때도 누락되었다. 1981년에 시집을 냈다고 하여 80년대 시인으로 그를 간주할 것인가? 그럴 수는 없다. 지나친 진중함이 평가의 대상에서 그를 제외시킨 가장 큰 원인이 되었으니 실로 안타까운 일이다.

문학세계사에서 나온 『노래여 노래여』를 보면 띠지도 아닌 시집 표지에 '시단 데뷔 20년 만의 첫 시집'이라는 문구가 들어 있지만 사실은 제2시집이다. 등단하기 전인 1960년, 서라벌예술대학을 졸업하면서 일종의 졸업 기념 문집을 겸해 시집 『사랑을 연주하는 꽃나무』를 서정주 시인의 서문을 받아 출간했지만 정식 출간한 첫 시집은 『노래여 노래여』로, 데뷔 20년 만이었다. 데뷔 20년 만의 시집 출간! 요즈음 같으면 상상도 못할 일이다. 그런데 이 시집에는 1961년 서울신문 신춘문예 시조 당선작인 「벽 －휴전선에」과, 같은 해 경향신문 신춘문예 시조 당선작인 「묘비명」은 실려 있지 않다. 같은 해 조선일보 가작으로 뽑힌 시조 「압록강」도 마찬가지다. 1962년 동아일보 신춘문예 시조 당선작 「보신각종」, 조선일보 신춘문예 동시 당선작 「달맞이꽃」 또한 마찬가지다. 1963년 제2회 문공부 신인예술상은 시와 시조 부문을 석권하는데, 이때 뽑힌 「달빛 속의 풍금」과 「산하일기」도 『노래여 노래여』에는 실려 있지 않다. 1964년 한국일보 신춘문예 시 당선작인 「북위선」과 제3회 문공부 신인예술상 시 당선작인 「노래여 노래여」만이 등단작을 대표하여 실려 있다.

1982년에 한국문학사에서 낸 첫 시조집 『동해바다 속의 돌거북이 하는 말』에는 시조 등단작들이 실려 있는데, 이 시조집 자체가 희귀본이 되어 연구자들의 손에는 들어가지 못했다. 세월이 한참 흘러 2006년에 태학사에서 간행한 '우리 시대 현대시조 100인선'의 제24권인 『달은 해를 물고』를 봐야 시인의 시조 등단작들을 일별할 수 있다.

이 글은, 57년 동안이나 평가를 제대로 받아 오지 못한 이근배 시인의 시조와 시에 대한 평가가 지금부터라도 조금씩 이뤄지기를 바라는 마음에서 쓰는 것이다. 지금까지 나온 시집 중 『노래여 노래여』 『사람들이 새가 되고 싶은 까닭을 안다』 『추사』, 시조집 『달은 해를 물고』가 평가의 대상이 된다. 후학 중 누군가가 최초의 시집 『사랑을 연주하는 꽃나무』, 첫 시조집 『동해바다 속의 돌거북이 하는 말』, 장편서사시집 『한강』(고려원, 1985), 시집 『종소리는 끝없이 새벽을 깨운다』(동학사, 2006), 활판시선집 『사랑 앞에서는 돌도 운다』(시월, 2008), 시선집 『살다가 보면』(시인생각, 2013)을 망라하여 본격적인 이근배론이 나오기를 바라는 마음이 간절한데, 이 글이 참고문헌 중 한 편의 역할을 할 수 있기를 바란다.

등단 무렵의 시세계

1961년 1월 1일자 신문을 사서 본 문인 지망생 중 경악한 사람이 많았을 것이다. 경향신문·서울신문·조선일보 신춘문예 시조 부문에 이근배라는 같은 이름이 실려 있었기 때문이다. 경향신문과 조선일보 심사를 함께 했던 이희승은 고민에 빠진다. 두 신문 다 당선작을 뽑고 보니 동일인인지라 뒷날 심사한 조선일보의 작품을 가작으로 처리했는데 나중에 알고 보니 이병기·이태극 2인이 심사한 서울신문도 당선자가 이근배였기 때문이다. 대체 어떤 작품이 서울신문에 뽑혔던 것일까.

1
향수의 꽃이파리
핏빛 피어 눈에 감겨

어머니! 외마디 지르고
고지에 올라서면

저기 저
조국의 가슴을 찢어
줄기져 간 철조망.

―「벽―휴전선에」 부분

  총 5수의 단시조를 모은 연작시조 「벽―휴전선에」의 제일 첫째 수다.
시의 화자는 휴전선 고지에 선 초병이다. 휴전선 일대에는 "자유를/ 사랑
한 병사의/ 비문 없는 묘석"이 있다. "신화의 골짝마다/ 스며진 젊은 피"는
"하늘을 외면해서/ 풀꽃으로 피었"고, 통일에의 의지는 "총탄처럼/ 아득
히 달려가도" "못 뚫어/마주 서보는/ 비원의 문, 벽" 앞에서 좌절한다. 이
시조의 주제는 분명히, 통일에 대한 열망과 분단 극복의 의지다. 같은 해
경향신문 당선 시조는 총 3수로 되어 있다.

2
침묵을 헤치고서
바람에다 부친 전언傳言

"조국의 품안에서
젊은 혼은 졌노라"고

피 듣는
그 흐름 속으로
새겨지는 비명碑銘들…… .

―「묘비명」 부분

이 작품 역시 주제가 대동소이하다. 휴전협정이 이루어진 지 7년 정도 지난 시점이었다. 남과 북이 영구분단이 되면 안 된다는 간절함을 시조에 실어 보았던 것이다. 한국전쟁의 와중에서 수많은 젊은이들이 목숨을 잃었는데 그들의 죽음이 과연 누구를 위한 희생이었을까 하는 생각이 이런 시조를 쓰게 하였다. 조선일보 가작 입선작은 제목이 '압록강'인데도 내용은 역시 분단에 대한 아픔이다.

> 2
> 하늘도 찢긴 조국
> 가로막힌 벽을 두고
>
> 통곡은 소용치어
> 사계에 꽃피는가
>
> 외로운
> 모국어를 타고
> 흐느끼는 압록강
>
> ─「압록강」 부분

1961년 신춘문예 당선작이므로 창작된 시점은 1960년이다. 이 해는 4·19혁명이 일어난 해다. 거리에서 시민과 학생들이 피를 흘리며 죽어가는 것을 스물한 살 청년 이근배는 보았을 것이다. 북한은 북한대로 김일성이 수많은 사람을 숙청한 끝에 1인 통치자가 지배하는 독재체제를 구축하였고, 남한은 남한대로 이승만이 경찰력으로 국민을 억누르며 억지로 지탱하는 전형적인 경찰국가였다. 부정선거였으므로 선거를 다시 하라고 일어선 학생들에게 경찰이 총기를 난사하여 거리를 피로 물들이는 광경을 본 이근배로서는 이 비극의 원인이 분단에 있다고 보고서 「벽―휴전선에」 「묘비명」 「압록강」을 썼던 것이다. 1962년 동아일보 신춘문예 시조 당선작인 「보신각종」은 4·19혁명 자체가 작품의 소재가 된다.

3
자유! 정의! 진리!
외치던 젊은 지성

순렬한 꽃잎들이
달려간 광장에서

피 묻어
지던 그 슬픔을
마음 깊이 사렸겠지.

―「보신각종」 부분

보신각종이 그때로부터 10년 전에는 "상잔의 포성 속에// 균열진 가슴이며/ 외로웁던 모국어를// 상기도/ 품에 안고서/ 울먹이는 증언"을 했었다. 광화문의 보신각종은 전쟁 발발 사흘 만에 공산군에 의해 서울이 점령되고 9월 28일에 수복이 된 아픈 역사를 기억하고 있다. 그런데 이 종 앞에서 또다시 총성이 울리고 시민과 학생들이 200명 가까이 죽었으니, 종각 앞은 역사의 아픈 현장이 되고 말았다. 1964년 문공부 신인예술상 당선 시조도 남북 분단에 대한 뼈아픈 인식의 산물이었다.

3
상잔의 피가 스민

돌이며 나무 바위,

외로운 모국어로
새겨진 비명碑銘일레

남몰래 풀어보는 미학
노을 비낀 의미여.

　　　　　　　　　　　　　　　　─「산하일기」 부분

　등단 무렵의 시조 작품 전체를 관통하는 것은 시인의 역사의식이었다.
분단 현실에 대한 아픈 성찰과, 시인으로서 분단을 극복·지양하기 위해
무엇을 할 것인가 하는 고뇌가 펜을 들도록 부추긴 원동력이었다. 시도
마찬가지였다. 1964년 한국일보 신춘문예 시 당선작 「북위선」과, 같은
해 문공부 신인예술상 문학부 특상 「노래여 노래여」도 앞서 발표한 시조
와 소재 및 주제가 크게 다르지 않다. 다만 표현 방법이 정형시가 아니라
자유시라는 점이 달랐다.

　　3
　　누가 읽어버린 것일까
　　황토 흙에 묻힌 군화 한 짝
　　언어도 없는 비명碑銘의 돌아선 땅에서
　　누가 마지막 입맞춤 마지막 포옹을
　　묻어두고 간 것일까
　　국적도 모르고 군번도 없는 채
　　버리운 전쟁의 잠꼬대여
　　멀리 흐느끼는 야영의 불빛은
　　검은 고양이의 걸음으로 벽을 오르고,

후미진 밤의 분계선 근처에

병정兵丁의 음악은 차게 흐른다.

(하략)

-「북위선」 부분

　미국과 소련이 북위 38도선으로 한반도 분단을 결정한 때는 광복 직후였다. 1945년 일본이 항복한 후 미·소 양국이 한반도를 분할 점령한 경계선이 한국전쟁을 치르면서 동쪽은 올라가고 서쪽은 내려오는 휴전선이 된다. 크지도 않은 한반도가 두 동강이 난 현실에 대해 시인은 계속해서 고뇌하며 시의 중심 주제로 삼는다. 광복 직후 북위 38도선을 경계로 북쪽은 소련군이, 남쪽은 미군이 각각 진주, 일본군의 항복을 받았다. 미국과의 약속에 따라 대일전에 참가한 소련은 일본에 선전포고를 하고 관동군을 무찌르면서 남진, 8월 12일에는 청진에 상륙하고 16일에는 원산 상륙작전을 벌였다. 이때 미군은 가장 가까운 부대가 한반도에서 600마일 이상 떨어진 오키나와에 있어 한반도에 이르기까지는 상당한 시일이 필요했다. 이에 미국은 한반도 전체가 소련군에게 장악되는 것을 막기 위해 38도선을 경계로 한 한반도의 분할점령을 소련에 제의했고, 소련은 이에 동의해 이미 서울까지 진출해 있던 일부 소련군을 38도선 이북으로 즉각 철수시켰다. 완전히 타의에 의해 분단이 되고 만 것이다. 곧바로 북에는 소련의 군사고문단이 와서 전쟁 준비를 시켰고, 남에는 미군정이 실시되면서 치안까지 미군이 담당했다. 1950년 6월 25일에 전쟁이 일어나자 수많은 젊은이가 전장에서 목숨을 잃었는데 군번 없이 죽어간 학도병도 많았다. 시인은 우리가 왜 젊은이들을 전쟁터로 몰아넣어 죽게 해야만 하는지 거듭해서 묻고 있다.

3
밤을 대안對岸하여
날고 있는 후조候鳥
고요가 떠밀리는 야영夜營의 기슭에
병정兵丁의 편애는 잠이 든다
그때, 풀꽃들의 일화 위에 떨어지는
푸른 별의 사변思辨
찢긴 날개로 피 흐르며
귀소하는 후조候鳥의 가슴에
향수鄕愁는 탄환처럼 박혀든다
아, 오늘도 돌아누운 산하의
외로운 초병哨兵이여
…(하략)…

—「노래여 노래여」부분

강대국이 총을 주고 시켜서 한 전쟁, 그렇게 많은 사람이 피를 흘리며 죽은 전쟁의 결과가 분단이라면 너무 억울하지 않느냐고 20대 초반의 시인 이근배는 다그쳐 묻는다. 억울했기 때문이다. 휴전협정을 맺은 지 7~10년이 다 된 그 시점, 이근배는 왜 이렇게 분단된 현실에 대해 사색하고 고뇌하면서 시적 인식을 전개했던 것일까?

개인사와 가족사의 비밀

시인의 실질적인 첫 시집 『노래여 노래여』에는 개인의 이력이나 가족사의 내력이 보이지 않는다. 「겨울행」 같은 시를 보면 "어머니,/ 눈이 많이 내린 이 겨울/ 나는 고향엘 가고 싶습니다/ 그곳에 가서 다시 보고 싶은 것이 있습니다/ 여름날 당신의 적삼에 배이던 땀과/ 등잔불을 끈 어둠 속에서 당신의/ 얼굴을 타고 내리던 그 눈물을 보고 싶습니다"라고 했지만 어머니의 눈물을 왜 보고 싶어 하는지에 대해서는 시에 나와 있지 않다. 하지만 2004년에 출간한『사람들이 새가 되고 싶은 까닭을 안다』에 이르면 달라진다. 등단을 한 1961년과 실제적인 첫 시집을 낸 1981년 사이의 20년 동안에도 변하지 않은 것이 있다. 이 땅의 민주화가 이뤄지지 않았던 것이다. 1980년 8월 1일자로 연좌제가 폐지되었지만 서슬 푸른 제5공화국 태동기였다. 이근배는 자신의 이야기, 친족과 친척의 이야기는 계속 가슴에 묻어둘 수밖에 없었다. 등단 초기에 분단 상황을 그렇게까지 집요하게 다루었던 그가 벙어리 냉가슴을 앓아온 43년 세월을 보내고 나서야 '우리 집 이야기'를 한다. 아버지가 행방불명된 이야기를.

아버지는 깃발을 숨기고 사셨다
내가 그 깃발을 처음 본 것은
국민학교 5학년 때였다
해방 전부터 시작된 감옥살이에
몸이 상할 대로 상한 아버지는
할아버지의 석방 노력과 설득에
겨우 마음을 돌려
농사를 짓겠다고 나선 지
한 해도 못 되어 육이오가 일어났다
(중략)
아버지는 언제부터 무엇에 쓰시려고
숨겨두고 계셨던 것일까
그 깃발의 세상이 오자
아버지는 온양으로 떠나셨고
오늘토록 돌아오시지 않는다.

어머니와 우리 세 남매의
　　　행복을 앗아간 깃발 하나
　　　오래도록 내 안에서
　　　입 다문 슬픔으로 펄럭이고.

—「깃발」 부분

　　일제 강점기 때 이미 항일독립투사로 여러 차례 옥고를 치렀던 시인의
부친은 광복이 되자 사상의 일대 전환을 꾀한다. 1948년, 미군정의 도움을
받아 남한 단독정부를 세운 이승만 정권은 권력 장악을 위해 친일파를 처
벌하기는커녕 고스란히 등용하였고, 이것은 조금이라도 올바른 식견을 갖
고 있는 사람이라면 도저히 용납할 수 없는 일이었다. 부친의 공산당 투신
은 '공산주의'라는 사상에 경도된 면도 없지는 않았겠지만 잘못된 정치현
실에 대한 분노가 더 큰 역할을 했을 것이다. 부친(시인의 할아버지)의 간곡한
당부를 듣고 당진에서 농사를 지으며 몸을 추스르고 있던 시인의 아버지는
한국전쟁 발발 후 공산군이 밀고 내려와 충청도가 '인공' 치하가 되자 숨겨
둔 '조선민주주의인민공화국'의 깃발을 찾아 들고는 온양으로 간다. 당장
가서 환영하며 만세를 부르고 싶었겠지만 그보다는 인민군에 자원입대하
거나 월북을 하기 위해서였을 것이다. "인공 때 집 떠나신 후/ 열한 살 어린
제게/ 편지 한 장 주시고는/ 소식 끊긴 아버지"(「노을」)는 어머니와 남은 세
남매의 행복을 앗아갔다고 했다. 그날 이후 소식이 끊긴 아버지는 언제 어
디서 돌아가셨는지 생사 여부도 알 길이 없다. 자신은 신념에 따라서 결단
을 내렸겠지만 버려진 가족은 형극의 세월을 견뎌야만 했을 것이다. 특히
어머니는 말 한마디도 제대로 할 수 없는 벙어리의 나날을 살아왔을 것임
에 틀림없다. 어머니의 한 많은 생은 「다시 냉이꽃」 「천벌」 「꽃산」 「신방」

등의 작품에 잘 묘사되어 있다. 외조부는 면암 최익현의 수제자인 장후재 학사이고, 시인의 어머니는 그분의 셋째 딸로 태어났다고 했다. 뼈대 있는 집안이면 무엇 하는가. 연좌제가 살아 있던 그 시절, 아버지 이야기는 금기였을 것이다. 공무원 시험 같은 것은 꿈도 못 꿨을 것이다. 노무현 대통령을 탄핵할 수 있을 만큼 민주화가 진전된 시대가 되었으니 발표할 수 있었지, 평화통일을 주장했다고 하여 간첩으로 몰아붙인 지난 시대였다면 결코 발표할 수 없는 작품이다. "그 깃발의 세상이 오자/ 아버지는 온양으로 떠나셨고/ 오늘토록 돌아오지 않는다."라는 말은 반공법이 시퍼렇게 살아 있는 이 시대에도 사실 쉽게 말할 수 있는 성질의 것이 아니다. '빨갱이의 자식'은 지금 이 시대에도 낙인과 같은 것인데, 시인은 등단한 지 45년이 되어서야 그 이야기를 하였다. 그리고 어머니 이야기를 한다.

> 타고난 복을 누렸을 법도 한데
> 어쩌다 나라 빼앗긴 세상을 만나
> 지아비 섬길 날도 모두 빼앗기고
> 한시도 마를 날 없는
> 슬픔의 긴 강을 건너오셨습니다
>
> —「다시 냉이꽃」 부분

그 어머니가 아흔의 나이로 돌아가시자 시인은 "천 길 낭떠러지 솟구치는 통곡 씹으며"(「천벌」) 용서를 구한다. 어머니의 생이야말로 "가슴에 박힌 검은 못자국들"(「신방」)을 지닌 채 살아오신 '한 많은' 생임을 시인은 잘 알고 있었기 때문이다. 시인은 어머니가 돌아가시자 생밤나무 널판에다 '지사경주이공선준지구志士慶州李公銑濬之柩'라고 쓰고는 합장한다. 그 널판이 아버지의 몸인 양.

열여섯에 옷고름 푼

동갑내기 신랑

세상 어찌해 보겠다고 밖으로 떠돌다

반생을 옥바라지로 고운 얼굴 찌들게 하더니

마흔에 집 떠난 뒤 아예 소식 끊겨

쉰 해 넘도록 기다리다

홀로 눈감고 선영先塋 아래 오르셨다

—「신방」 제2연

남편과의 생이별 후 어머니가 살아오신 50년을 이렇게 담담하게 정리했지만 처절한 사연이 아닐 수 없다. 이런 시에는 우리 민족이 겪어야 했던 질곡의 반세기가 고스란히 담겨 있다. 아버지는 가장 노릇 제대로 못한 채 끔찍한 상처만 주고 사라진 분이지만 할아버지는 "한학도 높으셨고 당진 고을이 내세우는 유림"이셔서 "똥오줌도 못 가리는 제게/ 글을 읽히시고 붓을 쥐어주셨"다(「할아버지께 올리는 글월」). 어린 이근배를 시인의 길로 인도한 것은 단연 할아버지였다. 할아버지는 큰손자인 이근배를 꾸짖을 때 "저놈은 즈이 애비를 꼭 닮았어!"라고 말씀하시곤 했는데, 소년 이근배는 이 말을 몹시 자랑스러워했다고 한다.

일제 때는 나라를 되찾아보겠다고

해방이 되고서는 좋은 세상 만들어보겠다고

감옥을 드나들며 처자식을 돌볼 줄 모르던

할아버지의 큰아들인 저의 애비가

어린 나이에도 몹시 자랑스러웠으니까요

—「할아버지께 올리는 글월」 부분

시인은 이렇듯 분단의 세월 내내 숨겨온 사실을 만천하에 공개하고 가족사의 상처를 봉합한다. 아버지란 존재를 지금까지 숨겨왔지만 그런 아버지가 그때는 자랑스러웠다고 고백한다. 애증의 50년 세월을 보낸 지금, 증오는 접고 이해와 용서의 마음으로 아버지를 부를 수 있게 된 것이다. 이근배 시인 나름의 아픔과 원망이 이 시집을 통해 풀릴 수 있겠다는 생각에 '눈물겨운 시들입니다'는 말을 전하고 싶다. 이전에도 시인은 이청준의 소설에도 나오는 '전짓불'을 다룬 시를 통해 상처의 근원이 어디에 있었는가를 밝힌 바 있다.

> 내가 문을 잠그는 버릇은
> 문을 잠그며
> 빗장이 헐겁다고 생각하는 버릇은
> 한밤중 누가 문을 두드리고
> 문짝이 떨어져서
> 쏟아져 들어온 전지電池 불빛에
> 눈을 못 뜨던 버릇은
> 머리맡에 펼쳐진 공책에
> 검은 발자국이 찍히고
> 낯선 사람들이 돌아간 뒤
> 겨울 문풍지처럼 떨며
> 새우잠을 자던 버릇은
> 자다가도 문득문득 잠이 깨던 버릇은
> 내가 자라서도
> 죽을 때까지도 영영 버릴 수 없는
> 문을 못 믿는 이 버릇은.
>
> —「문門」 전문(『노래여 노래여』)

지리산 일대에 준동한 파르티잔은 식량 조달을 위해 한밤중에 민가로 내려와 잠자는 주인에게 전짓불을 들이대면서 네가 어느 편인가를 묻는 경우가 있었다. 우냐 좌냐, 군경 가족이냐 인민해방을 원하느냐. 전짓불을 들이대는 사람들이 국군이나 경찰인 경우도 있었다. 부역자 집안을 점찍고 들어와 확인차 묻는 것이다. 너는 남과 북 어느 편이냐. 잠결에, 눈부신 전짓불 아래 느닷없이 '괴한'이 묻는 것인데, 대답을 어떻게 하느냐에 따라서 목숨이 왔다 갔다 한다. 이청준의 「소문의 벽」을 보면 "어머니는 얼른 대답을 할 수가 없었다. 전짓불 뒤에 가려진 사람이 경찰대인지 공비인지를 구별할 수 없었기 때문이었다. 나는 지금까지도 그 절망적인 순간의 기억을, 그리고 사람의 얼굴을 가려버린 전짓불에 대한 공포를 생생하게 간직하고 있다."라는 구절이 나온다. 그때 형성된 시인의 트라우마는 외출하고 돌아와 문을 꼭 잠그게 한다. "검은 발자국"에 대한 기억은 아마도 아버지가 행방불명 된 이후에 겪은 고난을 상징하는 시적 장치일 것이다.

온고이지신의 정신

이제 다시 『노래여 노래여』로 돌아가보자. 제일 앞머리에 놓인 시는 비교적 짧다.

> 이제 더 남은 것은 무엇인가
> 목숨을 뿌리친 뒤엔
> 무엇이 오는가
> 사는 세상에 가득한 것은
> 아름다움일 뿐

사랑일 뿐
내가 형언形言할 한 파랑의 바람도 불지 않는다
깨어 있는 것아
우리 모두 뿌리 상한 영혼이 되어
이 질편한 꿈의 밭을 헤매임은
끝내는 목숨 하나로 매어 있는
풀리지 않는 설움 때문이다.

—「수사修辭」 전문

수사란 무엇인가. 말이나 문장을 꾸며서 보다 묘하고 아름답게 하는 일
이 아닌가. 이 시가 단순히 짧기 때문에 시집의 제일 앞머리를 장식하게
된 것이 아니라고 생각한다. 시인의 필생의 업으로 '수사'를 생각한 것일
수 있다. 이 시에서 중요한 시어는 '아름다움'과 '사랑'이다. 시인이 궁극
적으로 추구해야 할 것이 아름다움과 사랑이라고 했는데 전자는 자연이
나 무정물의 아름다움이고, 후자는 인간이나 생명체의 사랑이다. 시인의
아름다움에 대한 탐구는 연작시 「이조李朝」에서 집중적으로 행해진다. 아
니, 그 이전 신안 앞바다에 가서 "잠수부들의 그물에 걸려 나오는/ 시간의
잠,// 껍질을 벗은 시간이/ 햇빛 속에서 파닥거리고" "원대요굴元代陶窯의
불구덩이에서/ 비늘 돋힌 살이/ 알몸으로 뛰어나오는"(「부화孵化」) 것을 보
고 옛 선조의 유물의 아름다움을 높이 기리게 된다. 「출토」「문양집」「해
서楷書」「벼루를 닦으며」「서한집」「고연전古宴展」「세필」「옥봉玉峰 이
씨李氏에게 답함」으로 이어지는 '이조' 연작시 8편은 『노래여 노래여』의
핵을 이룬다.

천길 잠에 떨어져서 만드는 꿈

꿈은 미중유의 아름다움을 만나게 한다
잠시 보이고 달아나는 신의 장물贓物들
잡히지 않는 그것들을 찾으러
나는 힘줄을 늘인다
흙을 헤집는다
흙은 몇 세기를 껴안은 꿈의 무덤
자맥질하는 나의 손끝에 닿아
부스스 깨어나오는 유백乳白의 사금파리
한낱 사금파리가 나를 파헤친다
피가 비칠 듯한 살빛으로 빠져오는
파먹힌 내 꿈의 구렁
나는 힘줄이 풀리고
잠에 놓여 다시 형상形象들을 빚는다.

—「출토」전문

　　수백 년 혹은 천 몇백 년을 땅에 묻혀 있다 출토되는 것들이 있다. 발굴
작업에 착수한 사람들은 무엇이 나올까 기대를 할 것이다. "신의 장물"들
이 몇 세기 동안 흙 속에 있다가 나온다. "부스스 깨어나오는 유백乳白의
사금파리"는 나를 파헤치고, 나는 그만 힘줄이 풀린다. 그리고 "잠에 놓여
다시 형상들을 빚"으니, 이것이야말로 만물의 유전流轉이 아니고 무엇인
가. 우주만물이 영원회귀의 법칙에 따라서 완전히 소멸하는 것이 아님을
시인은 연작시 8편에서 지속적으로 이야기한다. 어떤 정신이나 유물들이
세월의 풍화를 견뎌내지 못하고 완전히 사라지고 만다면 얼마나 허망한
노릇인가.

　　피이듯 진한 먹물로 쓰느니
　　한 장 한지를 내어

손 떨림 같은 내 안의 말을
자자구구字字句句 적어 가느니
보는 그대 눈에 흑운모黑雲母 빗돌같이
내 전신全身의 뜻이 새겨들어
비바람소리 미치지 않는
백세百世 훗날꺼정
그대 마음이 흘림이 없게
탑본榻本처럼 그대 가슴에 젖어 있게.

　　　　　　　　　　　　　　　　　　　　　─「해서楷書」 전문

　한지 한 장에 해서로 쓴 어떤 글이 있었을 것이다. 누군가 온몸, 온 마음
으로 그 글을 쓴 이유는 아주 오래 세월이 흘러가도('백세百歲'는 100년이지만
'백세百世'는 오랜 세대이니 100년보다 훨씬 긴 세월이다) 그대(후대인들) 가슴에 탑
본처럼 젖어 있게 하기 위해서이다. 한지에 적은 글은 잉크나 볼펜으로
쓰는 글씨와는 생명력의 면에서 차원이 다르다. 습도 조절만 잘 되면 몇
백 년은 거뜬히 가는 것이 한지에 붓글씨로 쓴 글이다. "소疏를 올리던 서
릿발 같은 마음"과 "오늘도 썩지 않는 마음"으로 "썩고 무너지던 왕조에
서도/ 먹을 갈아서 한지를 적시던 곧은 뜻"(「벼루를 닦으며」)을 세워 쓴 것
이 붓글씨였다. 「문양집」에서 「옥봉 이씨에게 답함」에까지 문방사우를
두루 다루며 노래하던 시인은 『사람들이 새가 되고 싶은 까닭을 안다』에
가서는 '벼루 읽기'라는 부제를 붙인 10편의 시를 쓴다. 문화제급 벼루를
다수 소장하고 있다고 알려진 이근배 시인이니 만큼 벼루 예찬시를 쓰는
것은 당연지사. 하지만 수집가의 애장품 이야기가 아님은 이런 시가 밝혀
주고 있다. 시인은 벼루를 보면서 인생의 의미를 느끼기도 하고 세상사의
진리를 깨닫기도 한다. 그에게 벼루 수집은 단순히 호사가의 취미생활이

아니라 외로운 마음을 달래고, 아픈 마음을 갈무리하기 위한 방편이었다.

> 지난달에는 사촌 아우들 근춘이, 근성이, 근원이와
> 삽다리 꽃산 선영의 묘역을 새로 단장하면서
> 할아버지의 산소 바로 밑에
> 인공 때 집을 나간 뒤 생사를 모르는 애비와
> 올해 미수米壽가 된 에미의 무덤까지 만들어 놓았습니다
> ─「할아버지께 올리는 글월」 부분

이 시의 부제를 '벼루 읽기'로 한 이유가 있다. 할아버지는 한학자였다. "사랑방 문갑 위에/ 먹물이 마르지 않던 남포석 벼루와/ 조선백자 산수문 연적이 지금도 눈에 선합니다"란 구절이 증명해주는 것인데, 이런 할아버지의 벼루를 땅에 묻기로 한다.

> 에미가 할아버지 할머니 계신 꽃산을 오르는 날
> 할아버지가 쓰시던 같은 남포석 벼루 하나 골라서
> 애비를 따르는 제 마음을 제 손으로 새겨
> 지석誌石으로 묻을 것입니다
> ─「할아버지께 올리는 글월」 부분

화자의 어머니도 머지않아 "할아버지 할머니 계신 꽃산"에 안장될 것 이다. 문방사우와 문양집, 서화집 등은 시간의 핍박에도 멀쩡히 살아 있 겠지만 유기체인 인간은 때가 되면 죽게 되어 있다. 그런데 유한한 인간 이 제 명도 못 채우고 죽어야 했으니, 그 이유는 이념 때문이었다. "저놈 즈이 애비를 꼭 닮았어!"라는 꾸중을 듣고 싶다고 한 말 속에는, 학문의 무한성과 이념의 유한성이 포함되어 있다. 애비가 이념의 유한성을 알았

더라면 깃발을 들고 사라지지 않았을 것이다. 아들의 성장과 성공을 지켜보았을 것이다. 벼루 하나를 지석으로 묻는 행위는 벼루로 상징되는 무한성과 그에 반대되는 인간의 유한성을 말해주는 것이기도 하다.

> 헛것들 많은 세상에서
> 헛것 아닌 것이 있을까마는
> 헛것에 눈이 씌워
> 어렵사리 손에 잡은 벼루를 들고 와서
> 물소리를 흘려 먹때를 벗기다 보면
> 검은 물소리에 섞여 풀려나오는
> 소리가 손끝에 만져질 때가 있다
> 돌의 울음소리?
> 아무렴 숱한 낮과 밤을
> 생각으로 갈고 사랑으로 닦으면서
> 저렇듯 살이 패어지기까지
> 닿았던 손길들을 돌인들 어찌 무심할 수 있으랴
> ―「사랑 앞에서는 돌도 운다」 부분

시인은 '벼루 읽기' 연작을 쓰면서 이처럼 벼루를 만졌던 수많은 선인을 만난다. 그들과 무언의 대화를 나누기도 하고, 소리가 손끝에 만져지는 경이로움을 느껴보기도 한다. 벼루는 먹을 낼 수 있는 돌임에 틀림없지만 그보다는 나와 뜻이 통하는 벗, 내게 큰 가르침을 준 스승, 나와 은밀히 사랑을 나누는 연인 같은 존재가 아니었을까. 모은 벼루를 들여다보며 시인은 참선의 경지에 들었던 것임에 틀림없다. 시인은 옛것이라고 해서 무조건 예찬을 한 것이 아니라 그것을 지금 이 시대의 감성으로 어루만지고 가치를 따져본다. 벼루는 시인에게 가장 값어치 있는 문방사우의 하나였다.

김정희와 평생 동안 만나다

시인의 지금까지의 시 전체를 꿸 수 있는 하나의 실이 있다. 그것은 어떤 특정한 이미지나 시어가 아니다. 김정희라는 인물이다. 그래서 2013년에는 『추사를 훔치다』라는 시집까지 내게 된다.

> 먹을 갈아도
> 다시 그릴 수 없는 대정大靜 마을
> 산처럼 자란 고요가 낯익다.
> 전신에 박힌 슬픔을
> 붓끝으로 도려내기는
> 세한도에서나 한 일
> 부릅뜬 피로 고독을 깎아서
> 한 장 선지宣紙를 적셔도
> 검게 풀리는 슬픔을
> 지금은 듣는 이가 없다
> ―우선시상藕船是賞
> 겨울 이후에도 이전과 같은 그대
> 발길이 끊긴 후
> 나는 붓을 놓고 있다.
>
> ―「근황」 부분

제주도 대정 마을에 유배 가 있던 김정희가 자신을 스승으로 성심성의껏 모시는 제자 이상적에게 고마움의 징표로 준 그림이 「세한도」다. '우선藕船'은 이상적의 호다. 우선시상藕船是賞이라는 화제畫題에는 제자에 대한 고마움의 표현이 간절히 묻어난다. 이상적의 변함없는 의리를 날씨가 추워진 뒤 제일 늦게 낙엽 지는 소나무와 잣나무의 지조에 비유하여 1844년 제주도 유배지에서 답례로 그려준 것이다. 유배중인 스승을 챙기는 일이 쉽지 않았을 터인데도 조금도 마다않고 지극정성이었던 이상적에게 「세한도」를 준 김정희, 그 전 같으면 있을 수 없는 일이다. 콧대가 하늘을 찔렀던 김정희가 1840년부터 위리안치의 고통을 겪으면서 스스로 깊어지고 넓어진다. '벼루 읽기' 연작시 10편 중에도 김정희를 다룬 시가 2편 있다.

　　　이 갈필渴筆의 울음을
　　　큰선비의 높은 꾸짖음을
　　　산인들 어찌 가릴 수 있으랴
　　　신의 손길이 와 닿은 듯
　　　나무들이 일어서고
　　　대정大靜 앞바다의 물살로도
　　　다 받아낼 수 없는
　　　귀를 밝히는 소리가
　　　빛으로 끓어 넘친다.
　　　노인의 눈빛이
　　　새잎으로 돋는다.

　　　　　　　　　　　　　　　　　　　　　　　　　　　　　　　　　　　　　—「세한도」 부분

　김정희의 「세한도」가 가치 있는 것은 욕심과 우월감을 버리고 인간과 자연을 포용하는 드넓은 정신세계가 여기에 배어 있기 때문이다. 이 시에서 '큰선비'와 '노인'은 같은 사람이다. "귀를 밝히는 소리가/ 빛으로 끓어 넘친다"고 하니, 지혜가 무불통지의 경지다. 그런데 이것이 그저 이뤄진 것이 아니라는 데 추사 미학의 존재 이유가 있다. 뛰어난 예술은 고뇌의 극한점에서 탄생하는 것이다.

한자는 본래 균형을 맞춰 써야 되는 법인데
추사는 글씨의 모양을 찌그려뜨려서
자기 글씨를 만들고
그것은 세상을 한 번쯤 들었다 놓는 힘을 가진 것이었다
왕희지도 구양순도 안진경도
꿈도 꾸지 못한 일이었다
아니 중국 대륙을 다 준다 해도
추사하고는 안 바꿔!
　　　　　　　　　　　－「추사秋史 고택古宅에 가면」 부분

　추사체는 배운 글씨가 아니다. 스스로 창조한 글씨다. 즉, 추사는 스스로 깨우쳐 새 길을 열었다. 중국의 명필이자 서체를 연 왕희지도 구양순도 안진경도 반듯반듯한 글씨를 썼지만 추사체는 파격적인 서체다. 감히 본뜰 수도 없는, 완벽하게 창의적인, 제멋대로 된 글씨다. 그래서 중국 대륙을 다 줘도 바꿀 수 없는 조선의 태백산맥 같은 이가 김정희다. 이런 몇 편의 시에서 김정희에 대한 존경심을 표현하던 이근배는 2013년에 낸 시집의 제목을 '추사를 훔치다'로 정한다. 시집의 제목이 된 바로 그 시를 보자.

국립중앙박물관에 갔다가
추사秋史의 벼루를 보았다
댓잎인가 고사리 잎인가
화석무늬가 들어 있는
오른손바닥만 한 남포 오석
돋보기로 들여다보아야
－다듬고 갈아 군자의 보배로다琢而磨只 君子寶只 등
깨알 같은 48자 명문銘文이 새겨 있는
추사가 먹을 갈아 시문을 짓고

행예行隸를 쓰던 유품이 아니라면

한눈에 들어올 것이 없는

그 돌덩이가 내 눈을 얼리고

내 숨을 멎게 한다

어느새 나는 쇠망치로도 깨지 못할

유리 장을 부수고 벼루를 슬쩍?

그랬으면 오죽 좋으련만

못나게도 내 안의 도둑은 오금이 저린다

박물관을 나서는데

—게 섰거라!

그 작고 검은 돌덩이가 와락

내 뒤통수를 후려친다.

—「추사를 훔치다」 전문

　국립중앙박물관에 가서 본 추사의 벼루, 탐심이 생기는 것은 당연한 일이다. 48자의 명문이 새겨져 있지만 벼루 자체는 대단한 값어치가 있어 보이지는 않았던 모양이다. "내 안의 도둑이 오금이 저릴" 뿐이어서 박물관을 나서는데 "게 섰거라!" 하고 외치며 그 작고 검은 돌덩이가 와락 내 뒤통수를 후려치는 것을 느꼈던 이유는 무엇일까. 시인은 일종의 자격지심이나 부끄러움을 느꼈던 것이리라. 나는 지금 시를 제대로 쓰고 있는 것인가. 시인의 길을 제대로 가고 있는 것인가. 추사는 온갖 시련 속에서 추사체를 이룩하지 않았는가. 「독필」에는 친구 권돈인에게 보낸 편지에다 추사가 쓴 그 유명한 "열 개의 벼루를 갈아 바닥을 내고 천 개의 붓이 닳도록 썼다磨穿十研禿盡千毫"는 글귀가 나온다. "끝이 무지러진 몽당붓을 일컫는 독필禿筆이라는 낱말은 스스로 글솜씨를 낮출 때도 쓴다"는데, "어느덧 날은 차져서 옷 벗는 나무들 속에 저 혼자 푸른 소나무 잣나무를 그리던 그 천 개의 독필이 들어 있다"고 하니, 추사의 집념을 시인 자신이 누구보다 잘 알고 있다. 부제 '벼루 읽기'는 「추사를 훔치다」에서 시작하여 「남의 꿈속에 들어가 붓과 놀다」「조선백자 반월형연석」「어느 날 만천명월 주인이 내게 와서」「여적」「세연洗硯」「신오우가新五友歌」로 이어진다. 이 중에 추사를 다룬 시가 있다.

날이 추워도 하냥 푸른
네 뜻을 높이 사서

완당阮堂은 세한도歲寒圖를 그려
우선藕船에게 주었다

사람도 잎이 지지 않고
살아갈 수는 없을까.

— 「신오우가」 부분

'솔松'을 다룬 대목으로서 소나무는 겨울에도 잎이 푸른 상록수임을 강조하면서 인간에게 중요한 것은 신의라고 말하고 있다. 즉, 시인은 다시 한 번 추사가 「세한도」를 그린 까닭을 이야기하고 있다. 우리는 조삼모사하고 조변석개하니, 겨울에도 잎이 푸른 저 소나무보다 못한 것이다.

『추사를 훔치다』의 제3부는 의상義湘부터 송순宋純까지 23명에 대한 초상이고 제4부는 정철鄭澈에서 보우普雨까지 24명에 대한 초상이다. 일종의 인물시로서, 대체로 시인이 존경하는 인물을 그린 것이 아닌가 한다. 그 사람과 관련이 깊은 마을이나 사당, 서원이나 사찰과 결부시킴으로써 인물에 대한 시이자 장소에 대한 시이기도 하다. 제3부에서 1편, 제4부에서 1편을 가려내어 감상을 해보기로 한다.

새벽이 있었더냐
나고 죽음의 멍에를 풀고
더덩실 춤사위로 나설
이 땅의 슬기가 있었더냐
크지도 않고 작지도 않으며
있지도 않고 없지도 않은
대승의 길을 열어
비로소 무명을 깨우쳤거니
마음이 곧 우주의 것
내 썩지 않는 도끼자루 되어
빛기둥 하나를 세우리라
새벽이 오고 있지 않느냐.

―「원효―황룡사」뒷부분

　시의 뒤 절반에만도 원효의 생애와 사상이 집약되어 있다. 원효는 의상
과 함께 중국의 당으로 유학을 가려다가 해골 속의 물을 맛있게 마시고
유학을 포기한다. 경주로 돌아가서 '모든 것이 마음먹기에 달려 있다'고
생각하고는 정토종 사상을 편다. 또한 요석공주와의 사이에 설총을 낳는
파계를 한 이후 궁궐에서 설법하던 귀족불교를 버리고 거지들과 함께 살
며 민중불교를 널리 펴는데, 그런 의미에서 원효는 한국 불교와 불교사상
의 새벽을 연 분이었다. 유학 포기와 파계 이후 그는 오히려 어디에도 구
애되지 않는[無碍] 자유인이 되었고, 한 차원 높은 대승적 깨달음을 얻었
으며, 수많은 저술을 할 수 있었다. 시인은 "한낱 눈에 가리는 허울/ 그 계
율의 옷을 훌훌 벗고/ 빈 흙바닥으로 남아서/ 무애가를 부르고 있구나" 하
면서 원효를 예찬하고 있다. 또한 부러워하고 있다. 그의 원대한 사상과
자유로운 영혼을. 제4부의 시 가운데 눈길을 끄는 것은 의병장 최익현을

다룬 것이다.

> 목이 마르다
> 죽음이 오기를 기다리나
> 나랏일 걱정이 나를 놓아주지 않는구나
> 내 목숨을 버리지 못하고
> 적에게 잡히는 바 되었으니
> 조상을 어찌 바로 뵈올 것이며
> 따르는 이들에게 이를 말이 있겠느냐
> 부끄럽다 부끄럽다
> 다만 내 여윈 뼈를 바쳐
> 한 자루 척화의 도끼가 되리라.

　　　　　　　　　　　　　　　　—「최익현—모덕사」 뒷부분

　　최익현은 을미사변으로 나라를 짓밟히는 꼴을 보자 참지 못해 일흔여섯의 나이에 의병을 일으켰다. 대마도에 끌려가서도 왜국에서 나는 것은 먹지 않겠다고 버티면서 몸을 상해 순국하고 만다. 그의 대쪽같은 성격을 말해주는 일화가 두 개 있다. 상소가 받아들여지지 않으면 도끼로 내 목을 치라는 의미로 도끼를 들고 가 엎드려 상소한 일持斧伏闕上疏은 그를 흑산도로 유배를 가게 했고, 내 목을 벨지언정 상투를 자를 수 없다고 한吾頭可斷 此髮不可斷 고집은 결국 단발령을 시행케 하였다. 이 시에서는 제대로 된 선비정신이 어떤 것이었냐를 보여준 위정척사파의 거두 최익현을 높이 기리고 있다. (시인의 어머니가 스승 최익현의 뒤를 이어 조선 유림을 이끌던 장후재 학사의 셋째 딸이라는 인연도 있다.)

　　이와 같이 우리 선조 가운데 존경하는 47명에 대한 초상화가 시집의 절반 이상을 차지하고 있다. 그렇다고 이 시집이 온통 회고지정에 사로잡혀 있는 것은 결코 아니다. 판문점에 가서 "두 발 벌려보고 이리저리 넘어보고/ 무언가 더운 물살이 뼛속까지 젖어드는" 것을 느끼기도 하고, 주말이면 인사동에 열리는 골동품 경매장에 가보기도 한다. 하지만 더욱 주목해야 할 시는 시로 쓴 자서전이다.

　　　　　　－너는 장학사張學士의 외손자요
　　　　이학자李學者의 손자라
　　　　머리맡에 얘기책을 쌓아놓고 읽으시던
　　　　할머니 안동김씨는
　　　　애비, 에미 품에서 떼어다 키우는
　　　　똥오줌 못 가리는 손자의 귀에
　　　　알아듣지 못하는 말씀을 못박아주셨다
　　　　내가 태어나기 전부터
　　　　나라 찾는 일 하겠다고
　　　　감옥을 드나들더니 광복이 되어서도
　　　　집에는 못 들어오는 아버지와
　　　　스승 면암의 뒤를 이어
　　　　조선 유림을 이끌던 장후재張厚載 학사의
　　　　셋째 딸로 시집와서
　　　　지아비 옥바라지에 한숨 마를 날 없는 어머니는
　　　　내가 열 살이 되었을 때
　　　　겨우 할아버지 댁으로 들어왔다
　　　　그제야 처음 얼굴을 보게 된 아버지는
　　　　한 해 남짓 뒤에 삼팔선이 터져
　　　　바삐 떠난 후 오늘토록 소식이 끊겨 있다
　　　　애비 닮지 말고 사람 좀 되라고
　　　　　　　　　　　　　　－「자화상」 전반부

『사람들이 새가 되고 싶은 까닭을 안다』의 「깃발」, 「할아버지께 올리는 글월」 등에서 한 이야기를 종합하여 이와 같이 자화상을 그렸다. 그림 속의 소년 이근배는 할아버지 연배가 된 지금도 할아버지한테 "오늘도/ 종아리를 걷고 회초리를 맞는다." 그리고 다음과 같이 자기반성의 시간을 갖는다.

> 글자를 읽을 줄도 모르고
> 붓을 잡을 줄 모르면서
> 지가 무슨 연벽묵치라고
> 벼루돌의 먹 때를 씻는 일 따위에나
> 시간을 헛되이 흘려버리기도 하면서.
>
> —「자화상」 부분

문방사우에 빠지는 어리석음인 '연벽묵치硯癖墨癡'라는 말을 쓴 이유는 벼루 모으기 취미를 갖고 있는 자신에게 경계의 카드를 내밀고자 한 것이 아닐까. 이근배는 시인으로서 더욱 치열한 삶을 살았어야 한다고 이렇게 반성하고 있다. 비슷한 시력을 갖고 있는 시인들 가운데 10권 이상 시집을 낸 이도 적지 않다. 그들에 비해 시집을 적게 낸 것은 사실이지만 편편의 시가 보여주는 내공의 깊이는 지금까지 다룬 시만 보아도 만만치 않음을 알 수 있다. 연구자가 지금까지 살펴본 것은 3권 시집과 1권 시조집이었는데 그중 언급한 시의 편수는 빙산의 일각이다. 앞으로 이근배론이 거듭 씌어지기를 바라며, 이 글이 작은 지침이 되기를 바란다.

등단 무렵부터 시대와 역사의 아픔을 직시했던 이근배 시인은 그 시대와 역사 때문에 오랫동안 질곡을 겪었다. 시대가 시인의 상상력을 감금했고, 시인은 거기에 갇혔다. 시를 쓰지 않는 시인이 시인의 반열에서 제외되는 일이야 오직 시로써만 시인의 존재가 증명되는 정황에서는 조금도 이상한 일이 아니다. 그러나 이근배는 이와 구별되는 경우이기에 우리 시문학사에서 특별한 존재다. 흑백논리와 이원론이라는 고질병이 시와 시조조차 전혀 다른 차원으로 양분해 놓았다. 그 틈새에서 어느 쪽으로도 비중을 인정받지 못한 이근배는 일견 불행한 시인이다. 아버지가 숨겨 두고 때때로 이념의 결기를 다졌던 '깃발'처럼 이근배는 질곡의 20년 동안 몰래 시를 '바라보며' 버텼다.

문학작품의 내적 동기 중 '부끄러움'이 차지하는 영역은 넓고 깊다. 은폐된 정서를 만천하에 드러내는 일로 작가는 이 세계의 완고한 편견의 문을 부순다. 숨겨진 부끄러움은 작가의 치부로부터 견인된다. 가슴속에 꽁꽁 묻어두었던 것을 시인은 비로소 드러낸다. 건너뛰며 엉성하게 봉합해 둔 바느질 땀을 풀어내어 다시 바느질하는 작업, 이것이 이근배의 시 쓰기 방식이다. 고해성사와 시는 언어로 이루어진다. 사제는 커튼 뒤의 대상이 겪는 현실을 언어로 간파하고, 시인은 현실을 언어에 반영하는 그때 비로소 시인이 된다. 20년이라는 텅 빈 골짜기를 휩쓸고 간 부끄러움과 황량함의 역사가 이근배 시의 골격을 이룬다. 이념은 한때의 회오리바람이었고, 시인은 이제 발설과 은폐 사이에 얼굴을 숨길 이유가 없어졌다. 과거의 부끄러움을 복원했으니 이제 이근배 시인은 깊은 한의 골짜기에 암장된 우리의 역사와 개인의 아픔을 떨쳐버리고 비상할 수 있을 것이다. 두려움 없는 글쓰기, 이것이 시의 생명일 터이다. 이근배 시인의 붓끝이 추사 말년의 붓끝처럼 더욱 치열해지고 간절해질 거라 생각한다.

이우걸의 시조는 어떻게 형성되었는가?

지난 4월 20일에 태학사에서 436쪽짜리 양장본 책이 한 권 나왔다. 창원대학교 국어국문학과 박정선 교수가 편한 『이우걸 시조 세계』가 바로 그 책이다. 2006년에 유성호 교수가 편해 나온 『이우걸의 시조 미학』(작가)과 2013년에 엄경희 교수가 편해 나온 『이우걸 시조 연구』(태학사)에 이어 세 번째로 출간된, 이우걸의 시조 세계를 살펴본 책이다. 우리 시단에 한 시인에 대한 연구서가 3권이나 나온 예가 흔치 않다. 이우걸 시인이 한국 시조시단에서 차지한 영토가 그만큼 넓기 때문일 것이다. 이룩한 업적의 탑 또한 높기 때문일 터인데, 이번에 나온 책에는 이우걸론 혹은 이우걸 시조 작품론이 무려 21편이나 된다.

이 책에 대한 서평을 청탁받았으므로 이들 21편의 글을 분류하여 누구는 이우걸 시인의 어떤 특징에 대해 논했고, 누구는 어떤 시조집에 대해 평가했는지 세세히 짚어보는 것이 서평자의 소임일 것이다. 그런데 그렇게 하는 것이 무슨 의미가 있을지 여러 날 고민하였다. 차례의 제목들을 보면 글의 주제를 대강은 알 수 있다. 예컨대 다음과 같은 것들이다.

이들 평론 혹은 논문이 이우걸 시조시인의 어떤 점을 파악, 논의했다고 서평자가 말하는 것은 '부연설명'에 해당할 터이다. 부연설명을 하는 것이 이 글의 독자에게, 또 이우걸 시인 자신에게 무슨 도움이 될까? 이런 회의에 빠져 며칠을 보내다가 기존의 '서평'과는 다른 유의 서평을 써보기로 마음먹었다. 이 책은 다행스럽게도 제3부가 시인 자신이 쓴 2편의 글과 1편의 대담으로 이루어져 있다. 시인 자신이 그간의 삶과 써온 시에 대해 고백한 글은 그의 시세계를 이해하는 데 '첩경'의 역할을 할 것이다. 동인인 윤금초 · 박시교 · 유재영과 더불어 대담한 것 중에도 본인의 시론 혹은 시관이 담겨 있으므로 이를 참고하여 이우걸의 시조 세계에 다가가 보려고 한다.

이우걸은 경남 창녕군 부곡면 부곡리에서 태어났다. 8남매 중 일곱째로 태어났는데 징용 갔다가 살아 돌아온 부친이 농사일에 서툴었으니 가난의 정도는 짐작이 가고도 남는다. 다행히도 그의 작은형이 아우의 문재를 인정해주고 전폭적으로 지원해주었다. 밀양 세종고등학교의 선배이기도 했던 작은형은 어느 날 이우걸에게 밀양문화제를 소개해주었다. 이우걸은 이미 고교 시절에 그 문화제에서 서정주 · 박목월 · 박남수 · 조지훈 · 이영도 등을 먼발치에서나마 뵐 수 있었다.

"군대생활 3년 내내 작은형님은 박봉에도 『현대문학』을 매달 사서 부쳐주셨다."고 했는데 이우걸의 대학 시절의 꿈은 시인이 아니었다. 경북대학교 사범대학 사회교육과(역사 전공)를 다녔으므로 중학교나 고등학교의 역사 선생님이 될 운명이었지만 가난한 집안을 일으켜 세우겠다고 고시공부에 몰두했으니 문학은 꿈속에서만 보는 환상의 세계였다. 운명의 여신은 그를 판검사가 아니 시조시인의 길로 이끈다. 「나의 삶, 나의 문학」에서 몇 줄 가져온다.

『고시계』를 사오며 시조 계산지 『현대시조』를 사둔 적이 있어서 머리를 식힐 겸 그 책을 꺼내어 읽고 시조 2편을 썼다. 「코고무신」, 「엽서」였다. 학보사 투고함에 넣고 다시 일상으로 돌아왔다. 어느 날 같은 과 후배들이 신문을 들고 와서 내 작품이 실려 있다고 야단이었다. 글 쓰는 것을 본 적이 없으니 신기해 보였을 것이다. 실린 것도 내게 큰 자극이 되었지만 하계방학 때 실린 "상반기 문예찬을 평한다"를 읽고 나는 정말 놀랐다. 그 글을 집필하신 김춘수 선생께서는 칭찬을 잘 하시지 않는 성품이셨다. 그런데 "이런 시인이 있다는 것은 복현문단의 자랑이 아닐 수 없다"고 평해놓은 것이다. (363~4쪽)

이 일은 아마도 한 사람의 운명을 바꾼 일대 사건이 아니었을까. 대학생 이우걸은 동인지 『선실』을 창간한다. 대구의 정원다실에서 시화전을 열고 김춘수와 권기호 교수의 칭찬을 듣는다. 이런 상황에 무슨 고시공부를 하겠는가. 집어치워야지. 김춘수 경북대 교수의 칭찬을 들은 「엽서」는 마음에 안 들어 훗날 시조집에 넣지 않는데, 다음과 같다.

1

고여 오는 정의 샘에

묻어나는 향기일까
이랑지어 가꾼 밭에
날아드는 나비일까
그 소리 그니 목소리
내 창가에 앉는다

2

빛 낡은 천 위에다
앉힌 새라도
가꿀수록 깊어지는
메아리 먼 메아리
진종일 머무는 일월
오지랖에 쌓 모은다

　미흡하기는 하지만 대학생이 쓴 작품치고는 아주 고전적인 품위를 갖추고 있다. 그리워하고 있다는 말을 하지 않고 그리움의 정서를 잘 표현하고 있다. 특유의 고졸한 서정성을 알아본 김춘수의 격려에 힘입어 시조를 쓰게 된 이우걸은 대학 시절에 동인지 『현대율』도 내고, 지역의 큰 시조 모임인 '낙강'에도 가입한다. 『현대율』 동인 멤버는 박시교와 유재영이었다. 윤금초 · 박시교 · 유재영과는 4인 시조집 『네 사람의 얼굴』(문학과지성사, 1983)을 냄으로써 더욱더 돈독하게 우정을 다지게 된다.

　『월간문학』에 투고하여 당선되었지만, 이영도 시인으로부터 본인이 추천을 해줄 테니 『현대시학』으로 다시 등단하라는 권유를 받는다. 아마도 이것은 『월간문학』으로 등단한 선배들에게 치여 이우걸이 기를 못 펼 것을 우려했기 때문이 아닐까. '나의 확실한 제자'로 삼은 뒤에 이영도 시

인은 '승화와 절약'이라는 가르침을 준다. 시상이 푹 익을 때까지 고쳐야
하며, 말을 아껴야 한다는 것은 평생의 가르침이 된다. 시조니까 말을 아
끼는 것이 당연하지만 시어의 선택과 배열에 고민을 많이 해야 한다는 뜻
이었을 것이다.

졸업하고 나서 3년 있다 첫 시조집 『지금은 누군가 와서』(학문사, 1977)
를 낸다. 이후 지금까지 낸 시조집이 총 8권이다. 시집의 수가 그다지 많
은 것도 아니지만 적은 것도 아니다. 이우걸의 시조를 조망할 때, 몇 가지
염두에 두어야 할 것이 있다. 하나는 대학에서 역사를 전공해서 그런지
'순수서정'에 머물지 않고 '현실참여'도 적극적으로 해 왔다는 것이다.

> 불면의 시대를 각으로 떠서 우는
> 부패한 시대를 모로 막아 우는
> 짜디짠 너의 이름을 소금이라 부르자.
>
> 마침내 굴욕뿐인 이승의 현관 앞에서
> 네가 걸어와야 했던 유혈의 가시밭길
> 이고 진 번뇌의 하늘 그 또한 얼마였으리.
>
> 이제는 지나간 역사의 창이라지만
> 어느 누가 염치없이 네 이름을 훔치려 하나
> 소금은 말하지 않아도 제 분량의 영혼이 있다.
>
> —「소금」 전문

부패 방지에 필요한 것이 소금이다. 이 나라에는 부정부패에 맞섰기 때
문에 형극의 길을 걸어간 사람들이 있었다. 그들은 응분의 보상을 받기는
커녕 "유혈의 가시밭길"을 걸어야 했고, "번뇌의 하늘"을 이고 져야만 했

다. 세상을 그래도 썩지 않게 하는 소금의 의의를 말하면서 이우걸은 한국의 근·현대사만 다루지는 않는다. 고려조 때, 조선조 때, 대한제국 때, 일제 강점기 때, 해방공간, 한국전쟁, 전후, 군사독재 시절……. 그 모든 "지나간 역사의 창"을 조망하고자 했을 때, 소금의 역할을 한 사람들이 누구였던가 생각해볼 필요가 있다. 시대의 의인을 높이 기리고 부패한 권력자를 비판하는 시대정신을 자신의 주제의식으로 삼는 데 이우걸은 게을리 하지 않았다.

> 폭력의 정치들이 거리를 누빌 때도
> 그는 말이 없었다 창밖의 풍경에 관해
> 시간이 그런 인내를 그에게 가르쳤다.
>
> 다만 의자 위에
> 잠이 든 손님을 보며
> 그는 생각했다 잊고 있던 그의 생을
> 때로는 상처에 의해
> 가꾸어지는 영혼을.
>
> 거울 속으로 사라지는 푸른 날의 기억들
> 김 씨의 손끝은 이제 조금씩 떨리지만
> 그 어떤 가면 앞에서도
> 의연히 가위를 든다.
>
> ―「청산이발소 김 씨」 전문

<효자동 이발사>라는 영화가 있었다. 청와대에 계시는 높은 분의 머리를 손보는 이발사이니만큼 아는 것이 많았는데 그것이 화근이 되어 고

생을 무지막지 하는 것이 주된 줄거리다. 평범한 시민이 사회 변동의 회오리바람 속에 휩쓸려 엎치락뒤치락하는 것이 영화라면 이 시는 시간의 인내를 말해준다. 직접 떨치고 일어서지는 않았지만 "때로는 상처에 의해 / 가꾸어지는 영혼"을 가지고 인내한다. 날 시리게 벼른 칼로 폭력의 정치를 벤다. "그 어떤 가면 앞에서도/ 의연히 가위를 드는" 의인은 정치가가 아니라 시민이다. 시민은 4·19 때와 5·18 때 '혁명'을 했다. 촛불을 들었다. 현대시조는 대체로 자연 풍경 묘사와 내면 심리 묘사에 치중하는데, 이우걸은 이와 같이 역사의 맥을 짚어 비판할 때는 단호하게 비판한다.

이우걸의 또 하나의 시학은 과도한 실험을 하지 않는다는 것이다. 현대시조의 중요한 특징이 형식 파괴적인 실험이다. 엇시조와 사설시조도 많이 나오고 있지만 언뜻 봐서는 시조 같지 않은 시조가 엄청나게 많이 탄생하고 있다. 이런 시류에 대해서 이우걸은 이렇게 따끔하게 말한다.

> 3장 6구 12음보, 종장 첫 구 3자, 그 다음의 대음보, 이 정도는 룰이라고 봅니다. 이 룰로부터 자유로워지면 정형의 틀이 깨어집니다. 이 어지러운 시대에 정형시를 쓴다는 것 자체가 하나의 실험이고 도전입니다. 그 형식의 준수가 가져다주는 운율감과 긴장감을 포기한다면 굳이 이 시대에 시조를 쓸 이유가 있을까 싶습니다.

정형시를 쓴다는 것이 전통의 추수追隨가 아니라 그 자체가 하나의 실험이고 도전이라는 말에는 중요한 메시지가 담겨 있다. 시조 쓰기가 정형이라는 틀 속에 갇히는 것이 아니라 "한 장 4음보"의 운율을 지켜 초·중·종장으로 시세계를 확대시킨다는 뜻일 터, 이러한 율격은 시조가 왜 열려있는 형식인지를 말해준다. 일본의 하이쿠가 시조보다 더 짧지만 전 세계

적으로 선풍을 불러일으킨 이유가 있다. 형식은 5·7·5조이지만 그 의미
망은 그물이기 때문이다. 그물에는 바닷물이 넘나들기에 바다와 차단된
것이 아니라 바다의 일부다. 생각할 여지를 충분히 제공하면 할수록 시조
는 열려 있는 장르가 되는 것이다.

> 평소엔 말수가 적고 손이 차갑지만, 실은 내면 깊숙이 갇혀 있는 마
> 그마들이
> 불현듯 그의 평온을 뚫고 나올 때가 있다
> —「눈물」 전문

이 시의 대상인 '그'는 눈물이 흔한 사람이 아니다. 손이 차갑다는 것은
냉정하다는 뜻일 터, 그런데 이런 사람이 울 때가 있다. 그 울음은 평온을
뚫고 나오는 몸의 마그마들이다. 내면 깊숙이 갇혀 있던.

하이쿠는 설명이 아니다. 그냥 한 순간의 컷이다. 마츠오 바쇼가 "고요
함이여, 바위에 스며드는 매미 소리"라고 했을 때 그 고요함이 시가 되는
것이 아니라 "바위에 스며드는 매미 소리"가 시가 되는 것이다. 묘사의 힘
이 여기에 있을진대 이우걸이 추구하는 것이 바로 이것이다. 이영도 선생
의 가르침을 가슴에 새긴 결과, 말로 풀어내는 시조가 아니라 말을 버리
는 시조를 써 왔던 것이다. 그러니까 실험이나 파격을 통해 시조의 현대
화를 꾀한 것이 아니라 틀(틀이 룰이다)을 지키면서 의미의 현대화를 추구
하였다. 그는 삼풍백화점의 참상을 다루기도 하고 인력시장의 불안을 형
상화하기도 한다.

> 구인 벽보판을 빗방울이 때리고 있다

광포한 빗방울들이 자모를 때리는 동안
무노동 무임금주의의

깃발이 지나간다.

―「비」 전문

비를 소재로 한 수많은 시와 시조가 있었지만 "구인 벽보판을 빗방울이 때리고 있다"로 시작하는 이런 시조는 '낯설다'. 이상의 시는 지금도 낯설지만 바로 이런 낯설음이 이우걸이 추구해 온 시조의 공법이었다. 자연을 노래하는 듯하지만 결코 '음풍농월吟風弄月'이 아닌 시조, '시절가조時節歌調'인 시조를 쓰는 것이 그가 나름대로 추구해 온 시관이었다. '시절'이란 바로 시대가 아닌가. 그 시대를 시인이 아파하지 않으면 누가 아파하는가. 시에 대한 시조가 있다.

무릇 시란 정신의 핏빛 요철이므로
장님도 더듬으면 읽을 수 있어야 하리
집 나간 영혼을 부르는
성소의 권능으로.

얽힌 말의 실타래 같은
이미지의 굴레 같은
그 터널을 절뚝거리며
내 독자는 걸어왔구나
그러나 양파 속이여
아 드러날
허방이여.

―「시」 전문

이우걸 시인은 문학단체의 수장을 여러 번 했었고 고등학교 교장으로 교직을 마쳤다. 향리에 본인의 문학관도 있다. 신춘문예와 중요 시조문학상의 심사도 수십 번 했다. 시조시인으로서 누릴 것을 많이 누린 시인임에도 "양파 속이여/ 아 드러날 허방이여." 하고 탄식하고 있다. 왜일까? 시조에 대한 갈망과 갈증이 늘 뇌리에 도사리고 있어서일 것이다. 그는 "정신의 핏빛 요철"인 시를 써야 한다고 다짐하고 있다. 장님도 더듬으며 읽을 수 있는 시, 그만큼 감동적인 시를 써야 한다고. "집 나간 영혼을 부르는/ 성소의 권능으로", 즉 숭고하고 찬란한 시를 써야 한다고. 이 욕망이 있는 한 유유자적할 수 없다. 지금까지 낸 8권의 시집에 안주할 수 없다.

> 시집이란 한 시인의 울음이 사는 집이다
> 슬프게 울거나 기쁘게 울거나
> 우리는 그 울음소릴 노래처럼 읽곤 하지만
>
> 가슴에 품어보면 한없이 정겹고
> 떼어놓고 바라보면 어쩐지 짠해오는
> 불면의 밤이 두고 간
> 아, 뜨거운 문장들
>
> —「시집」 전문

이런 마음으로 묶었던 시집들이었으리라. 불면의 밤에 써 내려간 뜨거운 문장들을 위해 펜을 들고 있는 시인이 이우걸이 아닐까. "서럽고 지친 얼굴들이/ 말없이 돌아서는" 인력시장, 그곳에서 돌아서는 사람이 바로 이우걸 시인이 아닐까. 오늘도 시인은 막걸리를 빚는 마음으로 시조를 쓰고 있을 것이다. 새 술을 새 부대에 붓기 위하여.

고졸한 연가에서 털털한 사설까지의 스펙트럼

─한분옥論

시조의 역사를 생각해본다. "청산의 눈 녹인 바람 건듯 불어 간 데 없
다"로 시작하는 시조는 우탁(1263~1343)이 쓴 것이고 "이화에 월백하고
은한이 삼경인 제"로 시작하는 시조는 이조년(1269~1343)이 쓴 것이다. 두
사람의 생몰연대로 보건대 시조는 13세기 말쯤에서부터 시작되었고, 지
금은 21세기이니 700년 이상의 역사를 갖고 있다. 이 땅에서 생겨나 명멸
해간 많은 시가 형식 중 이렇게 오랫동안 이어지고 있는 것은 시조밖에
없다. 시의 어느 형식이 파괴되지 않고 700년 동안 이어지고 있다는 것은
경이로움을 넘어 경악할 일이다. 시조의 면면한 생명력은 도대체 어디서
온 것일까.

시조는 3장 6구의 기본 틀을 유지해왔기 때문에 닫힌 구조, 혹은 갇힌
형식이라고 생각하기 쉽다. 자유시를 쓰는 시인들은 형식상의 제약이 있
다면서 시조를 비판하는 경우가 왕왕 있었다. 그리고 시조의 역사가 오래
다는 이유로 고리타분하다거나 지나친 전통 추수追隨라고 비판하기도 했
다. 시조는 견고한 형식이기 때문에 쓰기가 사실 쉽지 않다. 형식은 견고
하게 짜여 있지만 내용이나 주제, 그리고 그려내는 세계는 결코 작지 않
다. 닫힌 형식에 열려 있는 세계라고 할까, 이런 시조의 매력을 십분 느끼

게 해주는 작품을 쓰고 있는 시인이 있으니 한분옥이다.

시인의 출생지는 경남 김해로서, 김해의 진영중학교와 진주여고를 졸업했다. 부산교대 미술교육학과를 졸업했고, 같은 대학원에서 석사학위를 받았다. 그 이후 시인의 삶의 터전이 바뀐다. 1999년 12월 울산문인협회 회장으로 취임한 이후 지금까지 시인으로서 울산의 시조를 지켜왔다고 할까, 울산의 시조시단을 지켜왔다고 할까, 출생지와는 상관없이 울산이 낳은 시인으로 자리매김 되고 있다.

당신은 '울산' 하면 무엇이 떠오르는가? 반구대 암각화? 방짜유기? 천전리 각석? 봄섬? 간절곶? 이와 같이 제2의 고향이 된 울산의 이곳저곳과 이모저모를 노래한 일련의 시조가 있다. (인용할 때, 각행이 떨어져 있는 경우도 이 평문에서는 다 붙임.)

> 까마득한 돌 속에서 비명소리 달려온다
> 돌도끼 날을 벼린 선사의 갈기를 잡고
> 장엄한 생사의 초침이 내 이마에 꽂힌다
>
> —「반구대 암각화」 전문

주지하다시피 반구대 암각화는 울산광역시 울주군 언양읍의 절벽을 이루고 있는, 구석기시대와 신석기시대에 걸쳐 수백 년 동안 큰 바위에 그린 고래사냥 관련 그림이다. 단단한 돌연모를 사용해 쪼기, 갈기, 긋기 수법으로 제작했는데 시인은 제작 과정을 첫 번째 수 "까마득한 돌 속에서 비명소리 달려온다"와, 두 번째 수 "돌도끼 날을 벼린 선사의 갈기를 잡고"로 표현하였다. 그림에 잘 나타나 있지만, 작은 배 몇 척으로 고래를 잡는다는 것은 목숨을 건 수렵행위였다. 하지만 이 일대의 주민들은 긴 세월 동안 고래를 잡으며 삶을 꾸려갔다. 그래서 "장엄한 생사의 초침이 내 이마에 꽂힌다"로 마무리 지은 것이다.

날것의 욕망 끝에 부러진 칼날 끝에
울부짖는 피를 달래 잠재우는 여인 있다
아직도 수직인 바위, 손바닥엔 손금 있다

그날도 오늘처럼 숨 막히는 밤의 허리
온몸에 칼금 긋는 자홍빛 뒤척임에
자정도 물러서 버린 봄날이 있었던가

이제나 저제나 정 붙인 인연살이
제 몸을 통소 삼아 울어도 보고 싶다
애끓는 몸말에까지 그 지문이 남아 있다

—「여인의 시간」 전문

　이 작품은 부제가 '반구대 암각화'이다. 전자와 달리 반구대에 암각화를 그리는 과정은 별로 중요한 요소가 아니다. 이 땅에서 살아온 수많은 여인의 숙명적 삶에 대한 고찰이라고 할까, 운명론에 대해 서사적으로 접근하고 있다. 암각화처럼 손바닥에 그려져 있는 것, 바로 운명이다. 그런데 그 손금이 말해주는 운명대로만 생이 전개될 턱이 없다. "이제나 저제나 정 붙인 인연살이"라는 시행을 보니 과거에는 많은 여성의 삶이 남성에 의해 좌우되었음을 알 수 있다. "제 몸을 통소 삼아 울어도 보고 싶다"는 것은 '여인의 시간'이 정한의 세월이었음을 암시하고 있다. 그런데 "울부짖는 피를 달래 잠재우는 여인", "숨 막히는 밤의 허리", "자홍빛 뒤척임", "애끓는 몸말에까지 그 지문이 남아 있다"는 것 등을 보면 이 시조가 상당히 에로틱함을 알 수 있다. 영의 세계가 아니라 육의 세계를 다루고 있는 것이다. 작품의 무대는 실제적인 삶이 이루어지는 생존 현장이다. 화판이 거대한 바위요 붓이 돌인데 반구대 암각화는 몸이 몸과 만나 이룩한 거대한 예술세계다. 즉 수백, 수천 년 동안의 남녀관계, 아니, 남녀상열지사가 이 시조의 테마가 된다. 시인의 용감함, 혹은 대담함에 놀라지 않을 수 없다.

울산 이야기는 독자의 몫으로 돌리고 이 시처럼 남녀상열지사를 다룬 또 다른 시를 보자.

> 용포 대례복 벗고 그냥 저 궐문 밖
> 빛바랜 치마섶이리, 그대 앞에 꺾은 무릎
> 그제사 뜨겁게 운다 해도 하늘을 벤다 해도
>
> 기름을 부으니, 타 붙는 그대 몸에
> 치닫는 오름 끝에 금팔찌를 벗어놓고
> 통곡을 땅에 묻고도 살을 지져 울지니
>
> —「화인火印」전문

부제가 '선덕의 말'이니 이 작품은 선덕여왕에 대한 지귀의 그리움을 모티브로 한 작품이다. 신라의 청년 지귀가 선덕여왕을 어디선가 보고는 상사병에 걸려 다 죽게 되었다. 이 소문이 여왕의 귀에 들어갔을 때 여왕은 어떻게 했는가. 연중 정해진 날에 불공을 드리러 가는 영묘사라는 절이 있었다.

'정말 나로 인해 그 청년이 죽게 된다면 얼마나 안타까운 일인가. 내 한번 직접 만나서 소문의 진상을 알아보고, 그 소문이 정말이라면 잘 타일러 봐야지. 앞날이 구만리 같은 사람이 나 때문에 괴로워해서야 되겠는가. 좋은 처자 만나 혼인하라고 권해야겠다. 그렇다고 내가 직접 그 청년의 집에 갈 수는 없지. 그럼 이 나라 온 백성이 두 사람 사이에 무슨 일이 있었다고 입방아를 찧을 테니까.'

지혜로운 여왕은 묘안을 짜냈다. 은밀히 지귀의 집으로 신하를 보내 거동할 수 있을 정도면 영묘사로 오라고 초대를 한 것이다. 기진맥진한 상태에서 이 말을 들은 지귀는 이것이 꿈인가 생시인가 반신반의하면서도 밥을 몇 숟갈 들고 기운을 차렸다.

지귀가 영묘사에 다다랐을 때 마침 여왕은 불공을 드리는 중이었다. 절간 탑 밑에 서서 여왕을 기다리는 지귀. 따사로운 봄볕이 기운이 하나도 없는 지귀의 몸에 내리쬐었다. 먼 길을 걸어온 지귀는 탑에 기대어 섰다 앉았고, 끝내는 땅에 드러누워 잠이 들고 말았다.

여왕이 불공을 다 드리고 절 마당에 내려서서 본 것은 탑 앞에 누워서 코를 골고 있는 지귀였다. 다가가 흔들어 깨울 수는 없는 노릇이었다. 이것도 다 운명이거니. 여왕은 지귀 앞에 무릎을 꿇고 앉아 손목에 차고 있던 금팔찌를 가슴에 얹어주고는 궁궐로 가는 가마에 몸을 실었다. 어둑어둑할 때가 되어서야 깨어난 지귀는 가슴에 놓인 금팔찌를 보고는 스스로 심화가 일어 화르르 타 죽고 말았다고 한다. 시조의 둘째 수 종장이 "통곡을 땅에 묻고도 살을 지져 울지니"는 시인이 상상해본 여왕의 심정이다. 나를 너무 사랑해 가슴에 불이 일어나 죽었구나! 선덕여왕도 인간인데 왜 지귀에 대한 어떤 감정이 없었겠는가. 다만 신분의 벽을 뛰어넘을 수 없었을 뿐.

벽화 속 여인들의 늘어뜨린 머리채여
마릴린 먼로의 머리맡 향수병이여
훅 끼친 살냄새, 머릿냄새, 느닷없는 이 비향妃香

—「봄비」전문

　과학적인 용어로 페로몬이라고 하던가. 남성이 여성의 피부와 머리카락 등에서 느끼는 냄새가 성적인 자극을 주는 것으로 안다. 이 시조의 화자는 벽화 속 여인의 늘어뜨린 머리채를 보고는 환상에 사로잡히는데, 살과 머리의 색깔과 모양, 감촉과 소리가 아닌 냄새에 반응한다. 그리고 실제로 맡은 것은 봄비 냄새, 혹은 봄비가 내릴 때 땅에서 훅 끼치는 냄새였다. 또 다른 봄노래를 들어보자.

　　　몸 엮어 마음 여는, 마음 엮어 몸을 여는
　　　짓찧은 사금파리 살갗을 후벼 파는
　　　그 봄에 그 죗값 받아 귀양이라도 살까보다

—「봄, 천형天刑」후반부

　산천초목이 눈을 뜨는 봄이 오면 인간도 마음이 들뜨게 된다. 몸도 근질근질, 산행이라도 하고 싶다. 봄-천형-죗값이 연결되는 과정에서 이루어진, "몸 엮어 마음 여는, 마음 엮어 몸을 여는" 행위도 인간의 본성임을 말해주고 있다. 이 땅에는 뛰어난 시조를 남긴 황진이, 신사임당, 계랑, 청취당 등 여성시인들이 있었는데 이들 시조의 특징은 다소곳함이 아니라 당당함이었다. 유교 중심의 사회에서 여성이 자기 목소리를 낼 수 있는 공간이 규방가사 내지는 시조였다.

어디서 봤더라 싶어 곰곰이 생각한다
다정한 저 목소리 누구더라 싶은 저녁
손톱 밑 흙 때를 긁던, 참말 같고 거짓말 같은

                          —「소쩍새 우는 저녁」 전문

    화자는 농투성이인데 여기서 성별은 구분되지 않고 있다. 두 사람이 소쩍새 우는 저녁에 마주쳤다. 목소리는 어렴풋이 기억나는데 얼굴은 모르겠다. 그렇다고 다가가서 말을 건넬 수는 없다. "손톱 밑 흙 때를 긁던"으로 보아 둘은 어릴 때 헤어진 소꿉친구가 아닐까. 살아 있었구나, 이렇게 살아서 널 보다니. 하지만 말을 건넬 수는 없는 소쩍새 우는 밤이다. "암키와 수키와는 서로 이를 맞물고/ 붉힌 낯 모르면 몰라라 쫓겨 가는 그믐달"(「임이네」)이나, "몸 먼저 알아채는가 살 냄새 훅! 닿는다"(「비」), 그리고 "떫은 맛 가시기엔 귀밑 볼만 저리 붉고"(「입춤」) 등도 독자의 얼굴을 충분히 붉게 물들게 할 수 있는 농염한 표현이다. 하지만 시편 전부가 인간의 원초적 본능에 대한 묘사에 치중하지는 않는다.

구멍 구멍을 죄다 파고 들어가는
미꾸라지 통 속으로 여인네를 밀어 넣었다
말끝에 뱃속이 우글우글 지새도록 들끓었다

성큼 기어가는 내 열 살 적 지네 한 마리
발등을, 종아리를 쉼 없이 타고 올라
이 아침 치마 끝에 치떠는, 수천수만 지네밭

                                 —「고문」 전문

    지네한테 물려본 열 살 때의 일은 화자의 마음에 큰 상처로 남아 있다.

그때 경험을 고문당하는 자의 고통으로 확장한 시조다. 일제강점기 때는 일본경찰이 미꾸라지 통 속으로 여성을 밀어 넣는 식의 끔찍한 고문을 했었다. 미꾸라지는 구멍마다 죄다 파고 들어가는 속성이 있다. 시인은 그 시절에 독립운동가들을 그런 식으로 고문한 것을 알고는 치를 떤다.

이제는 한분옥 시인이 개발한 시조의 형식적 특징을 짚어보도록 하자.

벼루에 먹을 갈 듯 감추어둔 어둠을
운다고 울어지더냐 말 다 할 수 있더냐
이 적막 생솔로 타는 밤을
네가 왜 우느냐

설령 어느 비탈에 사랑 두고 왔대도
나처럼은 말거라 울음 울지 말거라
질러 온 짧은 봄 허리
물러서지 말거라

—「운다고 울어지더냐」 전문

첫 번째 수에서는 화자가 독자에게 두 번 묻는다. 우는 게 가당키나 하냐고. 할 말을 못해 우는 거라면, 그 울음이 대체 무엇이냐고. 울음으로 말을 삼킬 거면 울지 말라고. 두 번째 수에 가서는 권유한다. "나처럼은" 울지 말라고. 금방 가는 봄의 허리를 붙잡고 물러서지 말라고. "할 수 있더냐" "왜 우느냐" 같은 설의법과 "울지 말거라" "물러서지 말거라" 같은 명령법이 이 시의 가락을 살리고 있다.

쑥 밀어 올린 꽃대, 휘청 어지러워라
저것 봐 언저리도 못된 풀씨 풀잎 열고

숨소리 하얗게 뱉으며 먼 봄 밖에 서 있지

봄이면 봄이어라 봄 끝은 또 어디인가
헛헛한 속일망정 닫힌 꽃 마주 들고
괜찮다, 응달도 괜찮다, 꽃대라면 꽃대지
　　　　　　　　　　　　　　　—「홀아비꽃대」 전문

　두 번째 수의 종장에서 반복구문이 연이어 나온다. 우리말의 특성을 잘 살린 이런 반복법은 김소월의 「왕십리」 같은 시가 보여준 바 있는데 한분옥 시조의 한 특성이기도 한다. 다음 작품에서는 3번을 반복한다.

모르면 모를까 몰라 들찔레 핀 봄밤을
언약의 가시 울을 맨발로 타고 넘던
겹치마 찢어진 앞섶 감춘다면 모를까

눈감아 더 또렷한 옥죄는 기억 끝에
찔레 순 씹던 날의 그믐달 그 말고는
모르면 모를까 몰라 잊는다고 잊을까
　　　　　　　　　　　　　—「들찔레 핀 봄밤을」 전문

　이 시조는 소재나 주제에 있어서는 특별한 것이 없지만 표현이 절묘하다. "모르면 모를까 몰라 잊는다고 잊을까" 같은 행은 한분옥 시인이 아니면 고안해내기 어려운 언어 발명품이다. 이런 시조는 또 어떤가. 3수로 되었는데 첫 번째 수의 초장은 "어쩌자고 그냥 그런 꽃이 되자 했던가요"로 시작하는데 세 번째 수는 다음과 같다.

떠날 즈음해서는 하 그리 치근대더니

어제 오늘 아니라도 하제면 고대 지고 말

그런 꽃, 그냥 그런 꽃, 그런 꽃이 되자고요

—「그냥 그런 꽃」 끝부분

수미쌍관인 것 같지만 시인은 "그런 꽃을"을 반복어구로 비틀어 "그런 꽃, 그냥 그런 꽃, 그런 꽃이 되자고요" 하고 마무리 짓는다. 엇시조와 사설시조는 어떤가. 두 편은 공교롭게도 아주 현대적인 언어감각을 보여주고 있다.

어느 날 하루같이 그날이 그날 같아

무단히 악에 받쳐 시퍼렇게 날이 서는, 쐐기 톱날 맞물리듯 밑도 끝도 없는, 질긴 막창 씹는 입에 누군들 못 씹으랴 마개를 뽑아버린 역류성 식도염에 컬컬한 목 덥히다 막무가내 치미는 욕지기를 삼키다가 제풀에 스러져서 쇠 울음 우는 막창 골목

잔술에 취기가 돌아 내가 나를 달래는,

—「막창 골목」 전문

어물전 과일전에 또 난전의 푸성귀를 단돈 몇 푼에 덜렁 한 보따리 받아드니 이게 웬 횡재인가 떨이마당 기웃대다 오랜만에 눅은 맘이 뿌듯했것다

장삿속이 또 그렇지 않던가 맛보긴 맛보기대로 중치긴 중치기대로 등급 매겨 골라내면 끝물만 남는 거지 설익고 혹 달린 놈에 멍들고 상천 난 놈, 껍질 벗겨진 채 시들고 속 곪은 놈에 쭈그렁바가지가 다 된 놈, 누군들 빛깔 좋고 모양 좋은 떡 먹기 좋은 줄 왜 모를까

말문이 턱 막혀서 참, 딸린 입이 좀 많아야지

—「떨이인생」 전문

　중장이 긴 「막창 골목」은 엇시조요 초장과 중장이 긴 「떨이인생」은 사
설시조다. 두 편 다 서민적이요 구체적이다. 그리고 판소리처럼 사설적辭
說的이라서 주저리주저리 말이 좀 길어진다. 그래서 재미있다. 앞의 시는
울산광역시 중구 남외동에 있는 막창 음식 특화 거리인 '병영막창골목'을
배경으로 하고 있다. 1995년 막창집이 처음 생긴 것을 계기로 120m 남짓
한 골목에 13개의 점포가 생겨나면서 병영의 명물 거리가 되었는데 2010
년 울산광역시 중구청은 병영 막창 식당의 브랜드화를 위해 음식 특화 거
리로 지정하였다.

　「막창 골목」은 막창을 씹듯이 누군가를 씹는 이 땅의 서민을 형상화한
시조다. 상사를 씹는지 대통령을 씹는지 모르겠지만 "씹다가 제풀에 스러
져서 쇠 울음 우는 막창 골목"이다. 화자는 술을 잘 못하는지 "잔술에 취
기가 돌아 내가 나를 달래는" 신세다. 「떨이인생」은 철시 무렵에 떨이로
파는 것들의 품목을 떠올려보고 있다. 떨이 상품은 대체로 신선도는 떨어
지지만 값이 싸고 양이 많다. "끝물만 남는 거지 설익고 혹 달린 놈에 멍
들고 상처 난 놈, 껍질 벗겨진 채 시들고 속 곪은 놈에 쭈그렁바가지가 다
된 놈"은 혹 장삼이사 우리들의 모습이 아닐까. 이 두 편 외에 「빗살무늬」
같은 것도 시조의 뉘앙스가 텁텁하고 분위기가 털털하다.

　한분옥의 시조는 대체로 고졸한 맛이 있다. 어휘 구사나 시풍에서 세상
살이의 연륜이 묻어난다. 위에 인용한 엇시조와 사설시조는 또 다른 멋을
느끼게 해준다. 그러면서도 달관으로 끝나지 않아서 한분옥의 시조는 체
험에서 얻은 진정성, 소시민의 생활 현장을 놓치지 않는 현장성을 갖고

있다. 얼쑤! 장단을 치고 박자를 맞추고 싶어진다. 먹여 살릴 입이 줄줄이 있어도, 그 입을 거두는 일을 고달파하지 않는 '어른'의 모습이 저런 시조에 잘 살아 있다. 시인이 흥을 돋우면 '떨이인생'인들 별 것이랴.

한분옥 시인이 이번에 제5회 조운문학상을 받게 되었다. 1987년에 등단한 이후 33년이라는 짧지 않은 세월 동안 시조의 길을 꾸준히 걸어오면서 이룩한 시세계의 가치를 인정받은 것이다. 여기에 자족하지 말고 "피삭은 화염 밖에 벌거벗은 몸뚱이"인 방짜유기처럼 연륜이 더해갈수록 빛이 나는 시인이 되기를 바란다. "바다도 산천도 들끓어 출렁이는 첫 울음"(「간절곶」) 같은 시조를 계속 터뜨려줄 것을 또한 기대하는 바이다.

제3부

짧은 말의 긴 울림, 짧은 시의 넓은 뜻

— 이지엽의 『내가 사랑하는 여자』

시정신이란, 말을 줄여 뜻을 전하는 것이다. 신문 사설을 보라. 조리있고 차분하게 설득하는 것은 산문정신이다. 뜻 모를 말을 횡설수설 늘어놓는 것이 시가 아닐진대 현대시는 애매성이 강조되다 보니 점점 더 난해해지고 있다. 시인의 의도가 도무지 파악되지 않는 난해한 시가 지금 이 시대에는 넘쳐나고 있지 않은가. 소통불능의 암호 같은 시 앞에서 나 같은 연구자도 난처한 표정을 짓거나 고개를 절레절레 흔들고 만다. 오늘날 시조에 대해 눈길이 자꾸 가는 것도 시를 읽을 때마다 난감함을 느끼기 때문일 것이다. 서거정은 『동인시화東人詩話』에서 "詩者 心之發"이라고 했다. 시란 마음에서 우러나는 것이라고 했는데, 시를 쓴 시인의 마음이 아무리 애를 써도 읽히지 않으니 이 얼마나 난감하고 난처한 일인가.

이지엽 시인의 시조집 『내가 사랑하는 여자』에 실려 있는 것은 거의 평시조다. 연시조聯詩調가 아닌 것이다. 요즈음 시조시단에서 사설시조 쓰기가 유행이고 두 개 이상의 평시조가 이어지는 연시조도 시조잡지에서 예사로 보게 된다. 그런데 이지엽 시인은 왜 시대의 흐름에 역행하고 있는 것일까. 아니, 원래 시조는 3/4/3/4, 3/4/3/4, 3/5/4/3을 기본 자수로 하는 평시조인데 현대에 와서 연시조가 되고, 파격을 보여주고, 엇시조와 사설시조 쓰기로 가고 있다. 그래서 다시금 시조의 근본을 보여주려고 평시조만을 써 한 권의 시조집을 묶으려 하는 것이 아닌지 모르겠다. 제일 앞머리의 시조부터 읽어보자.

> 어머니가 확독을 갈아 게장을 담그는 날은
> 게들이 불쌍해서 눈물 찔끔 흘리곤 했다
> 괜스레 청량고추 맵다고 투정을 부렸다
> 　　　　　　　　　－「확독─옹기甕器 생각 1」 전문

확독이란 예전에 곡식을 갈거나 고추 등을 빻을 때 사용하던 것으로, 둥그런 돌을 우물처럼 파내어 그곳에 곡식이나 고추 등을 넣고 풋돌이란 둥글넓적한 돌로 갈거나 빻아서 사용하는 옹기다. 민간에서는 흔히 '옹기확독'이라고 한다. 이 작품의 화자는 어린 날을 회상한다. 게장을 담그는 날은 게들이 떼죽음을 당하는 날이다. 어머니야 맛있는 음식을 장만하는 것이지만 어린 아들은 꿈틀거리다 잠잠해지는 게들이 불쌍할 따름이다. 그래서 "괜스리 청량고추가 맵다고 투정을 부리"는 것이니, 소년의 착하고 여린 마음이 느껴진다. 두 번째 작품을 보자.

> 한 번 넣은 것은 다시 빼내지 말아라
> 좁은 주둥이가 씀씀이를 경계한다
> 쟁여둔 살뜰한 마음, 내 생애 한 움큼의 쌀.
> 　　　　　　　　　－「좀도리 쌀독─옹기甕器 생각 2」 전문

'절미'의 전라남도 사투리가 좀도리다. 보통의 쌀독은 쌀 푸기가 쉽게 주둥이가 큰데 좀도리 쌀독은 주둥이가 좁아서 쌀을 한꺼번에 많이 퍼내

지 못하게 되어 있다. 이 시 역시 어린 날을 회상하면서 조상들의 "쟁여둔 살뜰한 마음"을 생각하고, 그 절약정신을 "내 생애 한 움큼의 쌀"로 여기 자는 결심으로 이어진다. 세 번째 '옹기 생각'의 옹기는 등잔이다. 아주까 리기름에 무명천 심지를 세운 등잔불 아래 어머니는 아들의 소풍 준비를 하고 있다. 지금과는 완전히 다른, 60년대의 시골 풍경이다. 이상 3편의 시는 시인의 유년 회상기로서 아련한 기억의 저편에 있는 옹기를 물질적 풍요를 누리고 있는 현대인들에게 보여주기 위해서 썼다고 본다. 그 다음 작품은 무게감 있는 시어들이 긴장감을 느끼게 한다.

우상의 작은 이름들
조등弔燈을 내거는 시간
한 몸이고 싶어도 남南과 북北 잠 못 드는데
천안함
함미艦尾 같은 슬픔
톱날처럼 튕겨 오른다.

— 「70년이 지나도」 전문

분단의 역사 장장 70년이다. 2010년 3월 26일 밤 9시 22분께였다. 백령 도 근처 해상에서 해군 초계함인 1200톤급 천안함의 함미에서 원인을 알 수 없는 폭발이 일어나 침몰했다. 천안함에 탑승했던 승조원 104명 중 58 명이 구조됐고, 40명은 사망, 6명은 실종됐다. 민군 합동조사단을 구성한 정부는 침몰 원인에 대해 '북한의 어뢰공격'이라고 발표했다. 많은 의혹이 제기되었지만 분명한 것은 사망자와 실종자 수였다. "우상의 작은 이름 들"이란 46명 사망·실종자들의 이름을 말하는 것이리라. 시인은 그날의 비극이 남북 분단에서 온 것임을 상기시킨 뒤, "함미 같은 슬픔"이 "톱날처럼 튕겨 오른다"고 하면서 70년이 지나도 분단 현실이 계속되고 있음을 가슴아파한다. 분단의 슬픔은 시조시인 조운을 생각할 때도 밀려온다. 조운은 1900년 전남 영광에서 태어난 시조시인이다. 깔끔한 평시조를 썼는데 1948년 정부수립 직후에 가족과 더불어 월북하였다. 북한에서는 황해도 대표위원과 최고인민회의 상임위원을 지냈다. 1956년 이태준 계열 숙청 이후 몰락했다가 구제된 것으로 전해진다. 월북 문인이었기에 우리 문학사에서 지워졌던 조운은 1990년 조운기념사업회가 주도하여 『조운문학전집』을 펴내자 남한에서도 완전히 복권된다. 조운의 시조 중에 「고매古梅」, 늙은 매화라는 작품이 있다.

　　매화 늙은 등걸
　　성글고 거친 가지

　　꽃도 드문드문
　　여기 하나
　　저기 둘씩

　　허울 다 털어버리고 남을 것만 남은 듯.
　　　　　　　　　　　　　　　　　　　　　—「고매古梅」 전문

이 작품과 같은 제목으로 쓴 이지엽의 시조는 이렇다.

　　남은 것 그마저도
　　꽃이라 부를 수 없어

　　터진 손등 성근 등짝
　　피해가다 들킨 대명천지에

서해曙海의 가난보다 더 시리다
고매古梅처럼 여윈 조국

            —「고매古梅—조운曹雲 생각」 전문

늙은 매화는 꽃을 제대로 피우지 못한다. "터진 손등 성근 등짝/ 피해가다 들킨 대명천지"는 늙은 매화를 표현한 것이기도 하지만 "고매古梅처럼 여윈 조국"이라는 마지막 행에 이르면 분단된 조국의 모습을 빗댄 것임을 알 수 있다. 조국은 지금, 최서해가 묘사했던 일제 강점기 때의 "가난보다 더 시리다". 즉 제대로 꽃을 못 피우는 늙은 매화의 신세나 분단 70년이 다 되어가는 남북한의 모습이나 다를 바 없다는 것이다. "천千날을 매 맞고 서서/ 잘못했다, 잘못했다고……"(「황토」)나 "쓸쓸한 겨울 나라"(「거짓의 옷을 다 벗고」) 같은 시구도 분단 현실에 대한 은유적 표현이 아닌가 여겨진다. 자기 종족을 학살로부터 구해낸 유대의 여인 에스더가 나오는 시조도 분단 현실을 다룬 시로 읽힌다.

죽으면 죽으리다
에스더처럼 막막해도

내 민족을 사랑한다는
믿음과 신뢰로

흰 눈에 갇힌 조국을
다 껴안고
우는 그대여

            —「죽음 앞에 서더라도」 전문

에스더Esther는 유대민족을 바벨론에 유폐시킨 페르시아의 총리 하만 Haman의 유대인 말살 계획을 저지시킨 인물이다. 페르시아 왕 아하수에로의 왕비로 "죽으면 죽으리라"는 담대한 마음과 각오를 가지고 왕궁의 법도를 어기면서까지 왕에게 간곡히 부탁했고, 그녀의 용기있는 결정과 행동의 결과 유대인 살해 계획은 실패로 돌아가게 된다. 이 시를 쓴 것도 분단의 현실을 가슴아파한 시인의 시대의식의 산물이라고 본다. 역사의식의 산물이라고 볼 수 있는 시조도 있다.

내 마음에 잊혀진 왕국이 하나 있네

눈 내리는
눈 쌓이는
물의 나라
뿔의 나라

소리가
건널 수 없는
바람의 나라
찔레꽃 나라

—「백제百濟」 전문

첫사랑도 희미해져
얼굴마저 가뭇할 때

길들은 감춘 붉은 가슴을
강 하류에 풀어 놓는다

가야여, 묻혀져 더욱 아름다운 이름이여
　　　　　　　　　　　－「구황암 돌무덤 앞에서」 전문

비운의 역사를 뒤로 하고 사라져간 왕국 백제와 가야를 다루고 있다. 백제
와 가야 모두 찬란한 문화를 이룩했지만 군사력이 문화를 지켜줄 만큼 강성
하지는 못했다. 눈, 물, 뿔, 바람, 찔레꽃의 공통점은 모두들 얼마 못 가 사라
지는 것들이다. 대체로 첫사랑은 이루어지지 않는다고 하는데, 가야의 역사
를 보면 제대로 영글지 못한 과일이요 "묻혀져 더욱 아름다운 이름"이다. 역
사의 승자가 되지 못한 두 나라에 대한 안타까움이 이 시 두 편을 쓰게 했을
것이다. 「녹비綠肥」도 사도세자가 역사의 승자였다면 쓰지 않았을 작품이
다. 시인의 측은지심은 구제역 창궐 때 죽은 돼지와 소를 생각하며 한 편의
시조를 쓰게 한다.

　　근조謹弔 글씨 길게
　　마당까지 내려와
　　눈을 쓸고 있는 저녁

　　웃고 있는 돼지와
　　눈이 큰 선한 소의 영정

　　조문 올 다른 돼지도 소도 없는 영 조용한 마을
　　　　　　　　　　　－「구제역 살처분 동물 분향소」 전문

전염병 구제역이 우리나라를 휩쓸었을 때 돼지며 소를 엄청나게 살처
분했다. 식용으로 키워지는 이들 짐승은 이래 죽으나 저래 죽으나 마찬가
지이긴 했지만 땅을 파고서 생매장하는 경우가 많았다. 짓눌려 죽고 숨이

막혀 죽였을 가금의 무리. 일대의 소와 돼지를 몽땅 죽이고선 동물 분향소는 무엇 하러 만든 것인가. 영정에 있는 "웃고 있는 돼지와 눈이 큰 선한 소"는 인간의 먹이가 되는 대신 자연의 한 귀퉁이에서 썩어가게 되었다. 작년에는 300명이나 되는 학생이 한꺼번에 수장되는 사건이 일어났다.

> 구명조끼 끈 가운데 위쪽 끈은 각자 묶고
> 아래 끈은 연결하여
> 연리지 된 남녀 학생
> 얼마나 무서웠을까 얼마나 애절했을까
>
> ―「죽어서 하나 되다―세월호」전문

이 내용은 신문에 보도된 것을 그대로 짧게 정리한 것이어서 시적인 형상화는 거의 없다고 할 수 있지만 가슴이 찢어지는 아픔을 느끼게 한다. 생명에 대한 애착과 연민은 「목숨」「깨끗한, 참 깨끗한」「담쟁이넝쿨」「북어」「보리밭」「동백」등으로 이어진다. 살아 있는 것은 그것이 동물이든 식물이든 결국 죽어가는 과정에 있는 존재다. 모두 때가 되면 목숨이 끊어진다. 이것들이 살아 있다는 것 자체가 시인에게는 측은지심의 대상이다. 하물며 죽어갔으니. 우리 어른이 죽음을 방치했으니 시인은 가슴을 치며 아이들의 죽음을 애도하는 것이다. 이들 시조에 대한 세세한 감상은 독자의 몫으로 돌리고, 화가의 그림을 보고 쓴 감상문을 살펴보자.

부재에 나오는 김일해 · 류영도 · 정우범은 화가다. 김일해는 강렬한 색채를 사용하는 서양화가이고, 류영도는 평생 누드화만 그린, 개성이 뚜렷한 화가다. 정우범은 반추상화를 즐겨 그리는 수채화가다. 시인은 김일해의 그림을 보고 "붓질의 빠름과 느림이// 색채의 빛을 문다"(「그림의 리듬」)

고 이해한다. 류영도의 그림을 보고는 "곡진한 무릎 사이/ 삼천의 꽃/ 백제 여자여"(「누드를 위하여」) 하면서 흔히 말하는 삼천궁녀의 비극을 떠올려본다. 꽃을 많이 그리는 정우범의 수채화를 보고는 "배꼽 빠진 꽃들", "속눈 뜬/ 저 붉고 노란/ 상징의 자궁"(「환타지아를 위하여」)이라고 하면서 여체를 떠올린다. 여성의 몸은 새로운 생명체를 회임하는 기적의 장소이며, 새로운 우주가 창조되는 성소이기도 하다. 「흐르는 달밤」이라는 시조를 보기로 하자.

> 잔잔한 강물 위의
> 달빛 발걸음으로
>
> 아무도 몰래 그대에게
> 가 닿고 싶은 밤
>
> 숨결에 숨결을 얹어
> 하나 되는 밤이여
>
> -「흐르는 달밤」 전문

초장과 중장을 보면 한 사람이 이성과의 만남을 갈망하고 있음을 말해주는데, 종장에 이르면 두 사람이 한 몸이 됨을 알 수 있다. 인류의 역사가 시작된 이래 남녀상열지사는 수많은 예술작품의 창작동기였다. 그리스·로마신화는 신과 인간의 사랑과 질투의 드라마이고 성경 신·구약은 신과 인간의 죄와 벌의 드라마이다. 한편으로는 용서와 구원의 드라마다. 그런데 사실은 신·구약 또한 신과 인간의 사랑 혹은 질투의 드라마이기도 하다. 아담과 이브, 예수와 막달레나 마리아, 베드로와 살로메, 카인과 아벨……. 초·중장의 정신적인 사랑이 종장의 육체적인 사랑으로 귀결되는 것을 보고 깜짝 놀라 뒤의 시를 보니 '그윽한' 사랑을 다루고 있다. 하지만 함께 한(「작은 사랑 1」) 이후의 이별(「작은 사랑 2」)이다. 사랑이 염염한 그리움만으로 끝나지는 않고 있다. 이효석의 「메밀꽃 필 무렵」을 생각해보자. 허생원과 성서방네 처녀가 하룻밤 사이에 만리장성을 쌓아야 소설이 성립되는 것이다.

> 내 사랑 이런 방房이라면 좋겠다
> 한지에 스미는 은은한 햇살 받아
> 밀화빛 곱게 익는 겨울
> 유자향 그윽한
>
> — 「작은 사랑 1」 전문

> 내 사랑 이런 뜨락이라면 참 좋겠다
> 눈 덮여 눈에 갇혀 은백으로 잠든 새벽
> 발자국 누군가 하나
> 콕 찍어 놓고 간
>
> — 「작은 사랑 2」 전문

시가 짧고, 짧은 만큼 귀엽다. 이 두 시의 사랑은 뜨거운 사랑이 아니라 함께 해서 좋은 사랑이고, 헤어져서 아쉬운 사랑이다. 그래서 우리는 '그리움'이라는 감정을 지니고 살아가게 된다. 헤어짐, 기다림, 보고 싶음, 눈에 밟힘…… 소월 이래 이 땅의 시인들은 그리움을 노래해 왔는데 이지엽 시인도 그리움을 이렇게 묘사한다.

물입니다
물수제비 아프게 받아내던
달빛 아래선 욜랑욜랑
햇살 아래선 종알종알
송사리 지느러미 끝, 은빛!
다시 사는
물입니다

—「그리움 2」 전문

이 시의 화자는 물이 아닐까? 물수제비를 아프게 받아내던. 물가에서 돌을 던지는 이는 그리움의 몸살을 앓고 있다. 물은, 햇살 아래선 통통 튀는 돌을 맞고 종알종알 뭐라 말하고, 달빛 아래선 욜랑욜랑 돌을 튕겨낸다. 하지만 돌은 몇 번의 도약 후 금방 물속으로 잠기고 물은 예전 모습으로 돌아간다. "송사리 지느러미 끝, 은빛!"만 보일 뿐이다. 이 시를 통해 시인이 독자에게 얘기해주고 싶은 것이 무엇이었을까? "물수제비 아프게 받아내던" 물이 다시금 잔잔한 수면을 보이지만 물가의 사람은 물을 떠나지 못한다. 여전히 떠나간, 혹은 다가갈 수 없는 누군가를 그리워하고 있고, 물은 그를 지켜보고 있다. 물은 돌의 유희에 아랑곳하지 않고 흘러가고, 사람도 다시 살아갈 수밖에 없다. 어떻게 하란 말인가. 유치환이 "파도야 어쩌란 말이냐/ 파도야 어쩌란 말이냐/ 임은 물같이 까딱 않는데/ 파도야 어쩌란 말이냐/ 날 어쩌란 말이냐"(「그리움」) 하고 외치며 바닷가를 거닐었던 것처럼, 이지엽 시인은 냇가에 가서 물수제비를 던지며 그리움을 달랜 적이 있었던가 보다. 사랑시를 몇 편 더 보자.

흐릿한 건 난 싫어

말을 끊어서 또박또박
이렇게 뭉쳐 있었어,
네게 꼭 하고 싶은 말
사랑은 소금 꽃이야
희고 검게 여문 씨앗

―「볼펜 똥」 전문

사랑이란 이름으로
흘려보낸 구름의 날들

파고드는 낭패감
머릴 박고 속죄해도

이제는 용서받을 수 없다
가슴 붉게
울 수도 없다

―「담배꽁초」 전문

요즈음에는 사랑의 전언을 위해 스마트폰 문자와 컴퓨터 이메일이 동
원되지만 예전에는 연애편지라는 것이 있었다. 네게 꼭 하고 싶은 말을
전하기 위해 볼펜을 꾹꾹 눌러 쓰는데, 그것을 시인은 "소금 꽃" 혹은 "희
고 검게 여문 씨앗"이라고 한다. 담배의 속성에 빗대어 사랑을 노래하기
도 하는데 이번 시조집의 절반 정도는 사랑노래다. 열정을 모두 태워버린
것을 비유한「담배꽁초」는 사랑의 이면을 보여준다. 화자가 낭패감과 속
죄 감정을 갖고 있는 것으로 보아 이 사랑은 이미 폐허의 상태다. 울 수도,
용서받을 수도 없다는 막막한 공허는 사랑이 끝난 뒤에 오는 심정이다.
그렇다면 무엇이 화자로 하여금 상대에게 속죄하게 하고, 용서받고 싶어

하게 할까. 그것은 "사랑이라는 이름으로" 행한 그 무엇 때문일 것이다. 진정성이 전제되어야 하는 사랑의 감정이 다른 이유로 굴절되어 수단화된다면 그것은 사랑이 아니기 때문이다. 사랑은 오직 사랑을 목적으로 할 때만 본연의 순수성을 가질 수 있다.

> 허깨비 같은 몸짓으로 그대에게 내리고 싶다 내 그리운 산천 딛고 아슬한 능선 넘고 내려서 녹아내려서 뿌리까지 젖고 싶다
> ─「사랑 산조散調 1─진눈깨비」전문

> 그대와 나 저승에선 바람이었을지도 모를 일 머리 풀고 떠돌다 눈비 맞고 떠돌다 살과 살 다 섞은 후에 빈 몸으로 울었을 바람.
> ─「사랑 산조散調 2─바람」전문

두 편의 시조 모두 속된 표현으로, '진하다'. 진눈깨비와 바람 등 자연현상을 다루고 있지만 실은 농도 짙은 남녀상열지사의 장면을 연상하지 않을 수 없다. 남녀간의 사랑은, 결국은 몸으로 확인하고 싶은 열망으로 치닫는다고 시인은 말하고 싶었던 것이 아닐까. 시인 스스로 큐피드가 되고 싶어한 것인지도 모른다. "사랑은 오밀조밀한 다양함이 아니라/ 꽃 장식과 톡 튀는 빛깔이 아니라" "산등성/ 그 아픈 허리를/ 오래도록/ 만지는 달"(「달항아리」)이라고 시인은 말하고 있다. 몸으로 확인해야 하는 사랑, 그것은 그리움이나 기다림의 차원이 아니다. 중국인들이 일찍이 말하지 않았던가. 여자女와 아들子이 만나면 좋은 거好라고. 사랑이란 못처럼 "꼿꼿한 자세로 너를 안고 뒤에 숨어/ 가뭇없이 속절없이/ 평생을 늙어간대도// 슬픔의/ 내색 한 번 없는/ 자존의/ 저/ 직립!"(「사랑 이미지 2」)이기도 하다. 세상의 윤리에 어긋날 때는 도마 위의 생선처럼 "죽비竹篦의 소나기

속을/ 쏜살같이 내딛는// 난장"(사랑 이미지 4」)이기도 하다. 이성간의 사랑은 어쩌면 도덕과 윤리 저 너머에 있는 것인지도 모른다. 사랑의 감정은 인간을 이기적이게 한다. 이러한 이기주의의 극단은 연인들에게 그들만의 성채를 짓게 한다. 그곳에서만 안전하고, 그곳에서만 상대의 마음을 확인할 수 있으므로 두 사람은 세상의 도덕률을 넘어선 '그곳'을 꿈꾸는 것이다. 그러면서도 세상의 윤리라는 금을 넘지 말아야 하기에 연인들의 갈등은 깊을 수밖에 없다. 문학작품 속의 사랑은 고통을 동반한다. 사랑도 예술의 영역으로 넘어가면 고통과 갈등을 동반해야 명작이 탄생하는 것이다.

꽉
이를 깨물고
너를
놓지 않겠다

그럴싸한 감상들은
변명들은 모두 가라

핏물이
뚝뚝 배어나도
네 손을
놓지 않겠다

—「사랑 이미지 5 – 볼트와 너트」 전문

어떤 시련이 닥쳐도 볼트와 너트가 단단히 맞물려 있는 것처럼 "꽉/ 이를 깨물고/ 너를/ 놓지 않겠다"고 하는 그것이 사랑 이미지라고 한다. "핏

물이/ 뚝뚝 배어나도/ 네 손을/ 놓지 않겠다"고 하니, 그 절절함이 가슴을
친다. 감상과 변명 같은 가벼운 정서로 유지되는 사랑이 아니다. "핏물이
뚝뚝 배어"날 만큼 살을 깎으며 실천하는 사랑이다. 볼트와 너트가 각각
하나의 사물로만 존재한다면 사랑은 성립되지 않는다. 둘이 빈틈없이 결
합할 때만 사랑을 움직이는 완벽한 부품이 된다. 우리가 한 생을 살면서
이런 사랑은 문학작품 속에서만 보는 것이 아닌지. 시인은 이렇듯 사랑의
실천을 전하고 있는데 말이다. (한양대학교의 교훈이 '사랑의 실천'이다.) "은밀
한/ 부활의 작은 우주/ 절대 포기 말아라"(「사랑 이미지」) 같은 구절도 시인
이 사랑의 전도사가 아닌가 하는 생각을 하게 한다. 살아 있는 동안 열렬
히 사랑하라고 전하던 시인은 이제 사랑이 "신에 이르는 열쇠"라고 의미
를 매긴다. 그렇다. 기독교의 모든 교리를 한 단어로 줄이면 '사랑'이다.

　　　콧구멍 입구멍 귓구멍 숨구멍…

　　　자궁에 피어나는 꽃
　　　무덤에서 죽는 별

　　　구멍이 모든 것의 우주
　　　신에 이르는 열쇠다
　　　　　　　　　　　　　　　　　— 「사랑 이미지 7 — 구멍」 전문

　초장은 인간을 가리킨다. 냄새 맡고 먹고 듣고 숨쉬는 인간은 구멍을
통해 배설도 하고 사정도 한다. 중장은 인간의 일생을 가리킨다. 인간은
양성생식의 결과 태어나는 동물이므로 구멍은 생명의 처음과 끝이다. 그
래서 "구멍이 모든 것의 우주"라고 한 것이며, "신에 이르는 열쇠"라고 한

것이다. 인간이 죽으면 냄새 맡을 수 없고 먹을 수 없고 들을 수 없고 숨쉴 수 없다. 그래서 이 모든 구멍이 제 역할을 할 때 사랑해야 하는 것이려니.

개인적으로, 시집의 제5부가 제일 재미있다. 부의 제목이 '내가 사랑하는 여자'이며, 각 시조의 부제이며, 시집의 제목이다.

> 울퉁불퉁 따뜻하게 몸을 데워주는 여자
> 매우면서도 향긋하게 실눈으로 웃는 여자
> 향토색 발을 가진 여자
> 못생겨도 정 많은 여자
>
> ─「생강─내가 사랑하는 여자」 전문

> 내 마음 아린 눈물 짓찧어져 우는 여자
> 전세대란 쫓겨나서 맵고 섧게 우는 여자
> 곰 같은, 동백 같은 여자
> 혀 아리게 눈물 빼는 여자
>
> ─「마늘─내가 사랑하는 여자」 전문

생강과 마늘의 특성이기도 하지만 '내가 사랑하는 여자'가 바로 이런 타입의 여자라고 말하고 있다. 허리가 가느다란 도시풍의 세련된 여자가 아니라 정이 많고 사람을 푸근하게 해주는 여자가 일단 좋다고 한다. 시인의 여성관을 알 수 있어 입가에 미소가 머금어진다. 나이 차가 많이 나는, 연하의 애인 같은 여자가 아니라 어떤 투정도 다 받아주는 큰누님 같은 여자를 시인은 좋아하는가 보다. 하지만 속마음 한 구석에서는 요부 같은 여자를 찾고 있다. "비밀의 방 불을 켜서 남자 서넛 가진 여자"(「양파」)나 "가지 끝 죄 올리며 애기 하나 갖자는 여자"(「참깨」)에게도 관심이 간다. "휘어지는 휘파람 허릿결 상큼한 여자"(「식초」)를 누가 좋아하지 않으랴. 여성의 매력 중 중요한 것이 허리와 입술인가? "허리가/ 아삭한 여자"(「열무김치」)와 "립스틱 엷어도 보드라니 그윽한 입술/ 떫은 혀"(「다래순」), 그리고 "더운 숨/ 떨리는 입술"(「목련화」)을 노래하고 있으니 말이다. 아무튼 남자는 죽는 날까지 여성을 흠모하고 갈망한다고 한다. 이번 시조집에서 이런 작품을 대거 보게 되니 재미도 있고 시인의 이성관에 흥미를 십분 느끼게 된다.

이지엽 시인은 대학 교수이며 출판사의 실질적인 대표다. 두 종 문예지를 발간하고 있는 편집주간이기도 하다. 올해부터 학교에서 보직을 맡아 몹시 바쁜 것으로 아는데 이렇게 시조집을 한 권 준비하였다. 눈길이 오래 머문 작품이 하나 있다.

> 엉켜서 더욱 뜨거운
> 목숨들이 여기 있다
>
> 비벼 아픈 살점 하나
> 꿈꾸는 잠이 여기 있다
>
> 그늘을
> 슬퍼 말아라
> 구겨진 詩여,
> 네 고독의 볏이여
>
> — 「담배꽁초 2」 전문

시인은 담배를 피우지 않는 것으로 아는데, 이 시를 쓴 이유가 어디에 있을까? 애연가가 담배 때문에(?) 살아가듯이, 시인은 시를 쓰기 위해 살아가고 있음을 말해주는 작품이다. 고독하기 때문에 시를 쓰고 시를 씀으로써 고독해진다. 연작시 「북악」은 북악산 등반기가 아니다. 시를 쓰게 되었기에 느끼는 근원적인 고독을 다루고 있다. 송수권을 부제로 삼은 작품에서도 스스로를 태워 빛을 내는 존재가 시인임을 말해주고 있다. 시인은 결국 "상처가 남긴 살점"을 보여주는 사람이 아닌가 싶다. 세상 사람들이 부귀영화 쌓기에 급급할 때 진정한 아름다움이 무엇인가를 찾는 사람, 찾아서 보여주는 사람, 바로 시인인 것이다. 이지엽 교수, 학장, 대표, 회장……보다는 이지엽 시인임을 바로 이런 시가 대신 말해주고 있다. 이번 시조집 발간을 계기로 다시금 시인의 길로 나아가 바퀴 자국을 보여주기를. 아니, 깊게 파인 바퀴 자국 그 자체가 되기를. 아름다움의 한가운데 한 시인이 있으니, 그의 이름은 이지엽이다.

> 마른 땅 위에 한나절 비가 내리고
> 트랙터 지나간 뒤
> 깊게 파인 바퀴 자국들!
>
> 세상의 모오든 길들은 상처가 남긴 살점이다
> —「아름다움의 한가운데」 전문

발해사가 왜 우리의 역사인가를 물었다

―권갑하의『겨울 발해』

한반도는 지정학적으로 대륙과 섬나라의 중간에 끼어 있어서 외침을 많이 받아 왔다. 일본은 오래 전부터 신공왕후의 신라정복설과 임나일본부설을 주장하였다. 일본은 또 1905년 시마네 현[島根縣] 고시를 독도에 대한 영유권 주장의 근거로 삼고서 줄기차게 주장을 하고 있다. 독도를 일본의 부속 섬이라고 하며 자료를 억지로 만들어내고, 국제사회에 광범위하게 호소하는 한편 설득까지 하고 있다.

일본은 제2차 세계대전, 좁혀 말하면 태평양전쟁의 패전국이다. 청일전쟁(1894)과 러일전쟁(1904)에서 대승을 거두었기에 자신감을 갖고서 열강들을 물리치고 조선을 식민지로 만들었고 진주만을 공습, 대국인 미국에게 전쟁을 걸기도 했다. 1950년대부터 진행된 빠른 경제성장을 바탕으로 자신감을 회복해 자위대법을 고치기에 이르렀다.

중국은 '동북공정'이라는 이름으로 역사 왜곡을 자행하고 있다. 고구려나 발해의 역사를 속국의 역사로 간주하여 중국의 역사에 포함시키는 공작을 정부는 정부대로, 학자들은 학자들대로 하고 있다. 요하문명 자체를 황하문명에 앞서서 이룩한 자신의 시원문화라고 하면서 사학자들을 부추겨 증거를 만들고 있는 중이다.

중국은 일본보다 한 술 더 떠 역사를 왜곡하고 있다. 고려가 고구려의 상무정신을 이은 나라라고 생각하여 '高麗'라고 국호를 붙인 것은 그들에게 아무런 의미가 없다. 그들은 고구려한테 조공을 바치게 하거나 통상을 '허락'했다고 하면서 '우리나라의 변방'이라는 개념으로 다루고 있다. 고구려와 발해의 정체성을 전면 부정하는 무서운 역사 왜곡이다. 그뿐만 아니라 고구려와 발해의 유적지마다 가서 중국의 관점에서 뜯어고치는 작업을 하고 있다.

권갑하 시인은 중국의 이러한 역사를 뜯어고치는 '공정工程'에 분노하였다. 그래서 2013년 1월, 발해 답사팀의 일원으로 발해 유적지를 둘러보는 여행에 동참하게 된다. 시집 『겨울 발해』는 바로 이 여행의 산물이다. 머리말에다 이렇게 쓴다.

> 잃어버린 땅 발해! 고구려를 계승한 발해는 한반도 북부와 만주, 연해주까지 광활한 영토를 호령했던 '해동성국海東盛國'이었다. 하지만 오늘날 중국 땅에서 만나는 발해 역사 현장은 죄다 중국의 관점으로 지워지거나 왜곡된 것이니 이를 어찌 할 것인가. (중략) 영하 20도를 오르내리는 만주벌판의 혹한 속에서 만난 발해의 역사 현장은 눈물마저 얼어붙는 냉혹한 슬픔과 절절한 아픔으로 다가왔다.

머리말에 쓴 이 몇 줄은 시집의 주제와 소재, 시집을 낸 의도를 밝혀놓은 부분이다. 하필이면 엄동설한에 우리가 흔히 말하는 만주 벌판에 가서 발해의 유적지를 하나하나 살펴보면서 시조를 썼으니, 이 시조집은 역사시조집이면서 여행시조집이다. 제일 앞쪽에 있는 작품부터 보자.

연을 날린다 광활한 발해의 하늘 위로

장백의 안개 헤치고 압록 두만도 훌쩍 넘어
적층된 연대 속으로
연을 띄워 올린다

여기가 어디인가 굽어보고 돌아보며
주름진 오욕의 역사 해진 상흔도 다독이며
가끔은 천둥 번개 불러
곤한 잠도 깨워가며

너무 높게는 말고 낮게는 더욱 말고
연바람 멈추면 노래도 멎고 말 것이니
당겨라, 팽팽히 얼레를
풀었다 다시 당겨라

오래 떠나 있어 낯설고 물설겠지만
내 어법이 온몸으로 일군 모토母土 아니던가
다물多勿 그, 돛을 올리듯
꼬리 긴 연을 띄운다

—「연鳶을 띄우다」전문

    일종의 서시인데 왜 연을 가져온 것일까. 연은 바람의 힘으로 아주 높은 곳으로 띄워 올린다. 연의 입장에서 보면 세상을 한 눈에 굽어볼 수 있다. 시인이 발해의 흔적을 찾아가는 행위를 연을 띄워 올리는 것에 비유한 것이다. 그와 동시에, 아주 먼 곳에서 깨알 같은 발해의 흔적을 찾아본다는 의미를 담아서 이렇게 쓴 것이 아닐까. 발해사는 "주름진 오욕의 역사 해진 상흔"임을 시인은 이미 잘 알고 있다. '다물'은 각주에 설명을 해 놓고 있는데, 고구려의 시조 고주몽의 연호이자 건국이념이다. 즉, 발해가 고구려와 함께 우리 조상의 나라라는 확신을 갖고서 여행을 떠난 것이고, 그래서 이 시를 서시로 삼은 것이다.

시인의 여행은 길림성 화룡시 용두산에 있는 발해 제3대 문왕의 넷째 딸인 정효공주(757~792)의 묘비 앞에 이른다. 묘비에는 728자가 적혀 있다.

> 음각된 해서체의 선명한 18행 728자
> 신라길 39개 역, 당과 말갈, 일본까지
> 독자적 연호와 문화, 길이 자주自主를 새겼네
> ─「정효공주 묘비」 마지막 연

정효공주가 중요한 인물이 아니라 그녀의 묘와 묘비가 중요한 역사적 기록이다. 고구려의 영향을 받은 무덤의 양식과 벽화, 발해의 독자적인 연호 사용 등을 확인하게 해주는 곳에 가서 시인은 발해가 고구려를 이은 나라임을 새삼 깨닫게 된다. 특히 대조영이 고구려 유민과 2천리를 행군하여 첫 도읍지로 삼고 진국(震國, 뒤에 발해로 거듭남)을 선포한 동모산에 이른다.

> 기억마저 꿈이라면 발해는 오지 않는다
> 무수히 당긴 시위는 강을 넘지 못하고
> 바람만 빈 하늘 향해 울부짖을 것이다
> ─「동모산을 바라보며」 마지막 연

이 자랑스러운 역사 현장에 이르러 왜 '울부짖는다'는 표현을 썼을까? 머리말에서는 발해의 역사 현장이 눈물마저 얼어붙게 했다고 하고선.

또 하루 오래 헤맸다 잃어버린 핏빛 산하

바람도 울부짖으며 온 가슴을 헤집었다

무엇이 이토록 흐느껴 지축을 울리느냐

             —「영안에서 하룻밤」 가운데 연

뜯긴 내 살점 하나가

호랑이처럼 울부짖는다

               —「육정산 고분군」 마지막 연

떠도는 바람인들 어찌 그날 잊었을까

그림자 긴 왕조처럼 눕지 못한 수숫대들

어둑한 허공을 바라 혼령인 양 흐느낀다

             —「겨울 만주 벌판에서」 마지막 연

이와 같이, 시집 곳곳에서 만날 수 있는 동사가 '울부짖는다'와 '흐느낀다'이다. 시어 '눈물'과 '울음'도 종종 만날 수 있다. 흑룡강성 영안시 발해 진에 위치한 상경용천부의 현무암 주춧돌을 보고도 "눈물은 흘려보내고 뼈만 성긴 울음처럼"이라고 표현하고, 드넓은 만주 벌판의 수숫대를 보고 는 그 수숫대가 "어둑한 허공을 바라 혼령인 양 흐느낀다"고 표현한다. 즉, 시인은 발해라는 큰 나라의 영토 이곳저곳을 돌아보며 비애의 감정에 서 헤어나지 못한다. 어떤 때는 비분강개하여 "그 한때 백두산정계비 분 명한 나눔 속에/ 항일과 민족 부흥의 신화 같은 공간"(「간도에서」)이라고 하면서 주먹을 불끈 쥐기도 하지만 대부분은 비장미에 젖어 있다. 억울해 하고 분통을 터뜨린다.

여기서 잠시 발해에 대해 알아보자. 668년에 고구려가 멸망하자 30년 뒤인 698년, 대조영이 고구려 유민과 말갈족을 거느리고 동만주 지역에 새로운 나라를 세웠다. 당나라는 705년에 발해를 인정했고 713년에는 공식적인 외교관계를 맺었다. 발해가 영토 확장 사업을 벌이자 신라는 721년 강릉 이북에 장성을 쌓아 이에 대비했다. 732년경에 발해와 당과 신라의 긴장관계가 계속되었으나 문왕의 평화외교로 해소되었다. 818년에 즉위한 선왕 시대가 최전성기였다. 그는 말갈족을 완전히 장악했으며 영토를 크게 넓혀 최대 판도를 형성했고 5경 15부 62주의 지방제도를 완비했다. 당으로부터 '해동성국海東盛國'이라는 칭호도 얻었다. 외교 교섭도 매우 활발해 819년부터 1년 동안 16번의 사신을 당나라에 파견하였고 일본과의 관계도 활발해 사신 왕래가 빈번했다. 선왕 이후 발해는 쇠퇴하여 9세기 후반부터 성장한 거란족에 의해 925년에 멸망하고 말았다. 발해의 흥망성쇠가 가슴 아파서 시인이 내심 울고 있는 것일까? 그런 것만은 아닌 것 같다. 지금의 한반도 정세에 대한 안타까움이 시인의 눈에 눈물이 고이게 한다.

잠 못 드는 역사의 눈 부릅뜬 성좌처럼
한겨레 드리운 혼의 발원이요 중심임을
진군의 미래를 향한 펄럭이는 깃발임을

적막한 연대의 잃어버린 강토라 해도
맨손으로 파보아라 솟구칠 조선의 피
그 피를 온몸으로 찍은 비碑를 깊이 묻었나니

마르지 않을 천지 검푸른 기운과 숨결
우리들 가슴엔 아직 뜨건 맥박 고동쳐서
절절한 아리랑 가락 한 곡조로 울먹이나니

압록이여 두만이여 아픈 내 조국이여
요동이며 만주벌 눈물 풀어 적셔가며
도도히 흘러가거라 혼불로 타올라라

— 「백두산에 올라」 전문

백두산을 둘러싸고 있는 영토의 상당 부분이 중국으로 넘어갔다고 한다. 평창 동계올림픽 이후에 남북한 화해의 분위기가 조성되고 있지만 그 이전인 2013년 1월에 시인이 여행했을 때는 남북관계가 그야말로 살얼음판이었다. 분단 세월 60년, 이 지구상에 냉전체제가 이어지고 있는 곳은 한반도뿐이다. 지정학적으로만 보면 휴전선 이남 대한민국이야말로 고립된 섬 같은 나라다.

그리고 전에는 압록강과 두만강은 국경선이 아니었다. 그 옛날 고구려의 영토는 동북 3성(요령성·길림성·흑룡강성)을 포함하여 내몽고자치구의 동부지역을 포함한 광활한 영토였다. 발해도 마찬가지였다. 그런데 조선조에 들어와 국토는 좁아들었고 1948년 이후부터는 그나마 남과 북으로 나뉘어 서로 적대국인 양 으르렁대고 있다. 그래서 시인은 백두산에 올라 천지를 보며 눈물짓는 것이고, 도문 강가에 가서도 눈물을 흘리고 만다.

강물이여, 어찌 내가 길손일 수 있으랴
이미 잃어버린 땅 발해도 눈물인데
더 이상 갈 수 없다며 길을 또 막는 거냐

먼발치서 바라만 보는 눈 시린 풍경 앞에
지워진 옛 땅보다 중요한 건 오늘의 일
그러니 두만강물이여 다시 목을 축이자

내 어찌 그대 앞에 한낱 길손일 수 있으랴
어떻게 일군 강토며 흘린 피 또 얼마인데
오늘 밤 뉘우치지 않을 약속 하나 불 지피자
　　　　　　　　　　　　　—「도문 강가에서」 전문

　도문은 중국과 북한 사이에 있는 국경도시다. 한국인은 중국을 여행하
다가 이 도시의 도문대교 앞에서는 발길을 멈추어야 한다. 북한은 갈 수
없는 땅이기 때문이다. "다시 목을 축이자"는 다짐은 통일에의 열망을 담
은 것이라고 볼 수 있지 않을까. 지금은 내가 도문 강가 앞에서 한낱 길손
에 지나지 않지만 언젠가는 내 땅에 내 발로 갈 날이 오기를 갈망하고 있
다. 이와 같은 시인의 역사의식은 제 1, 2, 3부에서 계속 만날 수 있다. 시
인은 "대대손 피워 온 순결/ 모국어여, 모토여"(「두만 방천을 가며」) 하며 외
치기도 하고, 청나라의 운명을 접하고는 "극복 못한 역사란 얼마나 욕된
일인가"(「누르하치 기념관에서」) 하며 타산지석으로 삼을 것을 요망하기도
한다. 특히 제 2부는 발해의 유물인 이불병좌상, 홍륭사 석등, 영광탑, 연
화문 수막새, 염주성 불상, 대방광불화엄경 권 제38 대화령국장에 대한
상념을 펼쳐놓은 시편이다. 제1, 3부는 일종의 여행시로서 직접 가서 보
고 듣고 느낀 것을 쓴 것이며 앞에서 인용하고 언급한 시편들이 모여 있
다. 제4부는 연작시「발해 가는 길」이 5편, 연작시「우리 발해」가 5편, 이
외에「해동성국을 꿈꾸며」「발해에게」「송백리에서 묻다」3편을 합쳐
13편으로 이루어져 있다.「발해 가는 길」은 여정이고,「우리 발해」는 현장
인데 모두 단시조다. 주제의식이 보다 확실한 시는「발해에게」가 아닌가
한다.

네게로 가는 길이 앞선 눈발에 지워지는
오랜 헤맴 끝에 속살 같은 너를 만날 때
한 천년 참았던 몸살 오래 앓을 수 있으리

어찌 무너진 왕조, 민초들의 피눈물이
상경성 주춧돌 검게 탄 가슴뿐이겠는가
지우고 왜곡해 적은 공정일 순 없잖은가

—「발해에게」 전반부

이 시에 나오는 '공정'은 '동북공정東北工程'을 가리킨다. 발해사는 유적
이나 유물, 문헌이나 기록으로 남아 있는 것이 별로 없어 발해사가 묻혀
버린 것도 억울한데, 중국은 발해사를 중국의 역사로 편입시키려고 갖은
애를 다 쓰고 있다. 그래서 "반복된 탄식의 역사 이젠 고릴 끊어야지" 하
고 다짐하는 것이다. 권갑하 시인의 역사의식이 가장 잘 드러난 구절이
아닌가 한다. 잊혀진 역사는 그렇다 치고, 빼앗긴 역사가 되면 안 되는 것
아니냐고 다음과 같이 외치기도 한다.

우리가 반도를 넘어 요하를 다시 품을 때
일찍이 복희씨가 세운 고조선 밝달민족
남으론 독도와 한라, 북으론 황하를 안으리니

발해는 고구려보다 더 강성했던 '해동성국'
'동이' 한 뿌리의 부족들을 대통합한
한민족 북방 통일국, 동아시아를 호령했네

한반도는 대륙 역사를 압축한 상징 코드
'고구려河'요 '압록水'인 요하를 응시하면

허물고 넘어야 할 경계가 오롯하게 떠오른다
—「해동성국을 꿈꾸며」 제 3~5연

중국은 우리를 '동이東夷'라고 불렀다. 그들에게는 우리가 동쪽의 오랑캐였겠지만 우리는 "한 뿌리의 부족들을 대통합한/ 한민족 북방 통일국"으로서 "동아시아를 호령했"었다. 그런 자랑스러운 우리의 발해사를 중국이 왜곡하는 대로 놔두면 안 된다는 생각이 시인에게 여행을 떠나게 했고 시조를 쓰게 했다. 이 생각은 국수주의나 민족주의와는 다른 개념이다. 우리만이 선택받은 민족이라는 선민의식이 20~21세기에 중동을 화약고가 되게 했다. 여러 민족이 어우러져 고구려를 이루었고 발해를 이룩하였다. 백제도 주몽의 둘째 아들 온조가 세운 나라였다.

일본과 중국이 역사를 왜곡하는 일에 눈에 쌍심지를 세우고 달려들고 있는 이때, 우리는 초 · 중 · 고교 교육과정에서 국사가 한동안 선택과목으로 밀려난 적이 있었다. 우리 조상이 어떤 나라를 세워 어떤 문화를 일궈냈는지, 알고는 있어야 한다고 시인은 생각했던 모양이다. 그 집념의 결과물이 바로 도서출판 알토란북스에서 나온 『겨울 발해』다. 특이한 시가 한 편 보인다. 네 명의 젊은이가 죽은, 발해 1300호 좌초 사건을 다룬 시조다. 역사의 시화가 아니라 현실 상황에 대한 뼈아픈 반추다. 1998년 1월 24일에 그들은 죽었다.

발광하는 혹한과 풍랑 속에 띄운
한 척 뗏목

찬란은
햇살 속에서 피어나지 않는 것

칠흑의
어둠 헤치고 오는

발해

그 푸른 돛

　　　　　　　　　　　　　　—「아! 발해 1300호」 전문

이 시만 보면 무슨 뜻인지 알 수 없을 것이다. 다행히도 각주에 발해
1300호에 대해 자세하게 설명하고 있다.

　　* 1997년 12월 31일, 발해 건국 1300년을 앞두고 네 명의 젊은이
　　<장철수(당시 38세)/대장, 이덕영(49)/선장, 이용호(35)/사진, 임현규
　　(27)/통신>들이 발해와 한반도, 일본을 잇는 옛 뱃길을 탐사해 동북아
　　시아를 호령했던 발해인의 정신과 기상을 되살리고 우리 영토에 대한
　　인식을 넓히기 위해 그 시대의 뗏목 '발해 1300로'를 띄워 러시아 블라
　　디보스토크를 출발, 제주로 향하다 악천후를 만나 1998년 1월 24일
　　일본 오키 제도 부근에서 전원 숨진 채 발견되었다.

이들이 목숨을 걸고 발해 항로 탐사에 나선 것은 역사 속에 묻혀 잊혀
져 버린 발해사를 우리 눈앞에 살려내 보이겠다는 의지가 있어서였다. 평
소 해양 주권 확보와 해양국가로의 발전을 외쳐온 장 대장으로서는 러시
아 연해주를 아우르고, 일본과 교역했던 뛰어난 해양국가 발해의 역사를
되살리는 일에 생을 바치기로 했다. 또 발해인이 일본을 왕래하면서 울릉
도와 독도를 중간 기착지로 삼았다는 사실을 입증함으로써 독도가 고대
부터 우리 땅이었음을 확인하는 것도 이들이 목표로 한 중요한 일이었다.

장 대장은 현지 준비차 머물던 러시아에서 탐사를 앞둔 심정을 이렇게 표현한 적이 있다.

  "발해 대조영이 나의 몸을 빌려 다시 태어나길 바란다. 민족의 웅대
  한 기상이 서려 있는 1300년 전 뱃길을 뗏목 타고 내려오면서 독도는
  우리 땅이라고 외치고 싶다."

이런 생각을 구체화하는 과정에서 그들은 물푸레나무로 만든 길이 15미터, 너비 5미터의 뗏목을 만들어 띄웠다. 시인은 그들의 죽음에 대해 짧막한 시조 한 편으로 조문을 한 것인데, 그 의의가 "칠흑의/ 어둠 헤치고 오는// 발해// 그 푸른 돛"에 있다고 한다. 시인은 신라→고려→조선이 아니라 고구려·백제·신라→발해→고려→조선으로 연결고리를 만들고 싶었던 것이 아닐까.

시조집 『겨울 발해』의 가장 중요한 특징을 지금까지 말하지 않았다. 시조 형식, 역사의식, 발해사 같은 것도 중요한 특징이지만 짝수 페이지는 모두 칼라사진과 지도로 이루어져 있다. 사인이 직접 발로 찾아간 곳에서 찍은 사진을 함께 보여줌으로써 현장성을 살리고 있다는 것이다. 한 페이지에 3장의 사진이 들어가기도 해, 전체적으로 시의 편수보다 사진이 더 많다. 그러니까 이 시집은 한겨울에 만주 벌판을 답사하면서 한 편 한 편 쓴 체험의 시요 구체성의 시요 사실성의 시다. 눈으로 보고 확인한 뒤에 썼으므로 발해가 천년 저쪽의, 머나먼 만주지역에 있던 나라가 아니라 우리들의 나라였다는 생각이 들게 한다. 바로 이 점 때문에 시인은 여행을 떠났던 것이리라.

제주도는 더 이상 눈물 흘리는 섬이 아니다

—김진숙의 『눈물이 참 싱겁다』

시조시단의 내약진을 경이로운 마음으로 바라보고 있다. 지금 우리 시단의 큰 변화는 시조시인과 시조 전문 문예지의 증가, 시낭송 전문가의 증가, 멀티포엠(일명 디카시) 인구의 증가로 요약할 수 있다. 미래파 등장 이후 우리 시는 지나치게 어려워졌고 지나치게 길어졌고 운율을 잃어버렸다. 문학의 형식을 큰 범주에서 운문과 산문으로 나눌 수 있는데, 시라고 발표하는 운문이 산문화되어 시의 정취를 느낄 수가 없으니 독자들이 시를 떠나는 것은 당연한 일이다. 시를 시리즈로 내는 출판사에서 시집을 계속 발간하고 있지만 그 판매부수가 현저히 떨어진 것은 숨길 수 없는 사실이다. 이러한 현상에 대한 역반응으로 앞에서 언급한 세 가지의 '증가'가 진행 중인 것이다. 이 가운데 시조시인의 증가와 시조 전문 문예지의 증가에 대해 잠시 더 이야기를 해본다.

한국문화예술위원회나 경기문화재단, 서울문화재단 등에 가서 심사에 참여해보면 시조시인의 증가를 더 확실하게 체감할 수 있다. 시조 장르만 해마다 투고하는 문인이 늘고 있다. 시조집을 시리즈로 발간하는 출판사도 대여섯 곳이 되고 시조 전문 문예지의 수도 10종이 넘는다. '한국 문인 중에 노벨문학상 수상자가 나온다면 시조시인이 그 상을 받아야 하지 않나' 하는 말이 종종 들려오는 것도 시조시단의 달라진 위상을 말해주는 증좌일 것이다. 우리가 잘 아는 시구 "이화에 월백하고 은한이 삼경인 제"로 시작하는 고시조의 작자인 이조년(1269~1343)의 생몰연대를 보면 시조의 역사가 장장 800년에 이른다. 일본의 하이쿠를 정립한 마츠오 바쇼(1644~1694)의 활동 시기와 비교해보면 우리 시조의 역사가 하이쿠보다 400년이 앞선다. 그러므로 우리는 우리 것인 시조를 마음껏 자랑해도 되는데 세계적으로 선풍을 불러일으키고 있는 하이쿠에 비하면 그 위상이 너무나도 초라하다. 시조는 국내의 대학 국문학과에서 연구가 중단된 상태이고 외국에는 거의 알려져 있지 않다. 이것은 잘못된 일이다.

이런 생각을 하면서 김진숙 시조시인의 두 번째 시조집 『숟가락을 드는 봄』의 원고를 읽는다. 읽으면서 가장 먼저 주목하게 되는 사항이 김 시인이 제주도 출신이라는 점이다. 1967년 제주시 성산읍 시흥리에서 태어났으며, 지금은 제주 한림고등학교에서 영어를 가르치고 있다. 영문학과 출신이니 영어교사가 된 것이 조금도 이상하지 않지만 왜 시조를 쓰게 된 것일까. 작품을 보면 그 이유를 알 수 있을 것이다. 제주도를 다룬 일련의 시조부터 먼저 감상해볼까 한다. 부제를 '숨'으로 붙인 작품에 대해 먼저 이야기하고 싶다.

순비기 질긴 심줄로 배운 것이 물질이라
하루에도 몇 번씩 끊어질 듯 넘어갈 듯
물숨을 이기고 돌아온 자맥질이 아득해

마음 다 쏟아놓으니 가난도 가벼운 걸
세상이 바다였고 바다가 전부였던

고모님 테왁 망사리 물고 가는 새떼여

'밥'이라 크게 쓰고 '숨'이라 뱉어본다
바다의 법을 따라 죽어야 다시 사는
이만한 세상 없더라, 하늘도 바다더라

— 「바다가 전부였던—숨·1」 전문

순비기나무는 해변의 모래땅에서 자라는 식물로, 마편초과의 낙엽 관목이다. 화자의 고모는 해녀였다. 순비기나무의 실낀 심줄로 배운 것이 물질이었다. 물속에서 참는 숨을 '물숨'이라고 하는데, 아무리 훈련된 해녀라고 할지라도 물숨은 하루에도 몇 번씩 끊어질 듯 넘어갈 듯 '아득한' 것이다. "고모님 테왁 망사리 물고 가는 새떼여"나 "바다의 법을 따라 죽어야 다시 사는 (세상)" 같은 시구는 고모님의 생애를 요약한 명구로 보석같이 빛난다. 고모에게 세상은 바다처럼 험한 곳이었고 어느 시기에는 바다가 삶의 전부였다. 하지만 평생 가난을 면하지는 못했으니…….

고운 손 몽돌 같던
출향해녀 바닷길

사는 일 숨이 가빠
고향 한번 가보지 못한

큰고모 숨비소리가 파도 따라 감겨온다

누이야, 누이야
생전의 내 아버지

못 부친 편지 한 장
동백처럼 붉었을까

갯바위 가마우지도 목이 한참 쉬었다
— 「누이야, 누이야—숨·3」 전문

숨비소리는 해녀들이 물질할 때 깊은 바다 속에서 해산물을 캐다가 숨이 턱까지 차오르면 물 밖으로 나오면서 내뿜는 휘파람 소리다. "고운 손 몽돌 같던"이라는 도입부의 단서로 보아 큰고모는 고향을 떠날 때까지 바다에서 살았나 보다. 그러나 고향을 떠난 이후(뭍으로 시집을 간 것인가?) 사는 일이 바빠서 고향에 거의 가보지 못했다. 그런데 그 다음 행의 '출향해녀'라는 표현을 주의 깊게 보아야 한다. 큰고모는 뭍으로 출가하면서 바다를 떠난 게 아니라 고향을 떠나서도 여전히 물질을 하면서 바다와 운명을 같이했고, 삶이 무척 숨 가빴다는 사실 때문이다. 그 상간에 화자의 아버지는 돌아가시고 만다. 오누이가 서로 얼마나 떨어져 살면서 얼마나 그리워했는가는 마지막 두 개 연에 잘 나타나 있다. 이런 시조 외에도 "성산포 고향 바다 당겼다가 풀었다가/ 삼나무 가지 끝"(「아코디언 상상」), "애월을 지날 때면 명치쯤에 얹힌 바다"(「가을이 가을에게」), "고내봉 턱밑까지 초가을이 침투한 저녁"(「난해한 아침」), "등이 휜 기침소리가/ 환해장성을 넘는다"(「섬」) 같은 구절을 보면 김진숙 시인에게는 제주도 특유의 정서가 시조 창작의 주요 동력임을 알 수 있다. 제목이 '섭지코지' '엉또폭포' '물영아리' 같은 시도 지리적 공감대가 클수록 독자가 느끼는 감동의 깊이도 달라질 것이다. 김진숙 시인은 이렇게 하나의 장소를 불러내어 고향 이미지를 선명하게 부각하면서 그 장소에 얽힌 애환을 시로 쓰는 일에 능숙하다. 한 사람을 떠올리는 일이 하나의 장소를 기억하는 일과 함께 진행되고 있고, 그 인물의 나타남과 사라짐도 그러한 장소가 바뀌는 상황과 함께 한다.

제주에선 고인돌을 '석선'이라 부르지요
귀퉁이 닳고 닳아 표정조차 읽을 수 없는
옛사람 오래된 잠을 판독하는 바람의 날

섬에서 나고 자라 바람 타는 법을 알지요
저어라 노 저어라 유배지의 파랑주의보
팽나무 그늘에 들면 거친 숨소리가 들려요

이백여년 출륙금지령도 끝끝내 막지 못한
자유를 향한 항해의 꿈 잠결이듯 튕겨보는
난바다 검은 팔뚝에 일어서는 파도소리
　　　　　　　　　　　　　　―「제주 고인돌―용담2동 581」 전문

　이 작품에서 시인은 제주도의 역사를 이야기하고 있다. 석선石船은 원래 돌을 실어 나르는 배를 가리키는데 제주도에서는 고인돌을 석선이라고 한단다. 주지하다시피 제주도는 왕조시대의 유배지였다. 우리는 제주도 유배를 갔던 인물로 추사 김정희와 면암 최익현을 기억하고 있다. 세번째 수에 나오는 '이백여년 출륙금지령'이란 무슨 뜻일까? 『한국향토문화전자대전』을 보니 이렇게 설명해놓고 있다.

　조선 중기 제주도민들이 제주 섬을 떠나는 것을 금지한 정책. 15세기에 이르러 조선 정부의 중앙집권화가 안정기에 접어들면서 제주에 대한 중앙정치의 간섭도 강력해져 갔다. 중앙정부의 지나친 행정적·경제적 간섭은 제주도민들을 유민으로 내몰았다. 유민들은 전라도·경상도 해안과 심지어 중국의 해랑도 지역까지 떠돌았다. 제주도민이 제주를 떠나야 했던 원인으로는 중앙관리와 지방토호의 이중수탈, 왜구의 빈번한 침입, 지나친 진상과 그에 따른 부역의 증대 등을 들 수 있다. 시간이 지남에 따라 유민의 수가 증가하고 제주 인구는 감소하였다. 조선 정부의 입장에서는 출륙금지령은 효과적인 정책이었지만, 제주도민들에게는 육지와의 단절로 더욱 고립되는 것을 의미했다. 또한 탐라국 시대 해상을 왕래하며 무역하던 배를 만들던 조선造船 기술과 배를 다루던 항해 기술이 단절되었다. 반면 제주 언어의 고유성을 보존할 수 있었을 뿐 아니라 민간신앙을 비롯한 제주의 풍속이 보존될 수 있는 계기가 되기도 했다.

이런 자료를 보니 왜 조정에서 제주도민이 다른 곳으로 이탈하는 것을 막으려고 했는지 알겠다. 그리고 이백여년 동안이나 시행된 출륙금지령이 제주도민에게 끼친 영향도 알 수 있다. 제주도는 수많은 유민의 후손이 이룩한 섬이기도 했지만 이런 이유로 육지와의 왕래에 제한이 있었다. 그래서 제주도만의 언어와 풍습을 간직할 수 있었던 것이다. "자유를 향한 항해의 꿈"은 유배객에게만 한정된 것이 아니다. 모든 제주도민이 이백여년 동안 유배객이었다고 봐도 무방할 것이다. 김진숙 시인이 제주도의 시인이어서 그런지 4·3사건을 다룬 시조가 더욱 절실한 현실감을 갖고 독자에게 다가온다.

소길리 밤의 뜨락에 소쩍새가 또 운다

서·쪽 서·쪽 살피다가 산·쪽 산·쪽 부르며

무자년 잃어버린 마을 솥단지를 찾나봐

팽나무 혼자 남아 지켜낸 마을 어귀

돌아갈 집을 잃은 앙상한 영혼을 위해

아직도 그곳에 남아 소쩍새가 우나봐

―「소쩍새 운다」 전문

소길리는 중산간마을 중에서도 오지에 속하는, 100여 호 규모의 마을이었다. 이 작은 마을에서도 대대적인 학살극이 자행되었다. 1948년 8월경 무장대가 경찰 가족을 살해하는 것으로 시작되어 사망자만 해도 80여 명에 이른다. 소쩍새는 보릿고개에 많이 울었는지 '솥에 밥이 적다'는 뜻으로 '솥 적다 솥 적다'라고 울었다는 고사가 있다. 1948년이 바로 무자년이었다. 소쩍새가 "서·쪽 서·쪽 살피다가 산·쪽 산·쪽 부르며/ 무자년 잃어버린 마을 솥단지를 찾나봐"에서는 4·3사건 때 불타 없어진 중산간마을의 폐허를 그리고 있다. 몸 숨길 곳을 황급히 찾던 주민들이 산 쪽으로 뿔뿔이 흩어지고, 마을은 순식간에 불탔을 것이며, 인적 끊긴 마을 빈 터에는 빈 솥단지만 덩그러니 남았을 것이다. "돌아갈 집을 잃은 앙상한 영혼"을 소쩍새의 애끓는 울음소리로 표상하면서 김진숙 시인은 그 서글픈 울음소리를 언제든 들어줄 상징물로 팽나무 한 그루를 등장시킨다. 안전한 곳이라 생각하고 산에 숨어 들어갔다가 봉변을 당한 이들이 많았다는 4·3사건의 현장을 보는 듯 위 시의 이미지들은 생생하다.

문재인 정부가 제주도 4·3사건의 상처를 치유해주려 몇 가지 조처를 취하기도 했지만 그때 죽은 이들의 원혼과 살아남은 사람들의 상흔을 어떻게 달래줄 수 있을까. 그래서 시인은 이렇게 시를 조문삼아 쓰게 된 것이려니. 제주도의 4월을 노래한 시가 몇 편 더 있다.

그대, 사월은 이제 광장으로 가자
더는 어둠이라 슬픔이라 쓰지 않겠네
한라산 품어낸 땅에 당당한 시가 되자

살기 위해 산으로 내달렸던 바람도
벼랑 끝에 매달린 까마귀 저 울음도
끝끝내 돌아오지 못한 아버지의 약속도

죽창 같던 고드름 골짜기로 녹아 흘러
잃어버린 마을 어귀 자장가도 불러주며
다 해진 신발을 끌고 산이, 산이 내려온다

아직 누운 백비에 이름 새기는 날까지
너와 나 백두가 만나 춤추는 그날까지
동백꽃 함께 피워낼 사월 광장으로 가자

—「사월, 광장으로」 전문

제주도의 4월을 뭇 시인 묵객은 한이라고 했지만 김진숙 시인은 "더는 어둠이라 슬픔이라 쓰지 않겠"다고 한다. 그들의 무고한 희생을 오늘을 사는 우리가 반성의 계기로 삼지 않으면 그 목숨을 욕되게 하는 것이다. 장차 "아직 누운 백비"에 희생자들의 이름을 써 넣어야 한다. 남과 북으로 분단되는 과정에서 애꿎게 희생된 분들이니 "너와 나 백두가 만나 춤추는 그날까지/ 동백꽃 함께 피워낼 사월 광장으로" 가지 않으면 안 된다.

'1946년 12월 9일'을 부제로 한 「아주 특별한 편지봉투」 같은 시도 분단 지양과 통일 지향의 주제를 담고 있지만 아래의 시는 해설자의 가슴을 뜨겁게 달구었다.

> 꽃이라 불렀지만 눈물이라 읽힌다
> 제주 땅 어디에나 울먹울먹 피어나
>
> 뿌리째 흔들고 간다
> 내가 모른
> 봄 저편
>
> 눈물은 그런 거여 퍼내도 우물 같은
> 함께 울 줄 알아야 세상을 배우는 거여
>
> 힘겹게
> 숟가락 하나
> 눈물 한 술
> 뜨는 봄
>
> ─「숟가락을 드는 봄」 후반부

행과 연을 교묘하게 나눠 얼핏 보아서는 시조 같지 않지만 완벽한 형식미를 갖춘 시조다. 시인은 이 작품에서도 원한에 젖어 원망만 하고 있지 말고 함께 울 줄 아는 연대의식을 가져야 한다고 말한다. 이제는 힘겹게 숟가락을 들어야 한다. 눈물 한 술을 뜨더라도 먹고 기운을 차려야 한다.

제주도에 머물렀기에 제주도의 자랑이 된 화가 이중섭을 소재로 삼은 시가 2편 있다.

아내가 뜨개질하듯 세상 밖에 내리는 눈

소가 된 사내를 따라 눈 오듯 사랑이 왔다

돌아온 중섭의 심장

다시 저리 뛰고 있다

—「사랑이 왔다—이중섭의 팔레트」 전문

이중섭 일가의 제주 체류 일화는 잘 알려져 있다. 1951년 1·4후퇴 때 배편으로 원산에서 홍남을 거쳐 부산의 판자촌에 가 있게 되었다. 부산항에 하역작업 일거리가 없으면 식구들 밥을 굶길 지경이 되자 천주교단의 추천으로 제주도에 가 있게 되어 근 1년 동안 서귀포에 머문다. 하지만 제주도에서도 그린 그림들이 도무지 팔리지 않자 다시 부산으로 와서 호구지책을 찾게 되었다. 입에 풀칠할 일자리를 구하기가 여의치 않았다. 아이들이 영양실조 상태에 이르자 이중섭은 아내와 두 아이를 일본으로 보내고, 그 이후 상실감 때문에 술독에 빠진다. 친구들이 배편을 마련해주어 일본에 다녀온 이후 증세는 더욱 심해져 거식증과 조울증, 실어증 등을 앓다 나이 마흔에 적십자병원에서 숨을 거둔다.

이중섭의 일본인 아내 야마모토 마사코 여사는 서귀포에 이중섭미술관이 세워지자 이중섭의 유품 가운데 팔레트를 미술관에 직접 가지고 와서 기증한다. 시인은 팔레트를 이중섭의 심장이라고 보았다. 팔레트가 미술관에 옴으로써 미술관에 심장이 들어왔다는 표현이 흥미롭다. '사랑이 왔다'는 제목은 이중섭이 20년 동안 사랑하고 그리워했던 아내의 제주도 발걸음을 나타낸 것이다. 아래의 시도 두 사람의 사랑에 초점을 맞추었다.

창가에 턱을 괴고 그려보는 아내 얼굴
그립다, 덧칠하면 바다 한 뼘 깊어지고
바람 든 겨울 무처럼 등허리가 시려온다

가난한 붓끝에서 갓 태어난 은빛 날개
현해탄 저 너머를 얼마쯤 날았을까
전깃줄 감전된 밤에 까마귀가 돌아온다

불면으로 날아드는 막다른 골목 어디
아내가 오나보다 두런두런 하늘이 끓고
화공은 온 힘을 다해 달 한쪽을 깁는다

　　　　　　　　　　　　─「달과 까마귀─이중섭」전문

　　　　　　　　　　　　　　　（연구자가 임의로 연을 나눔）

　　이중섭의 대표작 중 하나인 「달과 까마귀」도 단순한 풍경화가 아니라
가족에 대한 애타는 그리움의 소산이었다. "그립다, 덧칠하면 바다 한 뼘
깊어지고/ 바람 든 겨울 무처럼 등허리가 시려온다"나 "불면으로 날아드
는 막다른 골목 어디/ 아내가 오나보다 두런두런 하늘이 끓고" 같은 표현
은 절묘하다. 시조가 닫힌 구조가 아니라 열려 있는 총체임을 말해준다.
자수가 딱딱 맞아떨어질 뿐만 아니라 묘사에도 빈틈이 없다. 시조가 오늘
날 독자들도 늘고 창작자들도 느는 이유가 여기에 있을 것이다. 주저리주
저리 말을 늘어놓은 산문시에 지친 독자들도 시조의 압축미와 간결미에
매료되고 지망생들도 나날이 늘고 있는 것이다. 지금부터는 탈 제주도를
꾀한 시조작품을 읽어보도록 하겠다. 그런데 공교롭게도 세월호 침몰도
4월에 일어났다.

딱딱한 가슴으론 그곳에 가지 못한다
아무리 무릎 꿇어도 닿지 못한 바다여
어린 손 손톱에 박힌 비명들이 둥둥 떠

무수히 긁어대던 차가운 물의 나라
눈물은 눈물대로 분노는 분노대로
서로의 등을 기댄 채 촛불 켜든 사람들

사월에서 다시 사월 슬픔은 목이 길어
부끄러운 나의 시도 가라앉은 바다 속
팽목항 가슴 한쪽이 무너지고 있었다

　　　　　　　　　　　　　　　　　　─「진도」 전문

　1948년 4월에 제주도에서 그렇게 큰 비극이 있었는데 66년 뒤인 2014
년 4월에도 진도 앞바다 팽목항 근처에서 여객선 침몰사고가 있었다. 수
학여행 길에 오른 300명 학생들의 "어린 손 손톱에 박힌 비명들이 둥둥
떠"다니는 팽목항 앞바다를 보니 나의 부끄러운 시는 바다에 가라앉고 만
다. 영화 <업사이드 다운>을 보고도 "서귀포 성당 밖에 바닷물이 차올
랐을까/ 스테인드글라스 창 너머 흘르드는 푸른 눈빛들" 하면서 한국의
세월호 사건을 떠올린다. 시인의 사회의식과 역사의식은 양공주들의 삶
의 터전이었던 동두천(「호모 사케르」), 물고문과 전기고문이 행해진 서대문
형무소(「고전적 편집」), 카지노가 들어선 탄광지대 사북(「사북, 그리고 일다」)
에서 촛불혁명의 현장 광화문(「촛불의 미학」)으로까지 확대된다. 병자호란
때 원나라로 끌려간 여인네들이 "홍제천에 몸 씻으면 과거를 묻지 않겠
다"고 한 데서 유래한 화냥년의 원래 뜻 환향녀의 의미를 더듬기도 한다(「
욕의 사회학」). 이들 시조작품 가운데 형식적으로 특이한 점이 있는 「호모

사케르」만을 보자. 호모 사케르Homo Sacer는 '성스러운 인간'으로 번역될 수 있겠는데 조르조 아감벤이 쓴 책『호모 사케르』가 널리 알려지면서 포스트모더니즘 이후 철학의 주요한 명제가 되었다. 막강하고 거대한 권력 앞에서 나약한 개인이 어떻게 생명을 유지할 수 있는가를 탐구하는 현대 철학이라고 보면 될 것이다.

　　환한 봄이 왔다는데 무엇을 놓쳤을까 도라지 백도라지 하나님도 버린 꽃들
　　아직도 떠나지 못해 다리 꼬고 앉았을까

　　양공주 양색시 밑천 없는 국책사업에 백만 달러 외화벌이로 내몰리던 별들은
　　동두천 어느 하늘가 떠돌이별 되었나

　　페니실린 주사약 냄새 떠돌던 몽키하우스 철창 안 깨진 창문에 그녀 아직 남아서
　　아무도 돌보지 못한 낯선 꿈이 그렇게

　　그리운 엄마 냄새 빨지 못한 옷 한 벌을 가슴에 꼬옥 안고 입양 갔던 딸아이가
　　오래된 골목에 앉아 그려내던 엄마 나라

　　　　　　　　　　　　　　　　　　　―「호모 사케르」 전문

　시인은 한국전쟁 이후에 미군이 주둔하면서 도시의 기능을 하게 된 동두천을 무대로 시조를 쓰기로 한다. 잘 들여다보고 글자 수를 헤아려보면 시조가 틀림없는데 언뜻 봐서는 시 같다. 이번에 내는 김진숙의 시조집에는 이와 같이 독자를 헷갈리게 하는 시조가 반수 이상이 된다. 독자에게

혼란을 주기 위해서가 아니라 단형시조의 단조로움을 극복하기 위한 문학적 장치라고 여겨진다. 아무튼 위의 시조는 양공주나 양색시라고 손가락질을 받던 이들을 "국책사업에 백만 달러 외화벌이로 내몰리던 별들"이라고 안타까워한다. 50년대부터 미군을 상대로 영업한 여성은 상당수에 달할 것이다. 그들의 꿈을 "아무도 돌보지 못한 낯선 꿈"이라고 안타까워하는 시인은 그들이 "동두천 어느 하늘가 떠돌이별"이 되었다고 했다. 원나라에 끌려가 처녀를 유린당한 이들을 나라에서 구제해주지 않았던가. 한국전쟁 기간부터 외국으로 입양 간 한국의 아이들의 수도 수십만 명에 달하는데 그들의 아픔을 이 시조의 마지막 수에서 위로하면서 눈물을 닦아준다. 희망의 메시지를 몇 개 더 모아보자.

> 심장과 가장 먼 곳에 피어나는 꽃이여
> 고집도 굳은살처럼 깎여지고 무뎌질 터
> 두 발이 닿는 곳까지 오늘을 걸어야겠다
>
> ─「페디큐어」끝 연

> 가슴과 등이 만나 서로가 스며드는 것
>
> 그렇게
> 어두운 세상
> 등 돌리지 말고
> 내어줄 일이다
>
> ─「소나기 마을을 지나며」부분

> 맨땅을 뚫고 나온 청보리 싹을 보거라

열 칸짜리 세상에다 또박또박 써야지

—「아직도 나는 보리다」 부분

　이런 시조가 지향하는 세계는 긍정의 세계, 소망의 세계다. 울고 나면 사람은 심리적으로 후련해지면서 다시 내일을 설계하게 된다. 제주도 4·3 사건도 세월호 침몰사건도 엄청난 비극이었음에 틀림없다. 시인은 "사랑도 울 줄 알아야 한 치 앞이 보인다지"(「청춘을 위한 랩소디」)라면서 일단 함께 울고, 그들의 눈물을 닦아준 다음에는 '희망'을 이야기해준다. 실명의 슬픔을 딛고 환희의 송가를 작곡한 베토벤이 그랬던 것처럼. 한겨울에 강에 가본 사람은 알 것이다. 강은 보통 추위에는 얼지 않는다. 쩡쩡 강이 갈라지는 소리가 얼마나 큰 아픔을 인내하며 내는 소리인가를 꽁꽁 얼어 있는 강 위를 걸어본 사람은 알 것이다.

꼬박 지샌 별들이
다 돌아간 아침녘

강은 스스로 제 몸을 찢기 시작했다

희망도
꼭 저럴 것이다
뜨거워져야
들
리
는

—「겨울 강」 전문

불면의 밤을 지나면서야 시인은 하늘에서 별빛을 볼 수 있고, 꽁꽁 언 강물은 엄동을 고스란히 겪어야만 몸이 풀린다. 이 얼마나 고통스럽고도 아름다운 삶의 이치인가. 아픈 역사를 간직한 제주도라는 공간을 시의 터전으로 삼으려는 노력을 게을리하지 말기를, 그러면서도 제주도에 고정되는 시인이 되지 말기를, 보편을 뛰어넘는 감각이 공명하는 시조로 우리 시단의 우뚝한 '팽나무'로 서기를 바란다.

현실과 역사, 사람과 자연, 삶과 꿈의 갈피에서

—박미자의 『도시를 스캔하다』

시조의 원래 명칭이 '시절가조時節歌調'인 것을 모르는 사람은 없을 것이다. 그 시대의 보편적인 정서를 노래한 것이 시조인데, '정형'이라는 틀이 시조에 대해 잘 모르는 사람들에게 선입견 내지는 편견을 심어주었다. 자수 맞추기는 구속이며, 그 내용 또한 구태의연할 것이라는. 그런데 현대시조를 조금이라도 관심을 갖고 읽어본다면 초·중·종장이라는 틀, 혹은 3·5·4·3의 종장 자수가 무한히 열려 있는 언어의 우주를 꿈꾸고 있음을 알게 될 것이다. 일본의 단카[短歌]는 31음절(5·7·5·7·7)로, 5·7·5 음절의 하이쿠[俳구]보다 갑절의 분량이다. 단카의 길이가 줄어들어 하이쿠가 되었다고 보면 되지만 오늘날 일본에서는 이 두 가지 양식이 다 활발히 창작되고 있다. 옛것이면서 지금의 것이기도 하다.

　단카 : 검은 머리카락 흐트러지는 것도 모르고 누워 있던 나. 그런 내 머리카락을 사랑스럽게 어루만져 주던 그 님. (くろかみの みたれ もしらす うちふせは まつかきやりし ひとそこひしき)

　하이쿠 : 고요함이여 바위에 스며드는 매미의 소리. (閑かさや 岩に しみ入る 蟬の聲)

이즈미 시키부(和泉式部, 978경~?)의 단카와 마츠오 바쇼(松尾芭蕉, 1644~1694)의 하이쿠를 한 수씩 예로 들어보았다. 해설자는 이 두 일본 시가의 양식이 시조의 완결미에 미치지 못한다고 생각한다. 왜냐하면 시조는 기·승·전·결起·承·轉·結의 구조를 갖추고 있기 때문이다. 종장에 가서 멋지게 휘감아 치는 맛을 단카나 하이쿠는 보여주지 못한다. 중국에서 당나라 때에 성행한 오언절구·오언율시·칠언절구·칠언율시는 현대시까지 이어지지 못했다. 서양 시의 운rime, rhyme과 율rhythm도 마찬가지다. 운율을 무시하고 자유롭게 쓰기 시작하면서 자유시의 역사가 시작되었다.

이 땅의 시조시인 중 박미자 씨는 신인급에 속한다. 2007년 『유심』 신인상 수상, 2009년 부산일보 신춘문예로 등단해 시조집 『그해 겨울 강구항』을 펴낸 바 있다. 그간 샘터시조상, 울산시조작품상 등을 수상한 바 있지만 이제 두 번째 시조집을 준비하고 있으므로 신인은 아닐지라도 신인급에 속한다. 그런데 시집 제목이 심상치 않다. 도시를 스캔하다? 어떻게? 아직도 시조를 음풍농월이나 귀거래사 정도로 생각하는 사람이 있다면 이 제목 앞에서 눈을 번쩍 뜨게 될 것이다. 일단 표제시를 보고, 이 제목과 일맥상통하는 시조를 몇 편 살펴보도록 하겠다.

열차표 끊어놓고 들어선 지하상가
하행선 빤히 뵈는 유리문 부스를 지나
수많은 눈빛 카메라 신제품 찰칵 담고 있다

지하통로 벗어나니 반기듯 눈이 온다
커피숍 미니궁전 공주도 되어보고
명품관 기웃대다가 가격표에 질식된

플랫폼 난간에서 화면을 캡처한다
갈래갈래 뻗은 노선 더듬어 찾아가는
혼선의 기로에 선 지금 손에 든 건 생수 한 병

—「도시를 스캔하다」 전문

이 작품은 본인의 체험담일 것이다. 열차표를 끊어놓고 열차를 기다리는 시간에 들어가본 지하상가의 광경을 스케치하고 있다. 지하에서는 "수많은 눈빛 카메라"가 신제품을 부지런히 시야에 담고 있는데 지하를 벗어나니 명품관의 가격표가 화자를 질식케 한다. 어느덧 시간이 되어 열차에 오르지만 화자의 기분이 혼란스럽다. "갈래갈래 뻗은 노선 더듬어 찾아가는/ 혼선의 기로에 서"서 화자는 많은 생각을 했을 것이다. 문명사회에서의 삶이란 마음껏 소비하는 자에게는 만족과 기쁨을 안길지 모르지만, 그것을 일별하는 데 그치는 이의 사정은 다르다. 화자는 값비싼 물건 앞에서 마음이 타들어갔을 터, 고가의 물품을 일상적으로 소비하는 도시 문명의 현장을 생수 한 병 들고 빠져나온다. 하지만 그런 혼란 속에서도 갈 차는 가고 올 차는 온다. 화자는 다만 플랫폼 난간에서 도시를 캡쳐하여 스캔할 뿐이다. 이 도시의 주인이 아니라 구경꾼임을 자각하는 것이다. 이 시조에는 도시에 볼 일이 있어 왔다 가는 사람의 일상이 그려져 있지만 도시에서 살아가는 사람의 일상은 어떠한가?

홍보물 돌리다가 늦은 저녁 해결한다
칸막이벽 바라보며 허겁지겁 먹는 밥
기억의 한 모퉁이를 잠식하고 있었다

대청마루 빙 둘러 건짐국수 먹던 날

돌담에 기댄 호박 노을빛에 익어가고
해사한 웃음소리는 담을 타고 넘었지

도회지 나의 삶은 일회용 컵이었다
쓰다가 버려지는 허상을 마주하며
금이 간 거울 앞에서 똑딱단추 채우는,

─「혼밥」 전문

'혼밥'은 '혼자서 먹는 밥'을 줄인 신조어다. 이 시조의 화자는 홍보물을 돌리는 아르바이트를 하고 있다. 칸막이벽을 바라보며 허겁지겁 밥을 먹다가 문득 떠오르는 것이 어린 날의 식사 광경이다. 대가족이 대청마루에 빙 둘러앉아 건짐국수를 먹던 날도 있었지만 지금 홍보 전단지를 돌려서 받는 시급으로는 최저생계도 해결할 수 없을 것이다. 그래서 그의 삶은 일회용 컵과 다를 바 없다. 셋째 수의 중장과 종장은 시인이 절묘하게 묘사해낸 이 땅의 안타까운 노동 현실이다. "쓰다가 버려지는 허상"도 그렇거니와 "금이 간 거울 앞에서 똑딱단추 채우는" 현실은 급박하고 불안하다. 소모적이고 비관적이다. 사회적 자아의 위치를 확인할 수 없는 암담한 현실 속에서 혼자 거친 밥을 먹는 현재의 화자와, 과거에 가족 공동체 안에서 정겨운 식사를 했던 장면이 잘 대비되어 있다. 화자와는 또 다른 부류의 젊은이들은 카페에 죽치고 앉아서 취업 준비를 한다.

노트북 달랑 끼고 닫힌 문 두드린다

드넓은 바다에서 입질을 기다리며

온종일 붙박여 있는 혈기 잃은 청춘들

쩍쩍 타는 목마름을 냉커피로 달래본다

해저까지 뒤져가며 이력서 더듬지만

미끼를 갈기에 바쁜 이곳만이 성업 중

—「25시 카페」 전문

　예전에는 카페가 커피나 음료를 마시며 한담을 나누는 장소였지만 지금 가보면 "혈기 잃은 청춘들"이 온종일 붙박여 있다. 그들은 무엇을 하고 있는가? 이력서를 쓰고 있거나 자기소개서를 쓰고 있다. 취업 사이트를 검색하거나 취직시험 공부를 하고 있다. 하루가 24시간인데 25시 카페라니 상징적인 제목이다. 밤낮 죽치고 취직 준비를 하지만 문은 좁고 기회는 남들이 먼저 차지한다. 이러한 현실을 그린 작품으로 「어학연수」도 있다. 딸을 미국으로 어학연수 보내고 "내 나라 내 말글로는 살아갈 수 없을까" 하며 안쓰러워한다. 이렇게 스펙을 쌓고 또 쌓아도 취업문은 여전히 바늘구멍이다. 남들도 다 그 정도의 스펙은 갖춰놓고 있어서이다. 시인은 고달픈 인생살이를 다음과 같이 노래하기도 한다.

낙동강 굽어 뵈는 재활원 옥상에는
척수마비 그 남자 휠체어에 앉아 있다
적막한 마른 맨발이 가을만큼 횅하다

어깨에 내려앉는 싸한 햇살 두어 줌
표정 없는 얼굴 가득 강물이 일렁일 때
마음속 괘종시계가 그날로 멈춰 있다

—「기울기가 보인다」 전문

척수가 마비된 남자니까 몸이 기울어져 있나 보다. 이 남자를 묘사하는 데는 긴 말이 필요치 않다. "적막한 마른 맨발이 가을만큼 휑하다"와 "어깨에 내려앉는 싸한 햇살 두어 줌"만 있으면 된다. 시 속에서 남자는 회한에 젖어 과거를 생각한다. 몸이 멀쩡했던 그날들, 그리고 이런 몸이 되고 만 어느 한 날을. 시인은 "척수마비 그 남자"에 대한 감정을 최소화한다. 이렇듯 묘사를 통해 그를 부각시키고 자신은 빠지는 멋진 수법을 쓰는 것이다. 올해 여름은 110년 만의 더위라나, 유난히도 더운데 이런 시도 현실감을 물씬 풍긴다.

> 기세당당 불볕더위
> 진을 친 반지하방
>
> 잠 못 든 뒤척임이
> 소낙비를 기다릴 때
>
> 왕매미
> 저 떨림 전파
> 조난신호 타전한다
>
> —「열대야」 전문

에어컨이 없는 반지하방이니 얼마나 더울까. 40도 더위 속에서 반지하방에 살아가는 사람도 있는 것이다. 그들은 소나기라도 내리기를 기다리지만 하늘에는 구름 한 조각 안 보인다. 도시의 불야성을 한낮으로 착각한 왕매미는 얼마나 시끄럽게 우는지 밤잠을 설치게 하거나 겨우 든 잠을 깨우기도 한다. 화자는 왕매미의 "저 떨림 전파"가 "조난신호 타전"이라는 상상을 하면서 더위를 달랜다. 언젠가는 태풍이 오겠지, 그럼 더위가

가겠지, 하는 생각을 어느 열대야에 해보았을 것이다. 반지하방에 들이닥친 열대야이기에 더위를 식혀줄 바람의 통로는 더더욱 막혀 있을 터다. 벗어날 길 없는 그 공간에서 듣는 매미소리는 급박할 수밖에 없다.

박미자 시조시인은 제주도를 다룬 시조를 몇 편 쓰는데, 혹시 고향이 제주도가 아닐까 하는 생각을 해보았을 만큼 이들 작품이 자신의 이야기 같다. 시인의 고향은 경북 영덕 강구다.

> 애월리 바닷가에
> 손 흔드는 꽃을 좀 봐
>
> 제주 방언 잠시 잊고
> 나를 반겨 맞아주는
>
> 지금도
> 배고프냐고
> 배시시 웃는 꽃
>
> ―「삘기꽃」전문

삘기꽃이라고는 없다. '띠'의 어린 새순을 삘기라고 하는데 꽃이 피지 않은 어린 이삭을 날것으로 먹기도 한다. 시인은 제주도 애월리 바닷가에서 띠의 새순을 본 것일 게다. 섬에서 살 때 시적화자는 배가 고팠다. 육지에 가서 살다가 오랜만에 온 애월리 바닷가의 삘기가 지금도 배고프냐고 배시시 웃으며 물어 오는 것만 같다. 4·3사태를 다룬 시조도 있다.

> 다랑쉬 땅굴에서 숨죽여 산 주민

뒤엉킨 시간들로 내몰린 흔적 앞에

백비는 할 말을 잃고 한줌 빛에 누웠다

— 「그날, 제주」 전문

제주도의 다랑쉬 오름에 있는 땅굴은 역사의 아픔을 간직하고 있는 곳
이다. 이곳에는 태평양전쟁 당시 일본군단사령부가 주둔했던 것으로 보
이는 여러 개의 진지땅굴이 있다. 일제는 제주도 주민을 강제로 동원하여
이 땅굴을 팠다. 주민들은 산속 깊숙한 지하의 어둠 속에서 배고픔과 채
찍, 학대를 받으며 오로지 삽과 곡괭이만으로 이 동굴을 만들었다. 세월
이 흘러 4·3사건이 일어났을 때, 주민 중 일부는 이곳으로 숨어들어가 목
숨을 부지하기도 했다. 종장의 백비白碑는 말 그대로 비석에 비문이 없음
을 뜻한다. 제주도에는 백비가 정말 있다.

제주도 4·3평화기념공원에 가보면 4·3평화기념관이 있는데 그곳에 비
가 하나 누워 있고 아무 글씨도 적혀 있지 않다. 제주도민이 기금을 모아
세운 비에다 당시에 희생당했던 사람들의 이름과 억울한 사연을 새기지
못한 것, 그리고 지금 눕혀져 있는 것은 이명박 정부, 박근혜 정부가 제주
도 4·3사건을 인정하지 않았기 때문이라는 말이 있다. 아무튼 이 비의 앞
면에는 억울하게 죽어간 사람들의 이름이, 뒷면에는 역사적 사실이 명시
되어야 할 것이다. 시인은 "백비는 할 말을 잃고 한줌 빛에 누웠다"는 말
로 역사 규명을 외치고 있는 셈이다. (두 대통령의 4·3 홀대와는 달리 노무현 대
통령은 2006년 4월 3일, 문재인 대통령은 2018년 4월 3일, 12년의 시차를 두고 제주
4·3평화기념공원에서 공식사과를 했다.) 제주도 시절의 이중섭을 다룬 시조도
있다.

숭숭 뚫린 갯바위는 방게들 천국이다
무엇을 찾고 있나 바지런히 들락날락
저 멀리 바지선 한 척 머문 듯이 지나간다

둥지 튼 서귀포에 사랑으로 빚은 꽃술
남덕 훌쩍 떠난 뒤로 빈 독엔 바람만 살아
못 부친 그림엽서는 색이 바래 다밟지고

아침바다 모래톱에 그려가는 선화線畵 한 점
발가벗은 아이와 실에 꿴 물고기도 함께
중섭은 고삐를 잡고 제주 바다 끌고 간다

　　　　　　　　　　　　　　　　 ―「서귀포 바닷가」 전문

　'남덕'은 이중섭의 일본인 아내 야마모토 마사코의 한국 이름이다. 아내와 두 아들은 한국전쟁의 상황에서 궁핍을 해결해주지 못한 이중섭과 헤어져 일본으로 갔다. 네 식구가 가장 행복하게 살았던 때가 전쟁 중 제주도에 머물렀던 11개월이었다. 남덕은 바닷가에 가서 조개도 줍고 게도 잡아 왔다. 아이들은 발가벗고 해수욕을 했고, 이중섭은 이런 풍경을 화폭에 담아냈다. 이런 광경은 제주도에 머물렀던 시절에만 그린 것이 아니다. 세 식구를 일본으로 보낸 뒤에 그리움에 미칠 지경이 된 이중섭이 줄기차게 그린 것이 바로 "발가벗은 아이와 실에 꿴 물고기"다. 이중섭의 제주, 이중섭의 제주 바다, 이중섭의 서귀포 바닷가를 시인은 이와 같이 감동적으로 노래하고 있다.

　시인은 반구대 골짜기에서 포은 정몽주를 만나기도 하고, 수원 화성 행차를 하던 혜경궁 홍씨도 떠올리지만, 유년 시절과 사춘기 시절에 대한 향수에도 잠긴다.

짚으로 잘 문지른
흰 고무신 곱게 신고

읍내 장 가신 엄마
밤늦도록 안 오시네

댓돌에
한줌 달빛만
길게 누워 하염없다

                             —「어린 날」 전문

해맞이 언덕 아래
어린 날 옥빛 바다

말문이 막혀버린
엄마 같은… 엄마 같은…

첫 몸빛
붉게 핀 날에
입속으로 불러본 말

                             —「열여섯 살」 전문

    앞의 시조는 읍내 장에 간 어머니를 밤늦도록 기다리던 자신의 이야기인 것 같다. 재를 짚에다 묻혀 희디희게 닦아낸 어머니의 고무신을 시인이 회상한다. 밤늦도록 돌아오지 않는 어머니에게 무슨 일이 생기기라도 한 것일까. 아니면 장보러 가는 길이 그토록 먼 것일까. 그러한 사정에 대해서는 추측성 언사를 하지 않고 있어서 독자를 더욱 궁금하게 한다. 뒤의 시조는 초경을 경험한 그날의 당황스런 심정이 담겨 있다. 그런데 이 무난한 두 편이 독특한 상상력이나 표현의 신선함을 보여주지 못하고 있어서 아쉽다. 정형성을 중요시하는 시조이기에 더더욱 긴장감 있고 탄력 있는 어휘를 구사해야 할 텐데 무난한 표현, 평이한 전개는 범작에 머물게 한다. 공력이 깃든 이런 시조를 보자.

> 풀 비린내 훅 스치는 사월이 다가서면
>
> 무논을 써레질하던 아버지 생각난다
>
> 그 논가
> 똬리를 틀고
> 나를 빤히 보던 물뱀
>
> 십리 대밭 울산에서 보아뱀을 보았다
>
> 휘도는 물길 따라 허물 벗고 나아가는
>
> 도심을
> 가로지르는
> 늠늠한 뱀이었다
>
> ─「태화강」 앞의 두 수

이 시조도 일종의 추억담이다. 울산을 가로지르며 흐르는 태화강가에 봄철에 가면 시인은 무논을 써레질하던 아버지가 생각나나 보다. 그와 함께 떠오르는 것이 논에 있는 물뱀이다. 최근에 가서는 보아뱀을 보았던 것일까. 뱀에 얽힌 이런 추억을 더듬다가 카메라로 줌을 앞당긴다. 그리고 곧바로 카메라 없이 맨눈으로 동해를 본다.

빛이 몰려온다 가지산 쌀바위 타고

어둠을 듬뿍 묻혀 획을 긋는 갈참나무

먼 바다
휘장을 걷고
동해 환히 열린다
—「태화강」 마지막 수

　시의 형태도 약간의 파격을 시도했는데 단형시조 3수로 시를 쓰는 과정에서 제3수를 이와 같이 씀으로써 시가 추억담이라는 서정시에 서경敍景이 담기게 했다. 작은 시조가 큰 시조가 되게 한 것이다. 아버지가 나오는 또 한 편의 시조가 있다.

기분이 꿉꿉할 땐 화끈한 짬뽕이다
해산물 어우러진 칼칼한 그 국물 맛
심심한 일들 앞에는 이런 맛이 제격이다

그날 부둣가에 그물코 깁던 아버지
신작로 반점에서 면발 돌돌 감아줬지
헛헛한 가슴 데워줄 짬뽕 같은 울 아버지
—「충전」 전문

　가끔씩, 매운 것이 먹고 싶을 때가 있다. 부둣가에서 그물코 깁던 아버지가 어린 화자에게 짬뽕을 사준 날이 있었다. "신작로 반점에서 면발 돌돌 감아준" 아버지가 보고 싶다느니 그리움이 사무치다느니 하는 말을 시인은 하지 않는다. 기분이 꿉꿉할 때 화끈하게 매운 짬뽕을 먹게끔 그 맛을 보게 한 아버지를 시인은 "헛헛한 가슴 데워줄 짬뽕 같은 울 아버지"라고 묘사하고 있을 따름이다. 이것이 바로 시조의 맛이고 멋이다. 4수로 이루어진 시조가 있다.

> 가물가물 연탄불 같은 라디오 볼륨 살려 마루를 사이에 두고 건너
> 오던 얼굴들 아직도 그 골목 어귀 연기가 매캐하다
>
> 함석집 들머리방 복사꽃 닮은 언니 한지창 어른대는 포옹의 실루엣
> 이 단막극 새벽 한 장면 는개처럼 피던 곳
>
> 아낙네 둘러앉은 마당 가 평상에는 발신처 없는 소문 마늘 까듯 모
> 았다가 달궈진 프라이팬에 함께 익혀냈었지
>
> 반쯤 열린 양철 대문 딱따구리 할머니가 석류 닮은 틀니를 훤히 드
> 러내고서 누구든 쉬어가라고 손짓하던 살가운 곳
>
> ―「골목집」 전문

연탄불로 방구들을 따뜻하게 하고 밥을 짓던 시절이 있었다. 연탄불이 꺼지면 번개탄도 없었다. 첫째 수의 초·중장에 사용한 비유법을 젊은 독자들은 잘 이해하지 못할 것이다. 라디오 연속극이라는 것이 있던 시절이었다. 둘째 수는 그 시대의 연분홍 사연에 대한 이야기다. 시조는 셋째 수에 이르러 골목 안 풍경을 이렇게 절묘하게 묘사해낸다. 아낙네들이 마당 가 평상에 둘러앉아 찧는 것이 입방아밖에 더 있겠는가. "발신처 없는 소문 마늘 까듯 모았다가 달궈진 프라이팬에 함께 익혀낸"다는 표현은 천의무봉이다. 그 시절에는 그렇다, 대문을 꼭꼭 닫고 살지 않았다. "딱따구리 할머니"가 "석류 닮은 틀니를 훤히 드러내고서" "누구든 쉬어가라고 손짓

하던 살가운 곳"이 지금은 사라지고 없다. 이웃이 있고 대화가 있고 정이 있던 그 시절에 대한 애틋한 그리움이 짙게 배어 있다. 그 시절을 살아본 독자라면 이 작품을 접하고서 가슴 뭉클한 감동을 느낄 것이다.

시조의 정통성을 주장하는 이라면 초·중·종장으로 이뤄진 단형시조를 써야 한다고 말할 테지만 박미자 시인의 작품 중에는 단형시조보다는 2수 이상으로 이뤄진 시조가 더 낫다. 즉, 앞으로 일정 기간은 약간 긴 호흡으로 쓰는 것이 좋을 듯하다. 그리고 순수한 자연 묘사보다는 이 해설에서 예로 든 현실과 역사 배경의 시조, 사람들 사이에서 부대끼며 길어 올린 시조가 매력이 있다. 시조가 전통을 살리되 지금 이 시대의 이야기를 해야지 젊은 독자들을 끌어들일 수 있기 때문이다. 「혼밥」「25시 카페」「어학연수」 같은 시조를 더욱 많이 써 달라는 주문을 한다. 형식은 전통을 살리되 내용은 21세기를 살아가는 우리들의 이야기를 담아야지 우리 시조가 건강성을 회복할 것이다. 박미자 시인의 세 번째 시조집을 기대하는 일이야말로 지금 시인에게 보내는 가장 큰 격려가 아닐까 한다.

삶이란 헛발질에 아픔 먼저 배우는 일

—성국희의 『미쳐야 꽃이 핀다』

이 땅의 고전문학사를 살펴보면 중국의 영향을 뿌리치려는 노력이 지난 2,000년 동안 계속해서 이어져 왔음을 알 수 있다. 고대가요인 「공무도하가」 「황조가」 「귀지가」는 그 유래와 시가 한자로 표기되어 전해 내려오고 있으므로 한시의 영향을 받았다고 보아야 하겠지만 통일신라시대의 향가, 고려시대의 가요와 시조, 조선시대의 악장과 가사와 시조 등은 모두 중국의 시와는 많이 달랐다. 물론 고려와 조선의 사대부 계층에서는 한시가 많이 창작되었지만 그에 못지않게 우리의 언어로 우리 시를 썼다. 중국의 당나라 때의 빼어난 시인 두보의 시는 세종에서 성종 연간에 『두시언해』라는 이름으로 번역되어 널리 읽히기도 했다. 그러나 우리 고유의 시가형식인 시조는 조선조 때 크게 유행하여 『청구영언』에 998수, 『해동가요』에 588수, 『고금가곡』에 294수, 『근화악부』에 394수, 『가곡원류』에 626수, 『화원악보』에 650수, 『동가선』에 235수, 『남훈태평가』에 224수가 실려 있다. 그 맥이 지금까지도 이어져 성국희의 시조에 이르고 있다.

경북 김천은 시조의 고장이다. 백수 정완영 선생은 일찍이 1966년에 이호우와 함께 시조문학회를 창립하였다. 그 후 김천이 낳은 시조시인의 수는 수십 명에 달한다. 성 시인은 정완영 시인이 작고했을 때 김천 화장장까지 가본 것이 분명하다.

열두 발 상모를 돌려도 걸릴 곳 하나 없는
원고지에 그리던 곳, 고향 하늘 서른 하늘
갈 열매 구워 내리는 가마터를 찾아가시네

화마에 휩싸여도 못 다스릴 시심이여
태울수록 하얀 넋은 황악산에 흘러들어
높다란 단시조 한 편, 띄워놓고 가시네

—「배웅」전문

첫 번째 수의 초장은 정완영의 시조에서 인용한 것이라고 각주에서 밝혔는데「그리운 가을 하늘」의 초장이다. 정완영 시인의 육신은 화장장에서 몇 줌 뼛가루가 되고 말았지만 "화마에 휩싸여도 못 다스릴 시심"으로, "태울수록 하얀 넋은 황악산에 흘러들어/ 높다란 시조 한 편, 띄워놓고" 가셨다고 한다. 정완영 시인의 시정신을 높이 기리고 배우겠다는 뜻이다. 그의 시세계는 하나의 산맥이라고 할까, 봉우리가 한두 개가 아니다. 그런데 시인으로서 본격적으로 발걸음을 떼게 된 것은 민병도 시인의 문하에 들어가서가 아닌가 한다. '『장국밥』을 필사하며'란 부제를 붙인 작품이 있다.

절룩절룩 목발 짚고 둑길 따라 걷는다
풀 한 포기 못 다 읽고 물집 잡힌 시간 속에
누가 와 물을 주었나, 행간마다 환한 들꽃

—「이보移步」전문

시집 한 권을 필사하면서 크게 배우고 깨달아 지금은 비록 "절룩절룩 목발 짚고" 다니는 신세이지만 시의 싹을 틔우고 꽃을 피우게 되었으니

민 시인의 시를 열심히 사숙했음을 알 수 있다. 잘 자라도록 물을 준 이도 민병도 시인이었다.

　성국회 시인은 몇 개의 상에 이어 기금도 받았다. 제2시집을 준비하고 있으니 이제 막 신인의 굴레를 벗고 중견으로 탈바꿈하는 시점이다. 성 시인이 제일 관심을 갖고 보는 것은 우리 주변의 '흔한 것' 혹은 '대수롭지 않은 것'들이다. 감나무만큼은 아니지만 매실나무도 시골에 가면 흔히 마주칠 수 있는 수종이다.

> 바람과 마주하며 스텝을 익혔으리
> 꽃잎의 피날레에 쏟아지던 박수갈채
> 그 끝에 초록 춤사위, 덤으로 펼쳐졌다
>
> 풋풋한 미소의 그가 내게 손을 내민다
> 어설픈 몸짓으로 스텝을 맞춰 가면
> 햇살도 리듬에 빠져 뜨겁게 와 감긴다
> ─「매실나무와 한바탕 춤을」 앞 2수

　매실나무의 열매가 익어가는 과정에 대한 묘사다. 성 시인은 매실나무의 열매인 매실이 익어가는 과정을 자연 속에서의 춤으로 인식했다. 바람과 마주하며 스텝을 익히고, 꽃잎의 피날레에 쏟아지는 바람의 박수갈채를 받는다. 한여름 햇살을 받고 매실의 초록색은 더욱더 파래진다. 그런데 모든 생명체의 성장 과정이 이렇게 즐겁기만 할까?

> 삶이란 헛발질에 아픔 먼저 배우는 일
> 긁힌 상처 하나 없이 그 무엇을 가지리

비워 둔 마음 깊숙이 너를 가득 담는다

　　　　　　　　　　　　　—「매실나무와 한바탕 춤을」제3수

　제3수에 접어들어 분위기를 일신한다. "삶이란 헛발질에 아픔 먼저 배우는 일"이 이번 시조집 전체를 아우를 수 있는 주제어가 아닐까. 세상의 온갖 일, 뜻한 대로 이루어지는 게 거의 없다. 인간은 살아가면서 헛발질을 하는 경우가 태반이고 상처를 받기도 한다. 매실나무도 겨울에는 북풍한설에 시달리면서 봄을 기다렸을 테고, 여름에는 장마와 태풍을 견디며 열매를 키웠을 것이다. 그래서 시인은 매실나무를 보면서 "긁힌 상처 하나 없이 그 무엇을 가지리"라는 깨달음에 이르고, 결국 "비워 둔 마음 깊숙이 너를 가득 담는다"는 매실 수확에 도달하는 것이다. 인고의 시간 없이 이루어지는 것을 우리는 흔히 기적이라고 한다. 작은 곤충이라 할지라도 그것들의 생명현상을 보면 예사롭지 않다.

　　짓밟히던 풀밭머리 봉기는 시작됐다
　　가진 건 맨몸 하나, 허나 그건 비장의 무기
　　별들도 횃불이 되어 어둠을 뚫고 있다

　　울어 울어 천길만길 바닥을 일으키면
　　귀 밝은 시인들이 받아 적는 핏빛 맹서
　　간절한 함성만 우뚝, 천지간에 놓인다

　　　　　　　　　　　　　　　—「풀벌레의 난」전문

　　밥에도 앉아보고 똥에도 앉아보고
　　여기 말은 저기 놓고 저기 말은 여기 놓고
　　손바닥 살살 비비며 속내 깊이 감추었다

그 앉은 자리마다 똥냄새가 놓인 것을
바라보는 이는 알고 저만 알지 못하는데
날갯짓 가볍게 놀리다 채 맞을 날 있겠지

                            —「똥파리」전문

    자지러지게 울어대는 풀벌레와 어디든 가서 먹잇감을 구하는 더러운 똥파리도 생명력이 대단하다. 풀벌레의 울음소리를 "핏빛 맹서"로 인식한 시인은 똥파리의 천방지축을 "날갯짓 가볍게 놀리다 채 맞을 날 있겠지" 하면서 타산지석으로 삼기도 한다. 「늙은 거미의 집」에서는 가족의 의미를 되새겨보고, 「도시 다람쥐」에서는 샐러리맨의 일상을 안타까운 마음으로 반추한다.

    한편 「휘슬 주전자 진화설」이나 「호리병」 같은 작품은 의인화 기법을 구사한 일종의 사물시조다. 「단팥빵에게」와 「부추전 타령」「썩은 사과를 위한 시」 등에서는 사물에 대한 재해석, 재창조를 시도하고 있다.

반죽도 덜 된 내가 당신에게 녹습니다
채로 받쳐 걸러내도 걸릴 마음 하나 없는
폭 삭힌 그런 하루를 언제쯤 빚을까요

당신의 가슴에도 앙금이 놓였네요
달달하고 보드랍고 촉촉한 그런 앙금,
얼마나 잘 뭉개져야 당신 속을 닮을까요

명치끝에 맺혀 있는 이 삶의 옹어리들
달빛과 어눌한 시詩, 고루 섞어 구워내면
허기진 장발장 앞에 위로인 듯 놓일까요

                           —「단팥빵에게」전문

언뜻 보면 단팥빵을 만드는 과정 같지만 "명치끝에 맺혀 있는 이 삶의 응어리들"을 "어눌한 시"로 구워내고 싶다는 소망을 피력한 시다. '앙금' 은 중의법으로 쓰인 시어인데 단팥빵 만들기에 필요한 가루이기도 하고 안 좋은 일을 겪었을 때의 감정이기도 하다. 내면의 앙금이 있어야 앙금을 만들 수 있다는 것이다. 한편 "허기진 장발장 앞에 위로인 듯 놓일" 시를 쓰고 싶어하는 시인의 마음도 유추할 수 있다. 이 시조도 꽤 유머러스하지만 「부추전 타령」은 시인의 장기가 심각하거나 엄숙한 이야기를 하는 게 아니라, 삶에서 유머를 찾아내는 데 있다고 간주하게 한다. 아쉬운 것은, 이런 작품이 이번 시조집에 많지 않다는 것이다. 도시적 상상력에 입각해서 쓴 「도시 다람쥐」 유의 시조와 해학성이 두드러진 이런 시조가 성국희 시인이 앞으로 개척해야 될 부분이 아닌가 여겨진다.

> 참다못한 먹구름이 제 속 울컥 쏟는 날
> 그 맘 내 맘 반죽해서 노릇노릇 뒤집는 거야
> 땡초란 삶의 매운 맛, 술 술 술 섞어가며
>
> 천둥번개 건배하듯 부딪히며 사는 거야
> 하늘이 차려놓은 술상 위에 바쳐져서
> 두두둥 장단 맞추며 어깨춤도 추는 거야
>
> ―「부추전 타령」 전문

파전, 해물파전, 부추전 등 전 종류는 술안주로 최고다. 특히나 우리나라 사람들은 비가 오면 공연히 심사가 감상적이 되면서 술과 전을 찾는 경향이 있다. 부추, 양파, 땡초(청양고추), 계란, 밀가루(밀가루와 튀김가루를 7 : 3 정도로 하면 좋다)를 버무려 바싹 구워 먹으면 맛이 최고다. 땡초는 삶의 매운맛을 제대로 내는데, "술 술 술 섞어가며" 먹으면 둘이 먹다 한 사람이 죽어도 모를 맛이렷다. 부추전을 안주로 한 술자리의 흥을 이렇게 잘 살리고 있는데 시인은 술을 좀 할 줄 아는가? "천둥번개 건배하듯 부딪히며 사는 거"라거나 "두두둥 장단 맞추며 어깨춤도 추는 거"라는 표현도 술을 조금은 즐길 줄 알아야 쓸 수 있는데……. 술 실력이 궁금하다.

제2부는 일종의 기행시조다. 소쇄원 제월당에 가보고서 쓴 「서신」, 제주도 정방폭포를 보고 와서 쓴 「비몽」, 선운사에 가 봄에 피는 동백을 보고 와서 쓴 「꽃거울」, 안동 병산서원에 있는 누각 만대루를 보고 와서 쓴 「거북」, 노계 박인로의 시비를 보고 와서 쓴 「반성」 등이다. 이상화의 시비나 권정생의 생가, 물방울 그림으로 유명한 김창열 미술관에도 가보고 그 느낌을 시조로 탄생시켰다. 강태성의 조각을 보고 와서 쓴 「토르소」에서는 다른 시조에서는 느끼지 못한 시인의 연정을 느끼게 된다. 뜨거운 심장으로 부른 연가여서 이색적이다.

그대 위한 가슴 한쪽 늘 비워 두었습니다
햇살 아래 설레다가 칼바람에 깎인대도
오늘도 뜨거운 심장, 그대를 품습니다

그리움의 몸집은 자꾸만 더 커져가서
기울어진 어깻죽지 이끼마저 무겁지만
이 삶은 그대를 향해 중심 잡고 섰습니다

마음은 발도 없이 당신께 달려갑니다
그 누구도 막지 못할 지도 밖의 길을 달려
그대 뜰 매화 빈 가지, 시詩꽃으로 핍니다

—「토르소」전문

이 작품의 대상인 '그대'가 조각가는 아닐 것이다. 토르소를 보고 상상했다면 상상의 대상은 누구일까? 비워 두고, 품고, 서 있다가, 결국은 당신에게로 달려간다. 그리하여 "그대 뜰 매화 빈 가지"에 '시詩꽃'으로 피겠다는 것은 시를 바치겠다는 것인데 대상은 가공의 인물일까? 아무튼 알고 보니 시인의 가슴은 지금도 심장이 뜨거운 청춘이다. 안동시 안동호에 놓여 있는 목책교인 월영교에서 시상을 떠올려 쓴 시조 또한 이 시집을 빛내고 있는 아름다운 연가다.

> 가닥가닥 시詩를 뽑아 그대에게 바칩니다
> 얼기설기 엮어내어 지어 올린 신발 한 켤레
> 당신께 띄워 보내면 강물 건너오실까요
>
> 서천西天으로 가는 열차, 기적소리 멀어지고
> 달빛 속에 물빛 속에 그대가 남았습니다
> 남아서 그리운 이름, 그리워 남은 이름
>
> 물결 한 올 일지 않고 가슴 깊이 파고드는
> 가늘어진 그대 음성, 얼어붙은 그대 눈빛
> 뜨거운 안부를 엮어 맨발 아래 놓습니다
>
> ―「미투리」 전문

각주에 나와 있듯이, 먼저 저세상으로 가버린 남편을 위해 머리카락을 뽑아 한 켤레 미투리를 지은 지어미의 애절하고 숭고한 사랑을 소재로 한 시조다. 원이 엄마의 편지가 무덤 속에 있다가 420년 만에 발견되었는데 구구절절이 너무나 감동적이라 안동시에서는 2003년에 월영교를 놓았다. 편지는 안동대학교 박물관에 보관되어 있다. 원이 엄마의 나이는 모르겠는데 남편의 사망 당시의 나이가 서른한 살, 슬하에 아들이 하나 있었다고 한다. 이 시조는 짜임새나 감동의 깊이에 있어서나 서정주의 「귀촉도」를 방불케 한다.

제3부에는 역사의식에 입각하여 쓴 시조가 여러 편 나온다. 서대문형무소에서 독립운동가들이 벽을 두드려 통방을 하던 일을 다룬 「타벽통보」, 유관순 열사를 다룬 영화 <항거>를 보고 쓴 「그럼, 누가 합니까」, 이육사 시비를 보고 쓴 「칼춤」 등이 그렇다. 그다지 어렵지 않은 시조이므로 해설은 생략한다. 아버지의 초상을 그린 「각질」「헌시」「위대한 재산」도 잔잔한 감동을 준다.

> 내년에 꼭, 가겠다는
> 할머니와 짧은 통화
>
> 예약된 생일상 대신
> 때 이른 제사상 앞에
>
> 변명은
> 큰 죄였을까
> 그리움에 갇힌 나
>
> —「유죄」 전문

이 작품은 할머니의 임종을 못 지킨 자신의 죄를 뉘우치는 내용이다. 단형시조인데 사실상 할 말은 다 하고 있다. 시조의 매력은 이런 데 있을 것이다. 오늘날 자유시가 독자를 잃어버린 이유는 길고 난해하고 산문과 분간이 안 가는 시임에도 문학평론가들이 찬사를 퍼부었기 때문인데 이런 시조가 시사해 주는 바가 분명히 있다고 본다.

제4부에는 시조, 시조시인, 시조 쓰기에 대한 시조가 모여 있다. 즉 성
국회 시인의 시론이 집결되어 있는 것이 제4부다. 각각을 대표하는 작품
을 한 편씩만 예로 들어 논해볼까 한다. 하나의 장르로서의 시조에 대한
생각은 이렇다.

> 강진 앞에 꿈쩍 않는 한 그루가 있습니다
> 밑동 굵은 사유 위로 삶의 무게 받쳐 든 채
> 꼿꼿이 제자리 지키는 내 안의 하얀 성전
>
> —「시조에 관한 단상」전문

시조는 3장 6구체로서 단단한 짜임새를 갖고 있다. 제시-전환-결론. 특
히 종장은 약간의 반전을 꾀하면서, 일본의 하이쿠와는 완전히 다른 모습
을 갖는다. 시조가 "밑동 굵은 사유 위로 삶의 무게 받쳐" 들고 "꼿꼿이 제
자리 지키는 내 안의 하얀 성전"이기에 시조에 매력을 느끼게 되었다고
한다. 시조는 단단함 혹은 견고함이 생명이기에 자유시와는 다른 것이다.
물론 한두 행짜리 짧은 자유시도 있기는 하지만. 그럼 시조시인은 어떤
사람이어야 하는가.

> 4
> 시詩 한 편 빚고 나면 공복에도 배가 부른,
> 그 시詩를 남에게 줘 저는 다시 가난해진
> 시인이 그런 거지요, 그러니 또 쓰지요
>
> 5
> 뱉은 말이 시詩가 되는, 몸짓이 철학이 되는
> 꽃잎처럼 달빛처럼 서녘하늘 노을처럼

물들어 가는 겁니다, 나 아닌 그대 위해

6
무서운 일 맞지요, 시인으로 산다는 건
글과 같은 모습으로 하나의 몸짓으로
거듭된 삶의 퇴고가 완성된 시편이죠

—「시인론」 후반부

뒤의 세 수를 제시한다. 시를 쓰고 나면 공복에도 배가 부르다고 한다. 그런데 시를 완성하고 나면 이제 자기 몫이 아니고 독자의 몫이 된다. 그러고 나면 시인의 마음은 다시 가난해지고, 마음의 허기를 채우려면 아파야 하고, 다시 또 써야 한다. 5번 시조는 언행일치와 지행합일을 말해준다. 시인은 언어를 남발하는 이가 아니다. 그리고 화려한 수식을 남발하는 이도, 허언을 일삼는 이도 아니다. 시인으로 산다는 건 "무서운 일"임을 누구보다 자신이 잘 알고 있으리라, 성국희 시인은. 그래서 "글과 같은 모습으로 하나의 몸짓으로/ 거듭된 삶의 퇴고가 완성된 시편"을 쓰고자 하는 것이다. 그렇다면 이 시대에 시조를 쓴다는 것은 무슨 의미인가.

머리부터 발끝까지 쉽게 쓰는 법이 없다
또 한 겹의 나이테가 밀어올린 문장들
잔별들 총총 내려와 숨을 불어 넣는다

그마저 사치였나 붉게 긋는 퇴고의 시간
바스락 부스러질 멋 부린 수사들이
껴입은 옷을 벗는다, 느낌표만 남겨둔 채

삶의 무게 내린 자리 하늘 다시 열어두면
보탤 것 하나 없이 우뚝 선 촌철살인,
볼 야윈 철새가 기댈 간이역이 들어선다

—「가을나무 작법」 전문

스스로 천명한다, 내 시조는 "머리부터 발끝까지 쉽게 쓰는 법이 없다"고. "또 한 겹의 나이테가 밀어올린 문장"이라는 것은 시조의 문장이 오랜 시간 숙성시켜 나오는 문장이어야 한다고, 스스로 다짐하는 내용이다. 퇴고를 할 때는 멋 부린 수사를 빼게 되는데 어떤 때는 느낌표만 남기고 다 빼기도 한단다. 성 시인이 생각하는 최고의 경지는 "보탤 것 하나 없이 우뚝 선 촌철살인"이다. 가을나무는 잎을 다 떨어뜨린 뒤 겨울나기를 준비한다. 시조의 세계는 복작복작해서는 안 된다. "볼 야윈 철새가 기댈 간이역" 같아야 한다. 그런 시조를 쓰고 싶다고, 가을나무의 작법을 배우고 있다. 놀랍게도 이번에 내는 두 번째 시조집에서 가장 많이 동원된 시어가 바로 '시詩'다. 20개가 넘는다. 그만큼 시작품에 대한 열정과 열망이 큰 것이다.

제5부는 성국회 시인이 다년간 공력을 기울여 쓴 연작시 20편과 「미인도」로 이루어져 있다. 20편이 모두 천경자 화가의 그림을 갖고서 쓴 시로서 부제 '천경자 1'은 「사군도」이고 '천경자 20'은 「황혼의 통곡」이다. 21번째 시만이 연작시 형태가 아니고 「미인도」이다. 이 그림은 화가 자신이 자기 그림이 아니라고 했다.

시인은 천경자의 그림에 매료되었던 것임에 틀림없다. 화가의 대표작 20편 그림에서 영감을 얻어 시조를 썼다고 볼 수 있는데, 왜 이런 작업을 했는지 몹시 궁금하다. 일단 제일 앞의 작품을 보자.

도시는 유리 상자, 모서리 진 유리 감옥
긴 꼬리 뒤엉킨 채 사람들이 갇혀 있다
세상 밖 코앞인데도 닿지 못한 저 몸서리

저마다 쳇바퀴에 멀미 앓던 삶이다가
붉은 혀 길게 빼고 꿈을 찾아 나서는 길
주르륵 미끄러져도 유리벽, 또 오른다

껍데기만 쌓여가는 축축한 생의 뒤란
위로 깊은 찔레향이 살갗에 와 닿으면
화려한 꽃 가시덤불, 가시마저 껴안는다

— 「사군도」 전문

1969년도 작품인 그림 「사군도」는 천경자의 화풍이 거의 확립된 시기의 작품이다. 까만 뱀과 꽃뱀이 뒤엉켜 있다. '사군도'는 한자로 쓰면 '蛇群圖'일 것이다. 그런데 성국희 시인은 이 그림에서 뱀만 본 것이 아니라 모서리 진 유리 감옥 안에 뒤엉켜 사는 사람들을 보았다. "저마다 쳇바퀴에 멀미 앓는 삶"이고 "붉은 혀 길게 빼고 꿈을 찾아 나서는 길"이니 도무지 순탄치 않다. 세 번째 수의 초·중·종장도 뱀이나 사람이나 생을 영위한다는 것 자체가 쉽지 않다는 것을 말해준다.

두 번째 살펴볼 시는 두 번째 연작시로 1974년도에 그린 「고孤」다. 외롭다는 뜻의 한자어가 '孤'인데 머리에 꽃을 꽂고 있는 여인이 외로워 보이지는 않는다.

이 그림의 제목을 제목으로 삼은 시는 처절하다.

미쳐야 꽃이 핀다
더 미쳐야 꽃이 진다

미치지 않고서야
나 어찌 꽃이 되리

삶이란
피고 또 지는 일
지고 다시 피는 일

—「고孤」 전문

아마도 이 시조집의 모든 작품 가운데 최고 절창은 이것이리라. 이 세상에 아픔 없이 피어나는 꽃은 없다고 알고 있었는데 미쳐야지만 피어난다니, 가슴이 서늘해진다. 더 미쳐야 꽃이 진다고 한다. "미치지 않고서야/ 나 어찌 꽃이 되리"는 시인이 자신에게 하는 말이다. 결심이고 각오다. 시에 미치지 않고서 어찌 시인이 되리. "삶이란/ 피고 또 지는 일"이고 "지고 다시 피는 일"이라는 종장은 앞에 비해서는 맥이 좀 빠지지만 전화위복, 새옹지마, 칠전팔기 같은 사자성어를 떠올리게 한다. 내일은 내일의 태양이 떠오른다고 말한 이가 스칼렛 오하라였던가. 내 비록 지금 많이 외롭지만 주먹을 불끈 쥐고 다시 해보자고 천경자는 「고」를 그리며 다짐했을 것이고, 이 그림을 보며 시인 또한 비슷한 결심을 했을 것이다. 지면 다시 꽃피우면 된다. 겨울이 오면 봄 또한 멀지 않았다고 영국의 낭만파 시인 P. B. 셸리가 말했듯이.

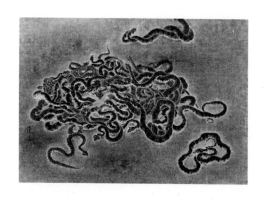

35마리의 뱀이 뒤엉켜 있는, 유명한 그림 「생태」에서 영감을 얻어서 쓴 시조를 보자. 단형시조인데, 그림만큼이나 이미지가 강렬하다.

허물 거듭 벗어가며 움츠린 삶 풀어가며
못다 뱉은 신음들이 맹독으로 고인 신전
꺾어진 제 뒷목을 물어 찬 새벽을 얻는다

—「생태」 전문

「생태」는 한국전쟁이 한창일 때 피난지 부산에서 그린 것이다. 전황을 들으면서 불안한 마음으로 하루하루를 살아갔을 텐데 그 무렵 화가는 왜 35마리의 뱀을 그렸던 것일까. 사람의 눈에는 징그럽게 보일지 모르지만 어쨌거나 뱀이 모여 있다. 게다가 뒤엉켜 있다. 그런데 우리나라 사람들은 지금 전쟁을 하고 있다. 저 뱀들처럼 "꺾어진 제 뒷목을 물어 찬 새벽을 얻"으면 좋겠지만 우리는 그렇게 하지 못하고 있다는 것을 암시하는 시구를 이 그림을 보고 얻은 것이다.

이 그림에도 뱀이 나온다. 머리에는 네 마리의 뱀이 혀를 날름대고 있고 가슴 위에는 꽃이 한 송이 그려져 있다. 이 그림의 제목이 시조의 제목이 되었다.

차라리 돌아서서 끌어안은 벼랑이여
독을 품고 똬리 튼 삶, 화관으로 모셔두면
저주도 진정 꽃이었네 아름다운 독이었네
　　　　　　　　　　　　　—「내 슬픈 전설의 22페이지」 전문

1977년도 작품인 이 그림의 제목에 나오는 숫자 22는 천경자 자신의 스물두 살 때를 가리킨다. 그 나이에 그녀는 남편과 사별했다. 짧은 결혼생활이었다. 장결핵증으로 남편이 갑자기 죽었지만 두 아이가 태어나 있었다. 졸지에 가장이 되어 두 살배기 딸과 아직 첫돌도 안 된 아들을 데리고 세파를 헤쳐나가야 했으니 그 고생이 어느 정도였을지 짐작이 간다. 머리에는 뱀이, 가슴에는 꽃이 있는 이 그림을 보고 시인은 초장, 중장, 종장에서 다 역설적인 표현을 한다. 삶 자체가 패러독스가 아니겠냐고 이 그림을 보면서 생각했을 것이다. 꽃이 저절로 피어난다고 생각하면 안 된다. 저주咀呪도 진정 꽃이라고 했다. 이 세상에 대한 원망과 원한이 그림에 신기神氣를 불어넣는다. 저주가 아름 다운 독이 되려면 저주해야 한다. 독을 품어야 한다. 독사처럼. 일제강점 기 말기, 전시와 전후 그 어려운 시기를 붓 하나를 들고 헤쳐 온 천경자 화 가를 생각하면서 시인도 이를 뽀득뽀득 갈지 않았을까? 나도 그 그림 같 은 시를 써야지. 원한 어린, 역설의 시를, 하면서.

그림과 시를 비교하다 보면 해설이 하염없이 길어질 것 같다. 연작시의 마지막 작품으로 바로 가보자. 마지막 작품은 세 명의 나체 여인이 각각 다른 자세를 취하고 있는 1995년 작 「황혼의 통곡」을 보고 쓴 것이다. 일 단 그림을 먼저 보자.

우는 여인은 없는데 제목은 '황혼의 통곡'이다. 화가 자신의 지나온 생 이 '통곡'이었다는 생각에서 이런 제목을 붙이게 된 것인지도 모르겠다. 사막을 횡단하는 것이 삶인 낙타도 있었고 팔자 좋은 개도 있다. 포커는 돈을, 꽃다발은 영광을, 장갑은 소망(혹은 이상)을 상징하는 것일까. 훗날 낙타를 지우는 등 그림을 수정하며 최종본은 사인이 되지 않은 채 미완성 으로 남았다.

빼곡한 가시 틈에
옥죄이던 삶이여

내리고 또 내리고
내리고 다 내려놓고

미완성
그 찬란한 절망,
화폭 안에 묻는다

— 「황혼의 통곡」 전문

그림의 제목과 같은 제목의 시조작품인데 그림에 대한 설명이나 감상평이라고 보기는 어렵다. 이 그림을 보고 시인 자신이 하고 싶은 이야기를 하고 있다고 봐야 할 것이다. 천경자의 그림과 성국회의 시조 사이의 관계에 대해서는 좀 더 치밀한 정신분석학적 고찰이 필요하다고 본다. 성국회 시인의 지난날의 삶에 대해 아는 것이 없는 해설자로서는 명쾌하게 해석을 할 수 없는데, 이 점 대단히 안타깝게 생각한다. 이 시집의 제일 끝에 자리를 잡은 시조는 「미인도」로, 위작 논란에 휩싸여 한동안 세인들의 입에 오르내린 그 그림을 보고 쓴 작품이다.

「미인도」 위작 논란은 하도 오래 진행되어 그 설명만으로도 책을 한 권 쓸 수 있을 것이다. 화가 자신이 국립현대미술관이 소장한 「미인도」가 위작이라고 1991년부터 주장했으나 국립현대미술관과 한국화랑협회는 진품이라는 감정을 내렸다. 당시 68세였던 천 화백은 "자기 그림도 몰라보는 화가"라는 비난 속에 절필을 선언하고 미국으로 떠났다가 얼마 후부터는 세

계를 돌며 그림을 그렸다. 프랑스에서 온 감정단은 위작이라고 결론을 내렸다. 이 그림을 자신이 그렸다고 미술품 전문 위조범 권춘식 씨가 1999년에 자백을 했는데 2016년에 자신이 그리지 않았다고 재차 자백해 위작 논란 자체가 미궁에 빠졌다.

피 묻은 맨발들아 들꽃 피워 화관을 엮자
꽃샘바람 들썩이며 꽁무니를 파헤쳐도
흙물 벤 두 손과 발이 당당할 수 있도록

누군가가 얹어주는 왕관을 꾹 눌러 쓴
벙어리 인형 앞에 펼쳐드는 땀의 이력,
마른 땅 뚫고 피워낸 어여쁜 화관을 쓰자

머리맡을 지나쳐간 간밤의 헛된 꿈도
어쩌면 그것마저 욕심이라 불러보자
차라리 화관을 벗어 빈들에나 돌려주자

　　　　　　　　　　　　　　　　—「미인도」 전문

　이 그림을 제목으로 제시하고는 이런 작품을 쓴다. 시인에게는 이 그림에 얽힌 구설수가 중요한 것이 아니다. 그림 자체에서 얻은 영감으로 썼기 때문이다. 이 작품에서 주목을 요하는 구절은 "흙물 벤 두 손과 발이 당당할 수 있도록"이다. 천경자 화가처럼 당당하게 살고 싶다고 시인은 말한다. 어떤 때는 마른 땅을 뚫고 피워낸 어여쁜 화관을 쓰자고 다짐하

고, 어떤 때는 들꽃으로 만든 화관일랑 벗어 빈들에게 돌려주자고 다짐한
다. 아마도 시인이 천경자라는 화가한테서 배운 것은 '당당함'이 아닐까.
그리고 그녀의 그림을 보며 느낀 것은 '솔직함'일 것이다. 당당하게, 솔직
하게 시를 쓰자고 결심했다면 이제 연구자가 해야 할 일은 하나다. 성국
회 시인이 제3시집에서 어떤 작품을 보여줄지 기대하며 기다리는 것. 내
고향 김천을 빛낼 시조시인으로 거듭나기를 기대하면서 앞으로의 작품
활동을 긴장된 마음으로 지켜볼 것이다.

제4부

소설가 손창섭이 생의 말년에 쓴 시조

'전후문학'이라는 용어를 사용할 때, 반드시 기론되는 소설가가 장용학이다. 그는 1922년 평양에서 태어났고 니혼대학 중퇴가 최종학력이다. 1953년 6월호『문예』지에 김동리가 추천을 완료해주어 등단한 장용학은「혈서」「유실몽」「비 오는 날」「잉여인간」「신의 회작」등의 대표단편과,『낙서족』『부부』『인간교실』『결혼의 의미』『이성연구』『삼부녀』『길』『여자의 전부』같은 장편소설을 발표하였다. 49세 때인 1970년, 예문관을 통해『손창섭 대표작 전집』을 발간하는데, 이때부터 작품 발표가 중단되다시피 한다. 52세 때인 1973년 12월 25일, 일본인 아내를 따라 일본으로 건너간 이후에 한국일보에『유맹』과『봉술랑』을 연재하기도 하지만 작품 활동은 1978년 10월 8일,『봉술랑』연재가 끝나면서 종결된다. 일본의 외국인등록법에 따라 매년 등록을 갱신해야 하는 번거로움 때문인지 아내의 성을 따라 1998년에 우에노 마사루上野昌涉라는 이름으로 일본에 귀화하고 만다.

그런데 2015년 7월 초순경, 서울대 방민호 교수가 손창섭의 입양한 딸을 만나 생전의 손창섭이 쓴 노트 한 권을 건네받는다. 거기에는 놀랍게도 70편의 시조가 적혀 있었고, 방 교수는『작가세계』2015년 겨울호에

이 가운데 10편을 소개한다. 본고는 방 교수에 의해 한국 문단에 그 모습을 처음 드러낸 10편 시조에 대한 고찰이다. 방 교수는 이들 시조 작품의 구입 과정을 밝히고 이런 작품이 있다고 소개는 했지만,[1] 작품 자체에 대한 연구는 한 바 없어서 이 소론을 쓰게 되었다.

소설 쓰기가 중단된 것은 1978년 10월 8일인데, 시조 쓰기가 시작된 것은 15년이 지난 1993년 2월부터다. 그는 2010년 6월 23일에 89세를 일기로 타계하는데, 시조 쓰기는 2001년 1월까지 이어진다. 즉 노년기의 8년 동안 그는 소설가가 아니라 시조시인이었다. 그는 시조를 노트에 정리할 때, 반드시 쓴 연도와 월을 적어놓았다. 시조 쓰기의 초기인 1993년 2월에 쓴 두 편을 먼저 보자.

> 受難의 七十星相 돌이켜 따져보니
> 이몸이 그얼마나 덜돼먹은 醜物인고
> 어째서 사람의길을 좀더닦지 못했나.
>
> —「자탄自歎」 전문

> 인간을 짐승보다 누가 낫다 하였더냐
> 차라리 곧게 사는 길짐승 날짐승이
> 부럽다 그깨끗함을 사람에다 비기랴.
>
> —「동물찬動物讚」 전문

내용은 간단하다. 70년 인생을 돌이켜보니 나 자신, "덜돼먹은 추물"에 지나지 않다고 자탄하고 있다. 사람의 길을 제대로 닦지 못하여 지금 내

---

1) 방민호, 「그는 '마지막까지' 한국인이었다」, 『작가세계』, 2015년 겨울호, 30~37쪽.

처지가 이 모양이라면서 깊은 회한에 잠겨 있다. 앞의 시조가 자신에 대한 회한이라면, 뒤의 시조는 인간 전체에 대한 환멸을 표한 것이다. 길짐승, 날짐승 등 짐승보다 못한 것이 인간이라는 생각으로 동물들을 예찬하고 있다.

> 이몸은 약삭빠른 재간군이 아니어서
> 名利에 새고지는 俗世間이 지겨워서
> 사람과 인연을 끊고 숨어서만 사웁네.
>
> ―「은둔隱遁」 전문

손창섭은 한국에 있을 때도 교우관계가 그다지 원만한 편은 아니었다. 30대와 40대까지 20년 동안 작품 활동을 전개했는데, 35편의 단편소설, 9권의 장편소설, 8편의 소년소설을 썼으니 그 누구보다도 치열하게 창작에 매진한 셈이다. 그는 은둔형으로 살아가면서 오로지 소설 쓰기에 매진하였다. 소위 문단이라는 데는 흑색선전도 많고 구설수도 많은 동네다. 감투에 욕심이 있는 사람들이 문단정치에 여념이 없기도 하다. 손창섭은 그래도 한국에 있을 때는 문단인이었지만 일본으로 긴 이후 "사람과 인연을 끊고 숨어서만" 살아가는데, 그 이유를 이 시조를 통해 밝힌 것이다. 하지만 벗을 만나면 반가워 시간 가는 줄 모르고 이야기를 나누게 된다.

> 만나면 덮어놓고 반가운 벗이있다
> 利害를 벗어나서 그리운 벗이있다
> 어쩌다 만날적마다 때가는줄 몰라라.
>
> ―「벗」 전문

손창섭의 내성적인 성격을 말해주는 몇 사람의 글이 있다.

누구에게도 자기 주소를 가르쳐주지 않았다는 손창섭은 갖가지 일화를 남겨놓은 기인이지만 누구에게도 폐를 끼치지 않았고 작품에 대한 태도만큼은 지극정성이었다고 알려져 있다. 그의 원고는 한 자도 고친 흔적이 없이 정서되어 있었다는데, 고칠 데가 생기면 그 장은 처음부터 다시 새로 썼기 때문이다. 그의 첫 작품집 『비 오는 날』의 증정본이 지금도 수중에 남아 있어 지극히 반듯하고 단정한 그의 모범생 글씨를 확인할 수 있다.

『현대문학』 2010년 4월호에 실려 있는 유종호의 회고담이다. 일종의 결벽주의라고 할까, 정도 이상으로 단정하고 깔끔한 성격임을 알려주는 회고담이 아닐 수 없다. 소설가 곽학송은 1958년 5월호 『현대문학』에 「벙어리처럼 말없는 손창섭」이란 인물평을 썼다.

솔직히 말해서 그와의 대화는 따분하다. 선배 동료의 사람 평은 물론 작품 평도 일절 삼가기 때문이다. 누구는 어쩌구 누구의 작품은 어쩌구, 속사포식으로 토하는 나를 바라보며 그는 벙어리처럼 말이 없다. 웃지도 않는다. 오히려 불쾌한 표정조차 짓는다. 그러나 좀처럼 외출을 않는 그가 한 달에 한 번쯤은 의례 나를 찾아주는 것이다.

곽학송의 글을 보면 손창섭은 한국에 있을 때도 교우관계가 활발하지 않았다. 그런 그가 일본에 가서 산 긴 세월 동안 일본인 문우가 생겨 주기적으로 만나 대화를 나누었을까? 그랬을 것 같지는 않다. 「벗」은 한국에 있을 때 제일 친했던 곽학송을 생각하면서 쓴 시라고 여겨진다. 1995년 3

월에는 이런 시조를 쓴다.

> 나라꼴 어찌됐던 그世情 어떠하든
> 내비록 故國山川 등지고 살지라도
> 韓나라 얼이야말로 가실줄이 있으랴.

—「얼」 전문

'얼'은 넋이나 혼이라고 쓸 때도 있는데 정신의 줏대를 가리키는 순우리말이다. 이때는 아직 이름이 손창섭이었으며 일본에서 다년간 살고 있지만 일본인으로 귀화하기는 전이었다. '내 비록 몸은 일본 땅에 와 있지만 한민족의 얼을 지키고 있고, 조국을 내내 그리워하고 있다'는 본인의 심정을 고백한 시조로 여겨진다. '나라꼴'에 대한 불만은 아주 컸다. 국민일보 기자였던 정철훈 작가는 문학평론가 유종호 씨를 인터뷰한 적이 있는데, 손창섭의 일본행의 이유를 이렇게 유추한 바 있다.

> "그런데 손창섭 씨가 왜 일본으로 간 줄 아세요? 난 김신조 사건이 직접적인 계기라고 생각해요. 1968년 1월 북괴 무장공비 김신조 일당이 청와대 뒷간까지 잠입한 사건 말이에요. 남한 정세의 불안과 적화에 대한 불안이 그를 도일케 한 것은 아닐까, 추측하고 있지요.[2]

유종호가 이런 추측을 한 것은 손창섭이 평양 태생으로 1945년 니혼대학 중퇴 이후 다시 귀향하여 살다가 김일성 등장 이후 북한의 실상을 몸소 겪고 1948년에 월남한 것을 중시했기 때문일 것이다. 그는 북한의 공산주의 이데올로기에 대해 환멸을 느꼈을 수 있다. 1973년 크리스마스에

---

2) 정철훈, 『내가 만난 손창섭』, 도서출판 b, 2014, 79쪽.

손창섭은 일본행 비행기를 타는데, 1968년 1월의 '김신조 일당 청와대 습격사건'뿐만 아니라 계속 이어진 미 푸에블로호납치사건(68. 1. 23), DMZ 무장공비사살사건(68. 6. 19), 울진·삼척지구 무장공비 침투사건(68. 10. 30~11. 2), 이승복사건(68. 12. 9), 주문진 공비 침투사건(69. 3. 16), KAL기 납북 사건(69. 12. 11), 영덕 해안 간첩선 격침사건(70. 7. 22) 등에 대한 언론보도를 들으며 불안감을 떨쳐버릴 수 없어서 아예 거처를 일본으로 옮길 생각을 했을 수 있다. 게다가 한국 문단에 별달리 지인도 없었고 붓도 거의 꺾은 시점에 일본인 아내의 이주 권유에 노후를 마음 편히 지내기 위해 일본으로 간 것이 아니었을까. 하지만 일본에 가서도 의식의 폿대는 늘 한국을 향해 있었음을 시조 「얼」이 증명하고 있다. 얼이 있으면 무엇 하는가. 그것을 증명할 작품을 쓰고 있지 않은데. 그는 이미 『봉술랑』 연재를 마친 1978년 10월 8일 이후 소설을 쓰고 있지 않았다. 1995년 8월에는 이런 시조를 쓴다. 그의 시조는 일종의 일기였다. 일기의 내용은 신세한탄이었다.

주張은 오줌이요 無言은 똥이랄까
어차피 꺼질人生 할말은 하고살세
精神的 排泄物이란 生의表示이리니.

　　　　　　　　　　　　　　　—「회작戱作」 전문

서양속담에 "Speech is silver, silence is golden."이라는 것이 있는데 우리는 이것을 "침묵은 금이요 웅변은 은이다."라고 순서를 바꿔 번역해 쓰고 있다. 손창섭이 보건대 침묵을 지키는 것보다는 주장을 하며 사는 것이 나은데 일본에 온 이후 스스로 긴 침묵을 지키고 있고, 이것이 한스럽다는 것이다. 어차피 죽고 말 인생, 할 말은 하고 살아야 하는데 그것을 못하고 있으니 얼마나 답답했을까. 이 시조는 그의 단편소설 「신의 회작」과 연관시켜 감상해볼 필요가 있다. 어머니가 다른 남자와 동침을 하고 관계에 방해가 되자 어린 화자를 학대한다. 그때 형성된 이상성격은 여자를 멸시하거나 학대하는 것으로 고착되어 사회에 적응하지 못하는 국외자의 삶을 살아가게 된다. 성폭력의 결과로 같이 살게 된 일본인 여성의 헌신적인 보살핌으로 화자는 자살이나 감옥행을 면하고 아내에 의지해 살아가게 된다. 일본에서의 학교생활, 평양 귀향 이후의 사회생활도 엉망진창이 되고 마는데, 이런 내용으로 봐서 소설은 손창섭의 자전이라고 해도 무방하다. 다시 찾아간 일본에서도 입을 봉한 채 살아가고 있으므로 "생의 표시"인 "정신적 배설물"을 배출하지 못하고 있는 것이다. 답답하기 짝이 없는 일본에서의 노년을 여실히 드러낸 작품이 바로 시조 「회작」이다. 일본에서 아내 우에노 여사는 미용기술을 이용해 돈을 벌며 집안을 꾸려간다.3) 도일 직후 생계는 극빈자에 대한 일본 정부의 보조금과 아내가 벌어들이는 돈으로 해결한다.4)

어떻게 사는 것이 사람답게 사는 건가
어떻게 사는 것이 참다게 사는건가
진실로 바로살기란 難事인가 하노라.

— 「난사難事」 전문

세상엔 이런저런 사람도 많건마는
진실로 사람답게 사는자가 얼마일꼬

3) 위의 책, 311쪽.
4) 위의 책, 303쪽.

나부터 하늘을 향해 낯을 들 수 없어라.

—「나부터」 전문

　1996년과 1999년에 쓴 시조 두 편에 '진실로'라는 말이 나온다. 바르게 사는 것, 사람답게 사는 것이 '진실로' 사는 것인데, 나는 물론이고 다른 사람들도 진실을 추구하며 사는 것 같지 않다는 내용이다. 아내가 일터에 나가 있는 동안 손창섭은 어떻게 소일했던 것일까. 학교에 보낸 양녀를 기다리면서 집안일을 했을 수도 있겠고, "도쿄 내 각 도서관에 도시락을 싸들고 출근하다시피 하며 새로운 소설의 구상과 취재에 골몰"[5]하기도 했을 것이다. 정철훈의 책을 보니 손창섭은 일본에서도 어떻게 살아가야 할까, 고민을 계속했음을 알 수 있다. 바르게 사는 것이 얼마나 어려운가를 그는 일본에서 십분 깨달았던 것이다. 문제는 그에게 이 시기의 소설 발표작이 없다는 것이다. 소설을 쓰려고 애는 써본 듯한데, 결과물은 나오지 않았으니 본인으로서도 무척 답답한 나날이었을 것이다. 그런 그에게 이제 노환이 온다. 폐질환으로 입원하게 되는 때는 2008년 8월이지만 1998년 6월에 이런 시조를 쓴다. 그의 나이 76세 때였다.

누구나 때가오면 이世上을 떠나리니
죽으면 萬事가 다 空에돌아 가는 것을
왜그리 貪慾에 미쳐 한平生을 보내나.

—「사즉공死卽空」 전문

　불가에서 말하는 '공수래공수거'란 경구를 연상시키는 작품이다. 하지만 불교적인 깨달음이나 성찰의 결과물로 쓴 시조라기보다는 지난 생을

---

5) 위의 책, 304쪽.

돌이켜보니 허망한 생각이 들어 쓴 것이 아닐까 싶다. 죽으면 다 공으로 돌아가는데 나도 그렇지만 이 세상의 많은 사람들이 "탐욕에 미쳐 한 평생"을 보내고 있는 것을 보고 씁쓸한 감회에 젖어드는 것이다. 2001년 1월에 쓴 시조는 추억담이기도 하고, 목격담이기도 하고, 80년의 생을 영위한 노인의 회고담이기도 하다.

> 世上엔 왜이토록 슬픈일이 넘치는고
> 굶어서 죽는사람 戰亂통에 죽는사람
> 이것이 人間社會의 眞相이란 말인가.
>
> ―「인간회사人間社會」전문

손창섭의 생애를 살펴보면 14세 때에는 만주에 갔었고, 15세 때 일본에 건너가 도쿄와 교토에서 고학을 하며 중학교를 전전하였다. 니혼대학 중퇴 이후 고향 평양에서 2년 체류하다가 월남했는데 스물아홉 살 때 한국전쟁이 일어났다. 그는 일제 강점기 때에는 절대빈곤의 현장에 있었고, 전란을 겪으며 억울한 죽음을 헤아릴 수도 없이 보았을 것이다. 세상에는 왜 이렇게 비극이 이어지고 있나, 한탄을 하고 있다. 분단 이후에 북한은 줄기차게 도발하여 남쪽의 군인과 민간인을 죽였다. 제1공화국 이승만정권의 부패, 제3공화국 유신정권의 전횡도 일본행을 결심하게 된 이유인지 모르겠다. 이 땅을 떠나고 싶었던 여러 가지 이유 중에서 이런 정치적인 환멸도 있지 않았을까.

정철훈의 저서에 보면 한국에 있는 친구인 출판업자 정철진에게 보낸 편지에 세 수의 시조가 실려 있다면서 소개하고 있다. 1995년에 받은 편지다. 「얼」은 위에서 언급했고, 다른 두 편은 이렇다.

왜 그리 출세에만 열들을 올리는고
감투란 무엇이며 명성 또한 뭐란 말인가
다함께 허영을 떠나 잡초처럼 살세나.

                                —「잡초 인생」 전문

人情을 살고나면 그게 모두 사람이라
올바른 사람값을 하여야만 사람인데
짐승만 못한 사람도 우글우글하더라.

                                 —「사람」 전문

　두 편의 시조 모두 앞서 예시했던 것들과 크게 다를 바 없는 주제를 갖고 있다. 출세를 좇아 허덕이는 생이 무슨 의미가 있는가, 우리 모두 올바르게 살아 사람값을 하자는 주장을 펴고 있다.

　이상 12편의 시조를 보면 고도의 기법이나 표현법, 상상력은 전무하다. 아주 소박하게 자신의 심정을 토로하거나 세태를 다루는데, 글자를 시조에 맞추어 쓰고 있다. 시조는 고려시대 때부터 우리 선조가 써 왔던 시가 형식이니 본인도 그 전통을 잇고자 써본 것이리라. 이들 작품이 나름대로 의미가 있다면 일본으로 간 이후 손창섭의 생활과 생각의 편린을 끼워맞추어 볼 수 있다는 점이다. 그는 소설은 쓰지 못했지만 이렇게 시조를 쓰면서 창작에 대한 열정을 달랬고, 생각을 정리해보기도 하였다.

일필휘지하니 천의무봉이라!

— 이근배 소론

이근배 시인은 1940년생이다. 올해가 산수傘壽, 즉 팔순八旬이다. 일제강점기 시대에 태어나 해방공간, 한국전쟁, 전후, 4·19와 5·16, 유신시대, 군부정치 시대인 5공과 6공, 문민정부, 국민의 정부, 참여정부를 두루 경험한 세대다. 근작 시 3편과 시조 3편을 읽어보니 시인이 자신의 남은 생을 셈하여 보고 있다.

참으로 긴 세월을 살았구나, 이제 남은 생이 몇 년일까? 어떻게 살아야 잘 마무리할 수 있을까? 자문自問 같은 시를 마주하게 된다.

> 없는 돈에 사들인 책들
> 종이 상자에 넣어 쌓아 놓고
> 발품 팔아 모은 벼룻돌들
> 먹 때도 씻지 못했는데
> 내가 내게 하마던 것들
> 아지 못하게 저질러 놓은
> 허물이며 치러야 할 몸값들은
> 또 어떻게 벗고 갚는다지
> 많지, 많지 않다
> 꽃 보고 달 보고

강가나 숲길 어슬렁거리며
말도 되지 않는 말
글자로 적어내는 일도
이제 나를 떠났는데
―어디 사랑할 시간을?
어림도 없다

―「많지, 많지 않다」 후반부

정현종 시의 제목인 '사랑할 시간이 많지 않다'를 부제로 삼은 이 시에
는 여러 가지 회한이 담겨 있다. 이근배 시인은 옛날에 나온 문예지와 시
집 등 희귀본 책들을 꽤 많이 소장하고 있고, 벼루 수집가로서는 그 콜렉
션이 품질과 양에 있어 세계 최고 수준이다. 해설자는 시인의 문학관이
충남 당진에 세워지기를, 그곳에 그것들이 소장되기를 바란다. 안성에 새
로 세워진 박두진문학관에 시인이 생시에 모은 수석들이 전시되어 있듯
이. (10점만 전시되고 있고, 나머지는 문학관 내 수장고와 집필실에 보관되어 있다.)

이근배 시인이 회한에 잠겨 있는 이유는 그런 '물건' 때문만은 아니다.
"아지 못하게 저질러 놓은/ 허물이며 치러야 할 몸값"에 대해서도 고민하
고 있다. 우리 인간은 평생 남의 신세를 지며, 은혜를 입으며 살아간다. 대
체로 내가 잘나서 그런 것이겠거니 생각하지만 사실은 누군가의 관심과
배려 덕분에 살아가게 마련이다. 시인은 "내가 내게 하마던 것들"도 제대
로 못했지만 아직 내 허물도 벗지 못했고 몸값은 더더욱 갚지 못해서 내
심 아쉽고 안타깝다. 특히 20대부터 지금까지 유지해 온 문학인으로서의
삶을 생각하면 회한이 몰려온다. 더 치열하게, 더 적극적으로 썼어야 하
는데! 그래서 마음이 영 편치 않다. 하물며 이 나이에 "어디 사랑할 시간"
을 내볼 수 있을까? 그럴 사람이나 있을까? 스스로, "어림도 없다"고 대답

한다.

수구초심이라고, 팔순이 되고 보니 시인은 자꾸만 본적지를 생각하게
된다.

　　충남 당진시 송산면 삼월리 209번지
　　내포內浦 바닷가 두메산골
　　한 마리 눈먼 이구아나처럼
　　갇혀서 사는
　　진화는커녕 부화孵化도 못하는
　　헛된 꿈의 껍질 뒤집어쓰고
　　이 나이토록 헤매고 있는

　　나, 갈라파고스!

　　　　　　　　　　　　　　　—「나, 갈라파고스」 후반부

이 시는 일종의 자화상인데 시인이 말하는 갈라파고스는 남아메리카
동태평양에 있는 에콰도르 영領 제도로서 19개의 섬으로 이루어져 있는
살아 있는 자연사 박물관이다. 아메리카 대륙으로부터 1,000km나 떨어
져 있고, 찰스 다윈의 진화론에 영향을 준 섬으로 유명하다.

외로운 섬으로서의 자기 인식! 이제는 떠나야 할 날이 수십 년 뒤가 아
닌 것 같은데, 두고 떠나는 것은 물건만이 아니라 관계이기도 하다. 이미
많은 지인들이 앞서 떠났고, 내가 떠나면 후학들이 장례식장에 와서 이근
배 시인은 이랬지 저랬지 하며 후일담을 펼칠 것이다. 가족이 아닌 한 임
종을 맞이함으로써 깊거나 얕았던, 짙거나 옅었던 모든 관계가 종료된다.
20년 후학인 해설자인 나도 종종 내 장례식장 풍경을 떠올리며 씁쓸한 감

회에 젖어 혼자 술잔을 들기도 하는데, 20년 선학인 이근배 시인이 왜 그런 감회에 사로잡히지 않았겠는가. 갈라파고스 제도의 19개 섬은 거북이의 서식지로 유명하였다. 고향인 "충남 당진시 송산면 삼월리 209번지/ 내포 바닷가 두메산골"에서 태어나 "한 마리 눈먼 이구아나처럼/ 갇혀서 사는" 신세여서 "진화는커녕 부화도 못하"였다고 자탄하고 있다. 또한 "헛된 꿈의 껍질 뒤집어쓰고/ 이 나이토록 헤매고 있는" 화자는 갈라파고 스처럼 대륙으로부터 멀리 떨어져 있어 마냥 서럽다. 섬과 섬 사이는 바다이고 사람과 사람 사이는 불통이다. 실존적인 자아는 이렇게 외롭지만 역사적인 자아는 그렇지 않다.

> 독립운동가 아버지가
> 내 호적을 3월 1일로 올렸으니
> 삼일절 내 생일날 아침 일찍
> 한강에 나가서 내가 도깨비가 되어
> 독립만세!를 불렀다
> 할아버지 아버지께도 가 닿도록
> 목구멍에서 피가 나도록.
>
> ─「내가 도깨비가 되어」끝부분

이 시는 할아버지에 대한 회고담이다. 할아버지는 애국지사로서 송산 국민학교 운동장 단에 올라가 기미독립만세 때 얘기를 들려주셨다. "한강에서, 도깨비가 만세를 부르고……" 하시며 두 팔을 번쩍 들어 올리자 같은 반 동무들이 킥킥거리며 웃기도 했다. 시인의 아버지는 일제 강점기 때 옥고를 여러 번 치렀을 정도로 신념이 강한 독립운동가였는데 광복 후 인공기를 들고 나가서 끝내 돌아오지 않았다. 독립운동가임에 틀림없었지만, 저쪽 사상을 갖고 있었을 것이라는 의구심은 연좌제라는 족쇄를 채워 놓아 시인의 가족은 오랫동안 숨도 못 내쉬며 살아야 했다. 그런 의미에서 이 시는 할아버지에 대한 단순한 회고담이 아니라 한국 근대사의 한 페이지를 펼쳐 보여준 것이라고 할 수 있다.

3편의 시조에는 모두 '미당조未堂調'라는 부제가 붙어 있다. 이근배 시인은 등단 시점에 6편의 시가 신춘문예에 당선되었는데 4편이 시조, 1편이 시조, 1편이 동시였다. 이것을 봐도 이근배 시인의 문학적 본령은 시조임을 알 수 있다. 미당 시의 어투를 참고한 것이라고 볼 수 있겠지만 미당의 영향을 받아서 쓴 시는 아니다.

눈썹이 달로 크면
달은 커서 무엇이 되나

어릴 적 내 지지배
시집가서 늙더니만

그믐밤
눈썹달로 떠서
꿈속 힐쭉 비추다가는

　　　　　　　　　　　　　　　　　—「눈썹」 전문

달 같은 사내아이로
계림에 태어났으면

절, 절, 절, 별밭이고
탑, 탑, 탑 기럭 떼 나는

먼 천년
새벽닭 울음에
귀 밝히며 태어났으면
―「신라」전문

몰랐니? 꽃 아닌 걸
가시 아닌 이빨인 걸

긴 봄날 못 견디고
잘못 깨문 붉은 꽃술

가슴팍
흑상감黑象嵌 되어
온몸이 지금도 아려
―「아귀꽃」전문

　「눈썹」이 미당의 「동천」을 연상시키기는 하지만 시와 시조의 거리만큼 거리가 있다. 어릴 적 소꿉친구가 시집가서 중년이 되고 노년이 되지만 내 기억 속의 그녀는 여전히 소녀다. 그믐밤의 달과 그녀의 눈썹은 시인이 생각건대 유사성이 있고, 팔순의 시인은 이제 소녀를 꿈속에서나 만난다.

　「신라」를 보니 시인은 이제 붓을 들면 저절로 시가 나오나 싶다. 일필휘지하니 천의무봉이라! 타임머신을 타고 신라시대로 휘잉 날아간다. 『삼국유사』를 읽고 일연과 마주치고, 신라 천년을 노닐고, 『新羅抄』를 쓴 미당을 만난다. 시인은 이제 귀신이다. 두보는 일찍이 "붓 놓자 풍우가 놀라고 시편이 완성되자 귀신이 우는구나筆落驚風雨 詩成立鬼神"라는 말을 했는데 이근배의 시가 이제 그 경지에 이른 것이 아닐까.

「아긔꽃」은 『악의 꽃』이란 보들레르의 시집 제목을 예스럽게 사용한 것이다. 이 시에서 식물인 꽃을 "가시 아닌 이빨인 걸"로 간주한 것으로 보아 인간의 입술과 혼동된다. 자신의 붉은 꽃술을 잘못 깨물면 피가 날 것이고, 남의 붉은 꽃술을 잘못 깨물면 뺨을 맞을 것이다. 이성의 손도 허락을 구하지 않고 만지면 안 되는 세상인데 꽃술 혹은 입술을 잘못 깨물다니! 보들레르는 『악의 꽃』에서, 『악의 꽃』을 썼기에, 죽을 운명에 봉착한다. 시집 내고 온갖 고생을 다했다. 흑상감은 금속이나 도자기, 목재 따위의 표면에 여러 가지 무늬를 새겨서 그 속에 흑토나 자토를 메워 넣는 공예 기법이다. "잘못 깨문 붉은 꽃술" 때문에 "가슴팍/ 흑상감 되어/ 온몸이 지금도 아리"니, 꽃은 꽃이되 악의 꽃이다. 이성을 잘못 깨물었다가는 큰일 난다.

충남 당진이 낳은 시인 중 심훈과 이근배는 큰 시인이다. 당진군에서 이근배 문학관을 만들어 시인이 소장하고 있는 희귀본 서적 수천 권과 오묘한 벼루 수백 점을 확보하여 당진군의 자산으로 후손에게 길이 물려주면 좋을 것이다. 대한민국의 문인 중 한자와 한글 서체가 가장 아름다운 이근배 시인의 명필도 많이 받아놓고.

은일과 격정의 세계 사이에서

—김정희 소론

진주에 개천백일장 심사를 하러 간 적이 있었다. 진주에 한국시조문학
관이 있다는 것을 알고 있었기에 백일장이 한창 진행되고 있을 그 시간,
택시를 타면 기본요금이 나올 거리에 시조문학관이 있다고 그 지방 출신
시인이 귀띔해 주었다. 산보삼아 찾아간 한국시조문학관에는 마침 김정
희 관장이 계셔서 안내를 잘 해주셨다. 김 관장은 1975년 『시조문학』을
통해 등단한 이후 시조시집 12권, 수필집 3권을 간행한 원로 시조시인이
다. 올해 5월 10일에 간행한 『모국어』(책만드는집)를 받고 숙독한 바 있는
데, 이번에 이지엽 『시조시학』 주간의 부탁으로 김정희 시인의 대표작에
대한 간단한 평을 쓰게 되었다.

『모국어』에서 제일 인상 깊게 읽은 작품은 「시리아 난민」과 「들불」이
었다.

> "아빠, 제발 죽지 말아요"
> 한마디 말 남기고
>
> 파도에 떠밀려 온
> 어린 꽃잎

모래무덤

구름도
멈칫, 눈시울 젖어
빗방울을
뿌리는……

―「시리아 난민」 전문

　'세계의 화약고'라고 일컬어지는 중동지방에 평화는 언제 깃들까? 어느
때는 이라크, 아프가니스탄, 레바논, 이스라엘 같은 곳에서 화염이 치솟
아 올랐는데 요즈음에는 시리아에서 연일 총성이 울리고 있다. 폭음이 지
축을 흔들기도 한다. 시인은 졸지에 이산가족이 된 아버지와 아들에게 눈
길이 갔다. 웬 아이가 "아빠, 제발 죽지 말아요"라고 외쳤는데 정작 죽은
것은 아이였다. "파도에 떠밀려 온/ 어린 꽃잎"은 아이의 시신을 가리키는
것이리라. 구름도 어린 주검이 불쌍해 빗방울을 뿌리고 있다고 하면서 시
인은 먼 나라에서 일어난 일이지만 말문을 잃고 있다.

황토 벌
거친 들판에
꿈의 씨앗 뿌렸다

땀방울 흙에 묻고
결실을 기다렸건만

거둘 것
없는 그날의
분노인가

저 불길은

—「들불」 전문

이 작품은 부제가 '농민 시위를 보며'이다. 언론에 보도되는 농민들의 시위를 보고 시인은 "그날의 분노"를 떠올린 것이리라. 독자에 따라 이 시조를 보고 갑오년의 동학농민전쟁을 떠올릴 수도 있을 것이고, 여의도 국회의사당 앞에서 행한 농민들의 농산물 불태우기 시위 현장을 떠올릴 수도 있을 것이다. 둘 다라고 생각해도 무방하다. 아무튼 김정희 시인은 세계 분쟁의 현장과 국내 시위 현장을 공간 배경으로 시조를 썼다. 『모국어』에는 단아한 작품과 고색창연한 작품도 나오지만, 「모나리자」「피에타」「와이키키의 달밤」「타클라마칸의 별빛」「그랜드캐니언」 같은 해외여행의 산물도 있다.

김정희의 시조를 보면 형식은 3장 6구 12음보의 정형을 지키고 있지만 시세계가 폐쇄적이거나 정태적이지 않고 개방적이고 역동적인 경우가 많다. 물론 전자의 세계를 추구하는 은일隱逸의 시인 혹은 고졸古拙의 시인이라고 할 수 있겠지만, 한편으로는 남성적 기개와 격정의 시편도 있으므로 시세계를 어느 하나로 꼬집어 말할 수 없다. 아래의 시조를 보라.

"무쇠를 녹이리라"
"무쇠를 녹이리라"
망월동 무덤가를 달구는 저 불가마
장대비 백날을 쏟아도 불길은 끌 수 없고
천둥 번개 내리치던
아수라 지옥의 날
사태 진 언덕 위에 불기둥으로 솟아

허공에 빛을 뿌리고 몸을 사룬 혼백들

내 눈물 땅에 묻고
돌아서는 이 길목
은은히 들려오는 우렁찬 저 종소리
에밀레, 종 치는 나무여 네 울음에 발이 묶인다
　　　　　　　　　　　　　　　　　－「망월동 백일홍」 전문

　이 작품에서 시인은 광주의 망월동 공원묘지에 피어 있는 백일홍을 노
래하고 있지만 단순한 꽃노래가 아니다. 1980년 5월의 광주에서 죽은 사
람들이 묻혀 있는 망월동 묘역은 그 자체가 불가마다. "무쇠를 녹이리라"
의 '무쇠'는 총·군부·무력 등을 상징한다. 그것을 녹이려고 불가마의 불
을 땐 사람들이 바로 광주시민이었다. 불가마·불길·불기둥은 요원의 불
길처럼 일어난 민중의 항거를 뜻한다. "허공에 빛을 뿌리고 몸을 사룬 혼
백들"은 그해 5월에 민주주의를 요망하며 항거했던 시민군 중 그때 희생
된 사람들을 가리키는 것이리라. 그 당시 수많은 사람들이 민주주의의 제
단에 바쳐졌다. 신라시대 때, 에밀레종 탄생의 설화에 나오는 아이가 희생
양의 역할을 해서 에밀레종이 만들어졌던 것처럼. 에밀레종 설화가 상징
적으로 들려주는 것은 한마디로 줄여 '희생'이다. 그들의 희생이 있었기에
지금 우리가 이만큼 민주화된 세상에 살고 있는 것이므로 그들의 정신을
잊어서는 안 된다고 시인은 말하고 있다. 마지막 연은 영령들에 대한 시
인의 애도요 조문이다. 시대의 아픔에 대한 시인의 천착은 이런 작품도
쓰게 한다.

장맛비에 어룽진 주황빛 설움을 본다
고향집 담장에서 푸른 하늘 우러르며
발돋움, 발돋움으로
꿈을 찾던 소녀야!

밤사이 휘몰아친 비바람 실로, 느닷없었지…
장대비에 목을 꺾은 주황빛 투신 앞에
피면서 뚝, 뚝 꽃 진 자리
낭자한 선혈鮮血의 강

뉘를 위한 제물이었나, 천지는 말문을 닫아
우기雨期를 기약하며 전하는 마지막 유언
장대비, 홍건한 눈물로
통곡하며 증언하는

　　　　　　　　　　　　　－「능소화, 비에 젖어」 전문

　이 작품은 부제가 '소녀상'이다. 시인은 일제 강점기 때 일본군 위안부로 끌려갔던 이 땅 처녀들의 아픔과 슬픔을, 고통과 회한을 능소화에 빗대어 달래고 있다. "장대비에 목을 꺾은 주황빛 투신 앞에/ 피면서 뚝, 뚝 꽃 진 자리"에 흐르는 "낭자한 선혈의 강"이니 장대비에 능소화가 꺾였다는 것은 비유의 대상일 뿐이다. 일본군은 처녀들의 처녀성을, 그들의 청춘을, 낱낱의 소중한 생명을, 나라 전체를 짓밟았다. 시인은 그 당시 일본군의 횡포와 지금 일본인들의 태도에 대해 강렬하게 항의를 하고 있는 것이다. "장대비, 홍건한 눈물로/ 통곡하며 증언하는"으로 여운을 남기며 맺은 결구는 진한 감동을 전해준다.
　김정희의 시조는 앞에서도 언급했지만 은일의 시세계와 격정의 시세계로 나눠진다. 전자는 다음 작품에 극명하게 나타나 있다.

> 밀물을 거느리고 바람기둥 울러 메고
> 성큼 다가선 태풍의 눈언저리에
> 한 마당 어우러진 신명, 소용도는 굿 놀이…
>
> —「어떤 해일」 가운데 연

> 몇 번을 까무러쳐도 끓어오르는 더운 피
> 내림굿 손대 잡고 날고 싶은 나비 꿈은
> 선무당 신들린 춤사위
> 바라춤을 추는 듯.
>
> —「맨드라미, 불 지르다」 가운데 연

> 생살 찢는 칼바람에 살갗을 허물어도
> 샛별에 눈 맞추며 촛불이듯 불을 밝혀
> 태양을 겨냥한 눈빛
> 과녁 뚫을 날 있으리
>
> —「그 겨울, 얼음새꽃」 마지막 연

형식은 '갇혀' 있다고 해야 할지 모르겠지만, 내용을 음미해보면 김정희의 시조는 완전히 '열려' 있다. 거대한 해일에 맞서고 불씨를 일으켜 집(갇힌 공간이다)에다 불을 지른다. 위풍당당한 남성적 기상을 드러내는 이런 시조만 쓰는 것이 아니다. 처절한 사랑노래도 한다.

> 하늘 아래 금 하나 긋고 새끼손가락 걸었다
>
> 훗 세상 기약하며 영원을 맹서한 사람

그대는
다가설수록
멀어져만 가는지…

ㅡ「수평선」 전문

　두 사람이 영원한 사랑을 맹세하였다. 이승에서의 사랑도 모자라 홋 세
상에까지 인연이 이어지기를 바라고 있다. 그러나 약속과 기대와 맹서는
깨지기 위해서 존재하는 것이었던가. 지금 그대는 수평선처럼 멀리 있다.
화자가 다가설수록 그대는 더욱 멀어진다. 그대는 어쩌면 처음부터 멀리
있는 존재였는지도 모른다. 화자의 마음이 그대를 가까이 느끼고 있었을
뿐이다. 한편, 이 시조를 남녀 간 사랑의 줄다리기를 상상하면서 읽으면
또 다른 묘미가 있다. 내가 가까이 가면 그대는 멀어지고, 그대가 가까이
오면 내가 멀어지는, 젊은이들의 발랄한 표현을 빌리면 '밀땅'이 행해지고
있다. 당사자들이야 애간장이 타겠지만 그들을 바라보는 이들이 느끼고
있을 재미야 말해 무엇 하랴. 또 다른 연가를 보자.

경주 남산 찾아가면
내 그리운 사람이
바위 속 문을 열고
걸어서 나오실까
감실의 부처님처럼
집 지키고 계실까

돌처럼 굳은 언약
비바람도 견딘 사랑
머금은 천년 미소

그 자리 그대론데
영겁을 다스려 온 그대
숨결소리 들릴까.

—「경주 남산에 가면」 전문

    앞 연을 보면 불교적인 분위기 속으로 침잠하게 되지만 뒤 연을 보면 '사랑'이 부처에 대한 사랑, 혹은 신앙심을 증거하는 것이 아니라 남녀상열지사임을 알게 된다. 경주 남산의 모든 불상에 오직 인간의 부처에 대한 사랑의 맹세만 새겨져 있을까. "돌처럼 굳은 언약/ 비바람도 견딘 사랑"이면 신성에 대한 막연한 사랑이 아니라 인간에 대한 구체적인 사랑을 뜻하는 것이리라. 이런 애절한 그리움의 시조도 쓰고 있으니, 해설자는 도저히 김정희 시인의 나이를 가늠할 수 없다.

    어느 날에는 동명이인인 추사 김정희의 정신에 깊이 매료되기도 한다(「세한도 속에는」). 진주 남강 상류에 있는 호수에서 살아가는 수달의 안부를 걱정하기도 한다(「물 위에 뜬 판화」). 격정의 시편 가운데 하나를 보자.

용케도 살았구나, 얼음 지핀 저 눈 속을
간밤 된서리에 어금니를 깨물며
난전에 좌판을 열고
목숨 잇는 아낙처럼.

봄 뜨락 모란꽃을 부러워한 적 없었다
노란 꽃잎 껴안고 흙의 은총에 감사할 뿐
뼈아픈 고행苦行 길이여
뚝,뚝 피가 흐르듯

생살 찢는 칼바람에 살갗을 허물어도
샛별에 눈 맞추며 촛불이듯 불을 밝혀
태양을 겨냥한 눈빛
과녁 뚫을 날 있으리.

─「그 겨울, 얼음새꽃」 전문

　얼음새꽃의 겨울나기가 좌판을 펼쳐놓고 장사를 하는 아낙과 닮아 있
다. 얼음과 된서리 속에서 노란꽃잎을 피워 올리는 꽃은 복수초를 가리킨
다. 모든 생명을 얼려버리는 추위에도 얼음새꽃은 흙으로부터 생명의 기
운을 받아 피어난다. 한겨울에도 좌판을 벌려 놓고 생계를 위해 고투하는
아낙처럼, 이 겨울에도 꽃잎을 피워 올리는 이유가 있을 것이다. 칼바람
부는 날에도 노란 꽃은 촛불처럼 흔들리며 피어나 태양을 향하고 있다.
꽃은 살아 있기에 흔들리고, 촛불도 아직 꺼지지 않았기에 흔들리는 것이
다. 꽃은 피어 있기에 생명의 환희를 온몸으로 발산하고, 촛불은 제 몸을
태우면서 주변을 밝힐 수 있다.

　80대에 이른 김정희 시인의 자화상을 얼음새꽃에서 보는 듯하다. 80 성
상의 엄동설한에도 촛불 밝히듯 한 생을 건너온 시인에게 축복의 말씀을 전
한다. 촛불 앞에 섰을 때 마음이 경건해지고, 바위 같은 마음을 녹여줄 기도
의 언어가 나올 것 같은 경험을 한 적이 있을 것이다. 이 시에서는 얼음새꽃
이 바로 그런 촛불이다. 만화방창 봄이 한창인 때 모란꽃처럼 피어나지 않
고 엄동에 피어 우리를 숙연하게 하는 이 꽃 앞에 서면 왠지 두 손을 가만히
모을 것 같다. 그리고, 생명의 경이로움에 대해 기도를 드리고 싶어질 것이
다. 생명의 꽃을 시조로 피워 올리는 김정희 시인의 건강과 장수를 기원하
며 얼음새꽃 한 포기를 가슴에 심어 보는 8월 초하루, 여름의 한복판이다.

맺힌 피멍을
타인에 대한 사랑으로 승화시키다

—박연신 소론

　1984년 조선일보 신춘문예 시조 부문에 「골동품」이란 작품으로 등단한 박연신(1942~) 시조시인의 한국예술상 수상을 진심으로 축하하면서, 잠시 시인의 시세계를 살펴본다. 당시 심사위원은 이태극 시인으로, 당선작에 대해 "사실성이 있으면서도 골동품을 향한 깊은 애정과 그 가치성과 생명력을 포착하였고, 시조의 가락을 놓치지 않고 구상화하여 놓았다"고 후한 평을 하였다.

일월日月이 예 앉아 삶을 되살린다
좀먹고 썩은 목기 이끼 앉은 연자방아
가물한 기나긴 여로旅路에 정이 새록 쌓이고,

기승떠는 마음일랑 따득따득 만져주는
주름살 패인 곁을 어머닌 듯 보듬고서
야윈 손 엉기는 핏줄 옛이야길 주워 담네.

청자 빛 하늘가에 한 조각 마음 싣고
백자 흰 빛깔에 슬기 찬 목숨 이어

천년학千年鶴 보람을 찾는 구원久遠으로 사는 길.

—「골동품」전문

　　오랜 세월 동안 사람의 손때가 묻은 골동품의 가치가 어디에 있는가를 탐색한 이 시조는 소재도 주제도 그렇지만 표현에 있어서도 우리네 전통 시가인 시조로서의 품격을 제대로 지닌 작품이다. 어머니가 이 작품에서 비유의 대상으로 쓰이기도 하지만 전체적인 이미지가 쪽진 머리를 하고 고풍스러운 한복을 단정하게 입은 우리들의 어머니를 연상케 한다. 이 작품으로 등단했을 때 박연신 시인의 나이는 어언 마흔세 살이었고 두 아이의 어머니였다. 당선소감이 뜻밖에도 이렇게 시작된다.

　　아홉 살 적(6·25동란) 이야기는 아직도 내겐 피멍이다. 진달래꽃이 피면 눈물이 그렁 고이고, 눈이 내리면 회상의 등 밝혀 들고, 바람 부는 골목에 서면 지금도 마음이 춥고….

　　우리 나이로 아홉 살에 겪은 6·25동란 때 무슨 일이 있었기에 시인은 "아직도 내겐 피멍"이라는 말을 당선소감 첫머리에다 했을까? 아래 제시하는 작품이 단서가 될 수 있지 않을까?

　　난리 통에 하늘 가신
　　울 어머니 가슴 반쪽

　　딸아이 만나러
　　구름 숲 헤쳐 헤쳐

　　눈발이 분분한 밤에

버선발로 예 오셨네.

―「반달 1」 전문

화자는, 아니 시인은 반달만 보아도 어머니가 그립다. "난리 통에/ 하늘 가신/ 울 어머니"는 구름을 헤치고 나타나기도 하고, 어느 눈발이 날리는 날 밤에는 하얀 버선발로 오기도 한다. 반달은 시인에게 그리움의 표상인 것이다. 봄이 와 진달래가 피어도 어머니 생각에 가슴이 활활 탄다. 1951년, 52년, 혹은 53년의 어느 봄에 시인의 어머니는 먼 나라로 가셨을 테고, 진달래꽃이 붉게 피어나면 어린 마음에 봄기운이 도는 것이 아니라, '절망'하였다.

아주아주 불이 나서
큰 불이 활활 타서

죽으면 어떨까
죽어지면 꺼질까

흰 피톨 소금 뿌리고
침몰하던 놀빛 절망

―「진달래 그리고 어머니」 중반부

시인은 대표적인 봄꽃인 진달래를 보면서도 소생이나 희망의 메시지를 읽지 못한다. 미루어 짐작해보건대 산야에 이 꽃이 활짝 피어 있을 때 시인의 어머니에게 어떤 좋지 않은 일이 생긴 게 아닐까. 불처럼 번지는 진달래 빛과 죽음 이미지가 대비되면서 어머니에게 닥친 불행이 더 비극적으로 표현된 시편이다. 죽음 이미지가 강하게 배어 있는 이 시편에서 어린 화자는 어머니의 부재가 믿기지 않는다. 그래서 "내 침묵과 내 열망과/ 내 고집과 내 기다림"이라고 첫 수의 초장을 열고 있다. 어머니에 대한 그리움이 가장 아름답고도 슬프게 승화된 시조가 있으니 「더 아픈 마음」이다.

산소에 도달하면 엄마 생각 뜨거워서
왼종일 땀 흘리고 물마시고 다독여도
지상은 적막뿐이다 꽃 안고 찾아와도

옛일도 생각난다
손짓하면 올 것 같다
눈물이 방울방울
해 저무는 저녁이면
가다가 서성이다가
읊조리는
금강경

— 「더 아픈 마음」 전문

왜 하필이면 『금강경』을 읊조린 것일까. 『금강경』은 공空사상에 입각하여 집착 없이 보살행을 실천하는 일을 중심 내용으로 하고 있다. 어머니가 수명이 다하여 돌아가신 것은 어떻게 해볼 수 없는 일, 생각하면 마음이 아프지만 이제는 그리움에 그만 시달려야 한다고, 어머니를 잃은 슬픔으로부터 벗어나야 한다고 마음을 다독여본다. 삶도 욕심도 자아의 집착으로부터 오는 것이니 그에 대한 생각을 항아리처럼 비워내야 하는 것이다. 다음과 같은 엇시조는 어머니를 여읜 '상처'를 그린 작품이 아니다. 생명을 낳는 일(출산)에 이어 생명을 살리는 일(치유)과 생명과 더불어 살아가는 일(상생)을 하는 여성의 역할에 대하여 생각을 해보기도 한다.

제 집에 잠시 들러
몇 말씀만 해주세요

오냐, 아가야! 약으로 어찌 그 깊은 병 당장 다스리겠느냐.
딴 방법 없응게 밤낮으로 약 바르고 호호 불어 보란 말여. 정신 바
짝 차리고 야무지게 다스려서 살아가야지. 쭉정이 마른풀 같은 그 연
민의 끈 있지? 그것이 목숨이란 것잉게, 그 불쌍헌 거 젖꼭지 꼭 물리
고, 쌀죽이랑 아낌없이 끓여 떠 멕이고 혀서 지극정성 다 바치고 나서
야 겨우 한 생명 구해낼 수 있는 것이란다

한 세상
봐야잖겄써
너먼은 꼭, 말이다.
                    ―「어머니께서 가르쳐주신 치료법」 전문

시인은 전주 태생으로, 어머니의 말투를 빌려 사투리를 아주 구수하게
녹여냈다. 어머니가 해주었던 이런 말을 기억하고 있기에 이 시조를 쓴
것은 아닐 터다. 이 한세상 살아보니 삶의 지혜나 인생철학 같은 것이 자
연스럽게 체득되고 체화되어 이 작품을 쓰게 된 것이 아닐까. 주부로서의
삶이 따로 있고 시인으로서의 삶이 따로 있는 것이 아닐 터, 다음과 같은
엇시조도 생활인의 철학이라고 할 수 있다.

도대체 그릇들이
무슨 죄가 있다고

기를 쓰고 그렇게 빡빡 문질러 닦았는지 수세미도 깜짝은 놀랬을
거다. 세상이 이렇게 고약하게 꼬여서야 어떻게 이웃 간에 문 열어놓

고 살겠는가 금방 토사곽란이라도 날 것 같아 재빨리 사먹었네 진통
제 한 알

　오장이
　우선 급하다
　씻어야 한다
　당근주스

―「설거지 기記」 전문

　식사가 끝난 뒤 그릇을 씻는 행위인 설거지가 이 시의 제재題材인 것 같
지만, 실은 삶이란 것이 결코 만만치 않음을 말해주려고 쓴 시조다. "세상
이 이렇게 고약하게 꼬여서야 어떻게 이웃 간에 문 열어놓고 살겠는가"
하면서 시인은 흉흉한 세상인심을 개탄하고 있다. 서로 도우면서 사는
삶, 혹은 타인에게 베풀면서 사는 삶에 대한 시인의 열망은 『열린 지평』
의 출간으로 이어졌을 것이다. "장애인과 함께!"라는 슬로건을 내걸고
1993년 9월 20일 첫발을 내디딘 문예지 『열린 지평』에 대해 『신동아』가
취재를 한 적이 있었다. 2005년 10월호를 펼쳐본다.

　창간 때부터 지금까지 기획 · 취재 · 편집 · 인쇄에서 발송 · 회원 관
리에 이르기까지 『열린 지평』을 실질적으로 이끌어온 건 박연신 씨
다. 13년째 한결같이 잡지를 만들고, 장애인 복지를 위해 애쓰고 있지
만 그는 창간 초기 외엔 언론에 자신을 노출한 적이 없다. 부군 손길승
씨가 1998년 SK그룹 회장으로 취임한 뒤에는 더더욱 자신을 드러내
지 않았다. 2001년 『한겨레 21』에서 장애인 필자에게만 원고료를 주
고 비장애인 필자에게는 원고료를 주지 않는 『열린 지평』의 운영 방
식, 장애인 기자들의 열의와 애환을 기사화했지만 박연신 씨 이야기
는 어디에도 없다.

청각장애 아들을 서양화가로 키운 이야기가 이어진다. 손길승 씨는 경영 일선에서 물러났지만 그가 몸담았던 SK(주)·SK생명·SK텔레콤·워커힐호텔 등 SK 계열사 전·현직 임직원들의 『열린 지평』을 향한 도움의 손길은 꾸준히 이어지고 있다고 한다. 올해 가을호도 나온 『열린 지평』은 우리나라 장애인들의 좋은 벗이자 착한 인도자다. 아마도 이번에 한국예술상이 박연신 시인에게 주어지는 것에는 이런 선행도 한몫을 한 것이 아닌가 싶다. 개미의 부지런함을 예찬한 다음과 같은 시조도 결국 자신의 초상을 그린 자화상이 아닐까.

절간 마당 거닐며
생수를 떠 마시며
네 숨소리 들으며
네 뒤를 따라간다
부럽다 달리는 호흡
촌음을 아끼는 삶의 열기
　　　　　　　　　　　　　—「개미에게」후반부

개미처럼 부지런히, 촌음을 아끼며 살아온 한 사람의 생애가 아름답게 마무리되기를 바란다. 그런데 "열흘 동안 죽는 줄 알고 불렀던 어머니, 어머니"(「병원에서 오는 길」) 같은 구절을 보니 시인이 요즈음 건강이 안 좋아져 큰 고비를 넘긴 것이 아닌지 모르겠다. 연세가 만만치 않음에도 시조가 있기에 박연신 시인은 현역으로서 아직 한창때라고 여겨진다. 최근에는 동시조도 열심히 쓰고 계신 것으로 알고 있다. 다음과 같은 동시조는 필자의 입가에 미소를 짓게 한다.

아빠의 해외여행
많이많이 더울 텐데

부채 하나 사드릴 걸
이제야 미안하네

힘주어 세게 부치며
바람결 보내었네.

—「부채를 부치면서」 전문

　나이를 먹으면 다시 아이가 된다고 했다. 아이의 순수성은 세상 짐으로부터 아직 자유로운 것과 관련되며, 노년의 순수는 그 무거운 짐을 내려놓아버린 홀가분함에서 오는 것일 게다. 박연신 시인은 살아오는 동안 바라본 세상을 이제야말로 깊은 연륜으로 관조할 때가 되었다. 세상의 모든 시인에게 노년의 시간은 축복의 시간일 것이다. 삶의 깊이에서 길어 올린 편안한 시를 독자들에게 선물해주실 것을 기대한다. 앞으로 더욱 왕성하게 작품 활동을 하기 바라면서 박연신 시조시인에 대한 소론 쓰기를 마친다.

부록

조선조 양반가사와 평민가사 비교 연구

―봄노래와 노동요를 중심으로

가사歌辭에 대한 연구는 여러 학자들에 의해 꾸준히 진행되어 온 셈이다. 가사의 개념 정의를 살펴보면 조윤제는 "가사는 극히 단조한 형식을 가진 長歌로서 대강 八音一句를 중첩한 八八調의 연속체"[1]라고 하여 형식적 특성을 명시하였다. 김사엽은 "조선시대 가요사상 독특한 한 詩形인 四四調 연첩하는 歌曲이 있으니 이를 長歌·歌詞·歌辭 등으로 호칭하여 왔다"[2]고 하였다. 고려조에 이미 나온 것들이 있으므로 조선시대의 시로 규정한 것은 문제가 있지만 대체로 무난하게 내린 정의라고 할 수 있겠다.

김기동은 가사의 형식에 대해 다음과 같이 아주 구체적으로 가사의 특징을 설명하였다.

> 한 시행이 4음보격으로 되어 있고, 그 음보격의 기본적 음수율이 3·4·3·4조 또는 3·4·4·4조로 되어 있으며, 시행은 시상에 따라 무제한으로 연장할 수 있는 非連詩로서의 정형시를 가사라고 할 수 있다.[3]

비슷한 시기에 발흥한 시조가 대체로 초·중·종장의 닫힌 구조를 지니

---

1) 조윤제, 『韓國詩歌史綱』, 을유문화사, 1965, 236쪽.
2) 김사엽, 『李朝時代의 歌謠硏究』, 대양출판사, 1956, 299쪽.
3) 김기동, 『국문학개론』, 정연사, 1969, 135쪽.

고 있다면 가사는 '非連詩'로서 열린 구조를 갖고 있다고 볼 수 있다. 시조와 가사는 문학적 가치나 작품의 수에 있어서 한국 고전시가의 대표적인 장르다. 시조가 개화기의 개화가사→창가→신체시→자유시의 물살에 휩쓸려 사라지지 않고 지금도 활발히 창작되고 있는 데 반해 가사는 연구만 되고 있을 뿐 작품 창작의 맥이 끊기고 말았다. 가사문학의 부활을 바라는 이가 본 연구자만은 아닐 것이다.

이병기는 고려 말의 나옹화상이 지은 「西往歌」를 예로 들며 가사가 이미 고려 밀엽에 발생했다고 하면서 다음과 같이 시대 구분을 하였다.[4]

> 제1기 : 歌詞體의 발생(고려 말)
> 제2기 : 歌詞文學의 발달(성종~임진왜란 전)
> 제3기 : 雜歌의 융성(임란 후~近朝 후기)

'잡가'라고 칭한 가사가 임진왜란을 기점으로 융성하게 된 이유가 있다. 제2기에는 창작자가 거의 양반이었는데 임진왜란 이후 평민들이 대거 가사의 창작자가 되었기 때문이다. 평민계급 중에서 상민과 천민은 교육을 받을 기회를 갖지 못한 채 노동의 나날을 보내야 했지만, 중인·서얼·서리 등은 미관말직이나마 벼슬을 할 수 있어 상민과 천민보다는 우대를 받았고 교육도 받을 수 있었다. 이들 평민계급은 임진왜란과 병자호란을 거치면서 세계관을 넓히게 되어 사회의 구조적 모순에 대해 비판의식을 갖는 등 일대 각성을 하게 되어 영조 대에 이르러서는 문화와 예술의 창작 주체로 부상할 수 있게 되었다. 특히 신분제약에 얽매여 더 높은 단계로 상승을 꾀할 수 없었던 평민계급은 지배계급에 대한 반항의식을 강하게

---

4) 이병기·백철, 『國文學全史』, 신구문화사, 1960, 107, 122, 149쪽.

표출하기 위해 양반계급이 잘 쓰는 정형보다는 변형을 취하여 평민가사와 사설시조 · 엇시조를 발달시켰다. 그런 점에서 서원섭 같은 이는 평민가사의 형성 시기를 영조 때로 보고 있다.[5]

가사의 갈래는 여러 가지가 있다. 서원섭은 가사를 크게 양반가사 · 평민가사 · 내방가사로 나누었지만 박성의는 명칭상 '辭' '詞' '歌' '曲' '別曲' '歎' '錄'자가 붙은 작품으로 나누기도 했고 작가별로 유명씨, 무명씨, 양반가사, 평민가사, 규방가사로 나누기도 했다.[6] 서원섭은 주제별로 江湖閑情 · 戀主忠君 · 追慕讚頌 · 福壽頌祝 · 道德敎訓 등 16개로, 박성의는 閑情 · 相思 · 景物 · 敎訓 · 敍事 등 무려 32개로 분류하기도 했다.

내방사가와 승려가사도 있지만, 연구자는 가사가 크게 양반가사와 평민가사로 나눠볼 수 있다고 생각한다. 비슷한 소재 혹은 주제를 다룰 때, 양반과 평민이 어떤 관점의 차이를 보이는지, 그것을 연구하는 것이 이 글의 주된 목적이 된다. 양반가사 중에서는 「賞春曲」「牧童問答歌」「田園四時歌」「農家月令歌」가, 평민가사 중에서는 「豊年歌」「기음 노래」「모심기 노래」「樵夫歌」가 대체로 농촌에서의 일상을 다룬 것이므로 이들 작품의 특성을 비교해보고자 한다.

정극인(1401~1481)의 「賞春曲」은 제목에 나와 있는 그대로, 봄을 예찬하는 노래다. 자연예찬의 노래이기도 하며 안빈낙도의 경지를 다룬 전형적인 양반가사다.

　　홍진에 묻힌 분네 이 내 생애 어떠한고

---

5) 서원섭, 『韓國歌辭의 文學的 硏究』, 형설출판사, 1995, 82쪽.
6) 박성의, 『韓國歌謠文學論과 史』, 집문당, 1986, 409~419쪽.

옛사람 풍류를 미칠가 못 미칠가
천지간 남자 몸이 날만한 이 하건마는
산림에 묻혀 있어 지락을 모를 것가
수간 모옥을 벽계수 앞에 두고
송죽 울울리에 풍월주인 되었세라7)

'序詞' 부분인데 『不憂軒集』에 실려 있는 원문은 다음과 같다.

紅塵에 뭇친 분네 이 내 生涯 엇더흐고
녯 사름 風流를 미출가 못 미출가
天地間 男子 몸이 날만흔 이 하건마는
山林에 뭇쳐 이셔 至樂을 므를 것가
數間 茅屋을 碧溪水 앒픠 두고
松竹 鬱鬱裏예 風月主人 되여셔라

고어 연구까지 세세히 한다면 본고의 범주를 넘어서는 것이 되므로 앞으로 모든 인용 시는 현대어로 고친 양우당 간 『精選 韓國古典文學全集 3』 '歌辭'편에 있는 것을 사용하도록 할 것이다.

서사 부분의 내용은 대체로 속세에 사는 사람들에게 시골 생활을 하는 내가 부럽지 않으냐고 물어보면서 자연 속에서의 지락을 권유하고 있는 것이다. 두어 간 초가집을 시냇물 앞에 두고 소나무, 대나무가 빽빽하게 우거진 자연의 주인이 된 자신을 자랑하고 있기도 하다. 본사는 '春景'과 '賞春'으로 나누어지는데, 상춘은 다시 한중진미閑中眞味, 산수 구경, 음주하며 상춘함, 등산하며 상춘함으로 나누어진다. 결사는 "功名도 날 꺼리

---

7) 김기동 외 편, 『精選 韓國古典文學全集 3』, 양우당, 1971, 11쪽.

고 富貴도 날 꺼리니/ 淸風明月 외에 어떤 벗이 있사올고/ 簞瓢陋巷에 훗
튼 혜음 아니하네/ 아모타 百年行樂이 이만한들 어떠하리"라고 되어 있으
니, 자연에 귀의하여 사는 것도 즐겁지만 청빈한 생활을 하는 것이 더욱
좋다고 하는 것이 이 작품의 대미다. 아마도 「상춘곡」에서 제일 유명한
대목은 '산수 구경'과 '음주하며 상춘'하는 다음 대목이 아닐까.

    수풀에 우는 새는 춘기를 못내 겨워
    소리마다 교태로다 物我一體어니
    흥인들 다를소냐 柴扉에 걸어보고
    정자에 앉아보니 逍遙吟詠하여
    山日이 적적한데 閑中眞情을
    알 이 없이 혼자라도 이바 이웃들아
    산천 구경 가자스라 踏靑일랑 오늘 하고
    浴沂는 내일 하세 아침에 菜山하고
    나조해 釣水하세 갓 괴어 익을 술을
    갈건으로 밭아놓고 꽃나무 가지 꺾어
    수 놓고 먹으리라 和風이 건듯 불어
    綠水를 건너오니 淸香은 잔에 지고
    落紅은 옷에 진다 樽中이 비었거든
    날더러 아뢰어라 小童 아해더러
    酒家에 술을 물어 어른은 막대 짚고
    아해는 술을 메고 微吟緩步하여
    시냇가에 혼자 앉아 明沙 좋은 물에
    잔 씻어 부어 들고 淸流를 굽어보니
    떠오나니 桃花로다 武陵이 가깝도다
    저 뫼이 그곳인가

이 가사의 화자는 정극인 본인이다. 성균관주부·사헌부감찰·사간원 정언 등의 벼슬을 하다가 만년에 전라도 태인에 은거하며 후진을 가르칠 때 쓴 작품이다. 성종 조까지 살았던 정극인인지라 당파싸움이 한창일 때 는 아니었지만 벼슬살이의 온갖 번잡함과 조정 내부의 다툼에서 벗어나 은거할 때 쓴 것이어서 그런지 흡사 5세기 초 진晉나라의 시인 도연명이 쓴 「歸去來辭」를 연상케 한다. 그런데 봄노래임에도 불구하고 밭갈이 풍 경은 어느 대목에서도 묘사하지 않는다. 아무리 인생을 유유자적 즐기는 선비의 시각으로 쓴 작품일지라도 밭갈이하는 농부들이 눈에 띄었을 텐 데 이 작품에서는 단 한 줄도 묘사하지 않고 있다. 오히려 이제 막 익은 술 을 갈건으로 걸러놓고, 꽃나무 가지를 꺾어 셈을 하며 마시겠다고 한다. 술병이 비었거든 아이는 내게 알려달라고 당부한다. 술심부름을 시켜놓 고 화자는 시냇가로 간다. 나 혼자 시냇가에 앉아서 깨끗한 모래사장 맑 은 물에 술잔을 씻어 술을 부어 들고 자연을 마음껏 즐기겠다고 한다. 그 리고는 여기가 바로 무릉도원이 아니겠느냐고 한다. 사실 이 무렵이면 농 부는 한 해 농사 준비로 여념이 없다. 그런데 양반은 이런 현실에 아랑곳 하지 않고 술에 취해 몽롱한 상태에서 자연을 마음껏 즐기겠다고 한다. 현실, 특히 노동 현실과 철저히 유리된 이런 가사가 초기 가사문학 최고 의 작품으로 평가받아 왔으니 한심한 노릇이 아닐 수 없다.

「牧童問答歌」는 이황 작으로 추정되기도 했지만 임유후(1601~1673) 측 근 인물들의 증언과 문헌의 신빙성으로 보아 임유후 작으로 추정되기도 한다.8) 제목만 본다면 양반과 목동이 묻고 답하며 대화를 나누는 것으로

---

8) 육민수는 임유후任有後의 작품으로 단정하고 논의를 전개하였다. 임유후는 26세에 정시庭試에 뽑혀 가주서假注書로 관직을 시작했으나 동생 지후之後의 무고한 고변 으로 숙부와 사촌들이 장사杖死를 당하고 자신은 투옥되는 사건을 겪는다. 그 일로

보인다. 사실상 문가問歌와 답가答歌로 나누어볼 수 있는데, 전반부인 문가와 후반부인 답가가 대조적인 주제를 부각시킴으로써 조화를 이루고 있다. 사대부인 지은이가 목동에게 세상에 나가 이름을 떨쳐보는 것이 어떠냐고 묻자, 속세의 명리는 아랑곳할 바가 아니라고 목동이 대답하는 내용이 문답 형식으로 전개된다. 원본은 남아 있지 않지만 13종의 이본이 전해지고 있으므로 조선조 후기에 「牧童問答歌」는 상당한 인기를 누린 가사 작품으로 간주할 수 있다.9) 이렇게 시작된다.

> 綠楊 芳草岸에 소 먹이는 아이들아
> 人間 榮樂을 아는다 모르는다
> 인생 백년이 풀끝의 이슬이라
> 삼만 육천 일을 다 살아도 草草커든
> 壽短이 명이어니 사생을 缺할소냐
> 生涯는 유한하되 死日은 무궁하다
> 逆旅10) 乾坤에 蜉蝣11)같이 나왔다가
> 功名도 못 이루고 초목같이 썩어지면
> 공산 백골이 그 아니 느꺼우냐
> 詩書 百家를 자자히 외워내어
> 孔孟顔曾12)을 일마다 법받으며

「絶義文」을 지어 동생과 의절하고는 낙향하여 살아간다. 하지만 53세 나이에 영해부사를 시작으로 강릉부사·종성부사·담양부사·청풍부사·공조참판·병조참판·경기감사·경주부윤을 하다가 73세 나이로 죽었다. 육민수, 「<목동문답가> 창작시기 및 이본의 실현 양상」, 『조선 후기 가사문학의 담론 양상』, 도서출판 보고사, 2009, 280쪽 참조.

9) 위의 책, 281쪽. 육민수는 13종 가운데 이가원본을 선본으로 하여 논의를 전개하였다.
10) 나그네를 맞이한다는 뜻에서 객사客舍나 객관客館을 말함.
11) 하루살이 곤충.
12) 공자, 맹자, 안연顔淵, 증자를 말함.

稷契13)을 期必하고 堯舜을 비겨내어

康衢煙月14)에 太平歌를 불러두고

四海八荒15)을 壽城에 올리기는

理陰陽順四時16) 재상의 사업이요

백만 군병을 指揮中에 넣어두고

풍운을 부쳐내어 우주를 흔들기와

刺繡金印을 허리 아래 비껴 차고

黃龍府17)에 痛飮하고 凌練閣18)에 회상하니

威權이 혁혁하여 五鼎食19)에 누리기는

장수의 모략이라 그 아니 기특하냐

　　화자는 소한테 꼴을 먹이러 나온 아이들을 불러다 놓고 자신의 인생론
을 펼치고 있다. 즉, 아이들에게 무엇을 묻고 답해야 하는데 자기 입장에
서 혼자 장황하게 말하는 것이라고 보아야 한다. 그 내용은 입신양명 출
세를 하는 것이 좋을까(黃龍府에 痛飮하고 凌練閣에 회상하니), 자연에 귀의하
여 자연을 벗하며 사는 것이 좋을까(理陰陽 順四時), 아이들에게 한번 물어
보았다는 것이다. 문제는 아이들이 전혀 알아듣지 못할, 중국의 고사를
배경에 깔고 있는 어휘들로 죽 말하고 있다는 점이다. 그러니까 이 작품
은 형식만 문답가일 뿐 그 시대의 양반이 자신의 제일 큰 고민을 아이들

---

13) 순제舜帝를 섬기던 명신 직과 설.
14) 태평 시대의 안온한 거리 풍경.
15) 팔방으로 뻗어 있는 넓은 세상.
16) 자연의 이치를 거역하지 않는다는 뜻.
17) 발해 부여부를 말함. 요나라 태조가 발해를 치고 돌아올 때 황룡을 보았다는 고사
　　에서 생긴 말.
18) 공이 있는 신하의 화상을 그려서 모셔놓은 집.
19) 다섯 가지의 식선食膳으로서 소·양·돼지·물고기·순록의 다섯 가지 고기를 솥
　　다섯 개에 끓여서 내는 음식을 말한다. 『漢書』「主父偃傳」에 나오는 용어다.

이 알아듣지 못할 말로 지껄이고 있는 것이다. 인용한 부분은 첫 질문의 정확히 절반이고 같은 분량으로 비슷한 내용의 질문을 계속한다. 이번에는 이윤伊尹[20], 부열傅說[21], 영척甯戚[22] 같은 중국 사람의 이름을 들먹이며 자신의 고민을 토로한다. 이런 이름을 들먹인 이유가 있다. 지금은 내가 이런 시골에 내려와 너희들 앞에 있지만 나라에서 다시 나를 불러주면 가야 하지 않겠느냐고 넌지시 물어보는 내용이다. 그러자 목동이 대답한다.

> 목동이 대답하되 어와 그 누구신고
> 우은 말씀 듣건지고 형용이 고고하니
> 楚大夫 삼려신가 殘魂이 零落하니
> 柳學士 子厚신가 日暮 脩竹에
> 혼자 어둑 서 계셔서 내 근심 던져두고
> 남의 분별 하시는고 우리는 蠢蠢하와
> 大道를 모르어도 人生도 저러하다
> 소치기 아이이다 송아지 어이 쫓아
> 녹음간에 절로 내어 이리 가락 저리 가락

소치기 아이지만 한학을 공부한 흔적이 역력하다. '자후'는 유종원의 자字이므로 '柳學士 子厚'는 중국 당나라의 문사 유종원을 가리킨다. 목동

---

20) 탕왕을 도와서 하나라의 폭군 걸을 무찔렀다는 중국 상나라의 재상.
21) 중국 상나라의 재상. 상나라 임금으로 즉위한 무정은 왕조를 중흥시키기 위해 노력했으나 조력자를 얻지 못한 채 3년 동안 침묵하며 지냈다. 그러던 어느 날 꿈속에서 성인을 만났는데 꿈에서 깨고 난 뒤에도 성인의 모습이 생생하게 기억나서 그림으로 그려 닮은 사람을 찾도록 했다. 마침내 부암에서 부열을 찾았는데 그림 속의 성인과 닮아서 그를 재상으로 등용했고 나라를 잘 다스렸다고 한다.
22) 춘추시대 위나라 사람. 집안이 가난하여 남의 수레를 끌어주면서 살았다. 제나라 환공이 나타나자 소의 뿔을 두드리며 「백석가白石歌」를 불렀는데, 환공이 듣고 불러다가 이야기를 나눈 뒤에 현자인 줄 알고 대부를 삼았다고 한다.

은 중국의 온갖 고사와 인물을 다 들다가 "長安을 돌아보니/ 風塵이 아득하다 富貴는 浮雲이요/ 功名은 蝸角이라 이 퉁소 한 곡조에/ 杏花村을 찾으리라"로 답변을 끝마친다. 즉, 입신양명도 좋고 부귀영화도 좋지만 뒤끝이 안 좋은 경우가 많았으므로 나처럼 소나 돌보면서 사는 것이 마음 편히 성명을 유지할 수 있을 것이라고 충고한다. 이 작품의 주제는 출세 가도에서 미끄러져 영락한 양반이 시골에서 살면서 스스로를 위로하는 내용이지 대화를 통해 어떤 새로운 깨달음을 얻는 과정이 아니다. 목동의 말도 자세히 들어보면 화자가 양반 자신이다. 유종원 외에도 굴원·공자·부차·무안군 백기·이사·한신·한유의 이름이 나오니, 목동이 예사 목동이 아닌 것이다. 가사는 이렇게 끝난다.

어이하여 따르는다 箕山에 귀 씻기와
상류의 소 먹이기 즐겁고 즐거움을
너희는 모르리라 내 노래 한 곡조를
불러든 들어보소 長安을 돌아보니
風塵이 아득하다 富貴는 浮雲이요
功名은 蝸角이라 이 퉁소 한 곡조에
杏花村을 찾으리라

"상류의 소 먹이기"는 허유許由와 소부巢父에 얽힌 이야기다.23) 행화촌

---

23) 중국 기산은 요임금 때 소부와 허유가 은둔했던 산이다. 허유는 중국의 패택이라는 곳에서 살고 있던 어진 은자였다. 그는 바르지 않은 자리에는 앉지도 않았고, 당치도 않은 음식은 입에 대지도 않았으며, 오로지 의를 지키고 살았다. 이 소문을 들은 요임금은 나라를 그에게 물려주고자 찾아갔다. 제의를 받은 허유는 거절하며 말했다. "이렇게 천하를 잘 다스리신 훌륭한 요임금을 어찌하여 저 같은 자가 대신하여 자리에 오를 수가 있겠습니까?" 그리고는 말없이 기산 밑을 흐르는 영수 근처로 가버렸다. 요임금은 그를 찾아가서 그렇다면 아홉 개의 주州라도 맡아달라고 청하자

은 두목杜牧의 시「淸明」에 나온다.24) 안빈과 즐거움을 나타내려고 가지고 온 중국의 고사와 한시인 것이다. 육민수는 이 작품의 의의를 "문가는 공명 추구의 당위성과 방법 및 그것을 달성한 인물을 나열하고, 답가는 이를 반박하며 안분지족의 필요성과 공명 추구 인물의 비참한 말로를 제시함으로써 대조적 짜임을 통해 주제의 선명한 구현을 꾀하였다"고 고평했지만 연구자의 평가는 이와 다르다.「牧童問答歌」에는 입신양명을 원하지만 현실이 이를 허락하지 않은 것에 대한 비분강개가 펼쳐지지, 조정에서의 권력 다툼에 대한 비판이나 상민과 천민의 현실생활에 대한 연민의 정 같은 것은 보이지 않는다. 그리고 벼슬 혹은 권력이 무상하다고는 말하지만 '文'에 대한 지나친 숭상이 행간마다 나타나 있어서 뛰어난 정치철학을 담은 작품으로 보기는 어렵다.

허유는 노여운 마음마저 들어 이를 거절하고 속으로 '구질구질한 말을 들은 내 귀가 더러워졌을 것이다'라고 생각하며 아무 말 없이 자기 귀를 흐르는 냇물에 씻었다. 그때 마침 소부라는 사람이 소 한 마리를 앞세우고 어슬렁어슬렁 걸어오며 그 광경을 보고 허유에게 물었다. "왜 갑작스레 강물에 귀를 씻으시오?" 허유가 말하길, "요임금이 찾아와 나더러 천하나 구주라도 맡아달라고 하기에 행여나 귀가 더러워지지 않았을까 씻는 중이오!"라고 하자 이 말을 들은 소부는 크게 웃는 것이었다. "왜 그리 웃으시오?" 하고 허유가 민망스레 묻자 소부는 답하였다. "평소 허유 님은 어진 사람이었지만 숨어 산다고 하는 소문을 퍼뜨렸으니 낭패를 당하게 된 것이오. 숨어 사는 은자라는 것은 애당초부터 은자라는 이름조차 알려지게 하여서는 안 되는 법이오. 한데 그대는 여지껏 은자라는 이름을 은근히 퍼뜨려 그런 청이 오길 바라고, 사양해서 헛이름이라도 얻으려 하는 것 아니오?" 그리고선 소부는 소를 몰고 다시 영수를 거슬러 올라가더니 소에게 물을 먹이며 말했다. "그대의 귀를 씻은 구정물을 내 소에게 먹일 수 없어 이렇게 위로 올라와 먹이는 것이오!"

24) 淸明時節雨紛紛 청명 시절 비가 어지럽게 날려
路上行人欲斷魂 길 가는 나그네 애간장 끊어질 듯하네.
借問酒家何處有 주막이 어디냐 물으니
牧童遙指杏花村 목동은 멀리 살구꽃 핀 마을을 가리킨다.

또 한 편의 본격적인 봄노래인 「田園四時歌」를 보자. 작자 미상인데, 전원의 사계절을 노래하고 있는 이 작품도 흙은 손에 묻혀본 적이 없는 양반이 쓴 가사문학이다.

一
전원에 봄이 들어 백화가 만발하니
앞 언덕 왜철쭉과 뜰 앞에 진달래는
웃는 듯 반기는 듯 면면이 붉어 있고
섬 아래 정향꽃과 단 위의 모란화는
춘광을 다 머금고 화향이 襲人하고
월계 작약화와 삼색도화 영산홍은
홍백이 상영하여 춘풍에 나부끼고
산단화 옥잠화와 장미화 춘장화는
다투어 반개하여 韶光을 희롱하고
이화는 백설이오 도화는 홍의로다
(……)

二
흐르는 빗소리에 티끌 꿈 깨이거나
청려장 둘러 짚고 앞뫼에 올라가니
진디마다 속잎이요 포기마다 꽃이로다
꽃 꺾어 손에 들고 물 먹어 양치하니
淸香이 滿口하고 和氣가 襲衣한다
유수를 따라가서 바위 위에 앉았으니
공산이 적막한데 접동새 슬피 울고
산화는 난만한데 蜂蝶이 쌀쌀하다
(……)

화자는 이렇게 계속해서 꽃을 즐기다가 쓸쓸한 심회에 사로잡히기도 한다. 금강산도 식후경이라고, 화자는 이윽고 배가 고프다. 이제 광주리 옆에 끼고 산으로 들어가 고사리도 캐고 곰취, 고비나물, 어아리, 도라지, 삽주나물을 캐어 국을 끓인다. 하지만 직접 괭이나 호미를 들고 노동을 하지는 않는다.

三
(……)
광주리 옆에 끼고 산중을 들어가니
주먹 같은 고사리와 향기로운 곰취로다
빛 좋은 고비나물 맛 좋은 어아리다
도라지 굵은 것과 삽주순 연한 것을
낱낱이 캐어내어 국 끓이고 나물 무쳐
취한 쌈 입에 넣고 국 한 번 마시나니
입 안의 맑은 향기 삼키기 아깝도다
九重한 우리 님도 이런 맛 알으시나
한 그릇 받들어서 北闕을 바라나니
어리다 내 마음이 헌근지성25) 절로 난다
뒷동산 포곡26) 소리 밭 갈라 재촉하니
준준한 저 양사도 남무의 숙재로다

사계절 중 봄에 대한 노래는 이렇게 끝이 나는데, 이 부분이 알려주는 정보는 시의 화자가 여성이라는 점과, 이 여성이 그리워하는 남성이 지금 대궐에 들어가 있는 벼슬아치라는 것이다. "뒷동산 포곡 소리 밭 갈라 재

---

25) 헌근지성獻芹之誠 : 변변치 못한 미나리를 바친다는 뜻으로, 남에게 물건을 선사할 때나 의견을 적어 보낼 때 쓰는 겸사.
26) 포곡布穀 : 뻐꾸기.

촉하니" 같은 구절을 보니 산나물을 캐고 있던 여성은 어느새 밭을 갈고 있다. 그러니까 이 아녀자는 남성을 그리워하며 밭일을 하고 있다. 이 대목만 봐서는 여성은 남성의 부인이 아니다. 하지만 북쪽에 있는 구중궁궐 속의 남성을 그리워하며 쌈을 싸 먹고 있다. 이 맛있는 것을 과연 대궐에 계신 그분도 맛보고 있나, 궁금히 생각하면서.

봄이 세 수, 여름이 두 수, 가을이 세 수, 겨울이 한 수로 되어 있는데 여름 노래 안에는 아직 수확 철은 아니지만 먹는 이야기가 많이 나온다.

一

웃논에 早稻 갈고 아랫논에 晩稻 붙여
雨水가 적중하여 풍년을 占卜 하니
여저여경27)은 周民의 축원이오
중유어의28)는 牧人의 꿈이로다
큰 밭에 콩을 갈고 작은 밭에 원두 놓아
한 번 매고 두 번 매니 田家의 일이 없다
남풍이 길이 불어 大麥이 누르익어
이때가 어느 때냐 麥秋가 오늘일다
나리쌀 밥을 짓고 살진 軟鷄 찜을 하여
외김치 나리 소주 時食으로 養親하니
삼생29) 팔진미30)는 어느 뉘 받았던고
전가 중 일신환락 이것이 재미로다
(……)

---

27) 여저여경如坻如京 : 곡식이 잘 되어 창고에 쌓은 것이 높은 언덕과 같다는 말. 『詩經』에 나오는 말.
28) 중유어의衆維魚矣 : 꿈에 많은 고기를 보면 풍년이 든다는 뜻. 『詩經』에 나오는 말.
29) 삼생三牲 : 예전에, 산 제물로 쓰던 세 가지 짐승인 소·양·돼지를 이른다.
30) 팔진미八珍味 : 중국에서 성대한 잔칫상을 차릴 때 갖춘다고 하는 여덟 가지의 맛좋은 음식.

여름철을 다룬 부분에서는 노동의 현장에 대한 묘사가 보인다. 그런데 이 노동의 현장이 조금도 힘들지 않다. 홍수도 태풍도 없이 여름에 비가 너무나 알맞게 내려 풍년을 이미 예감하고 있다. 김을 "한 번 매고 두 번 매니 田家의 일이 없다"고 한다. 시의 화자가 농부인데 이렇게 무사안일에 태평일 수가 없다. 즉, 화자를 농부로 내세웠지만 손에 흙을 묻힌 일이 없는 양반이 쓴 가사이므로 모를 심으면 절로 벼가 익는다는 식으로 쓸 수밖에 없는 것이다. 여름노래의 두 번째는 "小川魚 열무국과 붕어 낚아 회를 쳐서/ 가지 채 호박 나물 新稻酒 이바지가/ 그 아니 소담한가" 하면서 시작된다. 계속해서 술을 곁들여 식도락도 즐기고 산천경개를 흡족한 마음으로 완상하고 있다. 노동은 하인들에게 일체 맡기고 이렇게 태평성대를 구가하고 있는 것이다. 수확의 계절 가을을 노래한 부분에서는 "뜰 앞에 露積하고 含哺鼓腹하여/ 太平歌 부르리라"고 하니, 농사꾼의 시각이 아니라 완전히 양반의 시각이다. 여기서도 술은 빠지지 않는다.

二

(……)
뜰 앞에 露積하고 含哺鼓腹하여
太平歌 부리리라 찰기장 좋은 술을
시굉31)에 가득 부어 공언32)이 어디런고
萬壽를 부르리라 전주33)의 일을 맞고
일신이 한가하니 앞내에 고기 낚아
養親이나 하오리라 竹竿을 둘러매고

---

31) 시굉兕觥 : 외뿔소의 뿔로 만든 큰 잔.
32) 공언公言 : 마을의 공동노동 단체인 두레의 일을 맡은 사람.
33) 전주田疇 : 밭두둑.

어기34)로 나려가니 翩翩한 백구들아
날려고 하지 마라 너 잡을 내 아니라

벼를 다 베고 각종 농산물 수확이 다 끝났다고는 하지만 "일신이 한가
하니 앞내에 고기 낚아/ 養親이나 하오리라"는 구절을 보면 철저하게 양
반의 시각이다. 할 일이 없어서 고기를 낚는다고 하므로 한편으로 생각하
면 태평시국이지만 농부의 입장에서 본다면 신분의 차에 대한 원한과 분
노가 치밀어오를 수 있는 대목이다. 양반은 봄이나 여름이나 가을이나 그
저 '놀' 따름이다. 그리고 이 모든 복락이 다 성은으로 말미암은 것이라고
말하는 충성심 또한 가을노래 말미에서 밝히는 것을 잊지 않는다.

四
(……)
短檐草屋 數間中에 역력히 團聚하여
술잔을 손에 들고 성은을 노래하니
감루가 앞을 서고 갈수록 망극하다
남산같이 높아 있고 북해같이 깊었으니
살아서 隅首하고 죽어서 結草한들
하늘같은 이 은혜를 萬一이나 갚을는가
한 입으로 다 못하니 일필로나 적으리라

가을노래의 대미는 이와 같이 화자가 성은을 잊지 않고 고마워하고 있
다는 내용이다. 이 모든 수확과 복락이 임금의 덕분임을 내가 잘 알고 있
으며, 앞으로 계속 임금께 충성하겠다는 맹세이기도 하다. 겨울노래에도

---

34) 어기漁磯 : 낚시터.

아무런 어려움이 없는 생활상이 전개된다. 화자는 겨울에는 벽을 가득 채운 책을 읽겠다고 한다.

(······)
아침에 뜯은 나무 저녁에 다 희고
여름에 엮은 자리 禦冬하기 넉넉하다
더운 방 밝은 창에 비궤35)가 정결하고
滿壁圖書 蕭條한데 爐香이 애연하다
의관을 정제하고 瞻視를 높였으니
容儀가 端肅하고 心界가 安穩하다

바깥 날씨는 꽤 춥지만 군불을 얼마나 때고 있는지 방은 지금 더울 정도다. 책이 벽에 가득하다고 하니, 이 책을 읽으면서 선비는 겨울을 나면 되는 것이다. 책을 읽는 몸가짐이 단정하고 엄숙하고, 게다가 마음은 편안하니, 세상에 부러울 것이 없다. 이 '안온'이 누구의 노동 덕분인가를 생각해보면, 「田園四時歌」는 겉으로는 아름다운 전원시 같지만 그 내막은 신분상의 불평등과 노동착취의 현장을 역설적으로 말해주는 조선조의 대표적인 양반가사라고 할 수 있다.

조선 헌종 때 정학유丁學游가 지은 월령체 장편가사 「農家月令歌」를 보자. 정학유는 정약용의 둘째아들이다. 열두 달을 노래한 12단락 전후에 서사단락序詞段落과 결사단락結詞段落이 부가되어 있다. 2음보 1구로 계산하여 서사 34구, 정월령 78구, 2월령 54구, 3월령 100구, 4월령 68구, 5월령 94구, 6월령 100구이다. 다시 7월령 72구, 8월령 76구, 9월령 70구, 10월령 146구, 11월령 52구, 12월령 40구, 결사 48구 등으로 전체 1,032구다.

---

35) 비궤棐几 : 비자나무로 만든 책상.

서사(머릿노래)는 농부에게 제일 중요한 것이 해와 달, 별의 운행과 이에
따르는 사계절의 변화여서 그런지 여기에 대해 말하고 있다.

　　　一

　　　天地 조판36)하매 日月星辰 비치거다
　　　日月은 度數 있고 星辰은 전차37) 있어
　　　일년 삼백육십일에 제 도수 돌아오매
　　　동지 하지 춘추분은 日行을 추측하고
　　　상현 하현 망회삭38)은 月輪의 盈虧39)로다
　　　(……)

농사라고 하는 것이 우주만물과 일월성신, 자연생태의 조화를 잘 따라
서 해야 한다고 생각한 정학유는 서사 34구를 따로 마련했던 것이다. '正
月令'은 이렇게 시작된다.

　　　一

　　　정월은 孟春이라 입춘 우수 절기로다
　　　산중 澗壑에 빙설은 남았으나
　　　平郊 광야에 雲物이 변하도다
　　　어와 우리 聖上 애민 중농 하오시니
　　　懇惻하신 勸農綸音 坊曲에 반포하니
　　　슬프다 농부들아 아무리 무지한들
　　　네 몸 이해 고사하고 聖意를 어길소냐
　　　선전수답 상반하여 힘대로 하오리라

───────────────
36) 조판肇判 : 비로소 나뉨.
37) 전차躔次 : 별이 가는 길.
38) 망회삭望晦朔 : 보름, 그믐, 초하루.
39) 영휴盈虧 : 차고 이지러짐.

일년 흉풍은 측량하지 못하여도
人力이 극진하면 天災는 면하리니
제각각 근면하여 게을리 굴지 마라

정월부터 농사 차비를 하는 과정에서 임금의 애민사상과 중농사상을 잊으면 안 된다고 강조하고 있다. 또한 무지한 이 나라 농부들이 바로 이 점을 망각하면 안 된다고 역설하고 있기도 하다. 임금의 생각이 어떻다는 것을 백성들이, 특히 집집의 하인들이 알고 있어야 한다고 주장하는 것 자체가 양반의 시각이다. 한편, "제각각 근면하여 게을리 굴지 마라"라고 함은 하인을 부리는 지주의 입장이다. 너희들은 열심히 일만 하면 된다는 것이다. '四月令' 세 수 가운데 제일 첫 수를 보자.

一
사월이라 孟夏 되니 立夏 小滿 절기로다
비 온 끝에 볕이 나니 일기도 청화하다
떡갈잎 퍼질 때에 뻐꾹새도 자로 울고
보리 이삭 패어나니 꾀꼬리 소리 난다
농사도 한창이요 누에도 方壯이라
남녀노소 골몰하여 집에 있을 틈이 없어
적막한 대 사립을 녹음에 닫았도다
면화를 많이 갈소 紡績의 근본이라
수수 동부 녹두 참깨 부룩을 적게 하소
갈 꺾어 거름 할 제 풀 베어 섞어 하소
무논을 써을이고40) 이른 모 내어보세
農糧이 부족하니 還子 타 보태리라

---

40) 써래로 논의 흙을 가는 것.

'四月令'의 제2번 가사는 누에를 열심히 쳐야 한다는 내용이고, 제3번 가사는 느티떡과 콩진이가 별미고, 물이 줄었으니 천렵하러 나가자는 내용이다. 봄철 농사의 제일 중요한 부분은 모내기 혹은 모심기다. 그런데 가사 전체를 통해 여기에 대한 것은 "이른 모 내어보세"가 전부다. 아무리 사대부 계급의 양반이 쓴 「農家月令歌」라고 하더라도 농사와 조금은 관계가 있는 내용이 나와야 하는데 제목만 그럴 뿐 아무 관계가 없는 내용이 전개되고 있다. 다른 것은 다 차치하고 농번기인 구월과 시월을 보자.

　　　　一

　　구월이라 계추 되니 한로 상강 절기로다
　　제비는 돌아가고 떼 기러기 언제 왔노
　　碧空에 우는 소리 찬 이슬 재촉는다
　　만산 풍엽은 연지를 물들이고
　　울 밑에 황국화는 추광을 자랑한다
　　구월구일 佳節이라 花煎 천신[41]하세
　　節序를 따라가며 追遠報本[42] 잊지 마소
　　물색은 좋거니와 추수가 시급하다
　　들마당 집마당에 개상[43]에 탯돌이라
　　무논은 베어 깔고 전답은 배 두드려
　　오늘은 점근벼요 내일은 사발벼라
　　밀따리 대추벼와 동트기 경상벼라

구월구일은 중양重陽을 가리킨다. 뒤에 나오는 점근벼 · 사발벼 · 밀따

---

41) 천신薦新 : 계절마다 새로 나는 음식을 사당에 가져다 놓고 조상에게 제사를 지내는 일.
42) 추원보본追遠報本 : 조상의 은혜를 고맙게 여겨서 갚는 일.
43) 개상 : 타작을 할 때 볏단을 올려놓는 기구.

리 대추벼·동트기 경상벼 등은 모두 벼의 품종을 가리키는 용어다. 추수를 빨리 하자고 재촉하고 있는 대목이라고 보면 된다. 하지만 벼를 베는 이에 대한 묘사는 전혀 나오지 않는다. 들판은 물색이 좋거니와, 즉, 벼가 보기 좋게 노랗게 익었으니 "추수가 시급하다"고 독려하고 있다. '十月令'은 추수를 한 뒤에는 농부가 또 어떤 일을 해야 하는지 말해주고 있다.

> 一
> 시월은 孟冬이라 입동 소설 절기로다
> 나뭇잎 떨어지고 고니 소리 높이 난다
> 듣거라 아이들아 農功을 畢하여도
> 남은 일 생각하여 집안일 마저 하세
> 무 배추 캐어 들여 김장을 하오리라
> 앞 냇물에 정히 씻어 鹽淡을 맞게 하소
> 고추 마늘 생강 파에 젓국지44) 장아찌라
> 독 곁에 중두리45)요 바탕이46) 항아리라
> 양지에 假家 짓고 짚에 싸 깊이 묻고
> 박이무47) 알암 말도 얼지 않게 간수하소
> 방고래 구두질48)과 바람벽 맥질49)하기
> 창호도 발라놓고 쥐구멍도 막으리라
> 수숫대로 덧울50) 하고 외양간도 떼적51) 치고

---

44) 조기젓국을 부어 만든 김치.
45) 오지그릇으로 된 작은 독의 일종.
46) 작은 독의 일종.
47) 구덩이에 묻어두는 무.
48) 방고래에 쌓인 재를 구둣대로 쑤시어 파내는 일.
49) 벽에 흙을 바르는 일.
50) 울타리 밖에다 다시 하는 울타리.
51) 무엇을 하기 위해 치는 거적 따위.

깍지동52) 묶어 세고 과동시53) 쌓아두소

(······)

화자는 '아이들'에게 일단 김장김치를 하게 명하고는 겨울을 나기 위한 온갖 준비를 하라고 명을 내리고 있다. 어찌 보면 시월 중에 농사꾼들이 해야 할 일을 일일이 체크하고 있다고도 보인다. 화자가 양반이기는 하지만 시월에는 어떻게 하겠다고 결심을 피력하거나, 농부들과 합심하여 어떻게 하자고 권유하는 것이 아니다. "막으리라"는 것은 스스로 막겠다는 것이지만 "맞게 하소" "간수하소" "쌓아두소"라는 말은 분명히 명령이다. 계속해서 이렇게 하라 저렇게 하라고 명령만 내린다. 마지막 부분에 가서도 이제 겨울, 즉 농한기가 왔으니 좀 쉬라는 말은 하지 않는다. 잡생각을 하지 말고 오직 농사에 전념하라고 말한다. 아마도 가마니 짜기 같은 일을 계속하라는 뜻일 것이다. 나는 이 겨울에도 공부를 계속하겠으니 자네는 죽으나 사나 가을이나 겨울이나 농사를 계속해서 지으라는 것이다.

三
(······)
자네도 헤어 보아 십년을 假令하면
칠분은 풍년이요 삼분은 흉년이라
천만 가지 생각 말고 농업을 전심하소
하소정 빈풍시를 聖人이 지었으니
이 뜻을 본받아서 대강을 기록하니
이 글을 자세히 보아 힘쓰기를 바라노라

---

52) 콩, 팥 따위의 꼬투리 더미.
53) 과동시過冬柴 : 겨울 동안에 뗄 나무.

『하소정夏小正』54)이란 매달의 절기에 대해 설명해놓은 책자의 이름이다. 「빈풍시豳風詩」는 『시경詩經』 중의 한 편으로서 '인豳'이라는 나라의 민요를 수록한 것이다.55) 정학유는 중국의 대표적인 권농가를 예로 들면서 농사에 전념하라고 권유함으로써 긴 가사를 끝맺고 있다. 이 또한 철저하게 양반의 입장에서 썼기 때문에 여기에는 노동의 힘겨움도 노동의 즐거움도 나타나 있지 않다. 농사의 보람조차도 나타나 있지 않다. 하인들이 열심히 일해본들 그것은 자신의 소득이 안 되는 생산 구조였기 때문에 양반이 시키는 일만 하면 되는 것이었고, 이는 노동의 가치를 논할 수 없게 하고 있다.

작자와 연대를 알 수 없는 「풍년가」는 지금까지도 전해지고 있는 이 땅의 대표적인 평민가사다.

풍년이 왔네 풍년이 왔네 금수강산에 풍년이 왔네
지화 좋다 얼씨구나 좀도 좋으냐 명년 춘삼월에 花柳놀이 가자

올해도 풍년 내년에도 풍년 연년이 풍년이로구나
지화 좋다 얼씨구나 좀도 좋으냐 명년 하사월에 관등놀이 가자

천하지대본은 농사밖에 또 있는가 놀지 말고서 농사에 힘씁시다
지화 좋다 얼씨구나 좀도 좋으냐 명년 오뉴월에 탁족놀이 가자

---

54) 중국 선진 때의 대덕戴德이 지은 기후 관련 저서로 종식種植 · 잠상蠶桑 · 목축 · 어렵漁獵 활동에 대해 기록하고, 종식과 채집의 종류, 사용 공구에 대해서도 간략하게 서술하고 있다.

55) 그 가운데 「八七月」이라는 시는 농사를 권장하는 노래로서 주공(周公, 주무왕의 아우) 작이다. 주공은 이 시를 장님으로 하여금 외우게 하여 백성들에게 가르쳤다고 한다.

저 건너 金風憲[56] 거동을 봐라 노적가리를 쳐다보며 춤만 덩실 춘다
지화 좋다 얼씨구나 좀도 좋으냐 명년 구시월에 단풍놀이 가자

양지곁 너른 뜰 씨암탉걸음으로 아기장 아장 걸어 광한루로 걸어간다
지화 좋다 얼씨구나 좀도 좋으냐 명년 동지섣달에 설경놀이 가자

봄이 왔네 봄이 왔네 삼천리 이 강산에 봄이 돌아왔네
지화 좋다 얼씨구나 좀도 좋으냐 명년 봄 돌아오면 花煎놀이 가자

풍년은 농부가 누릴 수 있는 최고의 기쁨이다. 직접 농사를 지어본 사람들이 느낄 수 있는 보람이요 기쁨이기에 "지화 좋다 얼씨구나 좀도 좋으냐" 하면서 춤이라도 출 듯이 기뻐한다. 「풍년가」에 적시되어 있는, 농사짓느라 고생한 이들의 소망은 고작해야 몇 번 소풍을 가는 것이다. '노적가리'를 만든 주체인 농사꾼이기에 당당하게 이런 가사를 지을 수 있었던 것이다. 이 가사에는 세경을 더 달라느니 하는 요구가 안 보여서 더욱 안쓰럽기도 하지만 또한 감동적이기도 하다. 지나치게 소박해서 눈물겨운 것이다.

농민들이 김을 맬 때 부르는 「기음 노래」는 대표적인 노동요다. 이 가사 역시 언제 누가 지은 것인지는 알 수 없다. 농사의 힘겨움과 보람을 노래하다가 현실비판으로 치닫는다.

二
창경[57]이 처음 울고 뽕잎이 푸를 적에

---

56) 풍헌은 조선조 때 향소직의 하나로 面이나 里에서 일을 보던 사람. 이런 식으로 성과 직명을 함께 불렀다.
57) 창경鶬鶊 : 꾀꼬리.

東風은 습습하고 細雨는 몽롱한데
밭으로 가자스라 행여 이때 잃을세라
송아지 다 먹였나 남은 벌써 가는구나
자네 거름 다 내갔나 우리 씨앗 나눠가소
앞집 보습 뒷집 장기 선후를 다툴손가
높은 언덕 낮은 이랑 차례로 일군 후에
고루고루 뿌리어라 행여 빈 데 있을세라
이삭이 비록 선들 가꾸어야 아니 되랴
엊그제 갓 맨 기음 어느 사이 벌써 기네
가을을 바라거니 세 벌 수고 꺼릴손가
끓는 흙 찌는 풀 속 상하로 오락가락
호미쇠도 녹으려 든 血肉이 견딜소냐
오뉴월 삼복더위 땀으로 낯을 씻고
헌 삿갓 쇠코중의[58] 熱陽을 막을소냐
보리술 건듯 깨니 콧노래도 경이 없네[59]

　총 다섯 수로 되어 있는 「기음 노래」의 특징은 구체성이다. 직접 농사
에 참여한 사람만이 쓸 수 있는 세목들이 촘촘히 드러나 있다. 상호부조
의 정신이 철저한 것도 아름답고, 농사에 대한 자발적인 참여의식과 보람
이 이 가사의 완성도를 드높인다. "끓는 흙 찌는 풀 속 상하로 오락가락/
호미쇠도 녹으려 든 血肉이 견딜소냐" 하는 대목에 이르면 그 표현이 아
주 구체적이고 사실적이다. 글 자체도 속도감이 있고 힘이 넘친다. 이렇
게 힘든 와중에도 가을의 수확을 꿈꾸고, 한 잔 술로 시름을 잊는다. 그런
데 마지막 다섯 번째 노래에 이르면 관청의 횡포에 대해 다음과 같이 정
면으로 비판한다.

---

58) 농부들이 여름에 입는, 무릎까지 오는 짧은 잠방이.
59) '경황이 없네'의 준말. 몹시 바빠서 틈이 없다는 뜻.

어디서 面主人은 불청객이 온단 말고

잔기침 굵은 호령 반절은 무슨 일고

아서 나소 자로 나소 반객인들 내몰손가

환자패자[60] 부세전령[61] 응당 구실 말라 할까

鄕廳 분부 作廳 구청 원님인들 어이 알리

한 집에 서너 군포[62] 제 구실도 못하거든

사돈 一戸 권당 一戸 일족물[63]이 더욱 설워

재 넘어 십여 호가 어젯밤에 닫단 말가

뉘라서 우리 정상 그러다가 구중궁궐에

님 계신 데 드리리

조선조 중기부터 삼정의 문란이 심해지기 시작했는데, 이 가사를 지은 무명의 작자는 「기음 노래」의 끝에 이와 같이 탐관오리의 횡포를 적극적으로 고발한 내용을 담았다. 일족이 떠넘긴 조세의 의무를 감당할 수가 없어서 십여 호의 사람들이 달아나고 말았다는 것은 그 당시 어디선가 일어난 실화일 것이다. 달아난 이들은 산속 깊이 들어가 화전민이 되었을지 전국을 유랑 걸식했는지 알 수 없다. 국경을 넘어가 난민이 되었을지도 모른다. 탐관오리가 발호했다고는 하지만 이런 것을 묵인해준 것은 구중

---

60) 환자패자還子牌子 : 환자를 갚으라는 통지서. 환자는 관청에서 농민들에게 봄에 곡식을 꾸어주고 가을에 받아들이는 것이지만 사실상 농민 구호보다는 착취를 위한 것으로 원성의 대상이 되었음.

61) 부세전령賦稅傳令 : 세금계산서.

62) 군포軍布 : 백성이 병졸이 되는 대신에 포를 내어 군비에 충당하는 법. 어린아이의 것도, 죽은 사람의 것도, 멀리 간 사람의 것도 부과해 착취의 수단이 되었다.

63) 일족물一族物 : 당시에 관청은 백성들에게 각종 세금을 징수하는 데 있어 오가작통법 같은 방법을 써 일가친척이나 이웃사람에게 연대책임을 부과했다. 그 결과 한 집이 세금을 낼 능력이 없어서 도주하면 친척이나 이웃의 세금이 기하급수적으로 불어났다.

궁궐의 님이었다. 즉, 임금이었다. 우리의 정상精詳을 임금에게 전했으면, 임금이 알고서 조처를 해주었으면 하는 간절한 바람이 이 작품에는 깃들어 있다.

「모심기 노래」는 집단을 이뤄 노동을 하는 과정에서 피로를 덜고 노동 강도를 높이기 위해 부른 대표적인 노동요다. 이 가사의 형식은 사사조四四調를 기본으로 하여 사사의 두 구가 한 짝을 이루고, 두 짝이 한 쌍을 이룬다. 모를 심으면서 남자들이 첫째 짝을 부르면 여자들이 다음 짝을 부르는 식으로 일이 끝날 때까지 기사를 바꿔가며 같은 곡조로 부른다.[64]

> 모야모야 노랑모야 너 언제 커서 열매 열꼬
> 이달 크고 훗날 크고 칠팔월에 열매 열지

경북 달성 지방의 모심기 노래다. 모를 심으면서 돌림노래로 불렀는데, 이 모가 나중에 자라 흰 쌀밥이 되어 돌아오리라는 염원을 담았다. 예산과 상주에서는 연밥 따는 처녀가 나오는 노래를 불렀다.

> 저 건너 연당 앞에 연밥 따는 저 처녀야
> 따는 연밥은 내 따주께 요 내 품안에 잠들어라

남녀가 한 자리에서 같이 일하면서 노래를 부르다 보니 아주 관능적인 내용이 담기기도 했다.

> 모시야 적삼 시적삼에 분통 같은 저 젖 봐라
> 많이 보면 병난다네 살금살금 보고 하지

---

64) 김기동 외 편, 앞의 책, 378쪽.

청양에서 수집된 이런 노래 외에도 모심기 노래 중에는 성적인 표현을 담은 노래가 전국적으로 많이 만들어져 불려졌다.

　　유자야 탱자는 의가 좋아 한 꼭지에 둘이네
　　처자 총각은 의가 좋아 한 베개에 잠이 드네 (청양)

　　임의 품에 자고 나니 아시랑살랑 추워 온다
　　아시랑살랑 추운 데는 선살구가 제맛일레 (부여)

　　방실방실 해바라기 해를 안고 돌아서네
　　어젯밤에 우리 님이 나를 안고 돌아눕네 (영양)

이처럼 남녀상열지사를 표방한 노래는 모심기를 하는 도중에 아무리 불러도 싫증이 나지 않았다. 또한 노동의 피곤함을 잊게 해주었고, 마을 공동체 사람들이 단결심을 갖게 하는 데 아주 좋은 역할을 해주었다. 이 가사歌詞를 기본으로 하여 여러 가지로 바꿔 부르기도 했다. 김문기는 평민가사의 표현상의 두드러진 특징을 해학성과 사실성 및 반복성이라고 하였다.65) 전국 각지에 유포되어 있는 「모심기 노래」야말로 이런 특징에 가장 적합한 가사다.

나무꾼들이 나무하러 가서 불렀던 노래를 통칭하여 「樵夫歌」라고 하였다. 「기음 노래」와 「모심기 노래」와 같은 노동요였지만 집단이 함께 불렀던 노래가 아니었다는 점에서 변별점을 갖는다. 혼자 부르거나 소수가 같이 불렀다. 산청의 「초부가」가 제일 유명하다.

---

65) 김문기, 「서민가사의 표현과 의의식의 특성」, 국어국문학회 편, 『가사 연구』, 태학사, 362쪽.

이후후후—— 에헤

남 날 적에 나도 나고 나 날 적에 남도 나고

세상인간 같지 않아 이놈 팔자 무슨 일로

기계목발 못 면하고 어떤 사람 팔자 좋아

고대광실 높은 집에 紗帽에 병반 달고

萬石綠을 누리건만 이런 팔자 어이하리

항상 지게는 못 면하고 남의 집도 못 면하고

죽자하니 청춘이요 사자하니 고생이라

세상사 사라진들 치마 짜른 계집 있나

다박머리 자식 있나 광 넓은 논이 있나

사래 긴 밭이 있나 보선짝도 짝이 있고

토시짝도 짝이 있고 털먹신도 짝이 있는데

쳉이 같은 내 팔자야 자탄한들 무어하나

한탄한들 무어하나 청천에 저 기럭아

너도 또한 임을 잃고 임 찾아서 가는 긴가

더런 놈의 팔자로다 이놈의 팔자로다

언제나 면하고 오늘도 이 짐을

안 지고 가면 어떤 놈이 밥 한 술

줄 놈이 있나 가자 이후후후——

  처음부터 끝까지 신세한탄이다. 하지만 어려운 한자어가 많지 않고 중국의 고사를 몰라도 이해 가능한 내용으로 이루어져 있다. 특히 이 가사는 사람이 태어날 때부터 양반과 상놈으로 신분이 나누어져 운명의 사슬에 묶여버리는 일을 원망하면서, '가진 자'들에 대한 분노를 거침없이 표현하고 있다. 신분의 제약 때문에 장가도 못 간 작자는 더욱더 세상을 원망하고 자학을 일삼고 있다. 지역마다 내용이 다른 초부가가 있는데 주제는 대동소이하다. 왕조체제에 대한 비판과 자신의 처지에 대한 한탄이 주조를 이루고 있다. 충남 예산에서 불린 「초부가」를 보자.

> 이리저리 흩어질 제 처자를 돌볼소냐
> 어제 한 집 없어지고 오늘 한 집 또 나간다
> 남쪽으로 운력[66] 가고 북쪽으로 징병 가네
> 이 내 몸 생겨난 뒤 이 어인 고생인가
> 잘 먹고 잘 입는 돈 잘 쓰는 양반님네
> 우리네 고생살이 그들은 못 보는가

이런 가사를 보면 조선조 후기의 사설시조도 그렇지만 가사도 대체로 현실비판 내지는 체제비판의 내용을 담고 있었음을 알 수 있다. 양반이 아니므로 상소를 올려 세상을 바로잡을 수도 없었고, 이런 평민가사며 사설시조 창작을 통해 현실상의 불만을 토로하고 위정자의 방관을 비판할 수밖에 없었던 것이다. 같은 예산에서 채록된 다음과 같은 가사도 대단히 날카로운 현실비판의식을 지니고 있던 무명씨의 작품이다.

> 여윈 몸 부여잡고 호미질 하느라니
> 한낮이 돌아오매 땀만 몹시 듣는구나
> 아무리 고생한들 가을할 보람 없네
> 온손배미 다 거두어도 한 솥이 못 차누나
> 관청의 세금 재촉 갈수록 심하여서
> 동네의 구실아치 문 앞에 와 고함친다

양반가사가 음풍농월의 수준에 머물러 있었음에 반해 이와 같은 평민 가사는 현실을 확실히 담보하고 있었다. 화자는 지금 호미질 하느라고 정

---

66) 운력運力 : 강제노동에 동원되는 것.

신이 없다. 이렇게 열심히 일하면 보람이 있어야 하는데 배불리 먹는 날은 하루도 없다. 게다가 "관청의 세금 재촉"이 갈수록 심해지니 괴롭기만 하다. 이런 각박한 현실을 어떻게 할 수가 없어서 가사를 통해서 불만을 토로했으니 절절이 한탄이요 원망이었던 것이다.

본고에서는 평민가사와 대비하기 위하여 양반가사의 대표작으로 「상춘곡」을 들었지만 실제적인 대표작은 정철의 「관동별곡」 「사미인곡」 「속미인곡」 「성산별곡」 등을 꼽아야 할 것이다. 그런데 이들 작품을 보면 "어와 성은이야 가디록 망극하다"(「관동별곡」)라는 구절에 잘 나타나 있듯이 귀양살이를 가는(간) 정철이 연군지정을 지나칠 정도로 피력한다. 어떤 사건 때문에 멀리 귀양을 가지만 머지않아 다시 불러주면 좋겠다는 희구가 곳곳에 피력되고 있는 것이다. 한 부인이 사별한 남편을 사모하는 정을 담아 쓴 「사미인곡」과 두 부인이 문답하는 식으로 전개되는 「속미인곡」도 주제는 연군지정이다. 임금에게 충성하는 것이 최고의 지향점이었던 유교사회의 질서의식을 생각하면 당연한 것이라고 할 수 있지만 평민 이하 계급의 현실에 대한 인식이 부족했다는 점은 지적하지 않을 수 없다. 정철은 양반으로서의 권력의지가 확실하게 있었고, 여행기라고 할 수 있는 「관동별곡」을 쓸 때도 이 점을 망각하지 않고 있었던 것이다.

한편 평민가사는 노동을 하고도 그 노동의 대가를 받지 못할 뿐 아니라 온갖 의무에 시달리는 고충을 담아서 쓴 것들이 많아서 현실비판의식이 충만하였다. 이런 작품이 조선조에서 계속해서 나왔다는 것은 이제 백성들이 구체제의 질서에 순응하지만은 않겠다고 결심했음을 말해주는 것이다. 특히 가사의 생산 주체인 중인·서얼·서리 등은 말직이나마 벼슬을 할 수 있어서 상민이나 천민보다는 우대를 받았다. 임진왜란과 병자호란을 겪으면서 양반들의 허위의식을 깨닫고 각성하면서 인간으로서 존중받고자 하는 열망을 가사라는 장르를 통해 표현하였다. 당시의 여러 문학 장르 가운데 가사, 특히 평민가사는 사회 변동의 움직임을 가장 잘 포착했다는 점에서 그 문학적 의의는 새롭게 조명되고 거론되어야 한다.

유치환의 애절한 연서와
시의 상관관계

110년의 한국현대문학사 전개에서 '서간문' 하면 제일 먼저 떠올릴 수 있는 인물이 청마 유치환(1908~1967)일 것이다. 그가 8년 연하인 시조시인 정향운(丁좀芸, 丁좀 혹은 丁芸이라고도 한다) 이영도(1916~1976)에게 보낸 편지는 대체로 5,000통이라고 알려져 있다. 이것이 사실이라면 엄청난 양이다. 1946년부터 1950년까지 유치환이 쓴 편지는 유치환의 부탁으로 이영도가 불태워 버렸다고 하는데, 이후의 편지는 유치환의 사후, 이영도가 일부를 세상에 공개하여 책으로 나왔다.

유치환은 광복이 되던 해인 1945년 10월에 고향인 통영의 통영여자중학교에 국어교사로 부임한다. 마침 그 얼마 뒤에 이영도도 그 학교에 부임해 온다. 이영도는 나이 스물아홉에 남편이 폐결핵으로 사망한 이후 평생 재혼하지 않았는데 슬하에 딸이 하나 있었다. 이영도는 밀양보통학교 졸업장밖에 없었지만 시험을 쳐 초등학교 교사 자격증을 취득, 대구 서부 국민학교에서 근무하였다. 독학으로 역사공부를 해두었기에 곧바로 중학교 역사교사 자격증을 취득, 통영여중에 가서 근무하게 됨으로써 두 사람은 동료교사가 된다.

1948년 3월에 유치환은 이 학교를 사임하고 시를 쓰고 있다가 한국전쟁이 일어나자 부산으로 피난을 가는데, 이영도도 부산으로 피난을 와 두 사람은 자주 만난다. 유치환은 이영도에게 통영여중 교사 시절부터 편지를 쓴다. 매일 한 통씩 쓴다고 해도 14년 동안 써야지 5,000통이 된다. 편지를 쓴 기간은 20년 정도 되는데, 단순히 산술적으로 계산해도 이틀에 한 통은 써야만 5,000통이 된다. 그러므로 5,000통은 과장인 듯하고, 대체로 일주일에 두 통 정도는 쓰지 않았을까 짐작해 본다. 그것도 20년 동안 한결같이.

학창시절의 유치환

두 사람은 대체 어떤 사이였을까?

과부인 동료교사에게 유치환이 수천 통의 편지를 보냈다는 것은 끊임없는 구애 과정이었음을 뜻한다. 이미 1남 3녀(장남은 일찍 죽는다)의 아버지임에도 유치환의 편지 내용을 보면 격정적인 연애감정을 조금도 숨기지 않는다. 이영도가 유치환의 구애가 마음에 들지 않았다면 어느 시점에 가서 더 이상 편지를 보내지 말라고 거절했을 텐데 그렇게 하지 않았다. 두세 통에 한 번은 답장을 했을 것이다. 당연히, 유치환의 집으로는 이영도의 편지가 오지 않았다. 하지만 유치환은 줄곧 학교에 근무했었기에 이영도의 답장을 받는 것이 가능하였다. 즉, 우체통에 편지를 넣지 않고 은

밀히 전했을 것이다. 하지만 20년
동안 이영도는 어린 딸과 사는 처
지였기에 유치환의 편지를 우편
으로 받을 수 있었다. 이영도의 남
편이 있었다면 편지 교환은 불가
능했을 것이다. 두 사람은 다 외로
웠고, 상대방을 향한 그리움을 편
지로밖에 달랠 길이 없었다. 유치
환은 사흘도리로 우체통에 편지

교사 시절의 이영도 시인

를 넣었을 것이고, 이영도는 같은 학교에 있을 때는 직접 건넸고, 그렇지
않을 경우에는 학교로 부쳤을 것이다.

교통사고로 유치환이 사망한 것은 1967년 2월 13일이었는데 유치환이
이영도에게 마지막으로 부친 편지가 1966년 12월 31일자로 쓴 것이다.
생의 거의 마지막까지도 유치환은 이영도에게 편지를 썼던 것이다. 세간
에서는 이 두 사람의 사랑을 플라토닉 러브라고 하면서 안타까워하기도
하고, 유치환의 20년에 걸친 구애를 두고 과연 플라토닉 러브로만 이어졌
을까 하면서 의구심을 드러내기도 한다.

시인 조영서(1932~)는 유치환의 편지에 대해 몇 가지 중요한 증언을 했
다. 유치환의 사후 몇 명 여성이 자기가 받은 편지를 동료문인들에게 내
놓으며 청마와의 은밀했던 '관계'를 말하기에 이영도는 문단의 소문을 잠
재우기 위해, 즉 유치환과 진실한 사랑을 나눈 사람은 오직 자기 한 사람
임을 증명해 보이고자 본인이 갖고 있던 수천 통 중에서 일부를 『주간한

국』의 기자 이근배 시인에게 주어 기사화함으로써 세상에 알려지게 되었다고 한다. 그리고 몇 년 뒤인 1967년, 이근배 시인이 중앙출판공사의 편집장으로 있게 되었을 때 이영도 시인으로부터 200여 통을 넘겨받아 서간집을 냈으니 『사랑했으므로 행복하였네라』이다. 이 출판사의 대표는 최계락 시인으로서 서간집의 발문을 쓴다.

필자는 두 사람의 러브스토리가 로버트 제임스 윌러가 쓴 『메디슨 카운티의 다리』[1]와 유사한 구석이 있는지는 아는 바가 없고 관심도 없다. 단지 관심이 가는 지점은 두 사람이 쓴 편지가(이영도가 유치환에게 쓴 편지는 남아 있지 않다) 그들의 문학작품과 어떤 연관이 있느냐 하는 것이다.

최계락은 서간집 서문에서 6·25동란 때 유치환이 이영도에게 편지를 왜 태우라고 했는지 언급하고 있다.[2] 세상이 어떻게 될지도 모르고, 함께 피난 갈 수도 없는 처지인데 이 편지를 간직하고 있으면 나중에 (당신이) 어떤 화를 입을지 모르니 피난을 갈 때는 태우고 가라고 했다는 것이다. 이영도가 이 편지를 들고 피난을 갈 수 없으니 어디에 묻어두고 갈 터인즉, 그럼 그 편지가 누군가의 손에 들어갈 수 있고, 자신의 애정 공세가 세상에 드러날 것을 걱정한 유치환이 다 태우고 피난을 가라고 당부해 그렇게 했다는 것이다. 그러나 시는 태우지 않았다. 제목이 '丁香에게 주는 詩' 1편은 1946년 12월 1일에, 2편은 1947년 7월 9일에 쓴 것이다.

---

1) 이 소설은 1995년 클린트 이스트우드 감독에 의해 영화로 만들어졌다. 주연은 클린트 이스트우드와 메릴 스트립이었다. 남편과 두 아이가 있는 여성 프란체스카는 사진작가 로버트 킨케이드와의 나흘 간의 사랑을 평생 가슴에 간직하고 살아간다. 소설가와 영화감독은 이 사랑이 중년여성의 일탈이 아니라 아름답고도 거룩한 사랑으로 그리고 있다.
2) 이영도 · 최계락 편저, 『사랑했으므로 행복하였네라』, 중앙출판공사, 1998, 4쪽.

十二월이 접어드는 추운 하늘 아래
먼 八公山脈이 소리 없이 돌아앉은 거리

하룻날 표연히
내 여기에 내린 뜻을 뉘가 아료.

벗과 만나 받는 술잔도 입에 쓰고
오직 한 마리 땅에 내린 새 모양
마음자리 찾지 못하노니

내가 언제 그대를 사랑한다 하던?

그러나 얼굴을 부벼 들고만 싶은 알뜰함이
아아 병인 양 오슬오슬 드는지고.
　　　　　　　　—「丁좀에게 주는 詩(Ⅰ)」 전문3)

　사랑한다는 말을 하지 않았고, 할 수 없지만, 내 속마음은 그대 얼굴을
부비고 싶다는 고백이다. 시로 잘 승화되어 있다고는 하지만 얼굴이라도
부비고 싶다는, 유치환의 대단히 솔직하고 노골적인 고백이다.

고추잠자리 고추잠자리
무슨 보람이 이뤄져 너희 되었음이랴

노을 구름 비껴 뜬 석양 하늘에
잔잔히 눈부신 유리빛 나래는
어느 인류의 쌓은 탑이

---

3) 위의 책, 15쪽.

아리 아리 이에 더 섧으랴.

덧없는 목숨이며
소망일랑 아예 갖지 않으매
요지경같이 요지경같이
높게 낮게 불타는 나의,

—노래여
뉘우침이여.

—「丁香에게 주는 詩(II)」 전문4)

이 시에는 다분히 원망하는 마음이 담겨 있다. 이 시에 나타난 가장 큰 정조는 설움과 뉘우침이다. 설움은 함께 하지 못한 데서 오는 것이고, 뉘우침은 사랑을 결행하지 못한 데서 오는 것이다. 시간이 가면 덧없이 사라질 목숨, 그런데도 사랑을 하지 못하고 시간만 보내고 있으니 서럽고 안타까운 것이다. 이제 부산 피난 시절에 쓴 편지5)를 보자.

어제는 당신을 보지 못하고 하루를 보내었군요. 오후, 들에 나갔었는데 저편 신작로 길을 푸른 옷자락이 오기에 당신인가 하고는 실없이 가슴 셀레었습니다. 물론 아니었습니다. 이렇게 당신이 나의 생각에서 일시를 떠나지 않고 전부를 차지하고 있어서야 어떻게 배긴단 말입니까? 하다못해 누구를 붙들고 당신 이야기라도 실컷 하여 보았으면 마음 풀릴까도 싶은 마음입니다.
정향! 참으로 허망한 세월이요 하늘입니다. 생각하면 생각할수록 슬퍼집니다. 생각지 말자고 머리를 저어보기도 합니다.

---

4) 위의 책, 15~16쪽.
5) 남송우 엮음, 『청마 유치환 전집 VI 산문집』, 국학자료원, 2008, 167쪽.

정향! 시방 이 시간이 당신도 응당 잠깨어 일어나 계실 이 시간이 어쩌면 당신과 나만을 위하여 있는 성스러운 시간 같아 이렇게 일어 앉아 있는 것이 즐겁습니다. 그리고 마음 저립니다. 당신이 지금 무얼 생각하고 있는가를 나는 압니다. 그러나 하마 종이 울릴 것 같으니 당신은 이제 교회로 나가시고 말겠지요. 나만 여기 절망에 남는 것입니다.

그러면 안녕!

1952년 6월 27일 당신의 馬

이 편지의 내용을 보면 피난지 부산에서 두 사람은 자주 만난 듯하다. 그런데 어느 하루 못 본 날, 유치환은 영혼의 몸살을 앓는다. "나의 생각에서 일시를 떠나지 않고 전부를 차지하고" 있는 사람이 바로 이영도다. 서로 마음 놓고 이야기를 할 수 없으니 아무하고나 당신에 대한 이야기라도 하고 싶다고 한다. 같은 시간대에 깨어 있음을 아는데 당신은 교회에 새벽기도를 하러 가니 "나만 여기 절망에 남는 것"이다. 1945년에 만났으니 알게 된 지 7년째인데 편지의 내용을 보면 유치환이 처음 사랑에 빠진 것처럼 이영도에게 마음을 쏟고 있다. 1주일 뒤에 쓴 편지6)는 다음과 같다.

죽고만 싶은 세상입니다. 휘휘 저어버리고만 싶은 세상입니다. 당신 앞에 엎디어 한없이 뉘우치고 울부짖었으면 시원하겠습니다.

어찌하여 지금 내가 이 자리에 서 있습니까? 어느 세상에 가서 바꿀 수 있겠습니까? 나의 사랑이여, 귀한 나의 정향이여! 이렇게도 나의 모든 존재를 차지하고 있는 당신—당신을 두고서 무슨 내게 榮辱이며 褒貶이 있겠습니까! 죄를 쓰고 세상을 쫓기기로 뉘우치지 않으리라. 아버지여. 이 나를 벌하라, 벌하라. 나의 이 사랑을 벌하겠거든 벌하라. 정향!

1952년 7월 2일 당신의 馬

---

6) 위의 책, 173쪽.

1952년에 유치환의 나이는 마흔다섯이고 이영도의 나이는 서른일곱이다. 20대 청춘은 아닐지라도 마음속 열정은 활활 타오르고 있다. 유치환은 격정적으로 사랑을 고백하고 있으며, 윤리도덕의 선을 넘어서라도 그 사랑을 이루고 싶다고 부르짖고 있다. "나의 모든 존재를 차지하고 있는 당신"과 떨어져 아무 일 없는 것처럼 살아갈 수는 없으며, "죄를 쓰고 세상을 쫓기기로 뉘우치지 않으리라"면서 차라리 죄를 저지르고 말겠다고 고백하고 있다. 유치환은 바로 그 다음날에도 편지를 쓴다. 전방 고지에서 전투가 벌어지고 있는 전시지만 유치환은 후방에서 사랑에 몸이 달아 있었다. 사랑을 위해 목숨을 바칠 각오가 되어 있음을 거듭해서 말하고 있다.7)

시방도 조용히 앉아 수를 놓고 있습니까? 나는 앉았다 누웠다 이제
사 겨우 수상록 원고 정리를 마치고 났습니다.
아까 주신 당신 사진을 봅니다. 어쩌면 이렇게도 그리운 자세입니
까? 바로 그날의 모습이구먼요. 당신 곁에 엎디어,

등성이에 누워 이렇게 눈 감으면
영혼의 깊은 데까지 닿는 너.
이 浩漠한 천지를 배경하고
나의 모나리자.
그러나 어찌 어디에도 안아 볼 길 없는 너ㅡ

이렇게 시를 생각하던 그날 당신의 모습이구먼요. 그리운 정향! 고운
정향! 나는 어떤 운명 같은 것을 당신과에 느낍니다. 이렇게도 내 안에서
곱게 살아 있는 당신! 아이 같다구요? 진정 아이가 되고 싶구료. (하략)
1952년 7월 3일 당신의 馬

---

7) 위의 책, 174쪽.

이 편지에서도 유치환은 "어찌 어디에도 안아 볼 길 없는 너—"라고 하면서 이영도와 체온을 나누는 사랑을 기대하고 있다. 세상의 이목이 두려워 실행하지는 못하지만 사실은 정신적인 사랑을 넘어 진실로 당신의 모든 것을 원하고 있다고 여기저기서 끊임없이 요망하고 요청한다. 바로 그 갈망이 그에게는 편지를 쓰게 하였고 또한 시를 쓰게 하였다. 1952년 9월 10일자 편지에서는 "내가 당신 곁에 있었던들 잠든 당신의 손을 가져다 꼬옥 쥐고라도 싶습니다."라고 하고, 9월 28일자 편지에서는 '윤리와 선악'에 대해 본인의 입장을 확실하게 밝힌다. 마음으로는 이미 윤리와 선악의 경계를 넘어섰다고 말하면서 실행을 하지 않고 있을 따름이라고 암시하는 내용의 편지를 써 보낸다. 그날도 부산시내 찻집에서 만나고 온 이후에 집에 돌아와서 편지를 쓴 것이다. 유치환의 아내는 남편이 시를 쓰고 있는 줄 알았겠지만 이렇게 편지[8]를 쓰고 있었다.

(상략)

芸! 내가 여기서 이렇게 늘어놓는 것은 다른 뜻이 아니고 우리가 우리의 槪念하는 윤리나 선악에 대한 관점에 있어서 적어도 시방 세간의 後俗들이 가진 바 그것에 구속시켜서는 안 될 것이라는 데 있는 것입니다. 이렇게 말하면 나의 독선적인 역설이라고 하겠습니까? 이 후속들에게서 操行 甲을 받는 것이 후속의 척도를 그대로 시인하는 것이라 하면.

芸! 오늘 당신을 보니 전에 없이 명랑—아니, 무언지 평화로운 충족감이 얼굴에 넘쳐흐르는 것 같아 정말 즐거웠습니다. 언제나 그렇게 계셔 주십시오. 나의 미련이 항상 당신을 괴롭히지 않으면 노상 그렇게 고우시겠지요. 芸!

1952년 9월 28일 당신의 馬

---

8) 위의 책, 180쪽.

빙 돌려서 말하고 있지만, 유치환은 자신의 본심을 숨기지 못하고 우회적으로나마 고백하고 있다. 내가 윤리와 선악을 넘어서서 당신과의 온전한 결합을 간절히 원하고 있지만 이 세상의 법도와 풍속, 이목 같은 것 때문에 실행을 못하고 있을 뿐이라고 한다. 이런 갈망이 유치환에게 줄기차게 편지를 쓰게 한 원동력이었다고 본다. 만약에 유치환의 소망대로 두 사람의 결합이 현실에서 이루어졌더라면 "芸, 나의 芸! 불과 三百 幾十里가 이렇게 아득한 것입니까?"9) 하면서 애절하게 부르짖지는 않았을 것이다. 유치환의 질창이라고 할 수 있는 몇 편의 시는 바로 이런 갈망이 쓰게 한 것이다.

　　　　깊은 깊은 회한이 아니언만
　　　　내 오오랜 슬픔을 성스러이 지녔노니
　　　　이는 나의 생애의 것이로다

　　　　오늘에 이르러 다시금 생각노니
　　　　그때 지은 哀別은
　　　　진실로 옳았노라 옳았노라

　　　　뉘는 사랑을 위하여 나라도 버린다더니
　　　　나는 한 개 세상살이의 분별을 찾아
　　　　슬픔은 얻었으되 회한은 사지 않았노라

　　　　그날의 죽을 듯 안타깝던 별리를 생각하면
　　　　어느 하늘 아래 다시 한 번
　　　　그대 안고 목 놓아 鳴泣하료마는

---

9) 위의 책, 181쪽. 1953년 5월 23일자.

그러므로 오오 나의 마음의 보배여 하늘이여

저 임종의 날에도 고이 간직하고 가리니

나의 생애는 그대의 애달픈 사모思慕이었음을

—「思慕」 전문

1947년 6월 서울 행문사에서 낸 제2시집 『생명의 서』에 실려 있는 작품이다. 이 시의 대상이 이영도인 것은 짐작이 가고도 남는다. 간절함이나 사무침이 없이 막연한 상상이나 유추로 쓴 시가 아니다. "그날의 죽을 듯 안타깝던 별리"가 없이 이렇게 절절한 시가 나올 수 없다. 지금은 헤어져 만날 수 없는 상황이지만 앞으로 다시 만난다면 그대를 안고 목 놓아 울 것이라고 하면서 애절한 그리움을 담아서 썼다. "나의 마음의 보배"는 이영도가 분명하고, 다시 만날 수 있게 해달라고 하늘에게 빌고 있다. 나의 생애 자체가 그대를 향한 애달픈 사모로 충만해 있다고 말하면서 시는 끝난다. 우리 문학사에는 백제가요 「정읍사」도 있었고 황진이의 시조도 있었지만 유치환의 「사모」도 그런 작품에 못지않은 절창이라고 생각한다. 유치환은 이영도를 향한 갈망을 이렇게 작품으로 승화시켰던 것이다.

1949년 5월 같은 출판사에서 낸 제4시집 『청령일기』에는 유명한 「그리움」이 실려 있다.

파도야 어쩌란 말이냐

파도야 어쩌란 말이냐

임은 물같이 까딱 않는데

파도야 어쩌란 말이냐

날 어쩌란 말이냐

—「그리움」 전문

편지 한 통 한 통이 유치환에게는 파도 같은 것이었다. 편지마다 사랑을 고백하는 구절이 반드시 나온다. 그런데 이영도는 마음의 문을 조금 열어 놓을 뿐, 그 지점에서 요지부동이다. 유치환은 자신의 간절한 마음을 파도에 빗대어 표현해 보았던 것이다. 같은 시집에 「우편국에서」가 실려 있다. 이 무렵에는 5행 시를 즐겨 썼다.

> 진정 마음 외로운 날은
> 여기나 와서 기다리자
> 너 아닌 숱한 얼굴들이 드나드는 유리문 밖으로
> 연보랏빛 갯바람이 할일없이 지나가고
> 노상 파아란 하늘만이 열려 있는데
>
> —「우편국에서」 전문

너와 함께 하지 못해 외롭다는 내용이 시의 전부다. 우체국에 간다고 해서 편지를 빨리 받는 것도 아니다. 기대는 외로움을 더 키울 뿐이다. 그래도 편지를 쓰고 부치고 받는 것이 그 무렵 그의 삶에서는 가장 중요한 일이었다. 이와 같이 이영도에게 바치는 사랑의 마음은 식을 줄을 몰랐다.

> 해 지자 날 흐리더니
> 너 그리움처럼 또 비 내린다
> 문 걸고
> 등 앞에 앉으면
> 나를 안고도 남는 너의 애정
>
> —「밤비」 전문

밤비 내리는 날의 심회를 읊조리고 있는데 이런 밤에 더욱 그리워지는 이가 '너'다. "나를 안고도 남는 너의 애정"이라는 구절은 너도 분명히 나를 좋아하는데 그리움으로만 남겨둘 뿐 몸으로는 실현하지 않고 있음을 아쉬워하는 내용이다.

1953년 『문예』 여름호에는 그의 대표작 중 하나라고 할 수 있는 「행복」이 실려 있다. 1954년 10월에 간행한 『청마시집』에도 실린 이 시는 국민 애송시 중의 하나가 된다. 이 시를 보면 편지 쓰기는 그의 생에서 가장 중요한 일이었음을 알 수 있다. 그만큼 이영도는 시인에게 펜을 쥐게 한 원인이었고 결과였다.

> ─사랑하는 것은
> 사랑을 받느니보다 행복하나니라
> 오늘도 나는
> 에메랄드빛 하늘이 환히 내다뵈는
> 우체국 창문 앞에 와서 너에게 편지를 쓴다
>
> 행길을 향한 문으로 숱한 사람들이
> 제각기 한 가지씩 생각에 족한 얼굴로 와선
> 총총히 우표를 사고 전봇지를 받고
> 먼 고향으로 또는 그리운 사람께로
> 슬프고 즐겁고 다정한 사연을 보내나니
>
> ─「행복」 전반부

이영도에 대한 유치환의 사랑은 영적인 면에서만 이루어졌다고 본다. 교회에 나가던 이영도는 유치환의 구애를 거부하지 않으면서도 지켜야 할 도리와 넘지 말아야 할 윤리에 대한 인식이 공고했다. 그것을 무너뜨리지 않으면서 하는 사랑이니 서로 얼마나 애간장이 탔을까. 이영도 측에서는 남편이 없으므로 별 문제가 될 수 없지만, 유치환에게는 아내와 아이들이 있어서 다른 여성을 사랑해 편지를 하루가 멀다 하고 쓴 것 자체가 우리 사회의 윤리의식에는 어긋난다. 양심의 가책에 따르는 길고 긴 괴로운 시간을 가졌을 것임이 틀림없다.

유치환의 가족. 슬하에 4남매를 둠. 뒷줄은 같은 마을 사람들.

유치환은 염염한 마음으로 편지만 줄기차게 쓸 따름이었다. 마음은 먼 곳에 있는 여인에게로 앞질러 갔지만 그의 발걸음은 고작 우체국을 향했고, 그곳에서 창문 밖으로 오가는 사람들을 보며 "사랑하는 것은/ 사랑을 받느니보다 행복하나니라" 하는 말로 스스로를 위로할 따름이었다. 편지 속에 시가 나오는 경우도 가끔 있었다. 1952년 9월 25일자 편지는 「행복은 이렇게 오더니라」라는 시[10]로 끝난다.

마침내 행복은 이렇게 오더니라.

무량한 안식을 거느린 저녁의 손길이
집도 새도 나무도 마음도 온갖 것을
소리 없이 포근히 껴안으며 껴안기며

그리하여 그지없이 안온한 상냥스럼 위에
아슬한 조각달이 거리 위에 내걸리고
등불이 오르고
교회당 종이 고요히 소리를 흩뿌리고

그립고 애달픔에 구겨진 혼 하나
이제 어디메에 숨 지우고 있어도
행복은 이렇게 오더니라
귀를 막고

그리고 외로운 사랑은
또한 그렇게 죽어 가더니라

—「행복은 이렇게 오더니라」 전문

「행복」이라는 시도 그렇지만 이 시도 행복론이 아니다. 시를 잘 살펴보면 사모하는 사람과 함께 지낼 수 없어서 불행하지만 억지로라도 행복하다고 스스로 위로하고 있는 형국이다. '외로운 사랑'이 홀로 그렇게 죽어가고 있으므로 화자가 행복을 느낄 수는 없다. 사랑하는 사람과 같이 지내고 싶은 마음은 인지상정인데 그렇게 할 수 없으니 그리움은 더욱 절절해진다. 이 시가 들어가 있는 편지에서 유치환은 연정이 시를 쓰는 원동

10) 이영도 · 최계락 편저, 앞의 책, 87~88쪽.

력이 되는 것은 좋지만, 이것이 내가 원하는 사랑은 아니라고 말한다.

(상략)

운! 내가 당신을 열애하는 이것이 참으로 거짓이더라면, 익숙한 연기에 지나지 않았더라면 차라리 얼마나 좋았을까 하는 생각이 들기도 합니다. 이같이도 가슴을 조여드는 애달픔이 다만 작품을 짓기 위한 허수작일 수 있다는 말입니까? 나의 영혼이 이렇게도 당신을 熱求하는 이 몸부림이 시를 쓰기 위한 假裝이라는 말입니까? 그렇게까지 해서 시를 써야만 하는 것이겠습니까!

이처럼 유치환은 열렬히 구애하면서 마음의 병을 앓았고 그 마음으로 시를 썼다. 이영도 시인에게 사흘도리로 편지를 쓰고 있었던 것을 사람들이 알았다면 유치환의 이 시가 누구에게 바치는 것인지, 누구를 생각하며 쓴 시인지 알았을 테지만 몰래한 사랑이므로 이 시 탄생의 배경을 몰랐던 것이다. 한 사람이 한 사람을 이렇게 오래, 한결같이 사랑했다는 것 자체가 거의 기적적인 일이 아닌가. 1957년에 한국출판사에서 발간한 『제9시집』에 실려 있는 아래 시에도 이루어질 수 없는 사랑을 안타까워하는 시인의 진심이 담겨 있다.

그러나 제비야,
사랑하는 자를 미워해야 하는 외롬을 알겠는가?
오늘 이렇게 들 끝으로 나와 내가 앉았음은
나는 너무나 무력하고
나의 사랑과 미움은 너무나 크기 때문이란다
—「제비에게」 후반부

여기 동해에 와서 보았는가?
밤낮으로 쉼 없이
뒹굴고 부딪고 외오치는 울부짖음 소리를

그 淋漓한 상채기 밑에 귀뚤이같이 엎드려
나도 사흘 낮밤을
한 여인을 기다려 喞喞히 울고 세웠나니

영원이란 있는 것이 아니었다
무한이란 있는 것이 아니었다

—「파도」 후반부

「제비에게」에 나오는 "사랑과 미움은 너무나 크기 때문이란다"의 사랑과 미움을 애와 증으로 이해하면 안 된다. 이루어질 수 없는 사랑이기에 갈망과 원망이 늘 교차하고 엇갈린다. 차라리 미워하는 감정이라도 생겨나면 좋겠는데 그것이 안 되니 제비에 빗대어 내 마음을 그려보는 것이고, 이 시 또한 이영도가 읽어줄 것을 예상해서 쓴 것이다. 「그리움」의 그 파도와 다를 바 없다. 편지로 자신의 마음을 줄기차게 전했지만 유치환에게는 부양해야 될 식구가 있었다. 또한 두 사람 다 교육자였다. 세상 사람들의 손가락질만 두려워했던 것이 아니다. 내부의 검열에 의해 편지 쓰기 이상의 행동으로는 나아가지 못했던 듯하다. 그래서 마음은 파도처럼 뒹굴고 부딪치고 외친다. 어떤 날은 귀뚜라미처럼 사흘 밤낮을 '한 여인'을 기다리며 즉즉히(벌레소리로) 울며 세우기도 한다. 이영도에 대한 유치환의 사랑은 그의 표현대로 그를 "너무나 무력"하게 만들기도 한다. 유치환의 가장 염염한 사랑의 노래는 『제9시집』에 실려 있는 3편의 「雅歌」가 아닐까.

아아 이 나의 사랑을 담기 위하여서만 이 신비의 검은 호수는 있고
이 나의 사랑을 통하여서만 만상은 그 복된 비췸을 여기에 누린다
—「雅歌(1)」 마지막 연

이미 당신 문전에 이르러서 사랑하신 이름 나직이 부르셔도,
다시 다가오셔 그 그리운 손길 얹으시고 살째기 귀속이며 깨우쳐서도
가슴 터지는 반가움과 눈물 나는 기쁨 가까스로 가누고서 짐짓 못
난 연장 시늉하고 모르는 척 부리움은
아아 당신의 일월 같은 애정의 미쁜 도량에 얼싸 어리광하여 토라
져 봄이오니
—「雅歌(2)」 제3연

　이런 시는 열렬히 사모하는 마음을 담아 대상을 예찬하는 연애시의 전
형이라고 할 수 있다. 「雅歌(1)」의 "나의 사랑을 통하여서만 만상은 그 복
된 비췸을 여기에 누린다"는 표현은 나를 포함한 이 세상 만물의 존재 의
의는 오직 '나의 사랑'을 통해서만 가능하다고 한 것이니, 이보다 더 열렬
한 고백이 있을 수 없다. 「雅歌(2)」에서 화자는 당신이 내 사랑에 응하였
기에 그 기쁨을 주체하지 못하고 있다. 기쁨을 가까스로 가누었는데, '일
월 같은 애정의 미쁜 도량에 얼싸 어리광하여' 토라져 보기까지 하니 상대
방의 응대에 그저 좋아서 어쩔 줄 모르는 모습을 보여준다. 그러나 끝끝내
육체는 허용되지 않는 사랑이다. 그래서 세 번째 시는 이렇게 끝난다.

별이여, 오직 나의 별이여
밤이며는 너를 우러러 드리는 간곡한 哀禱에
나의 어둔 키는 일곱 곱이나 자라 크나니
허구한 낮을 허전히
이렇게 오만 바람에 불리우고 섰으매

이 애절한 나의 별을 지니지 않은 줄로 아느냐

아아 이대로 나는 외로우리라. 끝내 亭亭하리라
　　　　　　　　　　　　　　　　　　—「雅歌(3)」 후반부

　사랑을 갈망하지만 몸은 결합할 수 없음에, 이대로 외롭게 별을 바라만
보겠다고 한다. 별을 보겠다고 발뒤꿈치를 들다 보니 일곱 곱이나 키가
자랐다는 표현이 조금도 과장이라고 여겨지지 않는다. 유치환의 이런 사
랑을 누가 손가락질할 수 있으랴. 육체의 요청에 응하지 않고 이렇게 아
름다운 사랑으로 승화시켰는데. 이제 유치환이 살아서 쓴 마지막 편지를
본다. 즉, 이영도가 이근배 시인에게 건네준 편지 중 날짜가 제일 뒤인 편
지다.

　　사랑한 당신!
　　(상략)
　　내 인생에 있어 가장 값진 시절을 갈구에 사무치던 영혼의 반려! 오
　직 당신에게의 이 사모만은 어떠한 경우 어떠한 고비를 겪을 때마다
　새옷을 갈아입고 가슴에 다가들기만 했습니다.
　　사랑한 나의 운!
　　내 영혼의 고향이 오늘따라 이렇게 마음 저리게 그립습니다.
　　먼 세월 속 당신의 목숨 앞에 얼마나 목놓아 흐느껴 울어 온 馬의 목
　숨이기에 말입니다.
　　여기는 학교입니다. 한결 바닷빛이 슬프게 물들어 있습니다. 이제
　는 두 눈을 감아도 푸르게 떠오를 그 빛을 앞에 두고 죽음을 생각하고
　있습니다.
　　(중략)
　　새해엔 모든 것을 정리하고 해인사로 들어가겠습니다. 거기 가서

불도에 귀의하여 더욱 슬프게 당신 그리움을 맑히며 여명하기도 이미 내 안에 작정된 것입니다.

당신도 먼 뒷날 해인사로 오십시오. 작은 암자를 짓고 우리는 어린 애같이 여생합시다.

운! 바다가 곱습니다. 못나게도 눈물이 납니다. 당신 부여잡고 흐느껴 울던 그 눈물이 잠시 나들일 갔다가 또 이렇게 찾아오는가 봅니다.

사랑한 내 운!

그럼 전화하리다. 오라 하여 주십시오. 馬와 같이 제야를 보내며 종소리를 들읍시다요.

나의 운! 그럼 안녕.

12월 31일 당신의 馬.

이 편지에는 중요한 의미가 담겨 있다. 부산남부여자상업고등학교 교장으로 있던 당시, 유치환은 정년을 채우지 않고 사직하고서 해인사에 들어갈 것을 결심했다고 편지에서 밝히고 있다. 생략된 부분에 "우리의 편지를 정리해 곱게 책을 냅시다요. 진정 우리가 얼마나 사랑하고 목숨해왔음을 세상에 증명할 때가 왔습니다. 아아, 세상이, 세속들이 우리의 애정을 얼마나 부러워하겠습니까?"라는 말이 있다. 두 사람의 사랑이 세상에 알려져도 좋다, 그만큼 우리의 사랑이 떳떳하다는 것이다. 그리고 유치환은 노후를 절에서 보내고 있을 테니 당신도 정리해서 산으로 오면 작은 암자를 짓고 함께 해로하자고 요청하고 있다. 깨끗하게 사랑했으니 남은 생의 사랑도 깨끗하게 하고 이승에서의 삶을 마치자고 청한다. 그런데 이 청은 이뤄지지 않는다. 함께 제야를 보내자고 편지에다가는 썼는데 두 사람이 제야를 어떻게 보냈는지는 알 수 없다. 다만 해가 바뀐 1967년 2월 13일 밤 9시 30분, 부산시 동구 좌천동에서 교통사고를 당해 유치환이 유명을 달리하고 만 것은 확실하다.

　이와 같은 유치환의 줄기찬 구애에 대해 이영도는 어떻게 대응했을까? 유치환이 받아 갖고 있던 이영도의 편지는 남아 있지 않으므로 알 길이 없지만 이영도의 속마음을 드러낸 시가 꽤 여러 편 된다. 이영도는 1954년에 첫 시조집 『靑苧集』을 내는데, 여기에 있는 시조 중 좋다고 여겨지는 작품을 14년 뒤에 낸 두 번째 시조집 『石榴』에 또 싣는다. 시인으로서의 생애 내내 과작이었던 것이다. 1967년 2월 15일은 유치환의 장례식 날이었는데 정확히 1년 뒤인 1968년 2월 15일, 이영도는 두 번째 시조집 『石榴』를 낸다.

　유치환의 사후에 쓴 「유성」이란 수필에서 이영도는 "일찍이 나는 사랑하는 이와 더불어 흐르는 별똥을 향해 아픈 기원을 나누어 왔다. 우리들의 목숨이 같은 날, 같은 시각에 죽어서 멀고도 창창한 영겁의 길을 동반할 수 있기를 빌었던 것이다. 그러나 뜻하지 않은 죽음으로 본의 아닌 배신을 그는 저질렀고, 남은 나는 함께 우러르던 그날의 성좌를 버릇처럼 우러러 섰다."[11]고 하면서 자신도 유치환을 사랑했음을 밝힌 바 있다. 시집도 유치환 사후 1년 만에 내면서 두 사람이 사랑했다는 것을 숨기지 않는다. 일단 첫 시집의 시를 몇 편 본다.

　　절절한 뉘우침에
　　천지가 고개 속여

---

11) 이영도, 「유성」, 『그리운 이 있어 내 마음 밝아라』, 문학세계사, 1994(재판), 238쪽.

이 한밤 하염없이
드리우는 그의 눈물

회한은 거룩한 속죄일래
가지마다 트는 움!

―「봄비」 전문

이 시의 화자는 숨어 있다. 화자가 가만히 살펴보니 '그'가 눈물을 흘리
고 있다. 편지에서 종종 운다고 한 유치환이 '그'임을 눈치 챌 수 있다. 봄
비는 하늘에서 내리고 있지만 그의 눈에서 하염없이 흘러내리는 눈물이
기도 하다. 왜 울고 있는가? "절절한 뉘우침", "회한", "거룩한 속죄"라는
시어는 모두 금기의 영역에 속하는 것들이다. 그는 이런 것들 때문에 울
고 있다고 하지만 화자는 봄비의 의미를 "가지마다 트는 움!"으로 축소시
키고 있다. "절절한 뉘우침"과 "회한"과 "거룩한 속죄"의 나날만을 살아
갈 수는 없다는 뜻이다.

서리 찬 하늘을 이고
가지 끝에 붉은 열매

모진 그 세월에
안으로 영근 사랑

哀樂은 낙엽에 지우고
오직 남은 기약이여!

―「果果」 전문

이 시는 가을을 시간 배경으로 하고 있다. 과실을 "모진 그 세월에/ 안으로 영근 사랑"이라고 했으나 식물 이야기가 아니다. 자기 이야기다. '애락'은 슬픔과 즐거움이다. 슬픔과 즐거움은 떨어지는 나뭇잎사귀에 지우고 "오직 남은 기약이여!", 즉, 과실의 긴 인내와 견딤에 대해서 상찬하고 있다. 과실이 나무에 달려 있다는 것 자체가 기약인데 나는 그럼 도대체 무엇인가. 무엇을 하고 있는가. 그리워하고 있을 뿐이다.[12] '그리움'은 이영도가 가장 즐겨 쓴 시어다. 그리움을 시어로 쓴 몇 편의 시조에서 이영도도 유치환의 구애에 대해 시로써 화답했음을 알 수 있게 한다. 실체가 없는 그리움이 아니다.

> 차라리 핏빛 아니면
> 하얗게 피고 싶어
>
> 항시 먼 그리움에
> 길든 여윈 몸매
>
> 불같은
> 가을바람에
> 하늘대는 옷자락.
>
> —「코스모스」 전문

> 너는 가지에 앉아
> 짐승같이 울부짖고

---

12) 이 시에 대한 해석은 졸고 「모진 그 세월에 안으로 영근 사랑」(한국문인협회, 『월간문학』, 2016, 11)에서 가져옴.

이 한밤 내 마음은
외딴 산지긴데

가실 수
없는 명일래
자리 잡은 그리움.

　　　　　　　　　　　　　　　　　　　　　　－「바람Ⅰ」 전문

나의 그리움은
오직 푸르고 깊은 것

귀먹고 눈먼 너는
있는 줄도 모르는가

파도는
뜯고 깎아도
한번 놓인 그대로…….

　　　　　　　　　　　　　　　　　　　　　　－「바위」 전문

　이 외에도 "아득한 꿈길처럼/ 기약 없는 그리움에"(「流星」), "아무도 올
이 없어도/ 무엔지 그리운 이 밤을"(「개구리」) 등 시집 전체에서 가장 빈번
히 사용하는 시어가 그리움이다. 「바람Ⅰ」과 「바위」는 제목은 자연물이
지만 '너'에 대한 화자의 감정을 바람과 바위에 빗대어 이야기하고 있는
연애시다. 특히 「바람Ⅰ」에서 이영도는 가지를 마구 흔드는 바람을 너로,
산지기를 나로 설정하여 너 때문에 내가 밤새 잠을 못 이루고 있다고 한
다. 「바위」는 같은 제목으로 쓴 유치환의 시에 대한 화답시로 봐도 될 것
이다. 유치환의 「바위」가 허무에 대한 초극의 의지를 보여주었다면 이영

도의「바위」는 파도와 바위의 관계를 탐색, 끊임없이 도전하는 파도라는 존재와, 그 계속되는 파도에도 한사코 가만히 있는 바위라는 존재로 두 사람의 관계를 암시하고 있다. 이영도의「그리움」도 있다.

생각을 멀리하면
잊을 수도 있다는데

고된 살음에
잊었는가 하다가도

가다가
월컥 한 가슴
밀고 드는 그리움.

—「그리움」전문

이영도 또한 유치환에 대해 솔직하게 자신의 감정을 고백하고 있다. 즉, 마음으로 밀쳐내려고 해도 도저히 안 된다는 솔직한 사랑고백이다. 이 시조 본문의 "고된 살음"은 생활고라기보다는 이영도의 폐질환을 연상케 한다. 이영도는 1949년 5월부터 마산의 결핵요양원에서 1년간 요양을 하였고, 1955년에는 재발하여 요양을 겸해 마산성지여자고등학교로 임지를 옮기기도 했었다. 건강도 이렇고 하니 이제는 유치환과의 펜팔 관계를 정리하자고 마음을 먹기도 했을 것이다. 하지만 유치환은 일편단심이었다. 그래서 이영도는「그리움」같은 시조를 쓰게 된 것이 아닐까. 『석류』에는 유치환의 구애를 용인하는, 본인의 사랑 고백에 가까운 시조도 여러 편 보인다.

너는 가고 愛慕는
바다처럼 저무는데

그 달래임 같은
물결 소리 내 소리

세월은
덧이 없어도
한결같은 나의 情.

—「黃昏에 서서」 후반부

오면 민망하고
아니 오면 서글프고

행여나 그 음성
귀 기울여 기다리며

때로는
종일을 두고
바라기도 하니라.

—「無題 I」 전반부

이성과의 사랑 이야기가 아니라면 시 작품으로 성립하기가 쉽지 않을
내용이다. 즉, 나 또한 그대를 진정으로 사랑하고 있노라고 고백하는 내
용이다. "세월은/ 덧이 없어도"는 자수를 맞추기 위해 억지로 만든 표현이
기는 한데, 세월이 덧없이 흘러 환갑이 다 되어가는 나이지만 그대를 향
한 나의 정 또한 한결같다고 말한다. 뒤의 시조는 하루 종일 그대만 생각

하며 보내고 있다는 솔직한 고백에 다름 아니다. 이런 유의 작품을 몇 편
더 찾아볼 수 있다.

> 銀河 물이 듣는
> 七夕 하늘 우러르며
>
> 인연의 겨운 목숨
> 달래면 그 자락에
>
> 못 다한
> 꿈을 새기듯
> 깨알같이 돋는 對話
>
> ―「별」 전문

> 못 여는 것입니까?
> 안 열리는 문입니까?
>
> 당신 숨결은
> 내 핏줄에 느끼는데
>
> 흔들고
> 두드려도 한결
> 돌아앉은 뜻입니까?
>
> ―「絶壁」 전문

앞의 시는 제목이 '별'이지만 밤하늘의 별을 묘사한 시라고 보기는 어
렵다. 별처럼 많고 많은 사람 중에서 맺게 된 '인연'에 대해 말하고 있으므

로. "깨알같이 돋는 對話"도 별에 빗댄 편지지의 활자를 의미하는 것으로 해석하고 싶다. 별자리가 들려주는 운세나 운명, 신화 같은 것보다는 칠월칠석이면 만나는 '운명'에 대한 시가 아닌가 유추해본다. 뒤의 시는 해석이 필요 없다. 당신 숨결을 내 핏줄이 느끼고 있으니 절벽처럼 돌아앉아 있지만 말고 그대가 나를 향해 마음을 열어 달라고 요망한다. 이런 작품을 보면 유치환만 이영도를 일방적으로 사랑하고 구애했던 것이 아님을 알 수 있다. 이영도 또한 유치환을 이루 말할 수 없이 사랑했던 것이다. 보통의 부부처럼 살아갈 수 없는 이 기막힌 상황을 가슴아파했던 것이다. 그리고 『石榴』의 마지막 시는, 교통사고로 영면하고 만 유치환과의 사별을 통탄하는 내용이라고 여겨진다.

> 정작 너를 두고
> 떨쳐 가는 이 길인데
>
> 嶺湖 千里를
> 구비마다 겨운 봄빛
>
> 산천이
> 뒤져 갈수록
> 다가드는 體溫이여!
>
> —「이별」 전문

그냥 이별이 아니다. 체온을 운운하고 있으니 사별이다. 영남 호남 천리길, "구비마다 겨운 봄빛"이니 이영도의 설움과 애통함이 절절이 배어난다. "아무도 올 이 없어도/ 무엔지 그리운 밤을// 쉬어가며 생각나듯 울

왼쪽무터 이주홍, 이영도, 최해군

어대는 개구리/ 애끓는/ 그 소리 속에/ 내 소리가 들린다."가 전문인 「개구리」에서 화자는 개구리들의 애끓는 소리 속에 내 목소리도 있다고 강조하고 있다. 개구리들도 화자도 울고 있다는 뜻이다.

이영도는 유치환이 죽고 9년 뒤에 뇌일혈로 세상을 떠났다. 본인이 갖고 있던, 유치환에게서 받은 편지 중 200편 정도를 공개하여 『사랑했으므로 행복하였네라』라는 수필집이 발간됨으로써 두 사람의 20년에 걸친 편지 교환이 세상에 밝혀지게 되었다. 이 수필집의 인세 수입은 한국문학사가 주관하는 정운 시조상의 기금으로 쓰이게 되었다.

유치환이 남긴 시와 편지, 그리고 이영도의 시조를 보면 유치환만 이영도를 일방적으로 좋아한 것은 아니고, 서로 간절히 그리워하며 살아갔음을 알 수 있다. 20년 동안 수천 통의 편지를 쓰게 했을 만큼 유치환에게 이영도는 절대적인 존재였다. 편지 곳곳에서 유치환은 사회의 통념에 반하는 행위를 하고 싶어 하는 자신을 자책하며 괴로워했고, 눈물을 흘리는 모습도 간간이 보여주었다. 다정다감한 성품이 잘 드러나 있는 곳은 역시 편지 속이었다. 사랑의 난관을 헤쳐 가는 사랑시편들을 각자 여러 편씩 씀으로써 서로의 사랑을 확인하기도 했다.

통영우체국 앞에 세워진 유치환의 시비

지금까지 유치환이 쓴 사랑의 편지가 자신의 시에 어떻게 스며들었는지에 대해 중점적으로 살펴보았다. 그의 연애감정은 시를 쓰는 데 큰 도움이 되었다. 특히 이영도의 시조를 보면 정형이라서 외양도 단정하고 내용도 깔끔하지만 나도 그대를 사랑했다고 은근히, 그러나 솔직히 말하고 있다. 유치환이 일방적인 구애만 했던 짝사랑이 아니었다. 이영도도 유치환의 구애를 내심 기뻐했다. 조심스럽게 대응했지만 유치환 사후 1년 만에 낸 시집을 보면 본인도 이 사랑을 소중히 여기고 내심 기쁨에 충만하여 살았다고 여겨진다. 그러니까 두 사람은 서로에 대해 열망했지만 우리 사회의 통념을 깨지 않고 펜으로 하는 사랑에 열중했음을 알 수 있다. 서간집 『사랑했으므로 행복하였네라』는 바로 이 점을 증명해 주는 증거물이라고 할 수 있다. 감정을 억제하면서 시를 썼기에 유치환과 이영도 모두 불멸의 작품을 남겨 한국 시문학사와 시조문학사에 금자탑을 세울 수 있었다. 서간집 연구가 지금까지 두 사람의 작품을 이해하는 데 있어서 시금석의 역할을 한 적이 없어서 처음으로 시도해 보았다. 시와 시조작품 탄생의 배경을 서간집을 토대로 찾아보았고, 두 사람의 열렬한 연애감정이 평생 식지 않았기에 불멸의 작품을 남길 수 있었음을 이와 같이 확인하였다.

교과서에 실려야 할 시조 · 1

춘산곡

김덕령

춘산春山에 불이 나니 못다 핀 꽃 다 붓난다
저 뫼 저 불은 끌 물이나 있거니와
이 몸의 내 업슨 불이 나니 끌 물 업서 하노라

고등학생들이 시조를 잘 모른다고 한다. 수학능력시험이나 모의고사에 시조 관련 문제가 잘 출제되지 않고, 문학 고전 시간에도 겨우 몇 편만 다루고 마니 시조란 게 이런 것이구나, 아는 정도에서 공부가 끝난다고 한다. 안타까운 일이다. 내가 교과서 편찬에 관여한다면 꼭 넣고 싶은 시조가 있으니, 김덕령의 「춘산곡」이다.

임진왜란 때 큰 공을 세운 장군 김덕령(1567~1596)은 모함을 받아 나이 서른에 죽었다. 너무나 억울해 옥졸에게 붓과 종이와 벼루와 먹을 부탁해 유언을 대신한 시조 한 수를 썼다. 현대어로 바꿔본다.

봄에 산불이 나니 못 다 핀 꽃들 다 불붙는다
저 산의 저 불은 끌 물이 있지만

이 몸에는 냄새 없이(연기 없이) 불이 나는데 끌 물이 없구나

김덕령은 임진왜란이 일어나자 고경명의 휘하에서 전공을 세웠다. 선조로부터 형조좌랑의 직함과 함께 충용장忠勇將이란 군호를 받았다. 나중에는 곽재우와 함께 권율의 휘하에서 영남 서부지역 방어 전투에서 공을 세우기도 했다. 선조 임금부터 다시 초승장군超乘將軍의 군호를 받았다. 그런데 1596년 7월 홍산에서 이몽학이 반란을 일으키자 도원수 권율의 명을 받아 진주에서 운봉까지 진군했다가 이미 난이 평정되었다는 소식을 듣고 광주로 돌아가려 했으나 허락을 받지 못해 진주로 돌아왔다.

잘못 전해진 소식이었다. 김덕령이 이몽학과 내통해 진군을 포기했다면서 충청도체찰사 종사관 신경행과 부하 한현이 무고하여 체포되었다. 김덕령은 20일 동안 여섯 차례 혹독한 고문을 받다가 옥사하였다. 65년 세월이 흐르고 나서 조정에서는 그의 억울함을 알고는 '충장'이라는 시호를 내렸다. 충장공 김덕령 장군을 기리기 위해 그의 시호를 붙여 1946년부터 광주의 한 거리를 충장로라 부르게 되었다. 광주 동구 충효동에 있는 충장사는 김덕령 장군을 기리고자 지은 사당이다.

이 시조를 썼을 때 김덕령의 심정을 생각해본다. 얼마나 억울했으랴. 봄에 산불이 나면 물동이를 들고 달려가 끄면 되지만, 지금 이 몸에 불이 붙어 타고 있는데 물 끼얹어 꺼줄 사람이 없다고 한탄하고 있다. 이순신도 임금을 모욕했다는 죄목으로 잡혀가서 초주검이 된 적이 있었다. 이순신 장군은 백의종군을 두 번이나 했다. 해군참모총장에게 훈련병 복장을 던져주며 전쟁터로 나가라고 한 것이다. 군인에게 이런 모욕이 어디 있는가. 김덕령 장군은 심지어 여섯 차례 혹독한 고문을 받다가 옥사하였다. 충장로를 걸을 때면 억울하게 죽은 김덕령 장군과 광주민주화운동 때 죽은 시민들이 떠오른다. 교과서 편찬을 하는 분들에게 이 시조를 꼭 넣어주실 것을 당부한다.

교과서에 실려야 할 시조 · 2

피아골

이영도

한 장 치욕 속에 역사도 피에 젖고
너희 젊은 목숨 낙화로 지던 그날
천년의 우람한 침묵, 짐승같이 울던 곳.

지친 능선 위에 하늘은 푸르른데
깊은 골 칠칠한 숲은 아무런 말이 없고
뻐꾸기 너만 우느냐, 혼자 애를 타느냐.

이영도를 가리켜 그리움의 시인, 자연서정의 시인, 망향의 시인이라고
해도 틀린 말이 아니지만, 작품 중에 우국과 애족의 시조가 있었음을 잊
으면 안 된다. 어떤 때는 선이 굵은 시조, 주제의식이 튼튼한 시조를 쓰기
도 했다.

피아골에 가보라. 지리산 제2봉인 반야봉의 중턱에서 발원한 맑고 풍
부한 물이 깊은 숲을 누비며 내려가 삼거리 · 연곡사 등을 지나 섬진강으

로 빠진다. 폭포·담소·심연이 계속되는 계곡미가 뛰어나고 특히 이곳의 단풍은 지리산 10경의 하나로 손꼽힌다. 옛날 이 일대에 피밭稷田이 많아서 '피밭골'이라는 이름이 생겨났고 이것이 변해 피아골이 되었다고 한다. 한국전쟁 중에, 특히 1948년 10월에 일어난 여순반란사건 때 이곳에서 많은 사람이 목숨을 잃었다. 이영도 시인은 이곳에서 죽어간 파르티잔과 군인·경찰들에게 합동위령제를 지내주는 마음으로 이 작품을 썼다.

피아골에서 죽어간 젊은이의 수가 얼마인지는 아무도 모른다. 파르티잔이 지리산 일대에서 꽤 오래 준동했으므로 피아골은 말 그대로 피의 골짜기였을 것이다. 하지만 지금 "깊은 골 칠칠한 숲은/ 아무런 말이 없고" 뻐꾸기만 울고 있다. 이념이 도대체 무엇이기에 젊은이들이 총을 들고 들어가 피아골 골짜기에서 숨어 지냈던 것일까. 그중 다수는 여기서 숨을 거두었다. "너의 젊은 목숨"이 낙화처럼 분분히 지던 날은 가고, 지금 여기 피아골은 피아의 총탄 자국도 남아 있지 않다. 그래서 시인은 피아골의 역사적인 의미를 곰곰이 되씹어보고 있는 것이다.

교과서에 실려야 할 시조 · 3

그대들 한 솥에 녹여

박병순

아무것도 아닌 것들이 큰 의자만 타고 앉아,
권력으로 재고 황금으로 사람을 꼬는다.
보게나 그 감투 그 금력이 몇 대 몇 해를 가나.

멋도 맛도 모르는 것들이 잔뜩 허세만 부리고 서서,
허울만 보고 타산으로 사람을 맞는다.
하기야 욕심만 가득 찬 네가 높고 먼 것을 어찌 보나.

이 모양 요 꼴이라도 대통령도 내 속에 있다.
지구도 뱃속에 돌고 우주도 이 눈에 논다.
그대들 한 솥에 녹여 새롭고 참된 인간을 빚어보랴?

—『문을 바르기 전에』(1973)

구름재 박병순의 이 시조는 박정희 대통령에게 날린 도전장이다. 최고
권력자에게 매서운 글줄을 날리고 있는데도 폭압의 시대에 시인이 온전

할 수 있었다니, 그 담력이 놀랍다. 박병순은 거의 모든 작품의 말미에 탈고한 일자를 써놓는다. 그것도 반드시 단군연호로 쓰는데, 이것에서도 그의 역사의식을 엿볼 수 있다. '4304. 11. 7. 새벽.'이라고 부기되어 있으므로 유신헌법 반포 1년 전에 발표한 시조다.

이 작품은 김지하의 「오적」과 궤를 같이한다. 김지하가 재벌·국회의원·고급공무원·장성·장차관을 을사오적신(오적)에 못지않은 자라고 비꼬았듯이 박병순은 "아무것도 아닌 것들이 큰 의자만 타고 앉아,/ 권력으로 재고 황금으로 사람을 꼬는다." 하면서 거침없이 비판한다. 제2연을 보면 비판의 강도가 더 거세진다. 제3연에 가서는 "이 모양 요 꼴이라도 대통령도 내 속에 있다"고 하는데 이는 박정희 대통령을 직접 거론한 것으로 시인의 용기가 놀라울 따름이다. 대통령을 포함하여 그대들을 한 솥에 넣고 녹여 새롭고 참된 인간을 만들고 싶다고 했으니, 그 시절에 당국으로부터 어떤 제재를 안 받았다면 운이 좋았다고 볼 수밖에 없다.

시인은 치고 박고 싸우기만 하고 국정을 돌보지 않는 국회의원들과 법망을 능구렁이 담 넘듯 잘 넘어가며 살아가는 재벌들이 얼마나 얄미웠을까. 그런데 50년이 흐른 지금도 이 땅의 정치는 발전한 것이 없다.

교과서에 실려야 할 시조 · 4

고향 생각

정완영

쓰르라미 매운 울음이 다 흘러간 극락산 위
내 고향 하늘빛은 열무김치 서러운 맛
지금도 등 뒤에 걸려 사윌 줄을 모르네

동구 밖 키 큰 장성 십리 벌을 다스리고
풀수풀 깊은 골에 시절 잃은 물레방아
추풍령 드리운 낙조에 한 폭 그림이던 곳

소년은 풀빛을 끌고 세월 속을 갔건마는
버들피리 언덕 위에 두고 온 마음 하나
올해도 차마 못 잊어 봄을 울고 가더란다

오솔길 갑사댕기 서러워도 달이 뜨네
꽃가마 울고 넘은 서낭당 제 철이면
생각다 생각다 못해 물이 들던 도라지꽃

가난도 길이 들면 양처럼 어질더라

어머님 곱게 나순 물레 줄에 피가 감겨

청산 속 감감히 묻혀 등불처럼 가신 사랑

뿌리고 거두어도 가시잖는 억만 시름

고래등같은 집도 다락같은 소도 없이

아버님 탄식을 위해 먼 들녘은 비었더라

빙그르 돌고 보면 인생은 회전목마

한 목청 뻐꾸기에 고개 돌린 외 사슴아

내 죽어 내 묻힐 땅이 구름 밖에 저문다.

　　2019년은 정완영 시인 탄생 100주년이 되는 해다. 5월 2일, 대산문화
재단에서 '탄생 100주년 문학인 기념 문학제'가 열렸는데 시조시인 이지
엽 경기대 교수가 발제를 했다. 그날 이지엽 교수의 발표를 들으며 이제
부터 정완영의 시조가 학문적으로 조명되기 시작했다고 여겨져 속으로
쾌재를 불렀다. 시인은 경북 금릉군 봉산면 예지동(1994년에 금릉군이 김천
시에 편입)에서 태어나 2016년, 97세를 일기로 별세하였다. 빈소가 서울 성
모병원에 마련되었을 때 가서 조문했다. 내 고향이 김천이며 생시에 여러
차례 뵈었기 때문이다. 개인적인 인연도 있다. 이육사문학상 예심을 보았
는데 마침 그 전해인 2001년에 『이승의 등불』이라는 시조집이 나왔기에
본심에 올렸더니 수상을 하셨다.

　　소도시 김천을 금릉군이 빵 둘러싸고 있었는데 참 가난했던 곳이다. 산

업시설은 전무했고 다들 농사를 짓고 살았는데 평야지대도 아니다. 척박한 땅에 심을 수 있는 것은 과실나무다. 추풍령 아랫마을인 봉산면 사람들의 궁핍한 삶이 시에 펼쳐져 있다. 가난을 길들이고 살았다고 하지만 이상하게도 작품이 전반적으로 아프다. 특히 어머니가 등장하는 제5연과 아버지가 등장하는 제6연에 이르면 설움이 복받친다. 물레를 돌리고 밭일을 하던 두 분도 다 돌아가시고 이제 시인은 자신의 임종을 생각한다. "내 죽어 내 묻힐 땅"이라고 했는데 당신은 지금 김천 백수문학관 뒷산의 나무 아래 잠들어 있다.

내가 자라난 고향에 정완영이라는 큰 시인이 태어나 시조문학을 일으키고(1947년 동인지 『오동』 창간), 시조문단을 이끌고(영남시조문학회 창립, 한국문인협회 시조분과위원장·한국시조시인협회 회장 역임), 본인은 우뚝 섰으니 아, 얼마나 자랑스러운지.

교과서에 실려야 할 시조 · 5

희작戯作

손창섭

주장은 오줌이요 무언은 똥이랄까
어차피 꺼질 인생 할 말은 하고 살세
정신적 배설물이란 생의 표시이리니.

—『작가세계』(2015년 겨울호)

서울대 방민호 교수가 전후 문단의 기린아였던 소설가 손창섭(1922~ 2010)을 일본에 만나러 갔다가 일본인 부인으로부터 전해 받은 것은 놀랍게도 시조집이었다. 그의 시조는 일종의 일기였다. 일기의 내용은 신세한탄이며 자조가 대부분이었다. 손창섭은 1973년에 도일했고, 1995년 8월에 위의 시조를 썼고, 1998년에 우에노 마사루上野昌涉로 창씨하면서 일본인으로 귀화했다.

인간은 누구나 단 일회적인 인생을 살 뿐이다. 그래서 할 말은 하고 살아야 하는데 그것을 못하고 있으니 얼마나 답답했을까. 손창섭은 이 시조에서 하고 싶은 말을 하며 살겠다고 다짐하고 있다. 인생이 살아보니 참

보잘것없지만 "정신적 배설물"인 소설을 한국에 있을 때는 열심히 썼었다. 그것만이 자신의 삶을 영위하는 '표시'였다. 그런데 '할말', 즉 일본에 간 이후에는 글로써 제 존재를 드러내지 못하고 있으므로 시조를 혼자 쓰면서 자조한다. 다시 말해 일본에서 입을 봉한 채(글을 쓰지 않은 채) 살아가고 있으니 "생의 표시"인 문학행위를 하고 싶은 것이다. 그런 이유로 손창섭은 일인칭 화자의 목소리를 빌려 자신의 답답한 심정을 토로한 것이다.

일본에서 아내 우에노 여사는 미용기술을 이용해 집안을 꾸려간다. 손창섭이 도일 후 생계는 극빈자에 대한 일본 정부의 보조금과 아내가 벌어들이는 돈으로 해결한다. 글을 쓰지 않게 된 손창섭은 수입이 거의 없었다. 정철훈의 책에도 손창섭이 일본에서 어떻게 살아가야 할까 고민을 계속했다는 기록이 나오지만, 손창섭은 가장으로서의 역할이나 작가로서의 활동 중 어느 것도 제대로 해내지 못하는 자신을 심하게 자책했을 것으로 보인다. 그러나 우리는 여기서 "사람답게" 산다는 것이 어떤 것인지에 대한 손창섭의 성찰을 범부凡夫의 고민을 넘는 작가의 것으로 읽어야 한다. 소설쓰기가 마음처럼 되지 않는 상상력의 폐허의식, 일본인 처에 얹혀 살아가는 자신의 처지에 대한 자괴감, 소설을 쓴들 발표지면 확보가 가능할까라는 불안감에 사로잡혀서 쓴 시조다. 손창섭이 쓴 일련의 시조가 어서 책으로 출간되기를 바란다고 얼마 전에 만난 방민호 교수에게 부탁하였다.

교과서에 실려야 할 시조 · 6

선거판 1

허영자

꿀단지 옆으로 파리 떼 꼬이듯이
구린내 나는 곳에 구더기 들끓듯이
참말로 가관이구나 시정잡배 투전판.

선거판 2

우습고 우습구나 배꼽 잡게 우습구나
어제는 주홍색 오늘은 초록으로
내일은 무슨 색으로 변신할래 팔색조.

―『소멸의 기쁨』(문학수첩, 2003)

허영자 시인이 시조집을 낸 적이 있었다. 그 당시 이 시를 읽고 무릎을
치며 감탄했었다. 80~90년대에 '민중을 위하여!' 하고 외쳤던 시인들이
세기가 바뀌자 장고에 들어갔다. 우리 사회에는 여전히 부조리가 만연해

있었지만 현실을 비판하거나 풍자하던 시인들이 저항의식을 버렸는지 어쨌는지 도무지 작품을 쓰지 않는 시대로 돌입하였다. 민주화의 기수였던 김영삼 · 김대중 · 노무현이 대통령이 되어도 우리 사회의 부조리와 불평등은 조금도 줄어들지 않았고 사회악은 여전하였다.

허영자 시인이 선거판에 나선 정치가들의 이마에 정문일침을 날렸다. 과거 민중의 저항의식을 반영한 시인의 그 어떤 시집에서도 이렇게 정치인들을 속 시원히 비판한 시를 보지 못하였다. 선거철이 되면 이합집산하는 사람들이 있다. 표리부동한 정치인들을 시인은 파리 떼, 구더기, 시정잡배, 팔색조라고 통렬히 비판한다. 현실의 모순과 부조리에 대한 풍자와 비판을 시인들이 소홀히 하고 있을 때 허영자는 이와 같이 작심하고서 맹렬히 비판했던 것이다. 이번 선거 때는 또 어떤 시정잡배가 투전판을 벌일까.

교과서에 실려야 할 시조 · 7

지진

오세영

지구는 습진으로 피부가 짓물렀다.
농경이다 개발이다 파헤치는 산과 들
가려움 참을 수 없어 지친 몸을 뒤튼다.

따끔따끔 쏘는 빈대, 사정없이 무는 벼룩,
혈관에서 뽑는 석유, 살 속에서 캐는 석탄,
괴로움 참을 수 없어 팔다리를 비튼다.
—『너와 나 한 생이 또한 이와 같지 않더냐』(태학사, 2006)

오세영 시인의 시조집을 보면 분명히 정통파 투수의 투구인데 새롭게 개발한 투구 폼인지라 정형의 틀 안에 갇혀 있지 않다. 무진장 쾌속이고 휘어져 들어온다. 이 시조도 양장시조의 자수를 철저히 지키고 있다. 그런데 내용은 통렬한 문명비판이다.

지구 곳곳이 지진과 쓰나미로 몸살을 앓고 있다. 한쪽에서는 산불이 나

짐승들이 떼죽음을 하는데 다른 한쪽에서는 홍수로 사람들이 목숨을 잃는다. 지구의 몸살에 우리 인간은 집을 잃고 목숨을 잃는다. 이제 지진은 먼 나라의 불상사가 아니다. 포항과 경주 일대에 꽤 많은 피해를 주었다.

인류가 수천 년 농사를 짓는 동안 들판이 논이 되고 산야가 밭이 되었다. 바다를 매립해 농토로 만들기도 했다. 지난 수백 년 동안 석탄을 동이 날 정도로 캐어 연료로 썼다. 석유조차도 금세기 말에는 동이 날 것이다. 시인은 지진을 천재지변으로 보지 않는다. 인간이 산과 들을 마구 파헤쳐 지구의 피부는 짓물렀다. 지구의 피를 뽑고 살을 도려냈다. 지구는 괴로움을 참을 수 없어 팔다리를 비틀었고, 그것이 지진이라는 상상을 해보았다. 석유와 석탄을 뽑은 행위를 지구가 겪는 빈대와 벼룩의 고통으로 표현한 것이 의미심장하다. (나는 사실 빈대와 벼룩이 주는 고통을 모르고 자랐지만 돌아가신 할머니는 종종 그놈들이 준 고통에 대해 말씀하셨다.) 문명이 인간에게 편리를 가져다주었지만 결국은 인간을 해칠 것이라는 경고의 메시지가 담겨 있는, 촌철살인의 시학을 보여준 시조작품이다.

교과서에 실려야 할 시조 · 8

이태석 신부

유자효

지금도 하느님은
우리와 함께 계시는데

남 수단 나환자가 본
그의 모습으로 오신 하느님

떠나야 깨치게 되는
우리 곁의 하느님

―『사랑하는 아들아』(동방기획, 2012)

신부님 중에 불미스러운 일을 해 사회의 지탄을 받은 이가 있는가 하면 이태석 신부(1962~2010)처럼 평생을 자기희생적으로, 이타적으로 사신 분도 있다. 인제대 의대를 졸업하고 군의관으로 복무한 뒤 가톨릭대학교 신학대학에 뒤늦게 입학해 사제 서품을 받았다. 있는 돈을 긁어모아 아프리

카에서도 오지인 남 수단의 톤즈로 갔다. 말라리아와 콜레라로 죽어가는 주민들과 나병환자들을 치료하기 위해서! 그들에게 이태석 신부는 하느님이었다.

'사랑의 실천'은 결코 쉬운 일이 아니다. 자기를 희생하여 남을 돌본다는 것, 욕망 덩어리인 인간으로서 어찌 쉬운 일이겠는가. 그런데 이태석 신부는 암으로 세상을 떠날 때까지 이 일을 하였다.

슈바이처 박사도 그렇고 장기려 박사도 그렇고 이 세상에는 참된 의인들이 있다. 시인이 생각하는 하느님은 권능의 신이 아니라 지금도 우리와 함께 계시는, 나환자들을 돌보는, 떠나야 깨치게 되는 분이다. 나도 너도 의인이 될 수는 있지만 하느님이 될 수는 없다. 그런데 이태석 신부는 남수단 나환자들에게는 하느님이었다. 삼가 쫄리John Lee 신부님의 명복을 빈다.

교과서에 실려야 할 시조 · 9

나래를 젓다

박종구

강쇠바람 불어오는 포항공단 철근공장
구부정한 허리 펴며 또 하루를 버텨내는
찜웨이, 주름진 이마에 붉은 땀이 솟는다

시뻘건 불똥들이 온몸에 달라붙어
잠시의 혼절 속에 뼈와 살 다 녹았다
다 터진 두 팔에 매달린 허기진 식솔들

뼈가 시린 그리움을 야윈 등에 짊어진다
짧은 다리 질질 끌며 배웅하던 아버지,
그 모습 먼 안부 찾아 메콩강을 건넌다

—『질경이의 노래』(목언예원, 2015)

　포항제철에서 한 생을 보내고 정년퇴임한 박종구 시조시인이어서 그
런지 캄보디아 출신의 노동자 찜웨이를 다루었다. 캄보디아가 전에는 나

라이름이 크메르였고, 크메르 하면 떠오르는 것이 '크메르 루즈'와 '킬링 필드'다. 캄보디아 사람들은 군사독재 치하에서 신음만 한 것이 아니라 많이 죽었다. 1975년부터 4년간 베트남과 전쟁도 하였다. 그래서 아시아에서도 아주 가난한 나라가 된 캄보디아는 근로인력이 외국으로 많이 나가게 되었다.

포항제철에서 찜웨이는 시뻘건 불똥을 보며 일하는데 "잠시의 혼절 속에 뼈와 살이 다" 녹는다. 두 팔까지 다 터지지만, 병원 천정을 보며 누워 있을 수만은 없다. 허기진 식솔이 그의 두 팔에 매달려 있기 때문이다. 그의 아버지는 짧은 다리를 질질 끌며 공항으로 배웅을 나왔었다. 자국민 학살을 자행했던 크메르 루즈 때문인지 베트남-캄보디아전쟁 때문인지 알 수 없지만 "뼈가 시린 그리움"의 대상에 아버지가 있다. 아버지의 그 모습, 먼 안부를 찾아 오늘도 수만 리 저쪽 메콩강을 마음으로 건너는 노동자 찜웨이. 우리도 한때 많은 젊은이들이 독일의 탄광과 중동의 건설현장에 가서 다치기도 하고 목숨을 잃기도 했다.

교과서에 실려야 할 시조 · 10

세족례

구중서

냇물이 맑으면 갓끈을 씻으라
그 물이 흐리면 발이나 씻으라
그 누가 물을 가리켜 가려서 말했던가

최후의 만찬에서 대야에 물을 떠서
예수는 제자들의 발을 씻어주었네
스승이 제자의 발을 씻어주고 있다니

북한산 계곡에는 맑은 물이 흐른다
물가에 앉은 내게 그 무슨 뜻으로
흐르는 물살이 굳이 내 발을 씻어주네

—『세족례』(고요아침, 2012)

북한산 계곡물이 이렇게 맑다니, 안도의 한숨을 내쉬게 된다. 문학평론가이자 시조시인인 구중서 선생이 북한산 계곡을 찾아가 물에 발을 담근 적이 있었던가 보다. 흐르는 물살이 왜 '굳이' 선생의 발을 씻어주었을까.

세속도시의 인간은 청정한 공간에 가서 자연을 섬기는 법을 배워야 한다. 최후의 만찬 직전, 예수는 왜 제자들의 발을 씻어주었을까. "내가 너희를 사랑하였듯이 너희도 서로 사랑하여라"(요한복음 13:34)란 말을 본받아 우리는 타인을 섬기는 법을 배워야 한다. 또한 우리는 자연도 섬길 줄 알아야 한다. 자연은 인간에게 온갖 혜택을 다 주었는데 우리는 자연을 마구 파괴하고 있다.

깨끗한 북한산 계곡물이 더러워지면 우리는 세족례를 할 수 없다. 맑은 물을 보면 우리 마음도 맑아지지 않던가. 북한산 계곡물만이라도 잘 지켰으면 좋겠다.

교과서에 실려야 할 시조 · 11

전봉준
—가시

권갑하

사초史草의 손톱 밑으로 깊숙이 파고들어

못물로 갈앉은 역사 불꽃처럼 깨운다

분연히 어둠을 긋고

스러져 간

유성

하
나

—『외등의 시간』(동학사, 2009)

인기리에 방영되고 있는 텔레비전 드라마 <녹두꽃>을 볼 때마다 그 시대에 어떻게 저런 인물이 나왔나, 하는 생각이 든다. 단순한 민란이 아니었다. 조선조 500년 역사에 있어서 가장 자랑스러운 것이 임진왜란 때의 이순신의 3대첩과 동학농민운동이라고 나는 생각한다. 보국안민輔國安民, 제폭구민除暴救民, 축멸왜이逐滅倭夷, 광제창생廣濟蒼生의 동학정신을 내세운 전봉준(1855~1895)의 혁명은 왕조를 뒤집어엎는 역성혁명易姓革命으로 이어지지 못했지만 썩은 사초의 손톱 밑으로 깊숙이 파고들어 못물로 갈앉는 역사를 불꽃처럼 깨웠던 장거였다.

고부 군수 조병갑의 학정에 참다못해 일어난 민란인데, 안핵사로 내려온 장흥 부사 이용태가 조병갑에게 엄벌을 내리지 않고 고부민란에 가담했던 농민들을 체포하고 참형을 일삼자 이에 격분, 1894년 3월 마침내 동학농민운동이 일어났던 것이다. 신식무기로 무장한 일본군과 관군이 합세하여 창을 든 동학군은 패배했지만 전봉준은 어둠을 분연히 긋고 스러져 간 유성이었다. 혁명이 실패한 뒤에 임오군란 · 을미사변 · 을사늑약을 거쳐 우리는 결국 일본의 식민지가 되고 만다. 쟁기 대신 죽창을 들었던 농민들의 창의倡義, 그들의 희생을 생각하게 하는 묵직한 시조다.

교과서에 실려야 할 시조 · 12

로봇청소기

김나비

예약된 또 하루가 조용히 눈을 뜬다
친구가 없는 나는 은둔형 외톨이
사람들 떠난 냄새가 마르기를 기다린다

간단한 질문에는 표정 없이 답을 하고
사지를 웅크린 채 어제를 찾아가며
먹어도 자라지 않는 바코드를 읽는다

분주한 발소리가 문밖에 흩어지면
내 속에 숨긴 나를 찾을 수 있을까
남들은 내 머릿속을 먼지통에 빗댄다

혼놀*은 나의 운명, 새겨진 검은 루틴
익숙한 외로움이 틀 안에 맴을 돌 때
재빨리 몸을 숨기고 충전대로 향한다

(* 혼놀: 혼자서 놂. 또는 그렇게 하는 놀이)

―『계간문예』(2019년 여름호)

일본도 그렇지만 우리 사회에도 은둔형 외톨이가 많다. 일본에서는 '히키코모리引き籠もり'라고 하고, 우리는 '방콕족'이라고 일컫는 이들은 자기 방에 틀어박혀 살아간다. 부모가 돌봐주면 의식주 해결이 가능하지만 그렇지 않으면 노숙자가 되거나 행려병자가 된다.

일본에서는 로봇 개발이 가속도를 내고 있다. 한국도 뒤쫓아가려고 혈안이 되어 있다. 그 덕에 로봇청소기가 제법 일을 할 줄 아는 단계가 되었다. 이 시조에서 은둔형 외톨이는 로봇청소기다. 주인이 명하는 대로 하지만, 인공지능이 장착되어 있어서 숨어 있다가도 때가 되면 충전대로 가서 에너지를 충전한다. '혼놀'이 나의 운명이라고 하는 은둔형 외톨이에게 꼬리를 흔드는 것이 로봇청소기인가?

독신자가 강아지나 고양이를 키우며 살아가는 집이 나날이 늘고 있다. 요즈음은 애완견이 아니라 반려견이다. 인간이 인간과 살아야 아기도 낳을 텐데……. 인간의 임종을 지키는 것이 인간이 아니라 강아지나 고양이가 되었고 이제는 로봇강아지인가? 김나비 시조시인이 외로운 현대인의 초상화를 참 잘 그렸다.

교과서에 실려야 할 시조 · 13

소록도에 핀 꽃

김강호

눈물로 피워 올린 답신 없는 수많은 편지
봉인된 그 사연을 이제야 읽는 걸까
피고름 아문 하늘에 푸른 살이 돋았다

옥토에 꽃을 피워 단란하게 살고 싶었던
암흑시대 단종대에서 잘려나간 자손의 씨앗
처절한 흐느낌 소리 수목으로 커 올랐다

절망을 갈아엎고 희망의 씨 뿌린 자리에
마리안, 마가레트 수녀의 꽃 피웠다
청춘을 다 바치고 떠난 꽃보다 더 예쁜 꽃

—『시조시학』(2010년 봄호)

앞의 두 수는 소록도의 아픈 역사요 셋째 수는 두 수녀님이 행한 선행
의 43년 역사다. 소록도는 한센병 환자들을 격리 수용하기 위해 만들어진

시설이다. 구한말 개신교 선교사들이 세운 '시립 나요양원'에서 시작되어 1916년에는 조선총독부가 '소록도 자혜병원'으로 정식으로 개원했다. 일제 강점기 때 거세와 강제노동 등 온갖 비인도적인 행위가 이곳에서 행해졌다. 광복 이후에도 인권침해 사례는 계속 이어졌다.

불행 중 다행인 것은 오스트리아인 마리안 수녀가 1959년에, 마가레트 수녀는 1962년에 소록도에 첫 발을 디딘 것이었다. 두 수녀는 장갑을 끼지 않은 채 아픈 이의 상처에 약을 발라주었다. 외국 의료진을 초청해 장애교정 수술을 해주었고 한센인 자녀를 위한 영아원을 운영하는 등 보육과 자활 · 정착사업에 헌신했다.

43년 동안 환자를 보살펴온 두 수녀는 편지 한 장을 남기고 떠났다. 편지에는 "나이가 들어 제대로 일을 할 수 없고 부담을 주기 전에 떠나야 한다고 동료들에게 이야기했는데 이제 그 말을 실천할 때라 생각했다"고 적혀 있었다. 수녀의 귀향길엔 소록도에 올 때 가져왔던 해진 가방 한 개만 들려 있었다. 두 수녀의 방에는 이런 글이 적혀 있었다고 한다. "선하고 겸손한 사람이 되라." 세 수로 이루어진 시조작품인데 독자한테 주는 울림이 크다.

용돈

이승하

분명히 내게 주신 만원권 네 장인데
고모도 고모부도 나에게 주셨는데
엄마의 지갑 속으로 사라지는 내 용돈
　　　　　　　　　—『한국동시조』창간호(고요아침, 2016)

　초등학교 3학년 아이가 쓴 동시조다. 동시+시조인 것이다. 어른은 평소에 아이들을 '미성년' 즉, 철이 없다고 생각하고서 대하는 경우가 많다. 아이라고 해서 소비의 주체가 되지 말라는 법이 없다. 사먹고 싶은 것도 있고 사고 싶은 물건도 있다. 큰돈을 갖고 있으면 헤프게 쓸 거라는 생각에서 가져가는 엄마가 원망스럽다고 아이는 솔직하게 썼다.

　이처럼 동시는, 아이의 진심眞과 착함善과 아름다움美에 관한 성찰과 교훈을 넘어, 아이의 생각과 삶이 담겨 있어야 한다. 아이를 화자나 대상으로 삼아서 교훈을 담아야 한다는 고정관념에서 벗어나야 한다. 이 세상과 어른들과 대면하면서 아이들도 삶의 희로애락을 느낀다는 사실을 우

리는 우리의 어린 시절을 회고해봄으로써 상기할 수 있을 것이다. 나와
이름이 같은 이승하 군을 만나보고 싶다.

교과서에 실려야 할 시조 · 15

붉은 그늘

이두의

평화라는 그 깃발 나부낀다, 순안공항
군화를 벗었다고 먹구름이 감춰질까
푸른색 한반도 깃발, 9월이 어색하다

연인이라 눈 맞추며 화들짝 웃는 사이
악수를 나누면서 내일을 노래해도
인공기 붉은 그늘에 무슨 밀서 감췄을까

음습한 수령 속에 오랜 날의 밀실 섭정
또다시 이 믿음에 멍들어 울기 전에
가슴에 품은 태극기 뜨겁게 꺼내놓자

—『상상탐구』제5호(2019)

통일의 길이 너무 멀고 험해 솔직히 말해 지칠 대로 지쳤다. 미·중·러·
일 주변 4대 강대국 중에 남·북의 통일을 원하는 나라는 없다. 북한은 핵무기를 개발하여 대화의 장에서도 큰소리를 치고 있으니 폐기할 턱이 없다.

문재인 대통령 부부가 평양 순안공항에서 평양시민의 뜨거운 환영을 받은 것이 2018년 9월 18일이었다. 2년이 지났지만 통일의 조짐은커녕 당국자 간 대화도 이루어지지 않고 있다. 정상 간에 대화가 있기는 했지만 무언가가 삐걱거리고 있는 이때, 이두의 시조시인은 불안한 생각을 지울 수 없다. 북한은 특히나 3대째 밀실 섭정을 하고 있다. 부자 세습과 유훈 통치를 하고 있는 이상한 나라다. 남쪽의 대통령은 망명을 하거나 암살을 당하거나 퇴임 후에 자살을 했다. 교도소에는 4명이 갔다. 그래서 "가슴에 품은 태극기 뜨겁게 꺼내놓자"고 제안한다. 서로 이익을 챙기려고 하지 말고 만나서 허심탄회하게 대화를 나누기를 간절히 바라고 있는 것이다. 붉은 그늘이 좀 걷혀야 하는데, 북한이 요지부동이니 앞날이 참험하다.

교과서에 실려야 할 시조 · 16

만해의 계절

김진대

백담사 마당에 밭배나무 가지마다
만해가 전하지 못한 자유와 평화가
경내를 휩싸고 돌아 꽃으로 피기까지

지난날 과육만 먹고 버린 씨앗 한 알
만해로 퍼지게 잎까지 손 맞잡아
천둥과 번개 앞에서 열매를 맺었다

오늘 아침엔 이방인도 입맛을 다지고
우레와 침묵으로 만해에 이르려고
열매에 담긴 경전을 가슴에 새긴다

—『월간문학』(2019. 4)

만해 한용운은 불가사의한 인물이다. 일제 강점기 때 종교계 인사들의
친일은 문학인만큼 알려져 있지 않지만 그들의 친일행위도 그들에 못지

않게 노골적이었다. 불교는 말할 것도 없고 개신교와 천주교에서도 신앙과 신자, 교계 재산 보호를 위해 어쩔 수 없이 친일을 했다고 변명했지만 공개적이고도 솔직한 사과는 없었다. 그런데 만해는 한마디 말로도 한 줄의 글로도 훼절한 적이 없었다. 1926년에 낸 『님의 침묵』은 100년 한국 현대문학사의 기적이었다. 불교계를 이끌었기에 줄기차게 회유와 협박에 시달렸지만 만해는 초지일관, 말년의 거처인 작은 심우장조차도 총독부 쪽과는 등을 돌려 지었다.

시인은 백담사 마당의 밭배나무를 만해와 동일시하여, 만고풍상을 이겨내고 붉은 열매를 맺은 밭배나무를 보고 감동한다. 그 만해를 기려 제정한 만해축전이 올해에도 만해마을에서 개최된다. 만해대상은 제23회를 맞이한다. 형식적인 행사가 아니라 붉은 열매 하나하나에 담긴 경전의 의미를 가슴에 새기기를 시인은 당부한다. 일편단심이었던 자유와 평화를 향한 열망이 참으로 컸는데 광복 1년여 전에 돌아가셨으니 통탄할 일이다.

너덜겅을 걷다

구지평

짧은 자소서에 낭만은 감점 포인트
하얗게 밤 새우며 너덜겅*을 걷는다만
그래도 고래 한 마리
가슴속에 키운다

사막에서 찾는 막다른 정규직행
쉽게 쓰고 버려지는 삶의 결이 거칠다
힘겹게 채용 사이트에
매달리는 사이보그

영혼이 푸석푸석 서른 살의 스펙 쌓기
진짜인 듯 가짜인 듯 인공지능 이중대
오늘도 헬조선 풍경에
젖어드는 티슈인턴**

* 너덜겅 : 돌이 많이 깔린 비탈길.

** 티슈인턴 : 인턴 근무 후에 채용되지 못하고 일회용 티슈처럼 그 냥 버려지는 인턴사원.

—『포에트리 아바』 창간호(2019)

대졸자들이 취업하기가 정말 어려워진 세상이다. 경제개발계획이 진행된 70년대에도, 3저의 호황을 구가하던 80년대에도 대학을 졸업하면 어디엔건 들어가서 소위 밥벌이란 것을 하였다. 지금은 대학생 때부터 무슨 스펙을 그리 열심히 쌓아야 하는지 옆에서 지켜보기가 영 딱하다. 그렇게 입사하기 전에 열심히 준비해도 정규직이 아닌 인턴사원으로 들어가 상사의 눈치를 보며 죽을둥 살둥 일을 한다. 그 결과는? 티슈처럼 버려지는 경우가 있다.

아직도 많은 시조시인들이 봄이면 봄꽃 노래를 하고 가을이면 낙엽 노래를 하는데, 이렇게 각박한 현실을 다루니 진정성이 느껴진다. 시조라는 형식은 닫혀 있는 것이 아니라 잘 짜여 있는 것이다. 3장 6구의 틀 안에서도 이렇게 현실과 현대를 실감나게 다룰 수 있다니 놀랍다. 이 시조시인의 지평을 기대하게 된다.

교과서에 실려야 할 시조 · 18

은광 탐방기

박헌오

오따시* 폐광에서 뼛조각을 보았다
등뼈에 매달린 박쥐들의 긴 침묵
조센징** 칼 빛 메아리
동바리에 맺힌 눈물

밤새도록 부두에서 기다리다 떠나간 배
철천지 갈던 이빨 막장에 빠져 있고
먼 파도 넘어지면서
피맺힌 손 놓고 갔다

은반지 귀에 대면 아비의 거친 숨소리
고갯마루에 꽂아놓은 푯대는 종적 없고
폐경 된 달이 떠오르는
폐광에서 증언 듣다

팔순의 해설사는 눈자위 촉촉하다
은발의 구름밭에 걸려 있는 아리랑
갱도는 악몽을 먹고
비명을 토해낸다

* 오따시 : 일본의 지방도시 이름으로 大田市.
** 조센징 : 일본인들이 조선인 강제징용자들을 낮춰 부르던 말.
—『세종시마루』 제2호(심지, 2019)

아베 정권이 적반하장격으로 큰소리를 치고 있는데, 우리는 이런 때일수록 역사책을 펴보아야 한다. 일제 강점기 시절 징용과 징병의 역사를. 식량 공출과 인간 사냥의 역사를.

일본은 우리에게 아주 오랫동안, 끔찍한 짓을 엄청나게 저질렀는데 일본의 수상 아베는 사과는커녕 군사 · 경제 · 외교적으로 제재를 가하겠다고 큰소리를 치고 있다.

일본의 오따시 폐광에 간 화자는 뼛조각을 보았다. 징용에 끌려간 조선인 노동자의 뼛조각이다. 다쳐도 병에 걸려도 치료를 받지 못했다. 제대로 못 먹고 제대로 못 쉬었다. 임금도 못 받았다. 팔순의 재일교포 해설자는 눈자위가 촉촉하다. 시인의 마음도 그랬으리라.

슈마리나이朱鞠內 인공호수 근처 쇠락한 절터에 세워진 '조릿대笹 묘표墓標 전시관'에 가서 확인하였다. 인공호수는 도쿄돔 30개가 들어갈 수 있는 엄청난 규모였는데 이 호수와 댐, 러시아를 잇는 메이우선 철도 건설에 3천 명이 넘는 조선인 강제징용자가 동원되었다. 1943년에 완공된 댐의 높이는 45.5m, 당시로는 동양 최대 규모였다. 조선인 젊은이들이 홋카이도에서도 아주 북쪽, 기온이 영하 35도까지 떨어지는 공사장에 끌려와 추위와 병과 굶주림을 이겨내지 못하고 눈밭에 쓰러져 죽었다. 연중 200일은 눈 속에서 지내야 하는 홋카이도 최북단에서 죽은 그들의 유골을 포함한 징용자 유골 115위가 2015년에야 한국으로 왔다. 시청 앞 광장에서 행해진 그 기념식에도 가서 함께하였다. 그들의 죽음을 우리는 결코 잊지 말아야 한다.

고래들께 귀띔함

이종문

이 세상 고래들아, 혹시 그거 알고 있니?
너희들 보호를 위한 국제 포경 회의에서
일본이 안면 몰수의 강탈퇴를 감행한 걸

왜 탈퇴를 했느냐고? 그거야 뭐 뻔하잖아
이 핑계 저 핑계 대며 슬쩍슬쩍 잡아먹다
이제는 대놓고 너흴, 잡아먹겠다는 거지

귀 좀 줘봐, 고래들아, 내 슬며시 귀띔할게
놀더라도 울릉도와 독도 근처에서 놀고
일본의 배타 수역엔 아예 갈 생각을 마라

―『그때 생각나서 웃네』(시학, 2019)

　고래를 의인화한 이 시조에 나와 있는 대로 일본은 고래가 멸종되는 것
을 막아보자는 모임인 IWC(국제포경위원회)를 탈퇴한다고 선언하였다. 1

년에 몇 마리 이상은 잡지 말자, 어린 고래는 잡아도 놓아주자는 것 등 국
제사회의 규약을 지키지 않겠다고 선언한 것이다. 멸종은 훗날의 일이고
일단 고래잡이에 나서겠다는 것이다.

전 세계적으로 고래의 개체 수가 급격히 줄고 있는 중이다. 아마도 금
세기 안에 멸종하는 고래 종이 꽤 될 것이다. 국제사회의 일원이라면 최
소한 지킬 것은 지켜야 하는 것이 도리일 텐데 일본은 이런 규약에 아랑
곳하지 않고 고래 남획에 본격적으로 나섰다. 흡사 태평양전쟁을 일으킬
때의 태도처럼 오만하기 그지없다.

요즈음 시조시단의 작품을 보면 이렇듯 현실에 대한 밀착취재가 많아
졌다. 바람직한 현상이라고 생각한다. 시조는 원래 시절가조時節歌調였다.
음풍농월吟風弄月이 아니었다. 그리고 사설시조의 주요한 기능은 현실풍
자였다.

신문을 보며

김희동

1

날마다 활자들이 신발 끈을 묶는 지면
부비트랩 하나 없는 무덤덤한 소문들
무심한 구독자들의 냄비받침 제격이다

2

실직한 이웃 가장 밥상에 덮인 신문
흑백의 구인란을 몇 번이나 훑었는지
침 발라 오린 자국이 빠끔하니 뚫려 있다

3

빽빽한 깨알들이 무덕무덕 모인 광장
가슴 깊이 와 닿는 고갱이는 어디 있나

한 오리 메아리조차 들려오지 않는다

　　　　　　　—『빗살무늬에 관한 기억』(초록숲, 2019)

　신문의 영향력이 나날이 줄어드는 데 반해 유튜브의 영향력은 나날이 증대되고 있다. 신춘문예 출신이어서 나는 지금도 어느 신문을 구독하고 있지만 아침에 신문을 열독하는 날은 거의 없다. 스마트폰을 켜면 중요한 뉴스를 집약적으로 볼 수 있는데, 그 뉴스를 제공한 곳이 '조·중·동'인 경우가 많지 않다. 세 신문사가 제공한 기사가 올라와 있더라도 독자에게 욕을 안 먹는다는 보장은 없다. 이 시조는 오늘날 신문이 봉착한 운명에 대해 말해주고 있다.

　첫 번째 시조에서는 신문기사의 무덤덤함에 대해 이야기한다. 이른바 특종이나 발굴 기사가 없어서 사람들은 이제 신문을 보지 않고 냄비받침 정도로나 쓰고 있다는 것이다. 두 번째 시조에서는 실직가장의 밥상을 덮고 있는 신문이 구인란 덕분에 그 한 귀퉁이가 꼭 필요한 존재로 바뀐다. <교차로> 같은 신문은 무가지임에도 광고가 잔뜩 실려 있는데, 그만큼 광고 효과가 있다는 뜻일 터이다. 세 번째 시조는 감동을 주는 기사가 없는 이 세상의 삭막함에 대해 이야기하고 있다. 신문기사는 거의 다 사건·사고 소식이요 논조가 부정적이거나 비판조다. 그래서 신문을 안 본다는 사람도 많다. 신문이 사회의 공기公器였던 시절이 있었는데, 참 안타까운 일이다.

교과서에 실려야 할 시조 · 21

북행열차를 타고

이달균

사리원 강계 지나며 빗금의 눈을 맞는다

북풍의 방풍림은 은빛 자작나무

퇴화된 야성을 찾아 내 오늘 북간도 간다

북풍에 뼈를 말리던 북해의 사람들

결빙의 청진 해안은 박제되어 서성이고

고래도 상처의 포경선도 전설이 되어 떠돌 뿐

다시 나는 가자 지친 북행열차

어딘가 멈춰 설 내 여정의 종착지는

무용총 쌍영총 속의 그 초원과 준마들

갈기 세워 달려가던 고구려여 발해여

수렵의 광기와 야성의 백호를 찾아

꽝꽝 언 두만강 너머 내 오늘 북간도 간다

―『퇴화론자의 고백』(고요아침, 2019)

남북관계가 계속해서 경색국면이기는 하지만 시인의 꿈은 휴전선 저 너머로, 사리원과 강계를 넘어 만주 벌판으로 달려간다. 우리 조상인 고구려인, 발해인들이 준마를 타고 달리던 그 땅이다.

백석과 이용악, 오장환, 김동환 등 북방을 노래한 시인들이 있었다. 그들 시인의 시에는 이남과 이북이 따로 없었다. 그들의 시를 보면 주요 무대가 두만강과 압록강 이북이었다. 그곳에 우리나라 사람들이 많이 가서 살고 있었다. 통일은 무기로 이뤄지는 것이 아님을 서독과 동독이 보여주었다. 이 땅의 시인들이 통일에 대한 꿈을 버리지 않는 한 언젠가는 이뤄질 것이라고 생각하면 좋겠다.

이달균 시인의 시조는 힘이 넘친다. 시야는 넓고 시상이 아주 깊다. 시조도 이렇게 유장한 호흡을 보여줄 수 있음을 깨달았다. 이런 작품을 읽어드리면 이산가족 할머니 할아버지들은 울고 말리라. 그곳에 가고 싶어서. 그들이 보고 싶어서.

교과서에 실려야 할 시조 · 22

소나기마을을 지나며

김진숙

누군가를 업어본 사람이면 다 안다
불어난 개울가에 귓불 절로 붉어진다
기꺼이 세상을 업어 건너가던 소년처럼

누군가에게 업혀본 사람이면 다 안다
가슴과 등이 만나 서로가 스며드는 것
그렇게 어두운 세상 등 돌리지 말고 내어줄 일이다

—『시조21』 50호(2019년 가을호)

2019년 9월 6일부터 8일까지 양평의 황순원문학촌 소나기마을에서 제
16회 황순원문학제가 열렸다. 세미나, 시상식, 백일장, 그림그리기 대회,
디카시 공모전 시상식, 나의 첫사랑이야기 공모전 시상식 등 다양한 행사
가 진행되었다. 황순원의 단편소설 한 편이 문학촌을 만들게 했고, 16회
째 행사를 하게 했고, 수많은 사람을 양평에 오게 했다. 전국의 모든 문학

관 중에서 가장 많은 사람이 방문하는 곳이라고 알고 있다. 그 무엇보다, 소설 한 편이 세대를 이어 수많은 사람을 감동시켜온 힘이 크다. 문학의 힘이 정말 대단하다.

김진숙 시조시인은 소설 「소나기」에서 가장 주목한 부분을 소년이 소녀를 '업었다'는 것으로 보았다. 사람의 등은 참 희한하여 남을 업을 수 있는 구조로 되어 있다. 업는 바람에, 업히는 바람에 이야기가 성립되고 작품이 완성된다. 시인은 소설 「소나기」에 대한 회상에서 출발하여 업힌다는 것의 의미를 곰곰이 생각해본다. 시인은 우리가 가슴과 등으로 만나면 서로 스며들 수 있다고 한다. 어두운 세상에서 등 돌리지 말고 등을 내어주라고 한다.

문 닫는 거리

이광

딸아이 좋아하는 양념치킨 시키려고
모처럼 해본 전화 그게 또 결번이네
재개발 철거지 부근 상갓집 같은 상가

장애 판정 받은 이후 보상금 털어 넣어
권리금 주고 얻은 학교 앞 문방구는
학생 수 부쩍 줄더니 내놓아도 안 나가고

골목길 문짝마다 바람만 삐걱댈 뿐
막바지 세든 사람 새 쫓듯 몰아낸 집
젯값은 달게 받겠다 벽에 새긴 주홍 글씨
　　　—무크지 『길 위의 서정』(부산문학인길벗모임, 2019)

이 나라 장삼이사張三李四의 일상이 이렇다. 나라 경제가, 찬바람에 비
가 흩뿌려지는 늦가을 같다. 민생을 살리겠다는 국회의원들의 멱살을 잡

고 흔들고 싶은 사람들이 어디 한둘이랴. 자영업자들이 1년 이상 버티기가 어렵다고 한다. 이광 시조시인은 세 가지 사례를 들려준다. 문을 닫은 치킨집. "재개발 철거지 부근 상갓집 같은 상가"라니 참 절묘한 표현이다. 두 번째 사례는 교통사고로 장애자가 되었기에 나온 보상금을 갖고 문방구를 시작한 어느 이웃의 경우인데 학생들이 줄어들어 장사가 영 안 된다. 세 번째 사례는 세든 사람을 새 쫓듯 몰아낸 어느 집의 경우다. 경기가 워낙 안 좋으니까 죄짓지 않고 살던 사람이 죄를 짓고, 고개 들고 다니던 사람이 고개를 숙이고 다닌다.

호돈의 소설 『주홍글씨』는 인간이 지은 '죄'에 대해 누가 '벌'을 주느냐 하는 문제를 다룬 소설이다. 인간이 지은 죄에 대해 인간이 만든 법은 벌을 주지만, 신은 벌을 줄 수도 있고 용서를 할 수도 있다. 윤리의 선을 넘는다는 것과 양심의 가책을 받는다는 것은 다른 차원임을 우리에게 들려준 호돈의 소설이 생각나게끔 하는 슬픈 시조다.

복서의 꿈

노영임

가볍게 톡톡 튀듯 재게 발 놀리지만
굳게 다문 입술과 날카롭게 빛나는 눈매
상대의 허를 찾아서 잽, 잽을 날려본다

일격을 가할 얼굴마다 고유번호 매기는 건
약해질 자신을 위한 모종의 장치랄까
시작종 소리와 함께 링 위로 나선다

툭하면 숟가락 들고 밥주발 땡! 울리며
어머니께 주먹 날리던 아버지, 당신께도
이렇겐 더 못 산다는 아내에게도 레프트 훅!

아차! 하는 그 순간 아랫도리 풀썩 한다
두 팔은 바람개비처럼 핑그르~ 헛돌 뿐
퍽 한 방 카운터펀치, 쓰러진 복서의 꿈은

오늘 저녁 아버지와 반주 한 잔은 어떨지
마지막 라운드를 아내와 뜨겁게 치르고
혼곤히 단잠 들고만 싶었는지 모른다.
　　　　　　—『오늘의 시조』(오늘의시조시인회의, 2015)

　이 작품의 화자는 관찰자다. 어느 권투선수를 보니 '악으로 깡으로' 권
투를 한다. 성격도 고약하다. 그가 일격을 가할 인물의 순서가 정해져 있
다. 1번은 다음 상대방, 2번은 챔피언, 3번은 나를 이겼던 놈……. 복서는
주먹 쓰기에 이력이 났다. 술을 걸치면 어머니를 때리곤 하던 아버지의
가슴에도, 아내의 면상에도 주먹을 날린다. 폐륜아요 폭력가장이다.

　그런데 방심했다. 한 방 카운터펀치에 쓰러지고 말다니! 영원한 승자는
없는 법이다. 언젠가 마이크 타이슨이 KO패 당하는 것을 텔레비전 화면
으로 보고는 내 생애에 이런 날이 다 있구나, 경악해 마지않았던 적이 있
었다. KO승만 하던 타이슨이어서 그런지 통쾌감을 느꼈었다.

　관찰자인 시인이 권유한다. 술에 잔뜩 취해 집에 들어가지 말라고. 오
늘은 아버지와 식사하면서 반주로 술 한 잔 하시라고. 아내를 때리지 말
고 뜨거운 밤을 보내시라고. 구태의연한 시조가 문예지마다 즐비하게 실
리는데 이 작품을 읽고는 '서사가 있는 시조가 나오기 시작했구나' 하고
생각하였다. 현대시조의 한 진경이다.

레드카펫
국민배우 故 신성일 님 영전에 올립니다

박수근

숨결조차 멎을 듯한
단막극은 끝이 나고

커튼콜 환호 소리 지나가는 바람인 양

주연도
조연도 아닌
야인 되어 떠나는 길

무색 무음 정적만
감아 도는 빈 무대에

오늘은 그 누구와 단 가슴을 나누는가

배우도

관객도 없이

으악새는 울어대고

—『한국동서문학』(2019년 가을호)

배우 신성일이 2018년 11월 4일에 작고하였다. 90년대 전반기에 나는 샐러리맨이었는데 같은 건물에 영화사 성일씨네마트 사무실과 내 근무처가 있어서 엘리베이터에서 1주일에 한 번은 뵈었다. 인사를 드리면 온화한 미소로 응대해 주었다. 그때 나는 회사 점퍼를 입고 있어서 나를 그 회사 직원으로만 생각했을 것이다.

이 시조는 어쩐지 쓸쓸한 분위기를 연출하고 있다. 한 시대를 풍미했던 미남배우의 부음을 접한 시인은 한때의 인기가 아무리 하늘을 찔렀을지라도 그것이 사후에 계속되지는 않는다는 이야기를 하고 싶었나 보다. 오히려 미남이나 미녀의 대명사였던 배우일수록 말년이 비참해지는 경우가 많다. 신성일의 경우, 가정생활이 그다지 행복하지는 않았던 것 같다. 중년 이후에도 중후한 캐릭터를 잘 소화했지만, 영화사 사업 잘된다는 말은 못 들었다. 사무실에 불도 한 번 났었다. 즉, 사업도 사랑도 정치도 성공적이지 못했다. "커튼콜 환호 소리 지나가는 바람인 양" 한마디에 그의 인생유전이 모두 담겨 있는 듯하다. 시조의 후반부에도 영광이 다 사라지고 난 이후의 페이소스가 짙게 감돌고 있을 뿐이다.

<맨발의 청춘>이 1964년 작이었으니 스물여덟 살 때였다. 젊은 시절의 신성일은 너무 잘생겨 표현할 말이 떠오르지 않는다. 사랑이 그의 운명이었는지 알 수 없지만 "무색 무음 정적만/ 감아 도는 빈 무대에// 오늘

도 그 누구와 단 가슴을 나누는가"가 의미심장하다. 신성일은 건국대 국 문학과를 나온 문학도였다.

돼지가 하늘을 본 날

이창규

가끔씩 여물통에 헛것처럼 뜨곤 하던
별과 달 보겠다고 우겨본 적 없는데
사나흘 몰린 입맛도 회가 동한 잔칫날

네 활개 각을 뜨고 불판에 누워서야
절절히 익어가는 노을 한 점 보겠거니
어르고 능친 세월은
아, 저승 길목이네

까짓것 별이 뜨고 달이 진들 소용없지
천형 같은 지상에는 신화 이미 저물어
덜 마른 시월의 가지 끝
붉은 눈이 쌓인다

— 『일몰관』(목언예원, 2019)

야생멧돼지는 그렇지 않지만 이 세상의 거의 모든 돼지는 인간이 식용으로 기르는 것이다. 인간의 먹잇감이 되기 위해 인위적으로 태어나서 늙기 전에 도축되어 식탁에 오른다. 삼겹살, 오겹살, 돼지갈비, 두루치기, 제육볶음……. 시인은 돼지의 입장이 되어 본다. 돼지를 의인화한 것으로 보아도 좋다.

돼지는 죽어서 살점이 다 나누어졌다. 불판에 누워 하늘을 본다. 누워서 절절히 익어가는 "노을 한 점"을 본다. 실로 천형 같은 지상이었다. 먹이만을 밝혔고 죽어서는 사람의 먹이가 되었다. 제 몸을 다 내놓았으니 배 터지게 한번 드셔 보세요. 제 몸이 맛이 좀 있나요? 역시 고기는 씹어야 맛인데 이빨은 튼튼한가요? 마늘도 곁들이고 쌈도 싸서 드세요.

'붉은 눈'의 상징성이 놀랍다. 시월이니 아직 눈雪이 내린 것은 아니다. 노을, 숯불, 불판, 피눈물…… 이런 시어를 아우르고 있다. 아프리카 돼지열병이 번지기 전에 쓴 시조인데 미래를 예언한 듯하다. 이번에 생매장한 돼지가 도대체 몇 마리일까. 이 이승이 참 이렇단다, 얘들아.

교과서에 실려야 할 시조 · 27

손말

양시연

오십 대 중반에도 저렇게 예쁠 수가 있다니!
그녀가 다녀간 날은 어김없이 비가 왔다
여태껏 한마디 말도 세상에 못 내뱉어본

그랬다 농아였다, 선천성 농아였다
여성상담하는 내게 무얼 자꾸 말하려는데
도저히 그 말 그 몸짓 알아듣질 못했다

나는 그날부터 수어手語 공부 다녔다
기어코 그녀의 말, 그 손말을 알아냈다
그렇게 하늘의 언어 아름답게 말하다니!
　　　　　—『문학청춘』 2019년 시조 신인상 당선작 중

우리가 수화라고 흔히 쓰는데, 시인은 '손말'이라고 했다. 손바닥이 아프도록 박수를 보내고 싶다. 앞으로 나는 '수화'라고 쓰지 않고 손말이라고 쓰고, 양시연 시인이 썼기에 나도 쓴다고 밝힐 것이다. 이 시조의 화자는 여성상담원이다. 찾아온 이가 선천성 농아여서 화자는 그녀의 말을 알아들을 수 없었다. 그래서 배우러 다닌 손말 공부, 얼마간 다니다 보니 기어코 그 말의 뜻을 알아냈다. 하늘의 언어였다고 한다.

나는 한동안 말을 더듬어 고생을 했었다. 말더듬이를 고치는 데 얼마나 애를 먹었는지 모른다. 그런데 말을 하지 못하는 타인을 위해 스스로 손말 공부를 하러 다녔다는 이 시의 화자가 실존인물이라면 이 시대의 휴머니스트가 아니랴. 다른 4편의 당선작도 좋다. 시조여서 그렇기도 하겠지만 짜임새가 뛰어나다. 또한 단 한 개의 글자도 역할을 하지 않는 것이 없다. 앞으로의 작품이 기대된다.

들꽃
—이상설 열사

김연동

북녘 땅 닫힌 하늘 굵은 바람 부나 보다
먼 바다 휘이 돌아 긴 시간을 날아가서
슬픈 강 유해를 뿌린
그 마음 짚어 섰다

이 세상 어디엔들 꽃은 피고 진다지만
햇살이 퍼질 날만 손을 꼽아 기다리던
그 들꽃 무수히 피어
그리움을 키웠겠다

사람들 발길 끊겨 흔적마저 지워진 곳
소망도 얼어붙은 이 땅 많이 아팠구나
이제사 유허비 받든
하늘 뜻이 시리다

—『시와시학』(2019년 가을호)

고종의 '헤이그 밀사' 3인 중 한 분인 이상설 선생이야말로 진정한 애국지사다. 국권이 풍전등화의 위기에 몰렸을 때 이상설 선생은 초지일관, 나라를 위해 살다 가신 분이다. 25세 때 문과에 급제하여 27세 때 성균관 교수와 한성사범학교 교관을 역임하였다. 1904년 일제의 황무지 개척권 요구에 결연히 맞서 이를 철회시켰고, 을사늑약 체결에 반대하여 상소투쟁을 펼쳤다. 만주와 노령으로 망명하여 국권회복운동을 전개하다가 1917년 3월 47세를 일기로 연해주 우수리스크에서 돌아가셨다. 광복을 이루지 못하고 이 세상을 떠난다며 몸과 유품을 모두 불태워 그 재를 바다에 날린 후 제사도 지내지 말라는 유언을 남겼다. 그래서 이동녕 등은 아무르 강가에 장작을 쌓아놓고 화장하여 그 재를 북해 바다에 날렸다. 이때 선생의 책과 글, 유품도 거두어 불살랐다.

시인은 이런 사실을 염두에 두고서 이 시조를 썼다. 한 사람의 의로운 정신은 들꽃처럼 널리널리 퍼져간다. 선생의 뜻을 기려 세운 유허비遺墟碑는 고향인 충북 진천에 1957년에 세워졌고, 우수리스크에도 2001년에 세워졌다. 무덤은 없지만 출생지와 작고한 곳에 유허비가 세워진 분은 이상설 의사뿐일 것이다.

어떤 죽음

서숙희

그는 죽었다
무슨 징후나 예고도 없이
제 죽음을 제 몸에 선명히 기록해 두고
정확히 세 시 삼십 분 이십이 초에 죽었다

생각해보면 그의 죽음은 타살에 가깝다
오늘을 어제로만, 현재를 과거로만
미래를 만들 수 없는,
그 삶은 가혹했다

날마다 같은 간격과 분량으로 살아온
심장이 없어 울 수도 없는 그의 이름은
벽시계,
뾰족한 바늘뿐인
금속성의 시시포스

―『문학과사람』(2019, 여름호)

서숙희 시조시인의 이 작품이 어떤 계기로 탄생한 것인지는 모르겠으나, 나는 읽자마마 최근에 자살한 연예인 설리를 생각했다. 인터넷에 들어가 자료를 종합해 보니 악성댓글로 많이 괴로워했다는 내용이 보인다. 브래지어를 하지 않은 채 티셔츠를 입은 사진을 SNS에 올렸다가 과도한 비난을 받았다는 기사도 보인다. 연예인들은 대중의 인기를 먹고 사는 존재여서 사생활이 노출되기도 하지만, 대중은 그들에게도 인격이 있고, 그것을 존중받아야 할 존재라는 사실을 잊지 않았으면 한다. 실수를 하거나 실언을 하년, 혹은 마음에 들지 않으면 입에 담지 못할 말로 비난을 하는 사람들이 있다. 악성댓글로 고통을 받는 연예인들의 인격을 왜 생각하지 않는 것인지. 설리의 자살 이유 중 하나가 악성댓글이었다면 그것은 시인의 말마따나 타살에 가깝다.

외국 여행을 하다 보면 유명문인의 생가나 기념관에 갈 때가 있다. 그곳의 벽시계들이 멈춰 있기도 한데, 이것은 바로 작가가 숨을 거둔 그 시간을 가리키는 경우다. 한 위대한 작가가 숨을 거둔 시간을 기억하자는 의미일 것이다. 시곗바늘은 금속일 따름이지만 우리가 그 시간을 기억해야 하는 것은 한 사람이 숨을 거두었기 때문이다. 소우주가 멈춘 것이다. 타인을 존중해 주기는커녕 심한 욕을 마구 해대면서 내가 존중받기를 원하는 것은 잘못된 일이다.

교과서에 실려야 할 시조 · 30

토우

박영식

니 지금 흙 주물러 뭘 그리 만들아 샀노
이건 니 쏙 빼닮은 내 각시 아이가 와
눈 뻿나 영판 바보같이 내 그리도 못생깃나

바보면 어떻고 잘생기면 또 뭐하노
니캉 내캉 좋아서 죽고 못 살면 그뿐이제
뭐라고 우리 아아들 다 바보 만들기가

니도 봤제 돈 있다꼬 까불랑 대는 걸마들
올매 못 가 쪽박신세로 오도 가도 못하는
모르제 참말로 모르제 우리 같은 사랑 헤헤

─『통영문학상 수상작품집』(도서출판 답게, 2016)

왕조시대 때의 일반백성이나 민주공화국 체제하의 서민대중이나 다
'억눌림'을 당하면서 억울해했다. 이 시의 화자는 장삼이사張三李四라고

해야 할 터인데, 돈도 없고 권력도 없다. 화자는 토우를 만드는 도공과 대화를 하고 있다. 그 대화를 들어보니 너와 나, 즉 우리는 사랑하고 아이 낳고 살아보려고 애를 쓰는데 돈 좀 있다고 까부는 '걸마들' 하는 짓을 보니 영 눈꼴시다. 걸마들은 "올매 못 가 쪽박신세로 오도 가도 못하"게 된다. 돈 있다고 유세 부리거나 불법을 저지르는 부자들, 권력 있다고 갑질하거나 비리를 자행하는 정치가들이 눈꼴시어 텔레비전 뉴스를 보지 않고 있는데 이 시조를 읽으니 잠시나마 속이 후련해진다.

토우는 서민들의 얼굴이었다. 생활상이었다. 다산을 빌고 풍요를 기원했다. 그저 아내는 남편을, 남편은 아내를 사랑하며 살고 싶었는데 그것이 그렇게 어려웠다. 자식 두셋 낳아서 밥 먹이고 공부시키고 싶었는데 그렇게 할 수 없는 시대다. 대학을 졸업하고도 취직을 못해 쩔쩔매고 있으면 취직의 길을 열어주지 않고 돈을 준다. 토우가 찡그리고 있다. 토우가 울먹이고 있다. 엄청 화를 내고 있다.

나무의 마음

홍성란

매일을 걸어도 양재천이 좋은 것은
무심히 그저 나를 바라만 보기 때문이다
나무가 나를 바라보듯 바라볼 수 있다면

어떤 옷을 입어도 어떤 신을 신어도
무슨 짓을 해도 그저 무심히 바라보는
나무가 나를 바라보듯 바라볼 수 있다면

—『PEN문학』(2019, 9 · 10월호)

내용이 아주 쉽고 단순한 듯하다. 하지만 많은 생각을 하게끔 유도하는 깔끔한 시조다. 복잡다단한 현대를 살아가는 우리 인간에게는 간섭하지 않고 바라보아 주는 존재가 필요한데 나무가 바로 그렇다. 인간은 꽃을 꺾어다 팔고, 나무를 분재하고, 가로수 가지치기를 심하게 하는 등 나무에게 온갖 못된 짓을 서슴없이 한다. 그런데 나무는 인간에게 산소를 주고 과실을 주고 생활도구를 주고 마루를 준다.

양재천도 그렇고, 양재천변의 나무도 산보하는 한 인간을 그저 무심히 바라본다. 나무가 나를 그렇게 보듯이 나도 사물이나 어떤 대상을, 타인을 그렇게 바라볼 수 있다면 성인이 될 것이다. 해탈할 것이다.

세속세계에서 아등바등 살아가면서 남을 탓하고 욕하는 것이 습관이 된 우리에게 이 시조는 단순한 듯하지만 깊은 울림을 전해준다. 나무가 훌륭한 스승임을 간파한 시인의 혜안에 고개를 숙인다.

교과서에 실려야 할 시조 · 32

난민
나이아가라

임유행

뿔뿔이 흩어진다 난민 되어 내려온다

앞서는 슬픔과 뒤따르는 울분이

국가도 법도 없는 곳에 물의 나라 세운다

— 김민정 엮음, 『해돋이』(알토란북스, 2019)

    오늘날 나라를 잃고 떠돌아다니는 난민의 수가 6천만 명이 넘는다고 한다. 유태인은 이스라엘 왕국의 멸망 이후 수천 년 동안 떠돌아다니다가 제2차 세계대전이 끝나고 나서야 이스라엘이라는 나라를 세웠다. 하지만 유태인이 떠나간 시나이반도에 살던 팔레스타인 사람들은 그 바람에 그만 난민이 되고 말았다. 세계 곳곳 분쟁지역에서 목숨을 건 탈출이 이뤄지고, 그들은 또다시 난민이 된다. 우리도 사할린에 가서 살던 17만 명이 스탈린의 명령 한마디로 중앙아시아로 강제이주를 당한 뼈아픈 난민의 역사가 있다. 천만 이산가족도 어찌 보면 난민이다.

　임유행은 이 단형시조에서 여러 가지 이야기를 한다. 나이아가라 폭포의 장관은 이 시조에서 중요한 것이 아니다. 난민들이 겪는 슬픔과 울분이 시의 중심 소재가 된다. 전쟁은 가족을 뿔뿔이 흩어지게 하는 경우가 많다. 가족의 해체는 전쟁이 발생케 하는 첫 번째 현상이다. "국가도 법도 없는 곳"에다 물의 나라를 세워본들 금방 흩어지고 마는 신세, 나라를 일본에 빼앗긴 후에 세운 우리의 임시정부가 그랬었다. 상해에서 중경까지 그 멀고먼 길을 피란 갔다. 그런데 지금 우리 대한민국은 난민 신청 승낙률이 아주 낮은 나라라고 한다.

교과서에 실려야 할 시조 · 33

정경

김선화

햇살도 술렁대는 교도소 안마당에
가족과 함께하는 운동회가 열렸다
손꼽아 기다리던 날 발그레한 얼굴들

청백군 편을 나눠 달리기, 줄다리기
어릴 적 운동회로 돌아가 맘껏 뛰며
모처럼 푸른 함성이 울타리를 넘는다

이제는 부모님을 등에 업고 달릴 차례
온 힘을 쏟아 부을 오늘의 하이라이트
아무도
달리지 않고 걷는다
주르륵, 봄비 내린다

　　　　　　　　　　　　—『유심시조아카데미』제2집(2013)

교도소에서 가족 초청 운동회가 열렸다. 이 시조의 제 1, 2연은 별다른 내용이 없다. "푸른 함성" 같은 공감각적인 표현도 그다지 새로운 것이 아니다. 그런데 총 5행으로 처리한 제3연에 가서 김선화 시인은 하나의 작품을 만들어낸다. 수용자(요즈음에는 '죄수' 대신에 이 용어를 쓴다)들이 어머니 혹은 아버지를 업기는 했는데 다들 달리지 않는다. 아니, 달릴 수가 없다. 거의 전부 처음으로, 연로한 어머니나 아버지를 업어보고는 그 가벼워진 무게를 실감해 우느라 달릴 수가 없는 것이다. 업은 자식도 울고 업힌 부모도 운다. 그 정경을 보고 있는 다른 가족도 운다. 수의를 입고 죗값을 치르고 있는 자식들, 바깥에 있을 때도 어머니나 아버지를 업어본 적은 거의 없었다. 그러나 교도소 안마당에서의 운동회 때 자식 걱정에 여윈 노인을 업고는 징징 울며 걷는 것이다.

교과서에 실려야 할 시조 · 34

목욕을 하며

정일근

마흔해 손 한 번 씻겨 드리지 못했는데
아들의 등을 미시는 어머니 우리 어머니
병에서 삶으로 돌아온 내 등 밀며 우신다

벌거벗고 제 어미를 울리는 불혹의 불효,
뼈까지 드러난 몸에 살과 피가 다시 살아
어머니 목욕 손길에 웃는 아이가 되고 싶다

까르르 까르르 웃는 아이가 되고 싶다
어머니의 욕조에 담긴 어머니의 사랑이 되어
회귀의 강으로 돌아가는 살찐 새끼가 되고 싶다

　　　　　　　　—세계시조시인포럼『Hello 시조』(고요아침, 2015)

　정일근 시인이 마흔 즈음에 큰 병에 걸려 생사의 기로에 선 적이 있었
다. 저승으로 난 문지방을 이미 넘어갔는데 현대의학 의술이 그를 이승으

로 돌려세웠다. 시인의 어머니는, 자식을 이번에 잃게 되나 상심이 컸는데 살아났으니 덩실덩실 춤이라도 추고 싶었을 것이다.

이 시조는 초췌해진 아들을, 하지만 이제 막 퇴원한 아들을 어머니가 씻기는 장면이다. 생각해보니 아들은 어머니의 손 한 번 씻겨 드린 적이 없다. 중병을 앓았다는 것은 큰 불효를 한 셈이지만 그래도 살아나 참척慘慽의 고통을 드리지 않게 되었으니 천만다행이다.

어머니는 회복기에 접어든 아들을 씻기면서 40년 전으로 돌아가 아기 때의 아들을 씻기던 생각을 당연히 했을 것이다. 그때는 이 녀석이 오동통했는데 지금 이게 뭐람. 이제 내가 잘 해먹여야지. 이게 이 세상 어머니의 마음이다. 지구상에 수많은 전쟁이 있었는데 여성이 모의한 적은 없었다고 한다. 자기 새끼가 전장에서 죽을 것을 아는데 어떤 모성이 전쟁을 일으킨단 말인가.

제비다방

장은수

말쑥한 종로 뒤편 제비집이 덩그렇다

층층의 계단마다
낡은 관절 삐걱대고
황토 빛 바람벽 틈새
커피향이 배어 있다

달고 못한 원고인 듯
빛바랜 책갈피인 듯
죽지 꺾인 날개 위로
얼비치는 저 오감도

찻잔 속 홰치는 소리 모락모락 들려온다

—『새의 지문』(고요아침, 2019)

이상이 종로에 '제비다방'의 문을 연 것은 1933년 7월, 스물네 살 때였다. 이미 폐병이 심해져 몸 상태가 영 심상치 않았다. 이 해에 총독부 건축기사 직을 그만두고 황해도 배천온천으로 요양을 갔다. 그곳에서 만난 금홍이라는 여자와 동거를 시작하면서 그는 집을 팔아 다방을 차렸다. 문인들의 아지트가 되었지만 그는 술추렴을 하지 않았고 구석방에서 시를 썼다. 시 「오감도」 연작시를 바로 이 제비다방에서 썼다.

폐결핵 균은 그의 몸에 점점 죽음의 그림자를 드리웠지만 영혼은 불꽃을 일으키며 활활 타올랐다. 시한부 인생에 대한 자각이 그를 치열하게 살아가게 했고 동시에 가련하게 죽어가게 했다.

지금도 종로에 가면 제비다방이 있는가? 안 가봐서 모르겠지만 장은수 시조시인의 상상 속의 제비다방은 계단 올라갈 때 삐걱거리는 소리를 냈던 것이리라. 이상 시인의 죽지는 그때 꺾여 있었겠지만 「날개」「종생기」「봉별기」 등 주옥같은 작품이 연이어 탄생한다. 보통의 새(조감도)가 까마귀(오감도)가 된 이유는 설이 분분하니 여기서는 생략하자. "찻잔 속 홰치는 소리 모락모락 들려온다"는 공감각인 표현이다. 이상도 이 기상천외한 구절을 봤더라면 기절초풍했을 것이다. 언뜻 보면 시조가 아닌데 정신을 차리고 보면 시조다.

교과서에 실려야 할 시조 · 36

스팸메일

백윤석

1

한 톨 씨앗 잎눈 뜨는 문패 없는 내 뜨락에
잔뜩 덧난 상처마냥 몸 불리는 메일들이
용케도 바람벽 넘어와
술술 옷을 벗는다

끊임없이 거듭되는 공복의 내 하루가
한순간 눈요기로 허기나마 면해질까
꼿꼿이, 때론 덤덤히
삭제키를 눌러댈 뿐

2

눈발처럼 떠다니는 많고 많은 인파 속에
어쩌면 난 한낱 눈먼 스팸메일 같은 존재
무참히 구겨진 채로

휴지통에 던져질

눈길 한 번 받지 못한 외로 선 골방에서
팽개쳐져 들어앉아 변명조차 잊었어도
엉켜진 오해의 시간
술술 풀 날 기다리는.

—『스팸메일』(책만드는집, 2019)

　백 시인도 그런 모양이지만 나한테도 정말 많은 스팸메일이 온다. 무슨 카드니 무슨 이벤트니 하면서 오는 것은 그래도 불쾌하게 하지는 않는데 게임도박을 하라느니 비아그라를 구입하라느니 하면서 오는 메일은 화를 치밀게 한다. 스팸신고를 해도 아무 소용이 없다. 스팸메일 자체가 신종 바이러스 같다. 박멸했다고 생각해도 다시 나타나 사람을 괴롭힌다.

　시인은 스팸메일을 "잔뜩 덧난 상처마냥 몸 불리는 메일들"이라고 했다. 그놈들은 "용케도 바람벽 넘어와/ 술술 옷을 벗는다", 즉 화자를 유혹한다. 화자는 "꼿꼿이, 때론 덤덤히/ 삭제키를 눌러댈 뿐"이다.

　2번 시조에서 스팸메일은 변신을 한다. 화자가 바로 스팸메일 같은 존재가 아닐까 하는 생각이 든 것이다. 내가 무슨 일인가로 오해를 사 타인에게 완전히 소외되어 골방에 들어앉는 신세가 된다면? 엉켜진 오해의 실마리가 풀리기를 기다리는 딱한 처지가 된다면 스팸메일이랑 별 다를 바가 없게 된다. 우리는 타인에게 스팸메일 같은 존재가 되면 안 된다고 백윤석 시조시인은 주장하고 있다.

고속도로

손확선

대형트럭 면허증이 가진 것의 전부인
사내의 삼십 년은 길 위의 삶이었다
바퀴가 닳아지듯이 인생도 낡아지는

두 아들 등록금에 노모의 요양비를
팔 톤 트럭 바퀴에 감았다가 풀어놓은
경부선 아스팔트길 봄꽃이 한창이다

꽃구경 가자 하던 아내는 그 봄날에
황사가 자욱한 꽃길 따라 떠나가고
아직은 갈 길이 멀다 가속페달 밟는다

— 『먼 산에 진달래꽃』(목언예원, 2019)

고속도로에는 언제나 대형트럭들이 달리고 있다. 길 위에서 자기 생의 절반 이상을 보내는 사람들이 있다. 그중 한 사람의 이야기를 손확선이 들려준다. 그는 자기가 모는 트럭의 바퀴가 닳듯이 낡아갔다. 사람들이 꽃구경을 가는 봄철에 그의 아내는 그만 "황사가 자욱한 꽃길 따라" 떠나갔다. 무슨 연유인지 작품에 밝혀놓지 않았지만 아마도 저승으로 간 것이리라.

트럭 기사에게는 아내만 있는 것이 아니었다. 두 아들의 대학 등록금을 누가 마련하며, 노모의 요양병원 입원비는 누가 마련할 것인가. 그는 아직도 가야 할 길이 멀다. 슬픔에 잠겨 있을 수 없다. 가속페달을 밟으며 오늘도 그는 운전대를 잡고 있어야 하는 것이다.

요즈음 시가 대체로 길다는 것을 감안하면 3개 연으로 되어 있으니 짧은 시조인 셈이다. 이 짧은 3수 안에 한 가족의 역사가 담겨 있다. 한 사내의 인생사가 담겨 있다. 인생의 희로애락과 인간의 생로병사가, 인간사의 이모저모가 다 담겨 있다. 시조는 길어야 이 정도 분량이지만 「고속도로」는 참 슬프고 웅숭깊다. 손확선 같은 시조시인이 있기에 고속도로처럼 울타리 저 멀리멀리 시조의 미래가 뻗어 있다.

취원창 가는 길

박순화

얼어서 죽을 각오 맞아서 죽을 각오로
독립의 길 가물한 황무지 소똥 길엔
석주의 비장한 총대 옥수수로 서 있다

굶어서 죽을 각오로 압록강을 넘어서며
일백 번 흔들려도 흔들려서는 안 된다던
석주는 큰 뜻 품고서 취원창에 뉘었다

아리랑 아라리요 목에 메어 부르며
태극기 흔들었던 서슬 퍼런 돌개바람에
석주는 망부석 되어 안동가를 읊는다.

　　　―『한국 문학인』(한국문인협회, 2019년 겨울호)

취원창聚源昶은 항일 독립운동의 근거지로, 행정구역이 지금은 흑룡강
성 아성구 거원진이다. 취원창의 대표적 인물은 석주 이상룡(1858~1932)이

다. 1990년 국가보훈처의 노력으로 국내에 봉환됐으며, 국립묘지 임정요인 묘역에 안치되었다. 안동 태생인 석주는 을미사변(1895) 뒤 박경종과 함께 가야산에 군사 진지를 구축하고 의병 항전을 시도하면서 독립운동에 뛰어들었다. 『한국민족문화대백과사전』을 찾아보았다.

"3·1운동 뒤 한족회를 바탕으로 5월 군정부가 조직되자 총재로 추대되었다. 같은 달 신흥중학교를 신흥무관학교로 개칭해 독립운동 간부를 양성하였다. 상해에서 대한민국임시정부가 수립되자 해외독립운동 선상에서 하나의 정부만 있어야 한다는 이상룡의 주장에 따라 11월 군정부를 서로군정서로 개칭하고 대한민국임시정부를 지지하였다. 이상룡은 서로군정서 독판督辦을 역임하였다. 1921년 1월 서로군정서와 의용군 일부를 정비해 남만통일회를 개최, 서간도 일대의 항일단체와 독립군단을 통합해 대한통군부를 조직하였다."

석주의 독립운동 중 일부를 인용하였다. 한평생 초지일관, 일본에 맞서 싸운 분이었다. 박순화 시인이 보건대 평생 독립운동을 하겠다고 맹세한 것은 얼어서 죽을 각오, 맞아서 죽을 각오, 굶어서 죽을 각오를 해야만 가능한 것이었다. 독립운동을 하겠다고 압록강을 넘어간 것은 이미 목숨을 내놓은 것과 마찬가지였다. 일제에 아부하여 부귀영화를 누린 이가 어디 한둘이었던가. 임시정부에서도 국무령을 했는데 대쪽 같은 성품으로 유명했다고 한다.

많은 역사학자들이 우리의 독립이 미국의 전쟁 개입과 원폭 투하로 말미암았다고 말하지만, 이런 분들의 희생이 없었다면 우리는 굴욕의 역사밖에 기록할 것이 없었을 것이다. 바로 얼마 전에 경기도 안성에 있는 3·1운동기념관에 평생교육원 수강생들과 다녀왔다. 올해가 3·1운동 100주년이 되는 해여서 그냥 보내면 안 될 것 같아서였다.

수박을 읽다

황외순

진열대 언저리로 내몰린 수박 한 통
반쯤 시든 꼭지 보며 선뜻 손이 안 가는데
번번이 면접에 실패한
조카 녀석 떠오른다

외모보단 실력이지 등 토닥여 주지만
입가에 검은 모반母班 취업 문 못 열었다
오늘은 운이 좋은 날
블라인드 채용이라

여민 속 가만 풀자 왈칵 쏟는 붉은 속내
벼린 칼날 물고 있는 씨앗 하나 옹골지다
간신히 잡은 그 기회
놓칠 수는 없다는 듯

―『단편같이 얇은 나는』(고요아침, 2019)

대졸자의 취업문이 참 좁다. 면접을 열 번 이상 보는 것은 다반사다. 입가에 검은 모반이 있는 것이 걸림돌이 되어 번번이 면접에서 미끄러진 조카가 있는 모양인가. 안타깝기 짝이 없다. 다행히 얼굴을 안 보여주는 채로 면접을 하게 되었다. 이를 블라인드 채용이라고 한다. 조카의 외모는 비록 반쯤 꼭지가 시든 수박 같지만 "농익은 붉은 속내"와 "벼린 칼날 물고 있는 씨앗 하나 옹골"지다면서, 면접관에게 제대로 좀 보라고 충고를 하고 싶다. 사람을 겉모습으로 판단하지 말라고.

　우리 사회의 잘못된 관행이 있으니 '용모 단정'이 '실력 출중'에 앞선다는 것이다. 예전에는 여자상업고등학교 학생들이 고3 여름방학 때 단체로 얼굴 성형수술을 받아서 사회적으로 문제가 된 적이 있었다. 내가 기업체에 입사하자 여직원들이 여름휴가 때 단체로 눈 쌍꺼풀 수술을 하기도 했다. 그때가 90년대 초였는데, 지금은 성형기술이 더욱 발달하여 '자연산'을 찾아내는 일이 훨씬 어려운 세상이 되었다. 성형수술하는 것이 아무렇지도 않은 시대가 되었는데 잘 된 것인가?

교과서에 실려야 할 시조 · 40

카톡의 변

김차순

굳은 화석처럼 시간의 결로 속에서
어느 날 문득 낙서처럼 보내온 ^ ^ ~ ♡ ^ ^
무한의 지평 속에서 외계어로 읽었다

수신음 차단해도 막무가내 밀고 들어와
정신을 지배하는 종교가 되어버린
내 생애 무임승차해 족쇄가 된 이모티콘

―『열린시학』(고요아침, 2019년 가을호)

　우리네 삶 속에 어느 날 전화가 들어왔다. 교환수가 전화를 연결해주는 시대가 있었다. 다이얼을 돌리는 전화가 숫자를 누르는 전화로 바뀌었다. 삐삐라는 것이 등장했다. 휴대폰이 등장했다. 스마트폰이 등장했다. 마침내 카톡이 등장했다. 기호가 처음에는 이상해서 외계어로 읽혔는데 지금은 문자보다 더 편한 경우가 있다.

지하철에 앉아 계신 어르신네들도 지금은 다 스마트폰을 지니고 다니는데 귀가 좀 어두운지 문자가 오면 카톡 카톡 카톡 옆 사람들에게 다 들릴 만큼 큰소리를 낸다. ㅎㅎ ㅋㅋㅋ 옆자리의 할머니가 무슨 글자를 쓰고 계신가 했더니 이런 문자를 날리고 계셨다. 글자가 아닌 문자를. 본인이 고안해낸 것이 아니라 누구한테서 받은 것을 다른 이에게 보내는 중이었다.

0⁻⁻∪⁻⁻0

⁻l~♡~l⁻

l___l

사랑의 내복을 누구에게 보내고 계셨던 것일까.

시인의 말마따나 수신음을 차단해도 막무가내로 밀고 들어온다. 문제는 카톡이 내 정신을 지배하는 종교가 돼 버렸다는 것이다. 우리는 스마트폰에 철저히 예속되어 있다. 카톡의 등장에 환호하다가 카카오톡의 무차별적인 광고에 울고 싶어도 울 수가 없다. 카톡이 사라지면 어떻게 사나, 걱정이 되기 때문이다. 하지만 편지나 전보가 중요한 정보통신시대에 인간은 불행했는가? "내 생에 무임승차해 족쇄가 된 이모티콘"이 나를 편안하게 해주고 행복하게 해주는가? 아아, 시인은 결국 조상이 물려준 문자를 사수하는 아날로그 세대지, 기계와 더 친해지는 디지털 세대는 될 수 없나 보다.

교과서에 실려야 할 시조 · 41

또바기

오은주

개미를 주시한다, 산 하나를 업고 가는

꿈을 향해 걸어가면 벼랑도 사뿐할까

등짐에 고이 올려진 한결같은 저 행보

―『국제시조』 제3호(2019)

또바기는 순우리말로 '언제나 한결같이 꼭 그렇게'란 뜻이다. "인사를 또바기 잘 한다."가 용례로 국어사전에 나와 있다. '꾸준하게', '착실하게', '변함없이'와 비슷한 뜻을 갖고 있다.

길을 가다가 개미란 곤충을 간혹 만나는데 늘 부산히 움직이면서 일을 하고 있다. 먹이를 보면 짊어지고는 제가 사는 굴을 향하여 부지런히 걸음을 옮긴다. 귀엽고 측은하고 대견하다.

시인은 개미가 꿈을 향해 걸어가고 있다고 한다. 행보가 등짐에 고이 올려지다? 종장은 문법으로도 의미로도 맞지 않는데, 자수를 맞추다 보니 어쩔 수 없이 한 실수인 것 같다. 등짐을 지고도 늘 제 속도로 앞만 보며 꾸준히 가는 개미의 성실성을 표현한 것이 아니랴. 쥐란 놈도 참 부지런하다. 먹이를 구하고 번식하는 일에 최선을 다한다.

2020년 올해는 경자년庚子年 쥐띠 해인 만큼 성실한 사람에게 좋은 일이 있기를 바란다. 바람직한 사회는 성실한 사람이 대접받고, 권력을 가진 사람이 성실하게 일하는 것이다. 길 다가 개미를 만나면 밟지 않을까 조심해야겠다.

내가 죽어보는 날

조오현

부음을 받는 날은 내가 죽어보는 날이다
널 하나 짜서 눈 감고 누워도 보고
화장장 아궁이와 푸른 연기 뼛가루도 뿌려본다

―『문학의 문학』 창간호(2007)

오현스님은 2018년 5월 26일, 신흥사에서 입적하였다. 지상에 머문 기간은 86년, 술을 무척 좋아했기에 기적적인 장수였다. 본인도 그렇게 오래 살리라 예상하지 못했을 것이다. 75세 즈음에 이런 시를 썼으니 말이다. 제목부터 의미가 남다르다. '내가 죽은 날'이 아니라 '내가 죽어보는 날'이다.

불교의 윤회설이 이 제목 하나에 고스란히 함축되어 있다. 불가에서 죽는 날은 생의 끝 날이 아니라 새롭게 시작하는 날이다. 또 다른 생명체로 소생하여 윤회의 고리를 이어갈 테니까. 스님은 내가 죽은 그날, 널 하나 짜서 눈 감고 누워도 보고 화장장 아궁이와 푸른 연기 뼛가루도 뿌려볼 수 있다고 상상한다. 죽음에 대한 이런 인식은 삶 자체도 맑게 하리라.

만약 우리가 죽는 날을 대강이라도 알게 된다면 더욱더 쾌락에 탐닉하는 자와, 남은 생을 선업으로 가꾸고자 노력하는 두 타입으로 나눠질 것이다. 죽음에 대한 오현스님의 이와 같은 인식은 세속사회의 나를 겸허한 반성의 시간으로 인도한다. 죽음은 타인의 것이 아닌 나의 것이며, 죽음은 생명체의 끝이 아니라 새로운 시작임을 세계 3대 종교를 비롯해 뭇 종교의 창시자들이 말하였다. 자수를 지키지 않은 단형시조지만 욕망과 허위의 나날을 살고 있는 나 같은 범인에게는 법어처럼 둔중한 깨달음을 주는 가편이다.

교과서에 실려야 할 시조 · 43

반달가슴곰 KM-53

정희경

계절이 짙어 와서 더 보이지 않는다
윤기를 잃어버린 백두대간 수풀 사이
바람의 낯선 소문들 무성하게 쏟아질 뿐

천년을 길들여 온 야성은 살아 있어
오가는 발걸음에 반달 가슴 자꾸 뛰어
철 지난 동면을 향해 걸어가고 있는가

꿀벌도 흰개미도 자취 감춘 어둔 밤은
철골만 앙상한 끝없는 긴 울타리
도시는 콘크리트 위에 열대림을 세운다

—『열린시학』(2019년 가을호)

반달가슴곰 KM-53이 과연 잘 살아가고 있을까? 죽었다는 말을 듣지
못했으니 살아 있는 모양이다. 제발 천수를 누리고 죽기를. KM은 한국

Korea에서 태어난 수컷Male이라는 뜻이고, 숫자는 방사 순서와 방사 연도를 의미한다. 종 복원을 위해 북한과 러시아에서 들여온 개체에는 북한North Korea산 암컷Female이란 의미의 NF, 러시아Russia산 수컷Male에는 RM이 붙었다.

시인은 각주를 달았는데 "2015년 지리산에 방사된 '반달가슴곰 KM-53'은 지리산을 수차례 탈출해 결국 2018년 김천 수도산에 방사되었는데 2019년에는 구미 금오산에서 발견되었다."이다. 모험심이 대단해 지리산을 몇 번이나 벗어난 모양이다. 자식, 내 고향 김천에 갔으면 거기서 좀 더 살지 왜 구미 금오산으로 간 것이냐. 현인의 「신라의 달밤」이란 노래를 들어본 적도 없으면서. (아 신라의 밤이여 불국사의 종소리 들리어온다 지나가는 나그네야 걸음을 멈추어라 고요한 달빛 어린 금오산 기슭에서 노래를 불러보자 신라의 밤 노래를.)

곰은 겨울이 되면 동면에 들어가는데 이 땅의 이상기온이 KM-53이 겨울잠을 자게 할까, 시인은 걱정이 되나 보다. 꿀벌이며 흰개미며 잔뜩 먹어야지 잠을 청할 수 있는데 그런 먹이를 찾아낼 수 있을까? "철골만 앙상한 끝없는 긴 울타리/ 도시는 콘크리트 위에 열대림을 세운다"는 제3수의 중장과 종장이 가슴을 때린다. 이 나라는 산이고 들이고 어디를 가나 철제 울타리가 가로막는다. 도시란 곳은 여름에는 더 덥고 겨울에도 별로 춥지 않다. 실내는 더더욱. 지구온난화는 수많은 생명체 종의 멸종을 가져왔다. 하지만 최소단위인 바이러스는 인류의 생존을 위협하고 있다. 반달가슴곰 KM-53을 잘 돌보지 못하면 우리는 더 큰 재앙에 직면할 것이다. KM-53의 생존 여부는 우리나라 종복원기술원의 존재 여부를 결정짓는 시금석이 되고 있다. "천년을 길들여 온 야성은 살아 있어/ 오가는 발걸음에 반달 가슴 자꾸 뛰어"라는 시인의 예언자적 발언에 십분 공감한다.

시인이 별거라고

김광희

해마다 농사지어 찹쌀을 주는 친구
주는 시집 마다하고 인터넷서 사서 읽고
고맙고 자랑스럽다고 사인 값으로 밥 사준다

이마빡 벗어질까 염치는 있어갖고
사과 한 짝 들고 갔다가 못 볼 걸 봐 버렸다
장롱 짝 받치고 누워 힘쓰고 있는 내 시집

나 대신 고생 많다 오래도록 힘 좀 써라
엎드려 지은 햇곡 목 메이게 받아먹고
덕분에 열심히 써야지 내 할 일이 별거겠어
  ―이목시조동인지 제2집 『화첩을 찾다』(목언예원, 2019)

제2연의 반전이 재미있다. 화자의 친구가 센스 있고 후덕하여 덩달아
고마워하고 있었는데 웬걸, 사인을 해준 시집이 그 집 장롱의 균형을 맞

추는 데 쓰이고 있다니. 사람이 공짜를 좋아하면 안 되는데, 그래서 사과 한 짝을 들고 갔다가 그만 못 볼 것을 봐 버렸다. 아, 하필이면 그 시집으로!

제3연 또한 반전이라고 할 수 있다. 그래, 친구가 허리 구부려 지은 햇곡을 내 목 메이게 받아먹지 않았나. 참쌀을 먹고 차지게 작품 쓰는 것이 내가 할 일, 그럼 되는 거지 뭐 하고 마음을 달랜다. 시조 작품이 대체로 너무 점잖은데 이 작품은 시종 해학이 있어 좋다.

1997년인가, '고려원'이라는 큰 출판사가 부도가 나서 문을 닫았다. 그곳에서 낸 내 시집이 다른 책들과 함께 길거리에 '고려원 도서 방출 대세일'이라는 광고 아래 할인가로 팔리고 있었다. 주변의 눈치를 살피다가 얼른 '몽땅' 산 적이 있다. 헐값으로 거리에 나앉은 내 시집을 구하고 싶었다.

80년대 한때 대학가에서는 포커가 유행한 적이 있었다. 후배들이 시집 내기로 판을 벌인다기에 현장을 급습했더니 아니나 다를까 내 시집이 판돈이 되어 있었다. 호통을 쳤더니 내 시집만은 걸지 않기로 했다나. 아아, 시집의 운명이여. 시인의 명줄이여.

교과서에 실려야 할 시조 · 45

중국발 리틀보이

김환수

인해전술 침투 전법 다 끝난 줄 알았는데
바람군단 앞세우고 재공격한 인민해방군
중국 발 리틀보이가 서울 상공 엄습한다.

폭탄 투하 그 위력에 쓰러져 간 숨탄것들
마스크와 방독면이 눈 깜짝할 새 동이 나고
또다시 국지전 일어 들불처럼 번져간다.

북적대는 병원마다 살려 달라 비명 소리
발만 동동 구르다가 눈물마저 말라버린
한반도 미세먼지 전쟁, 대참사의 시작이다.

— 『3대 조폭』(고요아침, 2019)

이 시조는 언뜻 보면 신종 코로나19 집단 발병에 대한 것이라고 생각할
수 있지만 2019년 11월 13일에 발간된 시조집에 실려 있으므로 코로나19

발병과는 무관하다. 시인은 중국에서 날아오는 미세먼지의 피해자가 우리나라 사람임을 언급하면서 "대참사의 시작"이라고 했는데 실제적인 대참사는 2020년 1월부터 시작되어 좀처럼 수그러들지 않고 있다.

'리틀보이'는 1945년 8월 6일 일본의 히로시마에 투하된 원자폭탄의 별칭이다. 시인은 중국 발 리틀보이가 서울 상공을 엄습하여 이제 시작된 미세먼지 전쟁으로 대참사가 시작되었다고 한다. 미세먼지도 그렇지만 중국 발 황사도 해마다 우리나라에 극심한 피해를 주고 있다.

거슬러 올라가 생각해보면 한국전쟁의 국면을 바꾼 것이 50만 중공군의 인해전술이었다. 인천상륙작전 성공 이후 북으로 진격해 가던 유엔군과 국군이 38선까지 급히 퇴각하게 된 것이 바로 중공군의 개입 때문이었다. 전쟁은 고지를 뺏고 빼앗기는 고지전 양상으로 바뀌었고 결국 미국과 중국, 북한의 3자회담에 의해 휴전협정이 맺어졌다.

몇 년 전에는 사드 배치 때문에 중국 내의 한류바람이 직격탄을 맞았다. 예능 교류, 방송 교류가 완전히 차단되었고 몇 년 동안 관광객도 전혀 오지 않았다. 그 대신 중국은 황사와 미세먼지를 보내왔고 이제는 코로나 19 폐렴 바이러스를 우리나라에 수출(?)했다. 중국은 이 바이러스가 퍼진 세계 각국에 사과해야 한다. 초동대처를 잘 못해 우왕좌왕하다 보니 이렇게 퍼져버린 것이니. 김환수 시인의 이 시조작품을 읽어보니 마치 예언자의 목소리 같다. 두 번째, 세 번째 수는 완전히 지금 여러 나라, 여러 병원의 모습이 아닌가. 인류를 위협해 온 역병의 역사는 길지만, 지금 이곳에서 확산하는 전염병은 바로 '나'의 문제여서 누구나 예외 없이 긴장하고 있다.

교과서에 실려야 할 시조 · 46

창 없는 방

양점숙

흙수저 한 벌에
창문 없는 방이 한 칸

알바 찾아 걸은 길을
유리창에 적어 두고

잠든 밤 불길 솟아도
탈출 꿈도 못 꾸었다

그리움처럼 두고 간
알바생의 흔적들

미소도 반쯤은
찜질한 눈물이라

정규직 하나를 꿈으로

이승 소풍 끝냈단다.

—『월간문학』(2020. 2)

고시원이나 쪽방촌 같은 데는 방이 아주 작고 창문이 없다. 사람 몸 하나 눕히면 방이 꽉 찬다. 이런 곳에서 살아가는 알바생들이 얼마나 많을까. 임시직이기에 정규직이 되고 싶은 꿈은 얼마나 클까. 이렇게 열악한 곳에서 살면 불이 나거나 위험이 닥쳤을 때 탈출을 할 수 없다는 것이다. 잡코리아가 운영하는 아르바이트 포털 알바몬이 알바생 4447명을 대상으로 설문조사를 실시한 결과 이같이 나타났다고 2018년 2월 9일에 밝혔다.

알바몬의 설문에 참여한 알바생들에게 평소 아르바이트 중 화재 시 대피경로 및 비상구의 위치를 숙지하고 있는지 물은 결과 33.5%만이 '정확한 위치를 알고 있고, 유사시 능숙히 찾아서 대피할 수 있다'고 대답했다. 보다 많은 41.0%의 알바생들은 '대충 어디 있는지는 알고 있다'고 답했다. 특히 '생각해 본 적 없다'는 알바생은 14.6%, '대피 경로나 비상구가 있는지 모른다'는 알바생도 10.9%로 적지 않게 나타났다.

이 시의 주인공은 불이 났을 때 탈출하지 못해 죽은 알바생이다. 가난을 벗어보려고 애를 썼지만 뜻대로 되질 않았다. 손님들 앞에서 미소를 잃지 않았지만 속마음의 절반은 '찜질한 눈물'이었다. 그러나 미래를 열어놓고 생각하면, 그 눈물도 보배일 수가 있다. 젊음은 뜻 없이 주어진 것이 아님을, 어려움을 돌파할 수 있는 시간은 젊은이에게 더 많이 주어진다는 것을 알게 된다면.

교과서에 실려야 할 시조 · 47

노안蘆雁

박재삼

그 많은 기러기 중에
서릿발 깃에 짙은
애비도 에미도
그 위에 누이도 없는
그러한 기러기놈이
길을 내는 하늘을!

하늘은 비었다 하면
비었을 뿐인 것을
발치에 가랑가랑
나뭇잎 묻혀 오는
설움도 넉넉하게만
맞이하여 아득하여.

사람이 지독하대도

저승 앞엔 죽어 오는

남쪽 갈대밭을

맞서며 깃이 지는

다 같은 이 저 목숨이

살아 다만 고마워.

그리고 저녁서부터

달은 밝은 한밤을

둥결 허전하니

그래도 아니 눈물에

누이사 하마 오것다 싶어

기울어지는 마음.

—『내 사랑은』(영언문화사, 1985)

제목 노안蘆雁은 갈대밭에 내려앉은 기러기, 즉 외로운 처지에 놓인 화자 자신을 가리킨다. 이 시조가 실려 있는 시조집이 발간된 해는 1985년이었지만 이 작품이 발표된 해는 1956년, 한국전쟁이 끝난 지 3년밖에 되지 않았을 때였다. 화자는 전쟁통에 아버지와 어머니, 누이와 헤어졌다. 휴전협정이 조인되었는데 문제는 남한과 북한으로 분단이 되고 말았다는 것이다. 저 기러기는 이쪽 하늘과 저쪽 하늘을 오갈 수 있지만 사람들은 휴전선을 넘을 수 없다.

'사람 목숨만큼 지독한 것도 없다는데' 생각하면서 화자는 누이를 기다린다. 대체로 우리 시문학사에서는 여성 화자가 남성을 기다리는 것으로 설정한 '그리움의 시편'이 많았는데 이 시조는 그렇지 않다. 오빠나 남동생이 누이를 기다리는 정황을 그리고 있다. 누이가 북에 있어서 못 내려올 수도 있지만 남쪽에서도 전쟁통에 헤어진 경우가 비일비재했다. 그런데 박재삼은 "남쪽 갈대밭을/ 맞서며 깃이 지는/ 다 같은 이 저 목숨"이라고 했으므로 남북이산가족의 아픔을 다루고 있는 것으로 본다.

현재 남북관계가 경색되어 이산가족의 상봉에 대해서는 입도 뻥긋하지 못하고 있지만 연로하신 많은 이산가족의 소망은 같을 것이다. 살아 있을 때 얼굴이라도 봐야 할 텐데, 그래야 할 텐데……. 노안老顏에 슬픔이 노안蘆雁처럼 내리고 있을 게다.

교과서에 실려야 할 시조 · 48

응급실 소묘

김석인

응급실의 하루는 한숨이 석 섬이다
굽잇길 칠십 년을 돌아서다 흘린 호흡
넘어져 주저앉은 자리 흥건히 적셔놓고

창공을 휘젓다가 추락한 날개처럼
일월을 지고 가다 등이 휜 고목처럼
하얗게 탈색된 군상 박제처럼 누워 있다

누군들 애면글면 걸어온 길 없을까만
한 번 왔다 가는 곳 못 풀 일 뭐 있을까
눈물도 굴리다 보면 염주 되어 눈뜰 것을

—『범종처럼』(황금알, 2020)

코로나19 바이러스 사태를 갖고 쓴 것은 아니지만 전국의 각 병원 응급
실 풍경이 이 시조를 읽으니 선연히 눈앞에 펼쳐진다. 입원을 하게 될 경

우 응급실부터 가게 되고, 특히나 급한 외상 환자는 응급실로 가서 일단 치료를 받게 된다. 몇 시간 혹은 하루 이틀 있다가 입원실로 옮긴다. 위급한 환자는 응급실에서 수술실로 바로 가기도 한다.

이 작품의 주인공은 칠십 노인이다. 요즈음엔 칠십 노인도 동네 노인정에서는 귀여움을 받는다는 말이 있지만 어쨌든 인생의 황혼기다. 추락한 날개요 휜 고목이다. 그런 노인이 한두 사람이 아니다. 탈색된 군상이 박제처럼 누워 있는 응급실에서는 삶과 죽음이 교차한다. 어느 누구의 인생인들 드라마가 아닐까. 산전수전 다 겪었고, 나름대로는 파란만장했다. 문제는, 앞으로는 웃을 일이 별로 없다는 것. 병마와 싸워 이기면 퇴원하게 되지만 십중팔구 다시 입원하거나 요양병원으로 간다. "눈물도 굴리다 보면 염주 되어 눈뜰 것을"이라는 결구는 회복에 대한 간절한 희구를 표현한 절창이다.

이번 이 바이러스 사태는 그동안 우리가 보지 못했던 많은 것들을 보게 한다. 의료진의 헌신적인 봉사가 그렇고, 기침도 손 씻기도 나보다는 타인을 먼저 배려하는 마음으로 해야 한다는 것을 알게 되었다.

문상

박지현

팔순 어미 잘 어르던 얼굴 까만 아들의
그 갈비뼈 눌린 아픔 곧잘 솎든 어무이가

불볕의 마른 장맛날
새벽녘에 떠났다

달맞이꽃 채종유가 가을 들판 익혀낼 때
깨알의 씨앗 틔운 어무이 해진 가슴은

그 사내 떠난 적 없던
이맛돌 구들이었다

평생 일군 농사가 씨알 굵지 않아도
엎드려 땅을 일군 불거진 손마디는

풋내 난 소복한 소반

칠흑 밝힌 기름종지였다

부의라고 쓴 봉투에 얼굴 까만 아들의
그 손 안 닿는 외로움 꽃물 들이던 어무이를
먹먹히 밀어넣었다
윤오월 보름이었다

─『2018년 통영문학상 수상작품집』

두 사람의 생애가 정리되어 있다. 팔순 어머니와 농사꾼 아들. 한여름 마른 장맛날 얼굴 까만 아들의 어머니가 세상을 떠났다. 연로한 어머니와 가난한 농사꾼 아들은 사이가 참 좋았나 보다. "그 손 안 닿은 외로움"이란 아버지의 부재 때문인가, 다른 형제가 없어서인가. 아니, 장가를 안 간 채 어머니를 평생 봉양하며 농투성이로 살아갔기 때문일 것이다. 어머니는 가야 할 길로 간 것이지만 아들은 이제 이 세상 '모든 것'을 잃었다.

'어무이'는 문맹이었을 것이다. 이 시조의 빛나는 부분은 "달맞이꽃 채종유가 가을 들판 익혀낼 때"나 "깨알의 씨앗 틔운 어무이 해진 가슴" 같은 은유적이고 감각적인 표현에 있다.

나의 외할머니는 성경을 매일 읽으며 살아가신 인텔리였는데, 친할머니는 한평생 문맹이었다. 글씨를 못 읽었지만 교과서·참고서와 소설책·시집을 구분하는 당신이 나는 신기했다. 전자는 성적을 올릴 수 있는 좋은 책이고, 후자는 성적을 떨어뜨리는 나쁜 책이었다. 나쁜 책을 몰래 감추곤 했던 할머니가 돌아가신 지도 40년이 되었다. 이 시의 모델이 된 분과 비슷한 시대를 살아갔으리라. 문상을 가서 시의 소재를 얻는 박지현 시인은 그해 큰 상을 받았다. 나도 문상을 많이 갔음에도 왜 그간 좋은 시를 못 썼을까. 가슴을 치며 후회한다. 내 탓이요 내 탓이요 내 탓이로소이다.

교과서에 실려야 할 시조 · 50

주갑이를 아시니요

김동호

달빛을 탁본하는 거나 주갑이 떠올리는 거나
한 대목 억장을 풀어 왼 들판을 적시던 이
마음 둑 아무 때고 허물며 둑 안까지 넘쳐오던

남루로 가렸어도 잘 바랜 속 백포白布 같던
황량荒凉에 운韻을 쳐서 풍정 슬멋 실을 줄 알던
사랑도 기가 찬 사랑 제멋대로 흔들리던

영혼의 시장기 달랠 미음 같거나 한
'가장 정이 가는 사람' 작가가 그랬다던
내 안에 바람 이는 날엔 그가 철철 그립다

─『꽃통곡, 엉엉 붉어라』(달아실, 2020)

주갑이는 박경리의 대하소설 『토지』에 나오는 인물이다. 김동호 시인
은 이 소설을 읽다 주갑이라는 인물에 매력을 느꼈는지 '주갑이 독백'을

부제로 한 「철새와 눈물」이라는 시조도 썼다. 『토지』에 나오는 또 다른 인물인 평사리의 젊은이 송관수를 형상화한 「관수의 말」, 조준구의 아들 조병수를 형상화한 「소목장 조병수」, 동학혁명과 의병활동에 뛰어든 목수 윤보를 형상화한 「윤보목수」도 시조집에 실려 있으니 『토지』를 감명 깊게 읽었음에 틀림없다.

주갑이는 『토지』의 제1부에 나오는데 타고난 소리꾼으로 아주 순박하고 낙천적이다. 전형적인 서민이다. 중국 용정에 찾아온 기생 기화를 보고 첫눈에 반해 사모하게 되지만 그 감정을 마음속에만 간직한다. 주갑이는 강우규 노인을 따라 만주를 떠돌며 독립운동에 참여한다.

김동호 시인은 가슴에 맺힌 것이 있으면 노래를 한 곡조 뽑으며 시름을 달래는 주갑이라는 인물에 매료되었다. 작가 박경리도 '가장 정이 가는 사람'으로 주갑이를 언급했을 정도다. 주갑이는 남을 챙기는 타입이다. 불가에서도 측은지심을 높게 치는데, 현대를 사는 우리에게도 필요한 덕목이 동정심일 것이다. 우리는 본성이 남 "영혼의 시장기 달랠 미음" 같은 것이었는데 왜 지금은 이렇게 다들 자기만 알고 자기만 챙기는지, 시인은 내심 한심하다는 생각에 이 인물을 롤 모델로 삼은 것이 아닐까. 「철새와 눈물」에서는 주갑이의 말, "사람이 저저이 가야 헐 길을 간단가? 철새가 날개 하나로 제 길을 간께로 저 하늘 저 철새들 보면 눈물 절로 흐르덜 않겄소."를 인용하고 있다. 주갑이를 늘 상대방 입장에서 생각하고, 달래고, 위로하고, 배려하는 인물로 보았음에 틀림없다. 그를 본받고 싶은데 잘 안 되는 모양인가.

새미비평신서 23

한국 시조문학의 미래를 위하여

| 초판 1쇄 인쇄일 | | 2020년 4월 15일 |
| 초판 1쇄 발행일 | | 2020년 4월 18일 |

지은이		이승하
펴낸이		한선희
편집/디자인		우정민 우민지
마케팅		정찬용 정구형
영업관리		정진이 최재희
책임편집		우민지
인쇄처		제삼인쇄
펴낸곳		국학자료원 새미(주)
		등록일 2005 03 15 제25100-2005-000008호
		경기도 고양시 일산동구 중앙로 1261번길 79 하이베라스 405호
		Tel 442-4623 Fax 6499-3082
		www.kookhak.co.kr
		kookhak2001@hanmail.net

| ISBN | | 979-11-90476-38-6 *93810 |
| 가격 | | 32,000원 |